Sabine Städing

Magnolia Steel – Hexendämmerung

Boje

Weitere Titel der Autorin:

Magnolia Steel – Hexenflüstern
Magnolia Steel – Hexennebel
Anna und die flüsternden Stimmen

Titel auch als E-Book erhältlich

Sabine Städing

Magnolia Steel

Hexendämmerung

Boje

MIX
Papier aus verantwortungsvollen Quellen
FSC® C014496

Dieser Titel ist auch als E-Book erschienen

Originalausgabe in neuer Ausstattung

Umschlaggestaltung: Dorothee Mahnkopf
Innenillustrationen: Gisela Kullowatz
Satz: typocepta, Köln
Gesetzt aus der Warnock-Pro und der Panhandler
Druck und Einband: GGP Media GmbH, Pößneck

Printed in Germany
ISBN 978-3-414-82464-6

5 4 3 2 1

Sie finden uns im Internet unter: www.boje-verlag.de
Bitte beachten Sie auch: www.luebbe.de

Ein verlagsneues Buch kostet in Deutschland und Österreich dasselbe. Damit die kulturelle Vielfalt erhalten und für die Leser bezahlbar bleibt, gibt es die gesetzliche Buchpreisbindung. Ob im Internet, in der Großbuchhandlung, beim lokalen Buchhändler, im Dorf oder in der Großstadt – überall bekommen Sie Ihre verlagsneuen Bücher zum selben Preis.

Für Lukas
Und für Cinja,
die diese Geschichte als Erste gelesen hat

Prolog

Es war eine mondlose, kalte Nacht. Eine Nacht, die nach Schnee schmeckte. Es war eine Nacht, in der Hexen geboren werden. Fröstelnd trat Linette von einem Fuß auf den anderen und blies sich auf die klammen Finger.

Sie stand gut versteckt zwischen hohen Rhododendronbüschen und ließ die weiße Villa nicht aus den Augen. Heute Nacht musste es geschehen, es war die dreizehnte Nacht nach dem Vollmond. Endlich! Der Schrei eines Neugeborenen.

»Na also«, knurrte Linette. Jetzt brauchte sie nur noch einen unbewachten Moment abpassen und einen Blick auf das Kind werfen, dann hatte sie Gewissheit. Vergnügt stampfte sie von einem Fuß auf den anderen. Das lange Warten war vorbei. Seit mehr als vier Stunden stand sie hinter diesen verflixten Büschen, da wärmten auch die sieben Röcke nicht, die sie in weiser Voraussicht übereinandergezogen hatte. Linette starrte so fest auf die erleuchteten Fenster im ersten Stock, dass ihr die Augen tränten.

»Na los«, murmelte sie beschwörend, »legt den kleinen Wurm in seine Wiege und schiebt ihn nach nebenan, damit die gute Tante einen Blick darauf werfen kann.«

Da bemerkte sie eine Bewegung. Ein Schatten glitt an den Mauern der Villa entlang.

Linette stellten sich die Nackenhaare auf. »Ausgeschlossen«, flüsterte sie. Er konnte nichts von der Geburt des Kindes wissen. Der Schatten glitt lautlos über den Balkon im ersten Stock.

Linette sprintete los. Im Haus schrie das Baby. Mit einem Satz stand sie ebenfalls auf dem Balkon und stürzte ins Zimmer.

Keine Sekunde zu früh. Gerade streckte der Schatten seine tintenschwarzen Hände nach dem Kind aus. Das Neugeborene wimmerte leise.

»Zurück zu deinem Herrn, Sutpar!«, donnerte Linette. »Ich habe dich erkannt und bei deinem Namen gerufen. Es ist vorbei.«

Der Schatten zog seine Hände langsam von der Wiege zurück und drehte sich um. Ein Grollen, wie aus dem Innern eines Vulkans, stieg aus ihm auf. Linette trat schnell zwei Schritte zurück und blickte zu Boden. Sie durfte sich ihm nicht in den Weg stellen, es war gefährlich, den Schatten zu berühren. Seine Schwärze war so schwer, dass man ersticken konnte, wenn man ihn zu lange ansah. Lautlos glitt er an ihr vorbei über den Balkon in die Tiefe. Zurück zu seinem Meister.

Das Kind in der Wiege fing erneut an zu schreien. Linette trat neugierig ans Bett. Dort lag das Baby unter Bergen von rosa Spitzenwäsche und schrie inzwischen aus Leibeskräften.

»Also ein Mädchen«, brummte sie. »Schon gut, schon gut, du kleiner Fratz.« Behutsam drehte sie den Kopf des Säuglings nach rechts. Da war das Mal, nach dem Linette suchte, es hatte die Form eines Kusses und war nicht zu übersehen. Der Kuss der Banshee. »Noch bist du zu jung, kleine Kröte«, flüsterte Linette. »Ich habe noch keine Verwendung für dich. Doch in dreizehn Jahren wird sich zeigen, was ich für dich tun kann.«

Erstes Kapitel
Abgeschoben

Magnolias Mutter sah sich irritiert um. Wo war Magnolia?

Sie hätte schwören können, dass ihre Tochter eben noch hinter ihr gewesen war!

Ungeduldig stand sie vor dem Büro des Autovermieters und schaute suchend über den Parkplatz. »So ein Mist!« Sie musste sich beeilen, wenn sie Magnolia nach Rauschwald bringen und am Abend den Flieger nach New York kriegen wollte. Endlich, da kam sie. Frau Melbach atmete erleichtert auf.

Mit einer großen Sporttasche auf dem Rücken und einer riesigen Stoffkröte im Arm rannte Magnolia über den Parkplatz.

»Sorry, Mama«, keuchte sie. »Ich habe Schmatz im Waschraum vergessen.«

»Irgendwann wird es dein Kopf sein, den du vergisst«, prophezeite ihre Mutter und hielt die hintere Wagentür auf.

Magnolia schleuderte ihre Tasche auf den Rücksitz und machte es sich bequem.

»Hast du jetzt wirklich alles dabei? Deine Tasche, deine Kröte, deinen Kopf?«

»Natürlich, fahr los, Mama«, antwortete Magnolia mit schlappem Lächeln.

Ihre Mutter gab Gas und sie schossen etwas schneller als beabsichtigt vom Parkplatz, auf die gerade Landstraße, die sie in ein paar Stunden nach Rauschwald bringen sollte.

Magnolia presste ihren Kopf in die Polster des nagelneuen Volvo und sah schweigend hinaus.

Die Straße führte durch leuchtend gelbe Weizenfelder, vorbei an saftigen grünen Wiesen. Ab und zu zog flüchtig der Duft von wilden Heckenrosen herein und eine goldene Spätsommersonne lachte vom wolkenlosen Himmel. Ein Rabe folgte dem Wagen auf gleicher Höhe. Magnolia schenkte all dem keine Beachtung.

»Kannst du nicht doch noch ein paar Tage bleiben?«, fragte sie plötzlich.

Ihre Mutter seufzte. »Wir haben schon so oft darüber gesprochen, Maggie. Es geht einfach nicht. Ich muss noch heute Nacht fliegen, sonst verpasse ich unser erstes Meeting in New York!«

»Und wenn schon«, beharrte Magnolia, »du bleibst schließlich ein ganzes Jahr!«

»Mach es mir doch nicht unnötig schwer! Gambler & Partner haben mich unter 1200 Bewerbern ausgewählt. MICH, Charlotte Melbach! Es ist die Chance meines Lebens ... und du hast es doch nicht schlecht bei Tante Linette, also fang nicht ständig davon an.«

»Wirst du Papa in New York treffen?«

»Sicher nicht!«, war die bestimmte Antwort. »Ich habe keine Ahnung, wo Mr Steel sich gerade herumtreibt. Der letzte Anruf kam aus irgendeinem Kaff in Florida und brach mitten im Satz ab. Ich schätze, ihm ist wieder einmal das Geld ausgegangen.«

Magnolia seufzte. »Nenn ihn doch nicht immer Mr Steel, Mama.« Ihr Vater war Amerikaner, Kunstmaler und offensichtlich nicht besonders erfolgreich. Überhaupt waren ihre Eltern wie Tag und Nacht. Sie hatten sich auf einem Woodstock Revival Festival kennen und lieben gelernt. Das Ergebnis war Magnolia. Schon kurz nach der Hochzeit merkten ihre Eltern, dass alles nur ein großer Irrtum war, und trennten sich genauso schnell, wie sie geheiratet hatten. In gegenseitigem Einvernehmen, wie man so schön sagt.

Von ihrem Vater blieben Magnolia nur die blonden Haare und der Nachname Steel. Mehr nicht. Ihm lag nichts an einer engen Beziehung. Nicht einmal zu ihren Geburtstagen schrieb er regelmäßig.

»Hast du Lust auf eine Runde: Ich sehe was, was du nicht siehst?«, rief ihre Mutter nach einer Weile von vorn.

»Mama!«, sagte Magnolia leicht genervt, »ich bin dreizehn und nicht drei.«

»Verstehe. Wie wäre es mit etwas Musik?«

»Meinetwegen.«

Kurz darauf erfüllten muntere Polkaklänge den Wagen und sie fuhren ihrem Reiseziel beschwingt entgegen.

Zwei Stunden später steuerten sie einen kleinen Rastplatz an.

»So, Pinkelpause! Wenn ich mich recht entsinne, gibt es hier sogar den Luxus eines Klohäuschens«, sagte ihre Mutter und stieg aus dem Wagen.

Magnolia schälte sich ebenfalls heraus. Während der letzten Stunde hatte sie nur auf ihren Nintendo DS gesehen und gar nicht bemerkt, wie sich die Landschaft allmählich veränderte.

Der Rastplatz lag schattig, inmitten bewaldeter Berge. Die hohen Fichten standen so nah beieinander, dass die Sonnenstrahlen nur hier und dort zwischen ihren Zweigen aufblitzten.

Magnolia legte den Kopf in den Nacken und atmete tief ein. Die Luft war angenehm kühl und roch würzig nach dem Harz der Bäume.

Sie stutzte. In der Fichte direkt über ihr saßen zwei große Raben und starrten unverwandt auf sie herab. Der Blick aus ihren seltsamen, hellen Augen war so intensiv, dass Magnolia meinte, ihn körperlich zu spüren. Unfähig, sich zu bewegen, starrte sie zurück. Dann kam die Angst, sie kroch über den Waldboden und drang durch die Fußsohlen in ihren Körper. Magnolias Herz raste, ruckartig wandte sie sich ab und blickte zu Boden. Ihr war schwindelig.

»Riechst du die Fichten?!«, rief ihre Mutter, die gut gelaunt vom Klohäuschen zurückkam. »Wenn du still bist, kannst du sie rauschen hören.« Sie lauschte. »Hörst du?«

Magnolia nickte schwach, ihre Knie waren weich wie Butter.

»Jetzt weißt du, woher Rauschwald seinen Namen hat.«

»Sind die Raben noch da?«, flüsterte Magnolia ohne aufzusehen.

»Die was?« Frau Melbach war irritiert. Sie schätzte es überhaupt nicht, wenn Magnolia einfach das Thema wechselte.

»Die Raben«, wisperte Magnolia.

»Meine Güte, Magnolia, sprich lauter, kein Mensch kann dich verstehen. Und hör auf, ständig auf den Boden zu starren!«

»Sind da noch Raben im Baum?«, fragte Magnolia, diesmal ein wenig lauter.

»Raben?!« Die Stimme ihrer Mutter schrillte so laut, dass Magnolia ängstlich zusammenzuckte. Suchend sah Frau Melbach sich um.

»Nein, die sind weg – schade! Aber du brauchst deshalb nicht gleich den Kopf hängen lassen. In Rauschwald ist die Natur noch in Ordnung, und ich wette, du wirst bald jede Menge Raben zu Gesicht bekommen. Musst du noch mal aufs Klo?«

Magnolia schüttelte den Kopf.

»Dann steig ein! Jetzt sind es nur noch wenige Kilometer bis zum Haus deiner Tante.«

Zweites Kapitel
Linette

Besorgt schaute Linette Kater in den wolkenlosen Himmel.

Schon seit dem frühen Morgen beobachtete sie, wie sich auf dem alten Friedhof hinter dem Haus immer mehr Raben zusammenrotteten. Erst kreisten sie ein paar Mal über der Senke, dann ließen sie sich mit tiefen, rauen »Grock«-Rufen auf den verwitterten Grabsteinen und Holzkreuzen nieder. Sie warteten.

Linette wischte sich die erdigen Hände an ihrer Gartenschürze ab und wandte sich einem Strauß Rainfarn zu, den sie zum Trocknen auf der Bank ausgelegt hatte.

Der Garten schmorte in der Sommerhitze und am Abend würden sicher wieder viele Liter Wasser nötig sein, um ihn vor dem Austrocknen zu schützen. Linette liebte ihren Garten. Er war uralt. Kleine Buchshecken trennten säuberlich die einzelnen Beete, auf denen Kräuter gegen allerlei Gebrechen wuchsen. Sie hängte das Rainfarnsträußchen kopfüber unter das Reetdach ihres Hauses und wischte sich mit einem großen Taschentuch den Schweiß von der Stirn. Die drückende Hitze machte ihr zu schaffen. Sogar Serpentina, ihre einäugige schwarze Katze, hatte sich in den Schatten des Holunderbusches zurückgezogen, um dort auf den Abend zu warten.

Linette ging ins Haus. Hier war es angenehm kühl. Das Reetdach und die mit Efeu berankten Wände sorgten Sommer wie Winter für einen gesunden Temperaturausgleich.

Dankbar sank sie in den bequemen Ohrensessel in der Wohnstube und schaute gedankenverloren aus dem Fenster.

Hoffentlich war es kein Fehler, die Tochter ihrer Nichte für ein Jahr bei sich aufzunehmen. Magnolia war schließlich kein gewöhnliches Kind. Linette wusste es, seit sie vor dreizehn Jahren den Kuss der Banshee an ihr entdeckt hatte. Außer Linette kannte niemand seine Bedeutung. Nicht einmal Magnolia ahnte etwas von der scheußlichen Gefahr, in der sie schwebte. Und nun kam sie her!

»Sie kommt zu früh, viel zu früh …«, murmelte Linette.

Ein gurgelnder Schrei, gefolgt von lärmendem Gepolter, schreckte Linette aus ihren Gedanken. Hastig sprang sie auf und eilte in die Diele. Gerade rechtzeitig, um zu beobachten, wie ein stattlicher Zwerg seinen Stiefel gegen ihren geliebten Bauernschrank stemmte und fluchend versuchte, einen äußerst widerspenstigen, alten Truthahn aus der halb geöffneten Schranktür zu zerren.

Eine Weile ging der Kampf hin und her, dann gab der Truthahn überraschend nach. Wild um sich schlagend flatterte er aus dem Schrank. Der Zwerg verlor das Gleichgewicht und landete mit einem lauten Bums auf den Dielenbrettern. Eigentlich wollte Linette wegen des Stiefelabdrucks auf ihrem Schrank schimpfen, doch als ihr der Zwerg nun so unbeholfen vor die Füße kugelte, konnte sie ein schadenfrohes Grinsen nicht unterdrücken.

»Meine Güte, Jackomo«, flötete sie bedauernd. »Du hast dir doch hoffentlich nicht wehgetan?«

»Pah!«, schnaubte der Zwerg grimmig und rieb sich den Ellenbogen.

»Es gibt nur eine Sache, die ich noch weniger mag als alte Truthähne. Und das sind scheinheilige alte Hexen!« Demonstrativ übersah er Linettes helfende Hand, die sie ihm hingestreckt hatte.

»Wo steckt das verdammte Biest?«

Der Truthahn stand völlig unbeeindruckt in der Wohnstube und glättete sein Gefieder.

»Mach es dir in meinen Sessel bequem«, bat Linette versöhnlich.

»Ich hole inzwischen einen Krug kalten Brombeersaft, der wird uns beiden guttun.«

Jacko murmelte einen Dank, nahm seine braune Zipfelmütze ab und ließ sich ächzend in den Ohrensessel fallen. Den Truthahn bedachte er mit einem wütenden Blick, was diesen jedoch absolut kalt ließ. Er kollerte nur leise.

Kurz darauf war Linette mit dem Krug Brombeersaft und zwei Gläsern zurück. Sie schenkte ein und setzte sich Jacko gegenüber auf ein plüschiges Sofa.

»Was führt dich zu mir?«, fragte sie.

»Nun ja«, Jacko räusperte sich umständlich. »Pestilla hat dir einen Sämling geschickt und der da«, er deutete mit dem Kopf auf den Truthahn, »hat ihn gefressen. Mit Absicht!«, setzte er grimmig nach. Der Truthahn warf Jacko einen gelangweilten Blick zu.

»Da habe ich mir gedacht, ich schaffe das Vieh zu dir. Vielleicht kannst du ihn überreden, den Sämling wieder auszuspucken, bevor er verdaut ist.«

Linette zog die Augenbrauen hoch.

»Du sagst, er hat ihn gefressen ...?«, fragte sie langsam. »Mit Absicht ...?«

»Jo«, antwortete Jacko knapp.

»Und er spuckt ihn nicht wieder aus?«

»So ist es.«

»Welch garstiges Tier.« Linettes Stimme bekam einen drohenden Unterton.

Der Truthahn widmete sich erneut seinem Gefieder.

Linette kniff die Augen zusammen, fixierte den Vogel und wartete.

Unbeteiligt stolzierte er im Zimmer umher.

Hier waren offensichtlich härtere Geschütze nötig.

»Nun, es scheint, mir bleibt nichts anderes übrig, als ihm einen großen Schluck meiner Brechwurzessenz einzutrichtern«, überlegte

Linette laut. »Es ist natürlich furchtbar unangenehm und ich tue es bestimmt nicht gerne, aber …«

Der Truthahn horchte auf.

»Jooojo, es hat sich schon mancher die Seele aus dem Leib gekotzt. Kein schöner Tod, aber was soll man machen?« Düster schüttelte Jacko den Kopf.

Langsam wurde der Truthahn nervös, er tippelte auf der Stelle, sträubte sein Gefieder und kollerte beunruhigt.

»Du hast recht«, erwiderte Linette, »doch was soll ich tun? Ich habe keine andere Wahl. Ich brauche den Sämling unbedingt.« Entschlossen stand sie auf.

Offenbar hing der Truthahn an seinem Leben. Er kollerte einmal laut, dann rollte er mit den Augen und fing an, seinen Körper vor und zurück zu wiegen. Aus seinem Magen kamen bedrohlich gluckernde Geräusche. Lauter und lauter wurde das Gluckern, während der Hahn sich immer schneller vor und zurück bewegte.

»Gleich spuckt er ihn aus«, sagte Jacko zufrieden.

»Aber nicht in meiner Stube!« Blitzschnell öffnete Linette das Fenster, wuchtete den fetten Truthahn auf die Fensterbank und stieß ihn hinaus. Da würgte er auch schon einen schleimigen Körnerbrei hervor und rannte böse kollernd über ein Beet mit zarten Erdbeerpflänzchen davon.

»Ist ja ekelhaft«, murrte Jacko, während er tief gebeugt über dem Körnerbrei kniete. »Hätte nicht gedacht, dass ich mal in Truthahnkotze stochern muss.«

»Jacko!«, tadelte Linette milde. »Da ist er!« Mit spitzen Fingern pickte sie den Sämling heraus und eilte ins Haus, ohne sich um Jackos angeekeltes Gesicht zu kümmern. Schnell warf sie eine Handvoll Erde auf den Tisch, drückte den Sämling hinein und spuckte dreimal darauf. Anschließend deckte sie alles mit Jackos Zipfelmütze ab.

Linette ließ die Mütze nicht aus den Augen, während ihre Hände seltsame Zeichen in die Luft malten und ihre Lippen geheime Hexenworte formten:

Samen der Erinnerung,
gebe Preis den wahren Grund,
weshalb du auf den Weg gebracht.
Gehorche meiner Hexenmacht!

Sofort begann die Mütze zu zucken. Sie beulte sich nach rechts und links und schoss dann einen halben Meter in die Höhe, um dort oben zu thronen.

Linette zog die Mütze ab und griff nach dem Sämling, der sich inzwischen zu einer vergilbten Schriftrolle entwickelt hatte.

»Was steht drin?«, fragte Jacko, der ihr ins Haus gefolgt war.

»Moment«, murmelte Linette und überflog rasch den Inhalt der Rolle.

»Pestilla ruft uns an Samhain auf den Blocksberg. Nach acht Jahren findet endlich wieder eine Hexenweihe statt.«

»An Samhain sagst du? Feiern die Menschen da nicht ihr verrücktes Halloween?«

»Du hast recht, Pestilla hatte schon immer Sinn für Humor«, seufzte Linette.

Drittes Kapitel
Was 'n das?

»Ist Tante Linette eigentlich nett?«, fragte Magnolia, während sie die letzten Kilometer nach Rauschwald zurücklegten. Sie hatte beschlossen, nicht mehr an die Raben zu denken.

»Nenn sie Tante Linny, dann ist sie nett«, gab ihre Mutter munter zur Antwort. Magnolia runzelte die Stirn. »Nein im Ernst«, fügte ihre Mutter hinzu, »sie ist ähmm … etwas verschroben, würde ich sagen. Eine alte Jungfer.«

»Wieso verschroben?«, wollte Magnolia wissen und lehnte sich nach vorne, um besser zu hören.

Ihre Mutter lachte und zwinkerte ihr im Rückspiegel zu.

»Na ja, sie versteht sich auf Kräuterkunde und Liebeszauber. Manchmal steht die halbe Stadt bei ihr Schlange. Aber die Leute würden sich lieber die Zunge abbeißen als es zuzugeben.«

»Zzzzzzzz«, Magnolia war sich nicht sicher, ob sie das nun witzig oder ätzend finden sollte.

»Da unten ist es!«, rief ihre Mutter und deutete auf eine Ansammlung von Häusern, deren Dächer rot in der Sonne leuchteten.

»Das ist Rauschwald!«

»Scheint ein mieses kleines Dorf zu sein«, bemerkte Magnolia mürrisch.

»Das ist kein Dorf, sondern eine kleine Stadt. In Rauschwald gibt es alles, was man zum Leben braucht. Sie haben sogar eine eigene Schule, die du auch bald besuchen wirst.«

»Ja, ich weiß.«

»Tante Linny wohnt außerhalb, deshalb wirst du heute wohl noch nicht in den Genuss des aufregenden Stadtlebens kommen.«

Magnolia zuckte die Schultern. Kein besonders schmerzlicher Verzicht, soweit sie die Sache beurteilen konnte.

Die Straße machte einen Bogen um die Stadt und schlängelte sich durch grüne Wiesen, vorbei an glücklichen Kühen und einer malerischen Kirche.

Schließlich bogen sie in einen schlaglochgepflasterten Feldweg, der sie zwischen hohen Eichenbäumen schwankend bergan führte.

Magnolia wurde still. Jetzt konnte ihr neues Zuhause nicht mehr weit sein. Abgeschoben zu einer alten Jungfer, die irgendeinen Hokuspokus veranstaltete und sich in die Angelegenheiten fremder Leute einmischte. Was für ein reiches Betätigungsfeld würde ihr da erst Magnolia bieten. Ausgeliefert für ein ganzes bekloptes Jahr!

Panik machte sich in Magnolia breit und am liebsten wäre sie aus dem Auto gesprungen. Doch da parkte ihre Mutter bereits vor einer hohen Brombeerhecke.

»Geschafft! Wir sind da.« Sie zog den Zündschlüssel ab und stieg aus.

»Nun komm schon, Maggie, sicher erwartet uns Tante Linny schon.«

Magnolia stieg steifbeinig aus dem Wagen.

»Maggie, nun komm!«, drängte ihre Mutter, die es auf einmal sehr eilig hatte.

Sie betraten den Garten durch eine schmiedeeiserne Tür, die in ihren Angeln quietschte.

Man konnte nur ahnen, wo die Natur aufhörte und Tante Linettes Garten begann. Alles war prächtiger Wildwuchs.

Erst auf den zweiten Blick entdeckte Magnolia das Haus. Es duckte sich unter den ausladenden Ästen einer alten, knorrigen Eiche.

Wie angewurzelt blieb sie stehen. Langsam sackte ihr die Kinnlade herunter. Auch Frau Melbach hielt in ihrem Marsch auf das Haus inne. Für einen kleinen Moment spielte sie mit dem Gedanken, kehrtzumachen und ihre Tochter einfach mit nach New York zu nehmen, aber das war unmöglich. Sie hatte in den letzten Jahren zu hart gearbeitet, um alles aufs Spiel zu setzen. Und ein Kind konnte sie bei ihrem neuen Job wirklich nicht gebrauchen. Sie drehte sich zu Magnolia um und verzog das Gesicht zu einer Grimasse, die wohl ein aufmunterndes Lächeln darstellen sollte.

»Hier fehlt lediglich der Mann im Haus!«, quietschte sie.

Magnolia schenkte ihrer Mutter keine Beachtung. Ihr Blick hing gefesselt an dem Haus, dessen reetgedecktes Dach so schief auf seinen Mauern hockte, dass man meinte, es müsse jeden Moment herunterrutschen. Irrwitzigerweise versuchte ein dicker rot gemauerter Turm, der an einer Seite des Hauses klebte, das Gleichgewicht zu halten, indem er sich weit hinauslehnte und sein spitzes Dach gen Himmel streckte.

Regenfass stand auf einem Brett, das quer über die Haustür genagelt worden war.

Frau Melbach schüttelte sich kurz wie eine nasse Katze und zog dann forsch an dem eisernen Klingelzug. Im Haus läutete eine Glocke.

Ungeduldig winkte sie ihre Tochter heran, die noch immer mit seltsam leerem Gesichtsausdruck auf das Haus starrte.

»Ich glaub es nicht«, zischte Magnolia ihrer Mutter ins Ohr.

»Allein dieses Haus ist eine Katastrophe und da soll ich …«

In diesem Moment wurde die Tür geöffnet und sie stand zum ersten Mal ihrer Großtante gegenüber. Natürlich hätte Magnolia durch das Haus gewarnt sein müssen, dennoch war sie auf den Anblick, der sich ihr nun bot, nicht gefasst.

Es gelang ihr gerade noch, einen Schrei zu unterdrücken und einen Satz rückwärts zu tun.

Oh Gott, hämmerte es in ihrem Kopf. OH GOTT!!!

Warum hatte ihre Mutter sie nicht gewarnt?! Das war ihre Tante?! Dieser Besen?! Diese alte Jungfer?! Kein Wunder, dass sie keinen Mann abbekommen hatte. Sie sah aus wie eine Hexe. Das verfilzte, graue Haar stand ihr in allen Himmelsrichtungen vom Kopf ab. Der üppige Busen steckte in einem pelligen, lila Pullover und der geflickte Rock wurde von einer speckigen Küchenschürze geziert.

»Na, Kindchen, hat deine Mutter mich schöner geredet, als ich bin?«, kicherte ihre Tante und ein langer Zahn schob sich von unten über ihre Oberlippe. Mit flinken Augen, die an getrocknete Sultaninen erinnerten, schien sie Magnolia bis auf den Grund ihrer Seele zu blicken.

Der Drang umzudrehen und einfach wegzurennen wurde übermächtig. Just in diesem Moment packte ihre Mutter sie am Arm und hielt sie fest.

»Ihr kommt am besten herein, Charlotte, bevor dein Täubchen es sich anders überlegt«, knarrte Tante Linette und gab den Weg ins Innere des Hauses frei.

Mit einem Knuff stieß Frau Melbach ihre Tochter über die Schwelle.

Verstohlen sah Magnolia sich um. In den dunklen Ecken stapelten sich Schuhe und Blumentöpfe. Eine schmale hölzerne Treppe führte in die obere Etage und ein klobiger Bauernschrank beanspruchte die Hälfte der Diele für sich.

Irgendetwas stimmte hier nicht. Magnolia spürte genau, dass dieses Haus kein gewöhnliches Haus war. Eine Gänsehaut huschte über ihren Rücken. Verstohlen sah sie zu ihrer Mutter hin, die bisher noch kein Wort gesagt hatte.

Charlotte Melbach war wie immer überwältigt, wenn sie Tante Linette gegenüberstand, und wie immer musste sie deren Anblick erst einmal verdauen. Damit war sie jetzt fertig.

»Da sind wir also, Tante Linny«, flötete sie. »Maggie konnte es gar nicht erwarten, dich endlich kennenzulernen. Ständig hat sie gedrängt und mich mit Fragen gelöchert. Wie sieht es bei Tante Linny aus, Mama? Ist Tante Linny nett? Ich freue mich ja so darauf, ihr Gesellschaft zu leisten. Du hättest das Kind hören sollen, die ganze Zeit hat es geplappert und …«

Magnolia runzelte unwillig die Stirn. Was redete ihre Mutter denn da für einen gequirlten Mist? War sie total übergeschnappt?

»Ja, da seid ihr nun«, unterbrach Linette barsch den Redefluss ihrer Nichte.

»Nur schade, Charlotte, dass du so gar keine Zeit mitgebracht hast für deine alte Tante. Willst nur schnell dein Schäfchen abgeben und wieder verschwinden. Aber um eine Tasse Kaffee kommst du mir nicht herum, soviel Zeit muss sein.«

Frau Melbach lief puterrot an. »Wie ungerecht, Tante Linny«, presste sie mühsam beherrscht hervor. »Denn ich bin wirklich sehr in Eile. Aber natürlich werde ich mir deinen vorzüglichen Kaffee nicht entgehen lassen.«

»Dann folgt mir in die gute Stube«, grunzte Linette und ging voran.

War ihre Mutter wahnsinnig geworden? Sie konnte doch nicht ohne sie abreisen, jetzt wo sie den Schuppen und die Alte hier gesehen hatte. Wütend zog Magnolia ihre Mutter am Arm. »Mama!«, flüsterte sie mit der Diskretion eines Lautsprechers. »Mama, ich bleibe auf keinen Fall hier. Ein Blinder kann sehen, was hier los ist. Dieses Haus ist ein Hexenhaus und der Besen ist eine Hexe!«

Wütend fuhr ihre Mutter herum. »Hexen gibt es nicht! Und nun hör gefälligst auf, so laut zu zischeln, sie kann dich ja hören.«

»Das ist mir gleich.«

»Mir nicht, also komm!«

Verärgert stapfte Magnolia hinter ihrer Mutter in die Wohnstube.

Unter anderen Umständen hätte ihr der Raum sicher gefallen, jetzt rümpfte sie jedoch die Nase über die vertrockneten Kräuter, die in Büscheln von der niedrigen Decke baumelten und das grün gekachelte Ungetüm in der Ecke, das vermutlich einen Ofen darstellte. Von Tante Linette keine Spur.

»Ich sehe hier nicht einmal einen Fernseher«, zischelte sie erneut.

»Das liegt sicher daran, dass ich keinen Fernseher besitze«, antwortete Tante Linette, die in dieser Sekunde durch eine unscheinbare Seitentür hereinkam. Mit einer knappen Handbewegung deutete sie ihren Gästen an, sich zu setzen.

»Ich habe Brombeerkuchen gebacken«, verkündete sie.

Brombeerkuchen? Irgendwie hatte Magnolia erwartet, ihre Tante würde eine Terrine aus Schneckenschleim auf den Tisch bringen.

Ohne eine Antwort abzuwarten, lud Linette jedem ein riesiges Kuchenstück auf den Teller und ließ sich ächzend in den Sessel fallen. Wortlos betrachtete sie ihre Gäste.

Magnolias Mutter ging ihr Stück Kuchen an wie einen Feind, der in kürzester Zeit vernichtet werden musste. Sie war nicht gewillt, ihren Aufenthalt in diesem Haus unnötig in die Länge zu ziehen. Schließlich stürzte sie mit einem triumphierenden Blick den letzten Schluck Kaffee hinunter.

»Alle Achtung, Charlotte, das war rekordverdächtig«, sagte Linette.

Betreten stocherte Magnolia in ihrem Stück Kuchen herum.

»Versteh mich bitte nicht falsch«, hörte sie ihre Mutter mit gepresster Stimme sagen. »Ich weiß sehr zu schätzen, was du für Maggie und mich in diesem Jahr tust und ich bin dir wahnsinnig dankbar. Deine bissigen Kommentare kannst du dir allerdings sparen. Dieses Jahr wird vermutlich das wichtigste Jahr meines Lebens, und ob es dir nun passt oder nicht, ich werde jetzt gehen, um meinen Flug nach New York nicht zu verpassen.«

Sie fuhr sich nervös mit einer Hand durch die Haare. »Du weißt ja, ich habe noch einen weiten Weg vor mir.« Sie lächelte flüchtig.

Magnolia schaute von ihrem Teller auf. In diesem Moment wurde ihr klar, dass ihre Mutter Ernst machte. Sie hatte keine Skrupel, ihr einziges Kind in einem Hexenhaus zurückzulassen. Es war ihr egal, denn der Job war so viel wichtiger als die dumme kleine Magnolia. Die Spaßbremse, der Klotz am Bein, das Karrierehindernis.

Ein dicker Kloß schien ihren Hals zu verstopfen. Es war ein Wunder, dass sie überhaupt noch Luft bekam. Na ja, vermutlich würde es auch niemanden interessieren, wenn sie hier plötzlich tot vom Stuhl kippte. Schnell trank sie einen Schluck Kaffee.

»Ich halte dich nicht auf«, brummte Linette und gab damit das Stichwort. Erleichtert sprang Magnolias Mutter auf. »Ich hole das Gepäck«, murmelte sie und eilte, ohne ihre Tochter anzusehen, hinaus. Magnolia ging ihr nach. Als sie an die Gartenpforte kam, stand das Gepäck bereits davor und ihre Mutter wartete mit Schmatz im Arm an der offenen Wagentür. Sie lächelte unsicher, kam dann noch einmal zurück, umarmte Magnolia ganz fest und drückte ihr die Kröte in den Arm. »Es ist ja nur für ein Jahr«, flüsterte sie. »Ich schreibe dir jede Woche und … denke ja nicht, mir fällt dieser Abschied leicht.«

Mit diesen Worten drehte sie sich um, sprang ins Auto und brauste davon, ohne auch nur einmal zu winken. In eine Staubwolke gehüllt blieb Magnolia zurück.

»Es fällt dir leicht«, sagte sie traurig.

»Scheint jedenfalls so«, krächzte eine Stimme hinter ihr. »Ist wohl das Beste, wenn ich dir jetzt dein Zimmer zeige.« Tante Linette schlurfte ins Haus und Magnolia trottete benommen hinterher.

Viertes Kapitel
Sieht sie mich?

Magnolias Zimmer befand sich in dem dicken runden Turm und war nur über eine extrem steile Wendeltreppe zu erreichen. Es war spärlich möbliert und bot außer einem Bett, einer geräumigen Kommode und einem kleinen Waschtisch kein nennenswertes Mobiliar. Dafür hatte man einen wundervollen Ausblick nach allen Seiten.

»Die Toilette ist übrigens im Garten, in dem kleinen Holzhäuschen mit dem Herz an der Tür«, sagte Tante Linette mit Sinn fürs Wesentliche. Dann fiel die Tür hinter ihr ins Schloss und Magnolia war endlich allein.

Sie stieß ein Fenster auf und lehnte sich hinaus. Tatsächlich, am Ende des Gartens, direkt vor der hohen Gartenmauer stand eine schiefe Hütte, die kaum größer war als eine Streichholzschachtel. Magnolias Blick wanderte über die Mauer hinaus über grüne Wiesen bis hinunter zu einer Kirche im Tal. Es musste dieselbe Kirche sein, an der sie bereits bei ihrer Anreise vorbeigekommen waren. Plötzlich stieg über dem Friedhof eine Wolke schwarzer Vögel auf und verschwand lautlos im nahen Wald. Magnolias Herz machte einen Salto. Was waren das für Vögel? Doch wohl keine Raben! Unglücksraben, Todesvögel.

»Bitte nicht auch noch Raben«, flüsterte sie und ihre Stimme zitterte verdächtig. Unwillig wischte sie eine Träne fort, die über ihre Wange rollte, ohne um Erlaubnis zu fragen. Es fehlte noch, dass sie jetzt anfing zu heulen wie ein Baby. Sie war es doch gewohnt allein zu sein. Zu Hause hatte sie ihre Mutter oft den ganzen Tag nicht zu

Gesicht bekommen und es hatte ihr nichts ausgemacht. Sie hatte ferngesehen oder sich in ihr Bett gekuschelt oder mit Freunden telefoniert oder ... Ihre Unterlippe zuckte. Es war überhaupt nicht zu vergleichen mit dem Leben in diesem ... diesem Hexenhaus.

Verzweifelt warf Magnolia sich auf das Bett und schluchzte hemmungslos in die Kissen. Sie wusste, dass es dumm war, sich selbst zu bemitleiden. Aber es tat so gut, den Gefühlen endlich freien Lauf zu lassen. Erst als keine einzige Träne mehr in ihr war, hob sie schniefend den Kopf.

Schmatz' große, grüne Glubschaugen blickten sie vorwurfsvoll an.

Was liegst du hier herum und heulst? Steh lieber auf und such die Rosinen im Kuchen!, schien er streng zu sagen. Schmatz hatte noch nie Verständnis für Menschen gehabt, die sich wie Waschlappen benahmen.

»Du hast gut reden, dumme Kröte«, murrte Magnolia, während sie sich aufsetzte. »Dich schiebt schließlich niemand mutterseelenallein in ein Hexenhaus ab. Du hast dein Frauchen immer bei dir.« Sie straffte entschlossen die Schultern – und fühlte sich augenblicklich besser.

Nach ein paar weiteren Augenblicken war sie sogar bereit, den Rat der Kröte zu beherzigen und das Beste aus der Situation zu machen. Entschlossen stand sie auf.

Es war völlig dunkel im Turm. Lebensgefährlich dunkel. Vorsichtig tastete Magnolia sich die steile Treppe hinab. Aus einem der unteren Räume drang Tante Linettes raue Stimme. Hatte sie Besuch? Neugierig beugte Magnolia sich über das Geländer und lauschte.

»Sie ist vorhin angekommen«, knarrte die Stimme ihrer Tante.

Eine kurze Pause folgte, dann antwortete eine tiefe, fremde Stimme: »Ein schlechter Zeitpunkt. Nachts brennen auf der Burg wieder die Feuer. Was wirst du also mit ihr tun?«

»Was bleibt mir schon übrig?«, fragte Tante Linette gereizt, »ich werde …« Mitten im Satz brach sie ab.

Magnolia hörte, wie ihre Tante laut und geräuschvoll die Luft einsog. Sie schnüffelte. »Das Mädchen belauscht uns«, sagte sie. »Besser du gehst jetzt.«

Ein kurzes Brummen, dann klappte eine Tür.

Ihre Tante konnte sie riechen!! Wie entsetzlich! Unheimlich! Ekelig! Die Gedanken wirbelten nur so durch Magnolias Kopf. Wohin war sie hier geraten? Wer wusste, ob sie den nächsten Morgen überhaupt noch erlebte? Im Schlaf gemeuchelt. Magnolia wurde kreidebleich.

»Steh dir da oben nicht die Beine in den Bauch, sondern komm herunter und hilf mir beim Abendessen!«

Das galt ihr. Sie hatte also keine andere Wahl, als zu dem Ungeheuer in die Küche zu gehen.

Vermutlich bin ich das Abendessen, dachte Magnolia in einem Anflug von bitterem Humor.

»Dafür bist du viel zu mager«, kicherte ihre Tante, während sie Pfannkuchenteig in eine schwere gusseiserne Pfanne gab.

»Ups«, Magnolia schluckte. Wie machte sie das denn, konnte sie auch noch Gedanken lesen?

Tante Linette warf ihr einen belustigten Blick zu und widmete sich wieder dem Pfannkuchen, der köstlich duftend in der Pfanne lag. Mit einem gekonnten »Hepp« wendete sie ihn in der Luft und Magnolia hätte schwören können, dass er kurz unter der Küchendecke flatterte, ehe er sich elegant drehte und in die Pfanne zurückplumpste. Tante Linette grunzte zufrieden.

»Du kannst den Tisch im Garten decken. Im Sommer esse ich abends gerne im Freien. Alles, was du dafür brauchst, findest du dort.« Sie deutete auf einen weißen Küchenschrank hinter der Tür.

Gehorsam, aber noch immer grübelnd, deckte Magnolia den Tisch im Garten. Er stand auf dreieinhalb Beinen direkt vor einem riesigen Holunderbusch. Für einen Moment hielt sie inne und lauschte. Der Garten hatte etwas Beruhigendes. Die Dämmerung, die noch vorhandene Wärme des Tages, der Duft nach Kräutern.

»Ist dieses Plätzchen nicht wunderbar?«, fragte Tante Linette. Sie kam heraus, beladen mit einem Teller voll Pfannkuchen und einem Krug Brombeersaft und stellte beides schwungvoll auf den Tisch. So schwungvoll, dass der Saft aus dem Krug schwappte und der Turm Pfannkuchen in gefährliche Schieflage geriet. Magnolias Mutter wäre jetzt fluchend nach einem Lappen gerannt. Tante Linette schenkte der Saftlache auf dem Tisch keine Beachtung. »Setz dich und lass es dir schmecken«, sagte sie und zog sich ebenfalls einen Stuhl heran.

Magnolia nahm Platz. Obwohl sie es nicht für möglich gehalten hatte, verspürte sie plötzlich einen ungeheuren Appetit.

Schweigend stopfte sie den ersten Pfannkuchen in sich hinein. Dabei überlegte sie angestrengt, ob sie eine Unterhaltung anfangen sollte, oder ob es in Ordnung war, einfach nur dazusitzen und schweigend zu essen. Nach dem vierten Pfannkuchen und dem dritten Becher Brombeersaft besann sie sich auf ihre guten Manieren.

»Entschuldige«, sagte sie zerknirscht. »Ich glaube, es ist nicht besonders höflich, schweigend die Pfannkuchen in sich hineinzuschlingen.« Sie versuchte ein schiefes Lächeln.

»Höflich, papperlapapp!«, schnaubte Tante Linette. »Hauptsache es schmeckt.« Ungeniert schob sie sich den Rest ihres aufgerollten Pfannkuchens in den Mund und kaute mit vollen Backen.

Hauptsache, es schmeckt …? Hey, das war nett. Neugierig sah Magnolia ihre Tante an.

Die fuhr sich mit dem Handrücken über den fettigen Mund, lehnte sich in ihrem Stuhl zurück und schloss die Augen.

Inzwischen war es beinahe dunkel. Irgendwo sang eine Nachtigall und der Duft von Rosen hing süß und schwer in der Luft.

Zum ersten Mal an diesem Tag spürte Magnolia, wie alle Anspannung von ihr abfiel. Satt und zufrieden sackte sie in ihrem Stuhl zusammen. In der Ferne rief ein Käuzchen und alles war so friedlich.

Da hörte sie es. Ein leises Wispern ganz in ihrer Nähe. Erstaunt sah Magnolia sich um, doch es war niemand zu sehen. Tante Linette schien nichts zu bemerken. Oder doch? Magnolia sah, wie sie unauffällig, aber energisch nach etwas trat. Sie runzelte die Stirn.

Eine Weile war alles still, dann wisperte es erneut. Diesmal kam das Geräusch sehr deutlich aus dem Holunderbusch direkt hinter Tante Linettes Stuhl.

»Was war das?«, fragte Magnolia laut.

»Was war was?«, Tante Linette trat so heftig mit dem Fuß nach hinten, dass sie beinah das Gleichgewicht verlor und drohte, von ihrem Stuhl zu fallen.

»Na, das laute Flüstern«, sagte Magnolia. Tante Linette benahm sich ja reichlich merkwürdig.

»Welches Flüstern?«

Magnolia setzte sich kerzengerade in ihrem Stuhl auf. Im Holunderbusch direkt hinter ihrer Tante bogen sich die Zweige. Sie bogen und bogen sich, bis sie fast den Boden berührten. Dann schnellten sie hoch und etwas sauste direkt auf sie zu. Es klatschte – und auf dem Teller mit den restlichen Pfannkuchen saß breitbeinig ein kleiner Mann mit roten Haaren und blauer Kappe.

»Nein!!«, schrie Linette. Zu spät. Er war nicht zu übersehen.

Magnolia schlug sich die Hand vor den Mund. Sie konnte nicht glauben, was sie dort sah.

»Du verdammter Kobold«, zischte ihre Tante, »warte, bis ich deinen Vater treffe, dann hast du nichts mehr zu lachen. Ich habe dir verboten dich zu zeigen und was tust du?«

Magnolia zweifelte nun ernsthaft an ihrem Verstand. »Hey – in welchem Film bin ich denn hier gelandet?«, stammelte sie.

»Du bringst das Mädchen ganz durcheinander«, schimpfte Linette.

»Sieht sie mich?«, fragte der Kobold.

»Sie sieht dich.«

»Dann ist sie …«, fuhr der Kobold fort.

Linette nickte und legte unauffällig einen Finger auf den Mund.

»Jetzt bleibt mir wohl nichts anderes übrig, als euch einander vorzustellen«, murrte sie.

»Das«, sie deutete auf Magnolia, »ist meine Großnichte Magnolia Steel. Sie wird für ein Jahr bei mir wohnen. Und dieser Taugenichts dort auf den Pfannkuchen ist Jeppe op de Wiesen.«

»Warum ist er so winzig?«, fragte Magnolia erstaunt.

»Er ist ein Kobold«, erklärte ihre Tante knapp, so als wäre es das Normalste von der Welt.

»Und ich bin nicht winzig, verstanden!«, rief Jeppe streitlustig.

»Das stimmt, für einen Kobold ist er sogar recht groß«, bestätigte Linette.

»Wie alt ist er?«, fragte Magnolia.

»Er ist siebenundachtzig Jahre alt«, antwortete Jeppe giftig. »Du kannst mich übrigens direkt fragen, Jungfer Riesengroß.«

Magnolia rümpfte ihre Nase.

»Eigentlich ist er ganz nett«, versuchte Linette die Situation zu retten.

»Dann kann er sich aber ziemlich gut verstellen«, gab Magnolia böse zurück.

Jeppe war inzwischen von seinem Pfannkuchenkissen aufgestanden und stolzierte zwischen dem Geschirr auf und ab.

»Und, was machen Kobolde so?«, versuchte Magnolia es nach einer Weile.

»Kobolde sind dazu da, Unheil zu stiften«, erklärte Jeppe mit wichtiger Miene.

»Ihr stiftet Unheil?«, fragte Magnolia ungläubig.

»Yep«, antwortete Jeppe.

»Und wie?«

»Ooch, wir locken ahnungslose Wanderer in den Sumpf, vertauschen neugeborene Kinder, lassen die Milch sauer werden …«

Magnolia bekam große Augen.

»Na ja, und dann haben wir natürlich noch jede Menge damit zu tun, uns die vielen Verstecke unserer Goldtöpfe zu merken. Das ganze Zeug will dann und wann ja auch mal poliert werden.«

»Genug, Jeppe«, fuhr Linette dazwischen. »Kobolde sind arge Taugenichtse und haben immer Zeit, das Grüne von den Bäumen zu schwätzen, aber der hier hat wenigstens das Herz auf dem rechten Fleck.«

»Heißt das, es gibt noch mehr davon?«, fragte Magnolia schnell.

»Heißt das, es gibt noch mehr davon?«, äffte Jeppe sie nach. »Glaubst du, ich bin ein Unfall der Natur? Eine Art Missgeburt? Natürlich gibt es noch mehr Kobolde, du blöde Gans!«

»Jeppe!«, rief Linette scharf. »Es reicht. Am besten ihr beginnt noch einmal von vorn.«

Magnolia kämpfte mit den Tränen. So ein gemeiner Kerl. Sie lehnte sich in ihrem Stuhl zurück und verschränkte die Arme vor der Brust.

»Okay«, murmelte Jeppe, »war'n schlechter Start. Wenn du willst, fangen wir noch einmal an.« Und mit einem Satz, zu dem nur Kobolde fähig sind, sprang er quer über den Tisch und landete mitten auf dem Stapel Pfannkuchen, so als sei er eben erst angekommen.

Magnolia blinzelte durch ihre nassen Augenwimpern.

Jeppe winkte ihr zu. »Hi, Magnolia, ich bin Jeppe, ein Kobold und ich freue mich dich kennenzulernen.«

Magnolia lächelte. »Hi, Jeppe, schön dich zu sehen.«

»Zufrieden?«

»Fein, jetzt kannst du verschwinden«, sagte Linette. »Für heute reicht es. Es ist Zeit für Magnolia ins Bett zu gehen.«

Normalerweise hätte Magnolia protestiert, doch heute Abend spürte sie ausnahmsweise, dass ihre Tante recht hatte.

»Also schlaf gut, Jungfer Riesengroß«, sagte Jeppe. »Und denke daran, was du in der ersten Nacht in einem fremden Haus träumst, geht in Erfüllung.« Mit einem weiten Satz verschwand er im dunklen Garten.

»Hoffentlich träume ich nicht von dir!«, rief Magnolia ihm nach.

Schwerfällig erhob sich Tante Linette von ihrem Platz.

»Ich leg mich aufs Ohr«, sagte sie, »und dir rate ich dasselbe zu tun. Ist nicht gut für so ein junges Ding, nachts alleine draußen.«

Magnolia stand auf, ihre Gedanken kreisten noch um den Kobold.

»Warte mal Tante Linette!«, rief sie. »War der eben echt? Ich meine, es ist schwer zu glauben, ein echter Kobold in deinem Garten ...«

Tante Linette gluckste: »Ich sagte bereits, mein Garten ist wunderbar.« Damit schlurfte sie ins Haus.

»Und das Geschirr?«

»Ah.« Linette machte eine wegwerfende Handbewegung und verschwand. Magnolia beeilte sich, ihr zu folgen, doch obwohl sie nur wenige Sekunden nach ihrer Tante das Haus betrat, fehlte von ihr jede Spur. Unschlüssig blieb sie in der Diele stehen.

»Tante Linette!«, rief sie zaghaft. Keine Antwort. Dafür kam eine einäugige, schwarze Katze aus dem blauen Bauernschrank. Sie schritt majestätisch auf Magnolia zu und rieb sich an ihren Beinen. Ihr schwarzes Fell sprühte Funken.

»Hallo Katze«, sagte Magnolia, »kommst du mit? Ich habe wenig Lust, allein im Stockdunkeln die Treppe raufzuschleichen.«

Und als hätte Serpentina verstanden, stieg sie auf Samtpfoten voran.

Falls Magnolia befürchtet hatte, in ein finsteres Zimmer zurückzukehren, wurde sie angenehm überrascht. Eine Petroleumlampe sorgte für warmes gelbes Licht im Turm.

Schnell schlüpfte sie in ihr Nachthemd, während Serpentina es sich am Fußende ihres Bettes bequem machte. »Danke, Katze«, flüsterte Magnolia. Sie löschte die Petroleumlampe und trat an das geöffnete Fenster. Eine Weile schaute sie in den ruhigen Garten und hinüber zur Kirche. Sie lag völlig im Dunkeln, nur auf dem Friedhof tanzten zwei flammenartige Lichtpunkte zwischen den Grabsteinen auf und ab. Irrlichter vielleicht.

Magnolia ließ sie nicht aus den Augen und beobachtete, wie sie über die Friedhofsmauer schwebten und ziellos am Hang umherirrten. Sie beobachtete die unruhigen Lichter, bis sie anfing zu frösteln. Dann schlüpfte sie ins Bett.

Fünftes Kapitel

Im Regenfass

Magnolia schlief ein, sobald ihr Kopf die dicken, weichen Kissen berührte. Aber sie schlief unruhig und träumte wirres Zeug. Ihre Tante flog mit wehenden Haaren um den Turm und kreischte: »Willkommen, Magnolia, willkommen im Reich der Schatten!« Die beiden Irrlichter verwandelten sich in die glühenden Augen einer Raubkatze, die näher und näher kam, um sie mit ihrem riesigen Rachen zu verschlingen. Dazu das irre Kreischen ihrer Tante.

Keuchend fuhr Magnolia auf. Himmel, was für ein Traum. Es stimmte hoffentlich nicht, was der Kobold über das Träumen gesagt hatte. Wenn doch … na dann besten Dank.

Im östlichen Fenster zeigten sich die ersten Sonnenstrahlen. Jetzt, wo es hell wurde, brauchte sie keine Schatten mehr zu fürchten.

Magnolia räkelte sich noch eine Weile im Bett und beschloss dann, das Haus einmal gründlich in Augenschein zu nehmen. Wo es Kobolde gab, warteten sicher auch noch andere interessante Dinge darauf, entdeckt zu werden.

»Ich werde systematisch vorgehen und unten in der Diele anfangen«, murmelte sie, während sie in ihre Jeans schlüpfte.

Leise und sehr, sehr vorsichtig schlich Magnolia auf Zehenspitzen die Treppe hinunter.

Die Diele lag still und verlassen im morgendlichen Zwielicht. Angestrengt spähte Magnolia in alle Ecken. Regenmäntel, Gummistiefel, Blumentöpfe. Lauter unverdächtiges Zeug und auf keinen Fall das, wonach sie suchte.

Dann wurde sie fündig. Im Schatten der Treppe verbarg sich etwas hinter einem dicken, roten Samtvorhang. Vorsichtig schob Magnolia den schweren Stoff zur Seite und vor lauter Abenteuerlust hüpfte ihr Herz wie ein Knallfrosch. Tatsächlich, sie stand vor einer geheimnisvollen Tür. »Bingo«, murmelte sie grimmig.

Die Tür war mit schwarzem Leder beschlagen und über und über mit magischen Symbolen bedeckt. Pentagramme erkannte selbst Magnolia.

»Sieht aus, als hätte ich mal wieder den richtigen Riecher gehabt«, schnalzte sie zufrieden und streckte die Hand nach der Klinke aus. Ein Fehler, den sie prompt bereute. Sowie ihre Hand das Metall berührte, zischte es, als hätte man ein Steak auf eine heiße Pfanne gelegt. Ein brennender Schmerz fuhr Magnolia in den Arm. Der Schrei blieb ihr im Halse stecken, als ihr der Geruch nach verbranntem Fleisch in die Nase stieg.

Magnolia wurde übel, die Diele tanzte vor ihren Augen, und sie sackte bewusstlos zusammen.

Als sie aus ihrer Ohnmacht erwachte, lag sie auf dem Sofa in der Stube. Sie war auf einem Berg von Kissen gebettet und Tante Linette war dabei, ihr die Reste eines grünen, angenehm kühlenden Breis auf ihre schrecklich verkohlte Hand zu streichen.

»Da hat dich dein Riecher wohl im Stich gelassen, was?«, krächzte sie. »Kann solche Naseweise nicht leiden.«

»Was ist mit meiner Hand?«, wimmerte Magnolia. »Werde ich sie je wieder gebrauchen können?« Schon wurde sie wieder weiß um die Nase.

»Hör auf zu jammern. Und werde mir bloß nicht wieder ohnmächtig«, brummte Tante Linette. »Trink das!« Sie goss eine honigfarbene Flüssigkeit aus einer bauchigen Karaffe in ein Glas und reichte es ihrer Nichte.

Zittrig nahm Magnolia einen Schluck. Und noch während die

Flüssigkeit warm durch ihre Kehle lief, fühlte sie, wie aller Schmerz und Schrecken aus ihrem Körper verschwand. Ihre Hand fing an zu prickeln, zu pulsieren und man konnte geradeweges zusehen, wie sie sich erneuerte. Zwei Minuten später hatte Magnolia ihre alte neue Hand wieder.

Das war doch eindeutig Zauberei! Da war ihr Tante Linette wohl endlich eine Erklärung schuldig.

Bedauerlicherweise fühlte die keinen Erklärungszwang, sondern zeigte nur einen erheblichen Mangel an Mitgefühl. Wortlos verschwand sie in der Küche und zog die Tür hinter sich zu.

Magnolia seufzte: »Na Klasse, da lag man halb tot auf dem Sofa. Ratzfatz, etwas grünes Zeug auf die Hand, und das war's!« Über erdrückende Fürsorge konnte sie sich bei ihrer Tante weiß Gott nicht beklagen.

Gelangweilt beobachtete sie die kleinen Staubkörnchen, die in der Morgensonne durch das Zimmer tanzten. Die Zeit verstrich. Offensichtlich hatte Linette nicht vor, noch einmal nach ihr zu sehen. Mürrisch schwang sie schließlich die Beine vom Sofa und ging in die Küche.

Wie am Abend zuvor stand ihre Tante am Herd. Konzentriert rührte sie in einem schweren Eisentopf, in dem es dumpf blubberte. Hatte es gestern jedoch verlockend nach Pfannkuchen geduftet, erfüllte heute ein beißender Gestank den Raum.

»Puh«, schnüffelte Magnolia, »das gibt es doch hoffentlich nicht zu essen, oder?«

Grinsend drehte sich ihre Tante um. »Mach, dass du rauskommst, dieser Gestank lässt dir sonst Barthaare wachsen.« Wild fuchtelnd drängte sie Magnolia aus der Küche. »Wenn du dich einigermaßen erholt hast, können wir ja frühstücken. Du musst unbedingt meine köstliche Brombeermarmelade mit Pimpernelle probieren. Ich habe in der Stube für uns gedeckt.«

»In der Stube?«, fragte Magnolia verblüfft. »Wann denn das …?« Tante Linette blieb die Antwort schuldig.

Tatsächlich war das Krankenlager verschwunden und die Vorhänge bauschten sich am offenen Fenster. Auf dem Tisch standen Marmelade, Kakao und Brötchen, und aus einem Milchkrug grüßte freundlich ein Strauß blauer Kornblumen.

Nachdenklich bestrich Magnolia eine Brötchenhälfte. Ihre Gedanken kreisten um all die seltsamen Dinge, die sich seit ihrer Ankunft in diesem Haus ereignet hatten.

»Ich möchte dich mal etwas fragen, Tante Linette«, sagte sie plötzlich. »Ich hoffe, du nimmst es mir nicht übel, aber … mir kommt hier manches reichlich merkwürdig vor. Gestern Abend der Kobold, heute meine Hand und der gedeckte Frühstückstisch, ich mache mir da natürlich so meine Ge …« Magnolia starrte ihre Tante an.

Direkt am Kinn wuchsen ihr drei kräftige schwarze Borsten. Auf der mittleren hing sogar ein Brötchenkrümel. Diese Borsten hatte sie gestern noch nicht gehabt, da war sich Magnolia absolut sicher.

»Warum sprichst du nicht weiter?«, fragte Tante Linette freundlich.

»Ähmm, du hast da etwas …« Magnolia deutete mit einer vagen Handbewegung auf ihr eigenes Kinn.

Tante Linette fühlte nach. »Oh!«, rief sie erschrocken und sprang auf. Magnolia hörte noch Worte, die wie »zu tief über den Topf gebeugt« klangen, dann war ihre Tante auch schon verschwunden.

Hilflos zuckte sie mit den Schultern und beendete das Frühstück allein.

Nach einer Weile kam Tante Linette ohne Borsten in Begleitung von Serpentina zurück.

»Hallo Katze«, grüßte Magnolia. »Sie hat mich gestern Abend auf mein Zimmer gebracht und in meinem Bett geschlafen.« Zart strich sie Serpentina über das weiche Fell.

»So etwas habe ich mir schon gedacht«, sagte Tante Linette. »Serpentina schläft gern oben im Turm. Es ist ihr Lieblingsplatz.«

»Du heißt Serpentina? Was für ein ungewöhnlicher Name.« Die Katze blickte Magnolia ernst an und blinzelte ihr dann mit dem noch verbliebenen Auge zu. Ich bin auch eine ungewöhnliche Katze, sollte das heißen.

Linette zog inzwischen einen aus Zweigen geflochtenen kleinen Rucksackkorb hinter dem Ofen hervor und nahm ihn auf den Rücken.

»So ein Ding habe ich bisher nur in alten Heimatfilmen gesehen«, sagte Magnolia.

»Ich benutze die Kiepe häufig«, antwortete ihre Tante. »Vor allem zum Sammeln von Wildkräutern, die ich in meinem Garten nicht ziehen kann. Wenn du Lust hast, darfst du mich heute Morgen auf den Kuckucksberg begleiten.«

»Klar habe ich Lust«, erwiderte Magnolia, »gib mir nur zwei Minuten, um meine Jacke zu holen.«

Sie sauste hinauf in den Turm und blieb wie angewurzelt in der Tür stehen. Die Sonne schien durch die weit geöffneten Fenster und ein Rotkehlchen trällerte auf der Fensterbank seinen Morgengruß. Magnolia wusste nicht, wie ihr geschah, aber plötzlich hatte sie selbst so ein kleines, sonniges Gefühl im Bauch. Dabei hatte sie doch eigentlich Grund genug, traurig zu sein, so mutterseelenallein.

Egal! Sie gab sich einen Ruck, schnappte ihre Jacke und sprang die Treppen wieder hinunter in die Diele, wo Tante Linette bereits auf sie wartete. Mit ihren derben Wanderschuhen, dem geblümten Schlapphut und der Weidenkiepe auf dem Rücken sah sie unbestritten interessant aus.

»Na endlich!«, rief sie und marschierte mit großen Schritten zur Tür hinaus.

Frisch und ausgeruht kamen sie gut voran. Tante Linette war nicht besonders gesprächig. Hier und dort machte sie Magnolia auf eine bestimmte Pflanze oder einen seltenen Käfer aufmerksam, ansonsten schritt sie schweigend bergauf.

»Warum heißt dein Haus eigentlich Regenfass?«, fragte Magnolia, der es allmählich langweilig wurde, nur so durch die Landschaft zu trotten.

Tante Linette grinste. »Kleiner Unfall mit einem Greif. Im Dach klaffte ein gigantisches Loch und es hat ständig hineingeregnet. Es war wie verhext! Das Loch war einfach nicht zu stopfen, da half kein noch so ausgeklügelter Zau … Schließlich kam ich auf die nette Idee mit dem Turm. Praktisch, nicht wahr?«

Sehr praktisch, das musste Magnolia zugeben. Aber irgendwie nicht ganz normal. Und was war mit dem Greifer, der den Schaden angerichtet hatte?

Zu gerne hätte sie noch einmal nachgefragt, aber ihre Tante war bereits hinter zwei Tannen verschwunden.

Am Fuße des Kuckucksbergs angelangt, machten sie sich an den beschwerlichen Aufstieg. Tante Linette schnaufte dabei wie eine alte Dampfmaschine und Magnolia rief sich vorsichtshalber noch einmal ihren Erste-Hilfe-Kurs ins Gedächtnis. Glücklicherweise gelangten sie ohne Zwischenfall ans Ziel.

Hier oben bot sich ihnen ein herrlicher Ausblick. Die Wälder lagen ihnen zu Füßen und ein sanfter Wind kühlte ihre erhitzten Gesichter. Linette ließ die Kiepe zu Boden gleiten und tupfte sich umständlich die Stirn.

»Genial«, stieß Magnolia keuchend hervor. »Hörst du das Plätschern? Hier oben muss es eine Quelle geben. Ob man daraus trinken kann?«

»Sicher, du musst sie bloß finden«, lachte Tante Linette.

Sofort machte sich Magnolia auf die Suche. Wie ein junger Spaniel schnüffelte sie hier, suchte dort und hatte die Quelle bald entdeckt.

Auf der Rückseite des Berges quoll das kristallklare Wasser aus einer Felsspalte und ergoss sich hell glitzernd in ein natürliches Becken aus Stein.

»Tante Linette, komm schnell! So etwas habe ich noch nie gesehen! Wahnsinn!«

»Dieses Wasser ist noch lebendig«, sagte Linette leise. »Aber schau dich um, Täubchen. Schau dich um und sage mir, was du sonst noch von hier oben siehst.«

Bereitwillig ließ Magnolia ihren Blick schweifen und gab Auskunft über das, was sie sah.

Blauer Himmel, weite Wälder und dort unten schlängelte sich dunkel ein Fluss durch ein Tal. Irgendwo in weiter Ferne glitzerten ein paar rote Dächer. Das musste Rauschwald sein.

»Weiter«, drängte Linette, »schau genau.«

Was, noch genauer? Ihre Tante konnte ja gar nicht genug kriegen.

Höflich strapazierte Magnolia ihre Augen aufs Neue und auf einmal hörte sie das tiefe »Grock« der Raben. Unwillkürlich zuckte sie zusammen. Ihr Blick glitt gehetzt zu dem gegenüberliegenden Hügel.

Linette folgte ihrem Blick. »Und?«, fragte sie gespannt.

»Ich sehe Raben«, murmelte Magnolia, »und eine Burg, die sich im Nebel versteckt.« Ihr Verstand raste. Auf der anderen Seite des Tals war das Wetter wesentlich schlechter. Dichte Gewitterwolken hingen tief über den geschwärzten Zinnen der Burg und über alldem schnarrten die heiseren Rufe der Raben. Magnolia fröstelte.

»Ich glaube sie kommen her«, flüsterte sie.

»Nicht am helllichten Tag.« Und nicht, solange ich bei dir bin, fügte Linette in Gedanken hinzu.

»Was ist das für eine Burg?« Magnolia ließ die Raben nicht aus den Augen. »Sie sieht so düster und abweisend aus.«

»Dort ist das Böse zu Hause.«

Erstaunt sah Magnolia ihre Tante an und für einen Moment war sie nicht sicher, ob sie die gemurmelten Worte richtig verstanden hatte.

»Das Böse. Wie meinst du das?«

Unwillig winkte ihre Tante ab. »Ich erzähle dir später davon.«

»Wieso später? Ich will es jetzt wissen«, begehrte Magnolia auf.

»Später! Schließlich sind wir hergekommen, um meine Vorräte an Gnadenkraut und geflecktem Schierling aufzufüllen, und nicht, um über Burgen zu plaudern.«

Augenblicklich begann Linette mit der Suche nach den benötigten Pflanzen und es hatte nicht den Anschein, als ließe sie sich zu einem weiteren Gespräch herab.

Magnolia war beleidigt. Da sie weder das Gnadenkraut, noch den gefleckten Schierling kannte und Tante Linette ihre Hilfe ohnehin nicht verdient hatte, setzte sie sich auf den Fels neben der Quelle und starrte zur Burg hinüber. Unermüdlich kreisten die Raben um ihre Zinnen, taumelnd und schreiend in den Böen des Gewitters.

Magnolia zuckte zusammen, als Tante Linette ihr den Finger in die Rippen stieß.

»Ich bin so weit, meine Süße«, schnarrte sie. »Die Zeit zum Kräuterschneiden ist sowieso vorbei. Die Sonne steht zu hoch, es hat keinen Zweck mehr.«

Sie füllte einen Lederschlauch mit Quellwasser und reichte ihn Magnolia. Dann zog sie sich in den Schatten der Bäume zurück und zauberte kaltes Huhn und Butterbrote hervor. Nach dieser schmackhaften Mahlzeit war Magnolia bereit, sich mit der Welt und ihrer Tante zu versöhnen.

Sechstes Kapitel
Frau Hulda

Magnolia lebte sich gut im Regenfass ein. Zwar vermisste sie ihre Mutter noch immer, aber die Momente, in denen diese schwarze Trostlosigkeit von ihr Besitz ergriff, wurden mit der Zeit immer seltener.

Ein Grund dafür lag sicher in der einen oder anderen Begebenheit, die sie ins Grübeln brachte.

So sah sie eines Tages den dicken Popo ihrer Tante im Dielenschrank verschwinden. An und für sich noch nichts Besonderes, denn es konnte ja sein, dass sie etwas in dem Schrank suchte.

Wenn man aber, wie Tante Linette in dem Schrank blieb und für Stunden nicht wieder herauskam, machte das Magnolia schon nachdenklich. Die Schranktür einfach zu öffnen und ihre Tante zu fragen, was es denn da so Spannendes gab, wagte sie nicht.

Ein anderes Mal platzte Magnolia mitten ins Großreinemachen. Ebenfalls nichts Besonderes, in Tante Linettes Fall bewegten sich Staubtuch und Besen jedoch allein durch den Raum, während sie auf der Fensterbank die Geranien goss. Kaum hatte sie Magnolia bemerkt, wirbelte sie herum, schnippte einmal mit den Fingern und hielt, schwuppdiwupp, Staubtuch und Besen in der Hand. Dabei grinste sie so verlegen, als wäre sie bei etwas Unanständigem ertappt worden.

Selbstverständlich machte sich nicht nur Magnolia Gedanken.

Auch Linette war klar, dass die Situation nicht einfach war. Ihre Nichte war ein aufgewecktes Mädchen und sie würde ihren unbequemen Fragen nicht für immer ausweichen können.

Sie konnte sich nur noch nicht entschließen, wie und wann sie Magnolia die Wahrheit sagen sollte.

Es war lästig. Wann immer Linette zu den Zwergen nach Hackpüffel kam, wurde sie von hochgezogenen Augenbrauen empfangen, und jeder Dörfler schien ihr nur die eine Frage zu stellen: »Weiß sie es jetzt?«

So dankbar Linette Jacko für seine tiefe Freundschaft war, so sehr stritten sie, was Magnolia betraf. Vertrat Jacko den Standpunkt, das Mädchen müsse endlich erfahren, »wer es sei«, war Linette der Ansicht, man müsse Magnolia behutsam damit vertraut machen, dass sie anders war als Andere.

Bei ihrem letzten Besuch im Dorf, der nun schon drei Tage zurücklag, hatten sie heftig gestritten.

»Du alte Hexe lässt sie noch ins Messer laufen, nur weil du zu feige bist, offen mit ihr zu sprechen. Aber ich schwöre dir, wenn du nicht bald mit ihr redest, dann tue ich es!«, hatte Jacko gebellt. »Sie ahnt gar nicht, in welcher Gefahr sie schwebt, und tappt irgendwann mir nichts dir nichts in …«

»Ach, halt die Klappe«, hatte Linette zurückgekeift, »oder glaubst du, ich lasse mir von einem Gartenzwerg sagen, was ich zu tun habe? Ich kenne meine Verpflichtung genau. Ein paar Mal habe ich mich schon beim Zaubern erwischen lassen und Jeppe hat sie ebenfalls kennengelernt. Sie wird ganz allmählich von selber darauf kommen.«

»Pah«, schnaubte Jacko verächtlich. »Die Burg hättest du ihr nie zeigen dürfen. Das war viel zu gefährlich.«

Linette hatte begütigend seinen Arm getätschelt und gesagt: »Ich weiß, alter Freund, aber ich wollte sicher sein, dass sie wirklich eine von uns ist. Bitte lass mir noch ein wenig Zeit.«

Am nächsten Morgen sagte Linette zu Magnolia: »Nach dem Frühstück gehen wir gemeinsam in den Garten und du hilfst mir, die Blutwurzel für den Apotheker auszugraben. Es wird Zeit, dass du dich nützlich machst.«

Puh – das klang ja aufregend! Und überhaupt: als ob sie den ganzen Tag nur auf ihrem Hintern sitzen würde.

»Er hat mir schon in aller Frühe eine Depesche geschickt, in der er mich bittet, ihm frischen Blutwurz und Schlangenknöterich zu bringen.« Tante Linette grinste. »Bei dieser Gelegenheit werde ich ihm gleich ein paar Flaschen Haarwuchstinktur aufschwatzen und du kannst endlich Rauschwald kennenlernen.«

»Dann ist es also wahr. Die Leute kommen tatsächlich wegen Salben und so 'nem Zeug zu dir?«, fragte Magnolia.

»Hat deine Mutter dir davon erzählt?«

Magnolia nickte.

»Nun, deine Mutter hat recht ...«, sagte Linette geschmeichelt.

Für einen kurzen Moment hoffte Magnolia, ihre Tante würde ihr nun endlich erzählen, was es mit all den sonderbaren Sachen auf sich hatte. Doch sie wurde wieder einmal enttäuscht.

Den Vormittag verbrachten sie damit, die Blutwurzel auszugraben, Kräutersträußchen zu binden und Unkraut zu jäten. Magnolia erfuhr bei dieser Gelegenheit, dass es eigentlich gar keine Unkräuter gab, sondern nur Wildkräuter, von denen viele heilende Eigenschaften besaßen.

»Nur besonders dumme Menschen sprechen von Unkräutern. Hör nicht auf sie!«, verlangte Tante Linette kategorisch.

Erstaunt stellte Magnolia fest, wie interessant diese Wildkräuter waren. Ganz nebenbei lernte sie, dass Johanniskraut als Tee getrunken gute Laune macht und dass das Öl derselben Pflanze kleine Wunder bei spröder und trockener Haut bewirkt. Dass Spitzwegerich eine prima erste Hilfe bei Insektenstichen ist und dass der Blutwurz gar nicht so blutrünstig ist, wie er klingt. Schon seit Jahrhunderten nutzten die Menschen seine Heilwirkung bei Bauchgrimmen, Zahnfleischbluten und Hämorriden.

Während Tante Linette die schwarze Erde auf den Beeten lokkerte, schlenderte Magnolia durch den Garten. Sie mochte seinen Duft und die Stille innerhalb seiner Mauern. Kein Lüftchen regte sich und irgendwie schien die Zeit hier stillzustehen. Von der Wiese stieg trällernd eine Lerche in den wolkenlosen, samtblauen Himmel, und auf einmal war Magnolia sicher, dass es hier draußen auch Kobolde gab. Probehalber rüttelte sie an der schmiedeeisernen Tür, die am Ende des Gartens in die Mauer eingelassen war.

»Jetzt pflücken wir noch ein paar Holunderbeeren und dann haben wir genug für heute Vormittag getan!«, tönte Tante Linette und riss Magnolia aus ihren Gedanken.

Holunderbeeren pflücken, endlich eine klare Ansage. Magnolia war froh, einmal nicht fragen zu müssen. Der Holunder war der dicke Busch mit den schwarzen Beeren, gleich neben der Terrasse. Schnell war sie vor Ort und hatte eine Rispe in der Hand. Rupf – schon klebten die ersten Beeren mit ihrem blauroten Saft zwischen ihren Fingern.

»HALT!!!«, dröhnte die Stimme ihrer Tante. »Dummes Ding!«

Betreten ließ Magnolia die Beeren fallen.

»Wir reißen niemals Früchte von Bäumen oder Sträuchern. Niemals!« Linette hielt ihrer Nichte ein kleines sichelförmiges Messer hin.

»Und in diesem speziellen Fall musst du sogar erst Frau Hulda um Erlaubnis fragen.«

»Frau Hulda? Ich dachte, der Busch gehört dir«, sagte Magnolia missmutig.

»Frau Hulda ist der Holunderbeergeist, der in diesem Strauch wohnt.«

»Ein Geist?«

»Jawohl, sie ist ein Hausgeist, mit dem man sich gut stellen sollte. Seit fünfzig Jahren lebt sie in diesem Garten und sie kann erheblichen Schaden anrichten, wenn man sie verärgert.«

»Zum Beispiel?«, fragte Magnolia interessiert.

»Zum Beispiel befiehlt sie den Pflanzen ringsherum, keine Früchte mehr zu tragen. Ich vergesse nie das Jahr, in dem meine Brombeerhecke streikte, sehr ärgerlich. Oder sie verdrischt dich, wenn du abends nichts ahnend hinaus in den Garten trittst.«

»Ach, so eine ist das«, sagte Magnolia und warf einen misstrauischen Blick auf den Busch. »Kann man sie sehen?«

»Nein, sie lebt im Holz, im Saft und den Blättern des ganzen Strauches.«

»Wie fragt man um Erlaubnis?«

»Ganz einfach. Du machst eine höfliche Verbeugung und sagst:

›Verehrte Frau Holunderbeer, gebt bitte ein paar Früchte her.

Sofern du sie entbehren kannst, entrichte ich dir meinen höflichsten Dank.‹«

»Oh nein«, stöhnte Magnolia, »so einen Quatsch soll ich machen und dann auch noch so einen blöden Spruch aufsagen? Ist ja peinlich. Kriegen wir die Beeren nicht woanders?«

»Warum?« Eine steile Unmutsfalte stand auf Tante Linettes Stirn. »Nur weil du zu stolz bist, um etwas zu bitten? Weil du diesem alten, ehrwürdigen Holunderstrauch keine Ehre erweisen willst? Seine Früchte möchtest du haben, aber du bist zu stolz, um darum zu bitten. Nein, Magnolia, das ist nicht der richtige Weg.«

Forschend schaute sie ihrer Nichte in die Augen. »Hast du denn kein Gefühl für die Natur?«

Betreten blickte Magnolia auf ihre Schuhspitzen. »Gib mir das Messer«, sagte sie kleinlaut.

Dann wandte sie sich an den Busch, machte eine schnelle Verbeugung und nuschelte: »Verehrte Frau Holunderbeer, gebt bitte ein paar Früchte her, sofern du sie entbehren kannst, entrichte ich dir meinen höflichsten Dank.«

Unsicher sah sie sich nach ihrer Tante um.

»Wenn sie mit den Zweigen wackelt, darfst du dir etwas nehmen.«

Und tatsächlich, ein leises Zittern schüttelte den ganzen Strauch, als würde ein Windstoß hineinfahren.

»Darf ich jetzt ...?«

Tante Linette nickte. Magnolia schnitt einige Rispen ab und legte sie fein säuberlich in den Korb, den Tante Linette ihr reichte.

»Danke schön«, sagte Magnolia vorsichtshalber.

Tante Linette schenkte ihr dafür ihr schönstes Wackelzahn-Lächeln. »Jetzt bringen wir sie zum Entsaften ins Haus und nach dem Mittagessen besuchen wir in Rauschwald den Apotheker. Vorher lege ich mich allerdings noch ein wenig aufs Ohr.« Die Hitze setzte Linette mehr zu, als sie zugeben wollte. »Du musst dich währenddessen allein beschäftigen. Ich brauche nämlich meinen Schönheitsschlaf«, sagte sie.

Sich allein zu beschäftigen, fiel Magnolia nicht schwer. Sie schlenderte gern durch das Haus und genoss seine geheimnisvolle Atmosphäre. Die Küche mit dem gewaltigen Herd und den blanken Töpfen und Pfannen. Die Vorratskammer, in der die Würste geräuchert von der Decke baumelten.

Die behagliche Wohnstube mit dem Kachelofen und dem gemütlichen Ohrensessel, der sie gern einmal probesitzen ließ.

In der Diele begegnete ihr Serpentina. Sie kam aus der halb geöffneten Tür des blauen Bauernschranks und rieb schnurrend ihren Kopf an Magnolias Beinen, bevor sie aus der Haustür in den Garten verschwand.

Seltsam, grübelte Magnolia, ständig erscheint oder verschwindet jemand in diesem Schrank, muss ja urgemütlich sein darin.

Ein lautes Rumpeln in seinem Innern ließ sie zusammenfahren.

Wie von Geisterhand öffnete sich die linke Tür. Langsam, Zentimeter für Zentimeter. Magnolia spannte sämtliche Muskeln in ihrem Körper. Sie war bereit, jederzeit die Flucht zu ergreifen oder nach ihrer Tante zu schreien.

Da zeigte sich ein roter Haarschopf in der Öffnung, stieß einen spitzen Schrei aus und sprang zurück in den Schrank.

Mit einem Satz war Magnolia da, riss die Tür auf und rief: »Welcher Feigling hat hier geschrien? Jeppe, warst du das?! Sind Kobolde solche Angsthasen, dass sie sogar vor harmlosen kleinen Mädchen erschrecken?«

Ihre Stimme klang merkwürdig hohl in dem Schrank. Und weil es außerdem schwarz wie die Nacht darin war, zog Magnolia ihren Kopf schnell wieder zurück.

Wie eine Gewehrkugel schoss Jeppe heraus.

»Bei all meinen Goldtöpfen, du Riesentrampel! Linette sollte dir eine gewaltige Kuhglocke um den Hals hängen, damit ahnungslose Geschöpfe mit einem schwachen Herzen nicht auf der Stelle tot umfallen. Ist ja ekelhaft, wie du hier herumschleichst.«

»Ich schleiche nicht herum«, schnaubte Magnolia empört. »Falls du es vergessen hast, wohne ich hier. Aber wie steht es mit dir, Kobold? Was hast du in Tante Linettes Schrank verloren?«

Listig kniff Jeppe die Augen zusammen. »Der Schrank, der Schrank, der Schrank«, sang er aufreizend. »Du weißt es also immer noch nicht. Du bist so dumm, so dumm, so dumm, Jungfer Riesengroß.« Damit tanzte er kreiselnd zur offenen Tür hinaus in den Garten.

Magnolia rannte hinterher. »Was weiß ich immer noch nicht, du dämlicher Kobold?! Waaas?! Bleib gefälligst stehen!« Doch Jeppe war mit einem Satz über die Brombeerhecke verschwunden.

»Du ätzender kleiner Wicht!«, brüllte Magnolia hinter ihm her. Dann fiel ihr Tante Linettes Schönheitsschläfchen ein und sie ließ sich seufzend auf die Bank neben der Haustür fallen.

Blöder Kobold, was meinte er mit: ›Dann weißt du es also immer noch nicht?‹ Barg der Schrank vielleicht doch ein Geheimnis?

Angetan von diesem Gedanken ging Magnolia zurück in die Diele. Auf den ersten Blick machte der Schrank keinen ungewöhnlichen Eindruck. Er sah zwar alt, aber nach nichts Besonderem aus. Ein großer, hellblauer Kasten, auf dessen Türen leuchtende Malereien prangten.

Die linke Tür zierte eine Dorfidylle aus längst vergangener Zeit. Strohgedeckte Häuser, Blumengärten im Sonnenschein und eine Schar Enten, die vor einer Scheune nach Futter suchte.

Das Bild auf der rechten Tür dagegen war düster. Dunkle Wolken zogen sich drohend am Himmel zusammen und hüllten eine schwarze mächtige Burg in Nebel. Gebannt starrte Magnolia auf das Bild. Kein Zweifel. Da war sie wieder. Die Burg, die sie von der Quelle aus gesehen hatte. In Nebel gehüllt, schien alles Leben ringsum erstarrt.

»So ein Quatsch«, murmelte Magnolia und öffnete vorsichtig eine Schranktür. Ups, beinahe wäre ein Reisigbesen herausgefallen. Erwartungsvoll spähte sie hinein, doch außer einem Haufen Mäntel und dem ollen Besen schien er nichts Bemerkenswertes zu enthalten. Enttäuscht wollte sie die Schranktür wieder schließen, da spürte sie einen kalten Luftzug in ihrem Gesicht. »Nanu«, neugierig schob Magnolia die Mäntel beiseite … Im selben Moment durchfuhr sie ein beißender Schmerz. Eine knöcherne Kralle grub sich tief in ihre Schulter und zog sie zurück.

»Tante Linette!«, keuchte sie.

»Raus da, du kleine Kröte!«, krächzte Linette und ihre schwarzen Augen funkelten böse.

»Ent … entschuldige«, stammelte Magnolia, »ich wollte bestimmt nicht rumschnüffeln, es war nur alles so merkwürdig, zuerst kam Serpentina aus dem Schrank und dann Jeppe und der sagte, ich sei dumm und wüsste nicht Bescheid, und da wollte ich …«.

»Schon gut«, fiel Tante Linette ihr ins Wort und schaute Magnolia plötzlich wieder freundlich an. »Wir wollen dem Apotheker endlich die Salben und Kräuter bringen«, sagte sie, »er wird sicher schon auf uns warten. Sei so gut und hole die beiden Körbe aus der Küche, die ich gepackt habe. Ich kümmere mich inzwischen um die Fahrräder.« Vergessen war der Schrank.

»Wir fahren auf Rädern nach Rauschwald?«, fragte Magnolia verblüfft.

»Warum denn nicht? Fahrrad fahren ist gesund und macht Spaß. Ich fahre immer mit dem Rad.«

»Hast du denn kein Auto?« (Die Frage war eigentlich überflüssig, denn Magnolia hatte noch nie ein Auto in der Nähe des Hauses gesehen.)

»Nein, habe ich nicht und nun geh!«

Magnolia lief in die Küche und holte die beiden enorm großen und enorm schweren Körbe. Es war ihr ein Rätsel, wie ihre Tante diese sperrigen Dinger auf dem Rad transportieren wollte.

Vor dem Haus wartete Tante Linette bereits mit einem nigelnagelneu aussehenden Damenfahrrad in der Auffahrt. Für Magnolia lehnte exakt das gleiche Modell in der Brombeerhecke.

»Hast du die extra für uns angeschafft?«, fragte Magnolia erstaunt.

»Unsinn«, erwiderte ihre Tante barsch. »Gib mir die Körbe!«

Nun beobachtete Magnolia fasziniert, wie ihre Tante versuchte, die Körbe an die Lenkstange zu hängen. Das erste Mal ließ sie das Rad unbekümmert los, um Magnolia die Körbe aus den Händen zu nehmen und schrie überrascht auf, als es scheppernd neben ihr zu

Boden fiel. Sie schien tatsächlich zu glauben, es würde von ganz allein auf seinen zwei Rädern stehen bleiben.

Beim nächsten Mal hielt sie das Rad mit zwei Fingern fest und ging athletisch in den Spagat, um nach einem der Körbe zu angeln. Das Rad bekam Schlagseite und schlug ihr hart in den Nacken, bevor es sie endgültig unter sich begrub.

Beim dritten Versuch stürzten das Rad und Linette, noch bevor der zweite Korb den Lenker berührte. Tante Linette fluchte undamenhaft.

Nach jahrelanger Übung sieht das nicht aus, dachte Magnolia.

Ihre Tante warf ihr einen übellaunigen Blick zu und deutete dann herrisch mit dem spitzen Zeigefinger auf das Rad. Augenblicklich stand es wie einbetoniert da. Es schwankte nicht einmal, als sie die beiden schweren Körbe nacheinander an den Lenker hängte und umständlich aufstieg.

»Mir nach, Magnolia!«, rief sie im Ton eines Feldwebels, bevor sie scheppernd gegen die knorrige Eiche fuhr, die in der Biegung vor ihrem Haus stand.

»Was fällt dir ein, alter Eichenmax!? Was springst du mir auf so unverschämte Weise in den Weg!?«

Magnolia kicherte. »Kann ich dir irgendwie helfen?«

»Natürlich nicht«, bellte ihre Tante und schwang sich erneut aufs Rad. In wahnwitzigen Schlangenlinien rauschte sie davon. Es war offensichtlich, dass sie keine besonders geübte Fahrerin war, doch Magnolia hütete sich etwas in dieser Richtung anzudeuten.

Schnell stieg sie auf ihr Rad und fuhr ihr nach.

Es ging leicht bergab und Tante Linette hatte gut Strecke gemacht, als Magnolia die nächste Katastrophe in Form eines Stechginsterbusches auf ihre Tante zukommen sah. Sie hielt direkt darauf zu, und da der Ginster bis zuletzt keine Anstalten machte, aus dem Weg zu gehen, bereitete Magnolia sich darauf vor, ihre Tante aus dem Busch zu pflücken. Mitfühlend kniff sie die Augen zu. Als sie es wagte, wieder hinzuschauen, staunte sie nicht schlecht, denn sie sah gerade noch, wie das Rad ihrer Tante sanft mit dem Hinterreifen aufsetzte. Nach Art eines erfahrenen Mountainbikers war sie einfach über den Busch gesprungen. Überhaupt schlug sie jetzt ein beachtliches Tempo an und wich mit traumwandlerischer Sicherheit jedem weiteren Hindernis aus. Magnolia trat kräftig in die Pedalen und blieb trotzdem weit zurück.

Erst an der Kirche wartete ihre Tante auf sie. Triumphierend blickte sie ihr entgegen. »Na endlich, Magnolia, ich dachte schon, du hättest dich unterwegs verfahren.«

»Du fährst ja einen ganz schönen Stiefel«, keuchte Magnolia.

»Und genau dasselbe solltest du auch tun, wenn du Rauschwald heute noch erreichen willst«, antwortete ihre Tante und stieß sich, sehr zu Magnolias Ärger, schon wieder mit den Füßen ab. Ohne auch nur ein einziges Mal in die Pedale zu treten, brauste sie Rauschwald entgegen.

»Sie hockt da wie auf einem Mofa«, fuhr es Magnolia durch den Kopf, während sie ihr Bestes tat, um den Anschluss nicht zu verlieren.

Siebtes Kapitel

Rauschwald

RAUSCHWALD GRÜSST SEINE GÄSTE, hieß sie das Schild am Ortseingang willkommen.

Sie rumpelten über eine mit Kopfsteinen gepflasterte Brücke und schon waren sie mitten in dem kleinen mittelalterlichen Städtchen.

Umständlich stieg Tante Linette vom Rad. »War doch gar nicht so übel«, sagte sie zufrieden.

Langsam schoben sie ihre Räder über den Marktplatz und Magnolia stellte erleichtert fest, dass ihr Rauschwald gefiel.

Die Geschäfte hatten sich rund um den Marktplatz in hübschen Fachwerkhäusern angesiedelt und machten einen zufriedenen Eindruck. Ein paar Urlauber saßen gemütlich im Schatten von drei mächtigen Linden und genossen bei leiser Musik ihre Eisbecher. Beim Anblick der großen Eisportionen lief Magnolia das Wasser im Mund zusammen. Gerade wollte sie ihrer Tante vorschlagen, auf dem Rückweg im Gasthaus »Zur Linde« einzukehren, als sie den Brunnen mitten auf dem Marktplatz entdeckte.

Auf einem Podest in seiner Mitte stand eine Bronzefigur, die mit wehendem Umhang und Pfeil und Bogen gegen … Magnolia musste zweimal hinsehen. Tatsächlich: Die Figur kämpfte gegen eine löwengroße Ratte in einem wattierten Wams.

Die Ratte stand aufrecht auf zwei Beinen und hatte ein kurzes Schwert gezückt. Das geöffnete Maul zeigte eine Reihe dolchartiger Zähne.

»Aus welchem Märchen stammt das wohl?«, wunderte sich Magnolia laut.

»Aus gar keinem Märchen«, antwortete Tante Linette, die ebenfalls stehen geblieben war. »Da auf dem Brunnen kämpft Hilarius, ein Fürst der Hochelfen, gegen den Hauptmann der Norgen-Armee.« Sie seufzte.

»Und weiter?«, fragte Magnolia.

»Das ist eine lange Geschichte, die erzählt sich nicht so einfach mitten auf dem Marktplatz.« Auf einmal wirkte ihre Tante müde, dann straffte sie die Schultern und schob ihr Rad energisch in Richtung Apotheke. Magnolia folgte nur zögernd.

Das Haus des Apothekers klemmte hoch und schmal zwischen dem Rathaus und einem Souvenirladen, in dem es Rauschwalder Kunsthandwerk zu kaufen gab.

Linette und Magnolia stellten ihre Räder ab und stiegen die drei Stufen zur Apotheke hinauf. Ein Windspiel an der Tür meldete ihren Besuch.

Einen Moment mussten sich Magnolias Augen an das Dämmerlicht im Innern gewöhnen. Es war angenehm kühl und roch nach einer Mischung aus Hustenbonbon und Möbelpolitur. Ein blanker Mahagonitresen trennte die Kundschaft von dem geheimnisvollen Reich dahinter. In den Holzregalen standen Gefäße aus farbigem Glas, die Pulver, getrocknete Pilze, aber auch eingelegte Gallen- und Blasensteine enthielten.

Erschrocken blieb Magnolias Blick an einem Glas hängen, in dem ein kleiner Mann eingesperrt war. Kein Kobold, sondern eine Alraune, wie die Glasaufschrift verriet.

Hätte der Alraun nicht unablässig mit seinen kleinen Fäusten gegen das Glas gehämmert, man hätte ihn mit seiner borkigen, braunen Haut durchaus für das Wurzelwerk einer Pflanze halten können.

Gerade wollte Magnolia ihre Tante darauf aufmerksam machen,

als der Apotheker aus einem der hinteren Räume kam. Er war ein kleiner, glatzköpfiger Mann mit dicken Brillengläsern.

»Ah, Linette!«, rief er erfreut, nachdem er Linettes Hinterteil erkannt hatte. Es war das einzige Körperteil, dass zurzeit von ihr sichtbar war, da sie sich gerade tief in die Auslage des Schaufensters beugte, um eine eingelegte Fledermausleber zu betrachten.

»Schön, dass du Zeit gefunden hast vorbeizuschauen. Der Bankier liegt mir schon seit Tagen wegen der Haarwuchstinktur in den Ohren.«

Linette lächelte. »Ich hoffe, du hast ihm nicht zu viel versprochen, Arnulf. Du selber bist schließlich der beste Beweis, dass die Tinktur nicht in jedem Fall hilft. Darf ich dir übrigens meine Großnichte vorstellen? Magnolia Steel. Magnolia, das ist Arnulf Langboom, ein alter Freund.«

Sie schüttelten einander die Hände.

»Magnolia ist erst vor Kurzem angekommen und ich möchte ihr gern noch die Stadt zeigen, bevor die Geschäfte schließen, deshalb lass es uns heute kurz machen.«

Ohne weitere Umstände klappte Linette den Tresen an der dafür vorgesehenen Stelle hoch und zwängte sich mitsamt ihren Körben hindurch. Herr Langboom folgte ihr eiligen Schrittes.

Unschlüssig blieb Magnolia zurück. Vermutlich wurde erwartet, dass sie hier im Laden wartete. Man hatte sie jedenfalls nicht aufgefordert mitzukommen. Also schaute sie noch einmal nach dem Glas mit dem Alraun.

Armer kleiner Mann, dachte sie mitleidig, er drängt und presst sich gegen sein gläsernes Gefängnis, als wolle er es einfach beiseiteschieben. Wer weiß, was sie mit ihm vorhatten? Womöglich sollte er zu einer Arznei verarbeitet werden und man konnte ihn später als Tablette schlucken.

Ohne lange zu überlegen, schlüpfte Magnolia hinter den Tresen und nahm das Glas vorsichtig aus dem Regal. Entzückt betrachtete sie den knorzigen Mann. Schön konnte man ihn nicht nennen, aber irgendwie war er putzig und er schien Hoffnung zu schöpfen. Der Alraun hielt in seinen Anstrengungen inne und betrachtete Magnolia seinerseits.

Als sie jedoch keine Anstalten machte, das Glas zu öffnen, wurde er ungeduldig. Lang und breit streckte er ihr seine grüne Zunge heraus, stemmte die Fäuste in die Hüften und starrte sie aus seinen schrumpeligen Rosinenaugen böse an. Mit einer gebieterischen Kopfbewegung befahl er ihr, endlich sein Gefängnis zu öffnen.

Magnolia war verwirrt. Der kleine Mann tat ihr längst nicht mehr so leid wie noch vor einer Minute. Zögernd stellte sie das schwere Glas auf den Tresen. Der Alraun geriet dabei aus dem Gleichgewicht und fiel um. Wütend rappelte er sich auf, zeigte ihr einen Vogel und trat gegen das Glas. Er wurde wirklich immer unsympathischer. Als er dann auch noch anfing, Grimassen zu schneiden und furchtbar schrill zu kreischen, stieß Magnolia das Glas ärgerlich von sich. »Was bist du nur für ein widerlicher Wicht?«, schnauzte sie ihn an.

Der Tobsuchtsanfall, den der Alraun daraufhin bekam, stellte alles in den Schatten, was Magnolia je erlebt hatte. Er lief die Wände hoch, trat schreiend gegen den Deckel, raufte sich das kleine Büschel Haare auf dem Kopf und erinnerte stark an Rumpelstilzchen, kurz bevor es sich in der Luft zerriss. Das Glas fing an, gefährlich zu kippeln. Magnolia wich vorsichtshalber zwei Schritte zurück.

In diesem Moment kamen der Apotheker und Tante Linette zurück.

»Du lieber Himmel«, entfuhr es Herrn Langboom. »Du wolltest doch nicht etwa den Deckel öffnen und die Alraunwurzel herausnehmen?«

»Die wäre mir wohl eher ins Gesicht gesprungen«, erwiderte Magnolia gereizt.

Erstaunt sah Herr Langboom Linette an. »Hat sie die Gabe?«, flüsterte er.

»Sie hat«, erwiderte Linette leise, »und genau da liegt die Gefahr.«

Magnolia bekam von diesem Wortwechsel nichts mit. Sie war damit beschäftigt, den Alraun noch ein wenig mehr zu reizen, indem sie gegen das Glas klopfte.

»Was sind Alraunen eigentlich?«, fragte sie ihre Tante.

Tante Linette verzog angewidert das Gesicht. »Alraunen sind dumme, egoistische Wesen, die sich einbilden, große Zauberkraft zu besitzen. Kein Mensch, der etwas auf sich hält, würde auch nur ein Wort mit ihnen wechseln.«

»Hohoho«, kreischte der kleine Mann. »Keine Zauberkraft? Und warum bist du dann so scharf auf uns? Du Pocken übersäter Hintern eines Rhinozerosses!!«

»Hör nicht auf das Keifen eines stinkenden, verwarzten Alraunen, dessen Hirn nicht größer ist als ein Fliegenschiss«, gab Tante Linette süßlich lächelnd an Magnolia gewandt zurück und zeigte dem Alraunen demonstrativ den Rücken.

»Oh«, Magnolia schnappte entzückt nach Luft.

»Du aufgeplatzte Eiterbeule am A …«, begann der Alraun von Neuem, doch da nahm sich Herr Langboom entschlossen das Glas, klopfte dreimal hart dagegen und rief: »Schluss mit dem ungehörigen Benehmen. Du wirst wohl oder übel noch eine Weile hierbleiben.« Er hüllte das Glas in einen Lappen und stellte es zurück in das Regal.

»Hier kann man ja direkt etwas lernen«, versuchte Magnolia einen kleinen Scherz. Doch weder Tante Linette noch Herr Langboom waren zu Scherzen aufgelegt. Beide warfen Magnolia einen bösen Blick zu.

»Ich brauche dringend etwas frische Luft«, knirschte Linette, »bis zum nächsten Mal, mein Lieber.« Hoch erhobenen Hauptes verließ sie die Apotheke und Magnolia stolperte eilig hinterher.

Die Luft war noch immer drückend.

»Wollen wir uns ein Eis im Gasthaus ›Zur Linde‹ leisten?«, fragte Tante Linette wunderbarerweise. Zehn Minuten später saßen sie zwischen all den Urlaubern im Schatten der Linden und löffelten einen Eisbecher, der Rauschwalder Nussbäumchen hieß.

»Wozu braucht der Apotheker Alraunen?«, fragte Magnolia, während das Krokant angenehm zwischen ihren Zähnen knirschte.

Unwillig runzelte Tante Linette die Stirn. »Alraunen, pah. Am besten man gibt sich überhaupt nicht mit ihnen ab. Leider sind sie in mancher Hinsicht verdammt nützlich, sie machen ihren Besitzer unverwundbar. Schon den Germanen war das bekannt. Sie nannten die Alraunen Allemannentrutz und zogen mit ihnen in die Schlacht.«

Magnolia hing an den Lippen ihrer Tante.

»Der Saft der Alraunenwurzel ist ein ausgezeichnetes Heilmittel bei vielen Krankheiten. In Verbindung mit den richtigen Kräutern ist mir nichts Besseres bekannt. Freiwillig geben die Biester ihn natürlich nicht her. Sie wissen um ihre Macht. Wir sollen vor ihnen zu Kreuze kriechen, sie in Wein baden und all so abstruses Zeug.«

Magnolia kicherte.

»Du lachst, aber so mancher ist schon gestorben, weil eine Alraune gerade nicht in Stimmung war zu helfen. Ab und zu geht uns jedoch eine ins Netz und wird dann zur Ader gelassen, ob es ihr nun passt oder nicht«, fügte Linette grimmig hinzu.

Magnolia dachte kurz nach. »Richtig ist das nicht«, sagte sie dann, »ich meine, schließlich ist es ihr Saft.«

»Aaaah, Krötendreck!«, rief Tante Linette. »Davon verstehst du nichts! Wenn du mit dem Eis fertig bist, möchte ich dir deine zukünftige Schule zeigen. Schließlich öffnet sie schon bald ihre Pforten, um dich in ihrem Schoß willkommen zu heißen.«

»Nee danke, ich meine, ähm … Klasse, ähm …« Magnolias Begeisterung hielt sich eindeutig in Grenzen.

Während sie ihre Räder holten, warf Magnolia schnell ein Auge auf die kleinen Läden, deren Besitzer bereits ihre Auslagen hereinholten. Der Bäcker, der Uhrmacher, der Schuster, die kleine Boutique. Nichts Aufregendes bis auf den Souvenirladen.

A.Tott stand auf dem Schild. Kunsthandwerk, Souvenirs und mehr. Es war das »mehr« nach dem Magnolia sich umsah. Und tatsächlich, in einer Ecke des Schaufensters, versteckt hinter Körben und einer klobigen Bäuerin aus Holz, entdeckte Magnolia das Motiv vom Marktbrunnen. Ohne weiter dem Monolog ihrer Tante über den Segen der Schulpflicht zu lauschen, schlüpfte sie in den Laden.

Er war vollgestopft mit Absonderlichkeiten, die man von außen gar nicht vermutete. Zwar gab es regionale Handwerkskunst in Form von tönernen Krügen und friedlichen Holzschnitzereien, doch die waren bei Weitem in der Minderzahl. Unzählige Voodoomasken aus Afrika und Jamaika zierten die Wände, schaurig von grünem Licht illuminiert. Echte Schrumpfköpfe baumelten an Bändern von der Decke und man musste aufpassen, nicht mit dem Kopf dagegenzustoßen. Magnolia grinste. Echter Horror, hier war sie richtig. Eine angenehme Gänsehaut kroch ihr über den Rücken.

Ah, es gab anscheinend auch die Abteilung der einheimischen Monster. In Gips gegossen und kunstvoll bemalt, standen sie ordentlich platziert auf einer schwarzen Truhe und wirkten ungemein lebendig. Da gab es den Gruftknecht, den Guhl, auch Leichenschmätzer genannt, und den Unhold. Monster, von denen Magnolia glücklicherweise noch nie etwas gehört hatte. Fasziniert betrachtete sie die ausgestellten Figuren. Ein Zombie wankte mit ausgestreckten Armen auf eine alte Frau zu, die unselige Spinnerin hieß. Und da waren auch die Norgen. Sie schleppten gerade eine junge Frau fort. Dahinter lauerte grinsend ein Gruftknecht mit einem langen Messer.

»Hast du etwas Passendes gefunden? Ich will den Laden jetzt schließen«, wisperte eine Stimme so nah an Magnolias Ohr, dass sie den warmen feuchten Atem spürte.

Erschrocken wirbelte sie herum. Direkt hinter ihr stand ein hagerer Mann in einem schwarzen Anzug mit streng zurückgekämmten Haaren. Er machte eher den Eindruck eines Leichenbestatters als den eines Andenkenverkäufers.

»Nun, Magnolia Steel …«, wisperte der Mann erneut.

»Ich … nein danke«, stotterte Magnolia und machte sich so dünn wie möglich, um an diesem unangenehmen Kerl vorbei aus dem Laden zu schlüpfen.

Sie war froh, als sie ihre Tante wartend vor der Apotheke entdeckte.

»Da gibt es eine Menge gruseligen Kram«, sagte sie munterer als ihr zumute war. »Inklusive des Besitzers, er kannte sogar meinen Namen«.

»Du meinst Anatol Tott?«, fragte Linette und warf ihrer Nichte einen besorgten Blick zu.

»Ich glaube schon«, antwortete Magnolia und schob ihr Rad an.

Achtes Kapitel

Ausgesetzt

Die Schule lag nur ein kurzes Stück die Straße hinunter, hinter einer hohen Backsteinmauer.

»Sieht aus wie ein Gefängnis«, stellte Magnolia fest.

»Ist aber ein ehemaliges Benediktinerkloster. Ein interessantes Gemäuer, in dem es sogar spukt.« Linette zwinkert Magnolia zu.

»Und wer geht darin um? Vielleicht der schwarze Abt?«

»So ungefähr. Man erzählt sich, ein Klosterbruder sei der eigenen Braukunst so sehr verfallen, dass er eines Nachts, als er sich noch einen Becher seines vorzüglichen Weines gönnen wollte, in ein Fass fiel und jämmerlich darin ertrank. Seitdem kann man ihn in mondhellen Nächten in diesen Mauern singen hören.«

Da das Schultor verschlossen war, steckte Magnolia ihre Nase zwischen die Gitterstäbe. Sie konnte sich lebhaft vorstellen, was sie hier nach den Ferien erwartete.

»Wenn du dich sattgesehen hast, machen wir uns auf den Rückweg«, schlug Tante Linette vor. »Wir nehmen die Abkürzung durch den Wald, dort ist es nicht so brütend heiß wie auf der Landstraße und mit ein wenig Glück entdecken wir eine gute Stelle mit Steinpilzen für unser Abendessen.«

Magnolia trennte sich vom Anblick der Schule, die sie schon bald täglich besuchen würde. Sie schwang sich aufs Rad und folgte ihrer Tante. Es war angenehm, durch den Wald zu fahren. Die Wacholderdrossel hatte ihren Abendgesang bereits begonnen und die tief stehende Sonne warf goldene Flecken auf den Boden.

Linette hatte sich tief über ihren Lenker gebeugt und hielt nach Pilzen Ausschau. Zur Abwechslung fuhr sie mal langsam.

»Pass auf, dass du nicht mit deiner Nase zwischen zwei Baumwurzeln klemmen bleibst!«, rief Magnolia vergnügt.

»Sorge dich nicht um mich, sondern halte lieber selbst die Augen offen«, erwiderte ihre Tante schroff.

Brav suchte Magnolia den Boden ab. Es bestand allerdings wenig Hoffnung, dass ausgerechnet sie auf diese schmackhaften Pilze stoßen würde, denn sie hatte keine Ahnung wie die Dinger aussahen. Zuhause gab es Pilze nur aus der Dose.

Ein leises Gluckern weckte Magnolias Neugier. Sie hielt an und sah sich um. Ein schmaler Waldbach quoll sprudelnd aus dunkelgrünem Farn hervor.

»Der Bach führt ganz nah an meinem Haus vorbei«, erklärte Tante Linette, »wenn wir ihm folgen, können wir es nicht verfehlen. Ich möchte bloß wissen, wo sich diese verflixten Pilze versteckt haben«, fuhr sie mürrisch fort. »Wir sind schon an einem Dutzend Stellen vorbeigekommen und alle sind wie leer gefegt. Daran sind natürlich die Rauschwalder schuld. Waren alle schon vor uns da. Man sollte ihnen ihre Genusssucht einmal gründlich austreiben. Ein paar Giftpilze dazwischen wären nicht schlecht«, brabbelte sie weiter. »So eine Pilzvergiftung spricht sich herum und wird bald wieder für Ruhe im Wald sorgen. Gallenröhrlinge zum Beispiel. Sehen Steinpilzen zum Verwechseln ähnlich.« Linette kicherte und wurde immer langsamer.

»Hast du etwas gesagt?«, fragte Magnolia und zog eilig an ihrer Tante vorbei.

»Nein, Täubchen, fahr ruhig weiter. Ich sehe nur schnell nach meinem Reifen. Mir scheint, er verliert Luft.«

Kaum war Magnolia außer Sicht, drehte Linette sich suchend im Kreis. Da, welch sonniges Plätzchen unter einer Buche. Es lachte einen geübten Pilzsammler geradezu an. Mit gespreizten Fingern deutete sie auf den moosigen Waldboden, murmelte ein paar Worte, winkte anschließend mit dem Zeigefinger und schon schossen ein paar besonders appetitliche Pilze aus dem Boden. Gallenröhrlinge. Linette nickte zufrieden, stieg auf ihr Rad und jagte Magnolia nach.

»Warum du kein Auto hast, ist mir unbegreiflich«, schimpfte Magnolia, als ihre Tante sie einholte. »In dieser Wildnis ist ja kein Pfad zu erkennen und überall diese dicken Wurzeln.«

»Ach Schnickschnack. Ich brauche kein Auto. Oder glaubst du, von einem Auto aus kann man Pilze sammeln?«

»Die gibt es zur Not auch in Dosen«, brummte Magnolia.

»Haaaa!!! Hier waren die Rauschwalder noch nicht. Eine kleine, feine Stelle mit Steinpilzen!« Gewagt sprang Tante Linette vom Rad, zog ein kleines Messer aus ihrer Rocktasche und begann umgehend mit der Pilzernte. »Steh nicht herum wie ein Denkmal, Magnolia. Hilf mit!« Und schwupp zückte sie ein zweites Messer. »Es ist wichtig die Pilze so tief wie möglich abzuschneiden und nicht einfach aus dem Boden zu reißen«, sagte sie weiter, »nur dann können an derselben Stelle neue Pilze wachsen.«

Magnolia tat, wie ihr geheißen. »Und wie wollen wir die Dinger nach Hause transportieren?«, fragte sie nach einer Weile.

»Wie wär's hiermit?« Aus den Tiefen ihrer Rocktasche zog Tante Linette ein großes gepunktetes Kopftuch und breitete es auf dem Boden aus. Vorsichtig legten sie die Steinpilze hinein.

»Ich glaube, es sind genug. Wir nehmen nur so viele Pilze, wie wir essen können. Alles andere ist Raub an der Natur.« Liebevoll betrachtete Linette die dunkelbraunen Pilze. »Sind sie nicht prächtig? Sie schreien geradezu nach geschmortem Wildragout. Hmmm, das Wasser läuft mir schon im Munde zusammen und du wirst dir auch alle zehn Finger danach lecken.«

Gut gelaunt knotete sie das Kopftuch zusammen und hängte es an ihren Lenker. »Jetzt nichts wie nach Hause, damit sie frisch in den

Topf kommen.« Linette stieg auf ihr Rad. »Ach ja, solltest du den Anschluss verlieren, dann folge einfach dem Bach. Es ist nicht mehr besonders weit.« Sie trat einmal kräftig in die Pedalen und sauste davon. Das Letzte was Magnolia von ihr sah war ein eleganter Satz über eine Baumwurzel, dann war sie im dichten Wald verschwunden.

»Solltest du den Anschluss verlieren …«, äffte Magnolia ihre Tante nach. Natürlich verlor sie den Anschluss, schließlich sprang ihr Rad nicht behände wie ein Affe durch den Wald.

Sie radelte dicht am Bachlauf entlang. Es fuhr sich mühsam auf dem unebenen Weg. Ängstlich wurde Magnolia bewusst, dass es langsam dunkel wurde. Die goldenen Sonnenflecken waren verschwunden und perlgraues Licht hing zwischen den Bäumen.

»Mist«, fluchte sie leise. Das fehlte gerade noch, mit Kobolden und wer weiß wem nachts allein im Wald. Hatte Tante Linette nicht gesagt, es wäre nicht mehr weit? Warum sah man dann weit und breit noch nichts von ihrem Haus?

Tapfer fuhr Magnolia weiter, ihre Muskeln waren inzwischen hart wie Beton und schmerzten bei jedem Tritt. Baumwurzeln, dick wie Pythonschlangen, kreuzten immer wieder ihren Weg und bald war sie gezwungen abzusteigen.

»Verdammt, Tante Linette!«, wimmerte sie leise, während sie ihr Rad über die nächste Wurzel hob.

Ein schwarzer Schatten glitt lautlos über sie hinweg. Magnolias Herz schlug einen Trommelwirbel, doch sie zwang sich zur Ruhe.

Nur keine Panik, dieses »gar nicht mehr weite« Stück Wald musste ja bald ein Ende haben.

Magnolia kam an eine Weggabelung, in deren Mitte eine gewaltige Eiche stand. Der Mond war inzwischen aufgegangen und spendete fahles Licht. Verbissen ignorierte Magnolia ihr ängstlich klopfendes Herz. In welche Richtung musste sie sich wenden? Angestrengt schaute sie sich um.

Plötzlich knackte ein morscher Ast und ein Schatten fiel direkt vor ihr auf den Weg. Jemand musste sich hinter dem Baum verborgen halten. Das Blut schoss Magnolia in den Kopf, all die schrecklichen Fratzen, denen sie heute begegnet war, kamen ihr wieder in den Sinn. Sie wollte gerade ihr Rad fallen lassen und wie ein Hase davonrennen, als ein mächtiger weißer Hirsch aus dem Schatten der Eiche trat. Er schaute Magnolia aus traurigen, schönen Augen an, scharrte mit dem Vorderhuf und trabte auf dem Weg zu ihrer Rechten davon. Sofort hatten die Schatten des Waldes ihn verschluckt.

Ohne darüber nachzudenken, schlug Magnolia denselben Weg ein. »Du Nuss«, sagte sie laut. »Ein Hirsch im Wald und du machst dir vor Angst beinah ins Hemd.«

Wenig später sah sie ein Licht. Gelb und freundlich leuchtete es ihr zwischen den dunklen Bäumen entgegen. Tante Linettes Haus! Mit weichen Knien stieg Magnolia wieder auf ihr Rad und fuhr dem Licht entgegen.

Jetzt, wo sie die Schrecken des Waldes überstanden hatte, wurde Magnolia langsam ärgerlich. Was fiel Tante Linette überhaupt ein, sie wegen ein paar dämlichen Pilzen im Wald zurückzulassen? Da drängten sich einem doch direkt Parallelen zu Hänsel und Gretel auf. Und überhaupt, warum war sie auf diesem beknackten Rad eigentlich so schnell, während sie selber ihre Beine kaum noch spürte?

Als Magnolia wenig später die Gartenpforte erreichte, war sie sogar richtig wütend. Achtlos stieß sie ihr Rad in die Brombeerhecke.

»Warum hast du das gemacht!?«, schrie sie und fegte ins Haus.

Ihre Tante stand in der Küche und es duftete außerordentlich angenehm. Doch Magnolia schenkte dem keine Beachtung.

»Los, raus mit der Sprache!«, rief sie streitlustig. »Warum setzt du mich nachts allein im Wald aus, hä!? Wäre der weiße Hirsch nicht gewesen, würde ich jetzt noch dort herumirren! Und wieso kannst du in deinem Alter überhaupt so schnell Rad fahren!? Noch dazu ohne zu treten!?«

»Du hast den weißen Hirsch gesehen? Er ist ein Peryton, er zeigt sich nur …«

»Ist mir egal, was er ist! Kobolde, Baumgeister, das Rad und der ganze andere Firlefanz! Entweder versuchst du mich für dumm zu verkaufen oder etwas stimmt nicht mit dir. Bist du 'ne Hexe oder was!?« Jetzt war es raus.

Linettes Augen verengten sich zu schmalen Schlitzen. »Und was wäre, wenn?«, fragte sie lauernd.

»Dann … dann … dann wünschte ich, ich wäre nie hierhergekommen«, rief Magnolia verzweifelt, machte auf dem Absatz kehrt und rannte hinauf in ihren Turm. Oh, wenn sie doch bloß bei ihrer Mutter in Amerika wäre! Tränen liefen ihr über die Wangen. Ohne Licht zu machen, setzte sie sich ans offene Fenster. Sie war böse auf Tante Linette. Trotzdem hoffte sie, sie würde ihr folgen, um sich für die ausgestandenen Schrecken zu entschuldigen. Doch die Zeit verstrich und Tante Linette kam nicht.

Einzig die Sommerwärme hielt sich tröstend im Zimmer und aus dem Garten duftete es nach Rosmarin und Lavendel. Allmählich beruhigten sich Magnolias Nerven. Nachdenklich schaute sie in den dunklen Garten. Sie liebte diesen Platz am Fenster.

Der Mond stand als volle Scheibe über dem Kirchturm, aber in seinem Schein zeigten sich bereits dunkle Wolken, die ein Gewitter ankündigten. Schon war aus der Ferne leises Grollen zu hören.

Magnolia packte eine kribbelnde Erregung, wie immer, wenn ein Gewittersturm heranzog. Wo andere ängstlich unter die Bettdecke krochen, genoss sie das atemberaubende Schauspiel der Natur. Die zuckenden Blitze, die Paukenschläge des Donners und die Urgewalt des Sturms, der nach einem Moment der Stille zusammen mit dem Regen einsetzte. In solchen Momenten fühlte sie pure Freude in sich.

Immer mehr Wolken schoben sich vor den Mond, bis auch der letzte Rest seines fahlen Lichts verschwand. Drohend zogen die schweren Gewitterwolken heran. Die ersten Ausläufer des kommenden Sturms fuhren Magnolia in die Haare.

Sie spürte eine so unbändige Freude in sich, dass sie am liebsten in das Gewitter hinausgestürzt wäre. Im Regen tanzend, gegen den Sturm anbrüllend, Teil dieser Naturgewalt. Tief atmete sie diese besondere Luft ein.

Mach das Fenster zu, Magnolia, oder willst du am Ende einen Kugelblitz hereinlassen?, drängte sich die Stimme ihrer Mutter nörgelnd in ihre Gedanken. Bedauernd warf sie einen letzten langen Blick hinaus. Sie stutzte. Glomm da zwischen den Gräbern nicht wieder ein Licht und dort noch eins? Es wurden immer mehr. Wie beim ersten Mal wanderten die Lichter ziellos umher und überwanden dann die Friedhofsmauer. Gebannt beobachtete Magnolia, wie sie den Hang heraufkamen.

Da zuckte der erste Blitz und in seinem Schein erkannte Magnolia Gestalten hinter den Lichtern. Ihre Bewegungen waren seltsam steif. Was waren das für Menschen, die bei solch einem Wetter unterwegs waren?

Eine Windböe trieb Regen ins Zimmer und zwang sie nun endgültig, das Fenster zu schließen. Ein neuer Blitz. Die in Lumpen gehüllten Gestalten hatten die Gartenmauer erreicht. Sie starrten geradewegs zu Magnolia hinauf. Mit einem Ruck zog Magnolia den Vorhang zu. Eine Gänsehaut kroch ihr über den Rücken.

Das Gewitter tobte jetzt mit ganzer Kraft. Magnolia stand reglos da und wartete. Minutenlang. Dann schob sie vorsichtig den Vorhang zur Seite und lugte hinaus. Nichts. Die Gestalten waren verschwunden. Nicht einmal ihre Lichter waren mehr zu sehen.

Hatten ihre Nerven ihr einen Streich gespielt? Typisch, dass Tante Linette sich nicht blicken ließ. Sicherheitshalber warf sie noch einen letzten Blick hinaus. Nein, nichts. Das Gewitter zog bereits weiter und Garten und Kirche lagen wieder unschuldig im Dunkeln.

Müde schlüpfte Magnolia ins Bett und zog sich die Bettdecke bis unter das Kinn. Ihre Beine schmerzten nach der überstandenen Radtortur und in ihrem Kopf wirbelten die Bilder des Tages durcheinander. Es dauerte lange, bis sie endlich fest und traumlos einschlief.

Am nächsten Morgen war das Gewitter abgezogen. Nur der Wind war geblieben, er trieb dunkle Wolken über das Land und Magnolia erwachte vom Trommeln der Regentropfen an ihrer Fensterscheibe. Es war noch immer finster in ihrem Zimmer und nichts lockte sie aus ihrem gemütlichen Bett. Sie lauschte der Melodie des Regens und tastete irgendwann nach ihrem Reisewecker. Es war bereits früher Nachmittag! Der Tag war fast vorbei, da lohnte es sich kaum noch aufzustehen! Gähnend rollte Magnolia aus dem Bett, zog frische Kleidung an, spritzte sich etwas Wasser ins Gesicht und ging hinunter.

Bei Regen war es im ganzen Haus schummrig; in der Wohnstube brannte sogar eine Petroleumlampe. Von Tante Linette keine Spur. Insgeheim war Magnolia froh, ihr nicht zu begegnen. Sie war immer noch sauer. Eine liebende Tante hätte nach so einem abscheulichen Streit und so einem scheußlichen Gewitter sicher nach ihrer Nichte gesehen.

Ja, eine liebende Tante, dachte Magnolia bitter. Sie holte sich aus der Vorratskammer ein knuspriges Brot, schnitt eine dicke Scheibe davon ab und strich fingerdick Erdbeermarmelade darauf. Anschließend goss sie sich eine Tasse Milch ein und balancierte alles zum Tisch. »Hallo, Serpentina!«, rief sie erfreut, als die schwarze Katze zur Küchentür hereinkam. »Endlich jemand, der mir Gesellschaft leistet. Du hast wohl keine Ahnung, wo Tante Linette steckt?«

Statt einer Antwort setzte sich Serpentina, ringelte ihren Schwanz würdevoll um ihren Körper und sah Magnolia auffordernd an.

»Okay, hab schon verstanden.« Magnolia schüttete etwas Milch in eine Kompottschale und stellte sie der Katze vor das Schnäuzchen. Serpentina ließ sich nicht zweimal bitten, sofort machte sie sich darüber her. Amüsiert beobachtete Magnolia, wie sie mit ihrer kleinen rosa Zunge das Schälchen blitzsauber leckte und sich anschließend genüsslich über den Bart fuhr.

»Gut gemacht, Serpentina, das Schälchen kann wieder zurück in den Schrank.«

Serpentina warf Magnolia einen strengen Blick zu und verschwand durch die offene Terrassentür.

Magnolia ging ihr nach. Der Regen hatte eine kurze Pause eingelegt und tropfte nur noch von den Blättern. Ohne darüber nachzudenken, ging sie zur Tür am Ende des Gartens. Sie war noch immer fest verschlossen. Einen Moment zögerte Magnolia, dann fing sie an, nach dem Schlüssel zu suchen. Er war sicher ganz in der Nähe versteckt. Der Schlüssel für das Gartenhäuschen ihrer Nachbarin, Frau Strunz, lag auch immer unter einem Blumentopf direkt daneben. Ah, wer sagte es denn! Ein Blumentopf, rechts neben der Tür im Gras. Besonders einfallsreich war Tante Linette ja nicht.

Erwartungsvoll hob Magnolia ihn an und ein ganzes Regiment Kellerasseln verließ schleunigst sein feuchtes Versteck. »Iiiihh!«, quietschte Magnolia und stolperte einen Schritt zurück.

Sie fand den Schlüssel schließlich versteckt hinter Efeu, in den Fugen der Gartenmauer. Mit einem kräftigen Ruck öffnete sie die Tür und suchte den Boden vor der Gartenmauer nach Fußspuren ab. Hoffnungslos! Sollte es dort je Spuren gegeben haben, so hatte der Regen sie während der letzten Nacht beseitigt.

Sie sah den Hang hinab. Bei Tageslicht machte der Friedhof einen ganz harmlosen Eindruck. Sicher konnte man es wagen und sich dort ein wenig umschauen. Magnolia schlenderte ohne Eile die Wiese hinab und kletterte über die niedrige Friedhofsmauer aus Naturstein.

Ihr fielen sofort ein paar Gräber auf, die abseits der anderen lagen. Dieser Teil des Friedhofs musste besonders alt sein, denn die Kreuze waren mit Moos bewachsen und ließen kaum noch eine Inschrift erkennen. Wildkaninchen hatten in den Gräbern ihre Gänge gegraben und nirgendwo gab es ein Zeichen, dass jemand diese Toten besuchte. Vorsichtig kratzte Magnolia das Moos von einem der Kreuze. »Gustav Achtstätter, gestorben am 31.10.1879« stand darauf, mehr nicht. Neugierig las Magnolia die Inschrift des nächsten Kreuzes. »Georg Pächter, gestorben am 31.10.1879.« Rasch schaute Magnolia sich die anderen Kreuze an. Seltsamerweise nannte jedes Kreuz, von dem sie das Moos kratzte, als Sterbetag den 31.10.1879. Diese Männer waren alle an ein und demselben Tag gestorben. An Halloween im Jahr 1879. Was war damals passiert?

»Verschwinde von hier!«, donnerte plötzlich eine Stimme in unmittelbarer Nähe. Magnolia sprang auf. Ein Pfarrer, ganz in Schwarz gekleidet, stand zwei Gräber weiter und warf ihr grimmige Blicke zu. Wusste der Himmel, wo der so schnell hergekommen war. Nach einer Schrecksekunde regte sich Magnolias Widerstandsgeist. Sie war sich keiner Schuld bewusst und nicht bereit, sich so mir nichts dir nichts verscheuchen zu lassen.

»Seit wann ist es verboten, einen Friedhof zu besuchen?«, fragte sie deshalb und schob trotzig das Kinn nach vorn. »Seit ich dir gesagt habe, dass du von hier verschwinden sollst«, antwortete der Pfarrer und kam drohend näher.

»Hat sie dich geschickt?«, fragte er dann und nickte mit dem Kopf in Richtung Haus. »In der letzten Nacht ist wieder eine Frau verschwunden. Es sind nicht alle blind in Rauschwald. Sage ihr, ich weiß, wer dafür verantwortlich ist.« Ein wildes Feuer tanzte in seinen Augen und Speichel spritzte ihm beim Sprechen auf den schwarzen Anzug. Vorsichtig wich Magnolia zurück. Der Pfarrer starrte sie an. »Du hast es ja auch«, zischte er plötzlich. »Bist also eine von ihnen.

Oh, wenn es nach mir ginge, würdet ihr alle wieder brennen. Ihr …« Er zückte ein Kruzifix und hielt es ihr am ausgestreckten Arm entgegen. Es war absolut irre.

Magnolia wich zurück, stolperte rückwärts über die Mauer und rannte davon. Sie hörte erst auf zu rennen, als sie die sicheren Mauern des Kräutergartens erreicht hatte. Mit aller Kraft schlug sie die rostige Tür zu, schloss ab und lehnte sich mit dem Rücken dagegen. Ihr Atem ging rasselnd, ihre Lungen fühlten sich an, als würden sie jeden Moment platzen.

»Tzetzetzetze«, tönte da eine spöttische Stimme direkt über ihr.

Magnolia stöhnte auf. Auch ohne hinzusehen, wusste sie, zu wem die Stimme gehörte.

»Hau ab, Jeppe«, sagte sie.

»Hat unser verehrter Pfarrer dich erschreckt? Ein bisschen plemplem der Gute.«

»Das kannst du laut sagen. Er hat mir sein Kreuz unter die Nase gehalten, als sei ich so 'ne Art Vampir und gemeint, wenn es nach ihm ginge, würden wir brennen, denn ich hätte es nämlich auch.«

Mit einem Satz sprang Jeppe von der Mauer. »Da hat er recht«, kicherte er, »du hast es auch.« Und als sei das ein guter Witz, hüpfte er davon. Kurz bevor er zwischen dem Rhabarber verschwand, drehte er sich noch einmal um. »Ich an deiner Stelle würde endlich versuchen herauszufinden, was ES ist, Jungfer Riesengroß. Schließlich sollst du dafür brennen.« Dann war er fort. Böse schaute Magnolia ihm nach.

»Wie wäre es, wenn du es mir sagst? Du blöder Wicht!!!«

Passend zu ihrer Stimmung setzte der Regen wieder ein. Magnolia lief ins Haus. Trotz des kurzen Weges wurde sie nass bis auf die Haut.

Sie wollte gerade nach oben gehen, um sich umzuziehen, als sie bemerkte, dass die geheimnisvolle Tür einen Spaltbreit offen stand.

Sie zögerte. Ihre verkohlte Hand war ihr noch in schmerzhafter Erinnerung, aber wusste man, ob sich einem je wieder diese Chance bot? Magnolia zog ihren Bauch ein und schlüpfte todesmutig ins Zimmer.

Neuntes Kapitel
Das rote Zimmer

Der Raum, den sie nun betrat, war der seltsamste, den sie je gesehen hatte. Hier musste der Zauberer Merlin zu Hause sein. Ehrfürchtig sah Magnolia sich um.

Deckenhohe Bücherregale und ein schwerer Tisch aus Eichenholz beherrschten den Raum. Trotz sommerlicher Temperaturen waren die schweren Samtvorhänge geschlossen und ein Feuer brannte knisternd im Kamin. Die Flammen tauchten alles in ein geheimnisvolles rotes Licht. Irgendwo in der Ecke blubberte leise ein Destillierapparat und von einem halbhohen Schränkchen grinste ein bleicher Totenschädel. Wer das wohl war?

Magnolia zog ein ekelhaft süßer Geruch in die Nase. Ob der Geruch von dem alten Schädel kam? Schnuppernd sah sie sich um und entdeckte eine handballgroße Kristallkugel auf einem kleinen runden Tisch, neben dem Fenster.

Na, Tante Linette war ja bestens ausgerüstet. Abermals streifte Magnolia dieser süßliche Geruch, diesmal mit einer Intensität, dass ihr beinahe übel wurde. Sie wollte gerade das Zimmer verlassen, als ein kalter Luftzug ins Zimmer fuhr. Gleichzeitig klingelte es an der Haustür.

»Einen Moment, ich bin gleich da!«, tönte Tante Linettes unnachahmliche Stimme.

Magnolia blieb wie angewurzelt stehen. Warum gerade jetzt?, fragte sie sich. Den ganzen Tag war nirgendwo auch nur ein Haar von ihrer Tante zu entdecken und jetzt, wo Magnolia ihr absolut nicht begegnen wollte, tauchte sie wieder auf.

Aus der Diele drangen gedämpfte Stimmen, dann wurde die Tür zum roten Zimmer wurde aufgestoßen, Licht flammte auf. Mit einem Satz war Magnolia hinter den Vorhängen. Das Fenster stand offen und die Luft war hier deutlich besser. Vorsichtig spähte sie durch den Faltenwurf ins Zimmer.

Ihre Tante und eine junge Frau hatten den Raum betreten. Die Besucherin schien sich nicht daran zu stören, wie ungewöhnlich der Raum aussah. Sie presste ein Taschentuch vor die Augen und weinte laut und vernehmlich.

»Beruhige dich, Christina«, sagte Tante Linette und tätschelte der Frau den Rücken. »Ich kann ja verstehen, dass dich das plötzliche Verschwinden deiner Freundin Veronica furchtbar aufregt, aber …«

Unwillig winkte Christina ab. »Ach, darum geht es doch überhaupt nicht, die taucht schon irgendwann wieder auf.« Sie weinte erneut, dieses Mal leise in ihr Taschentuch.

»So?« Erstaunt zog Tante Linette die Augenbrauen hoch. »Worum geht …« Sie brach mitten im Satz ab und schnüffelte. Sie schnüffelte so laut wie ein ganzes Rudel Jagdhunde und legte anschließend ihre Stirn in besorgte Falten. Eine Weile sagte sie nichts.

Christina, der diese plötzliche Stille merkwürdig vorkam, linste verstohlen hinter ihrem Taschentuch hervor und brach dann, um sich wieder in Erinnerung zu bringen, in quäkendes Gewimmer aus.

Magnolia und auch Tante Linette zuckten erschrocken zusammen.

»Na, na, na Täubchen, so schlimm? Was kann ich denn für dich tun?«

»Ach, ich glaube ja gar nicht, dass Sie etwas für mich tun können, Madame Linette.«

Madame Linette. Magnolia grinste.

»… Aber ich bin so verzweifelt.« Schon wieder rollten Tränen über Christinas rote Pausbacken. »Ich glaube, er hat eine andere, obwohl wir im nächsten Jahr heiraten wollen. Letzte Woche habe ich ihn gesehen … mit dieser Zicke aus der Bäckerei.« Christina schluchzte laut auf. »Er sagt, da wäre nichts. Doch wie soll ich ihm glauben, wo ich doch pinkfarbenen Lippenstift an seinem Hemdkragen gefunden habe? Ich benutze nie pinkfarbenen Lippenstift … Wenn er mich betrügt … bringe ich mich um.« Geräuschvoll putzte sie sich die Nase.

»Unsinn«, erwiderte Tante Linette barsch, »das ist der Kerl sicher nicht wert.«

»Doohoooch, das ist er«, plärrte Christina los.

»Schon gut, schon gut.« Tante Linette winkte ab. Ihr ging dieses Gejammer gehörig auf die Nerven. »Wir schauen uns die Sache einmal an. Mal sehen, ob überhaupt etwas daran ist. Nimm Platz!«

Sie deutete auf einen Stuhl am Tisch, auf dem die Kristallkugel stand. Magnolia wünschte sich Stielaugen. Die Hände ihrer Tante strichen kreisend über die Kugel. Eine ganze Weile geschah nichts, dann füllte sich der Kristall mit blutrotem Nebel. Tante Linette zuckte zurück und erstarrte.

Magnolia traute ihren Augen nicht, doch in dem Nebel zeigte sich ganz deutlich eine scheußliche Fratze. Das bleiche Gesicht wurde zur Hälfte von einer schwarzen Kapuze verdeckt. Umso erschreckender waren die schmalen blutroten Lippen, die sich lautlos bewegten.

Magnolia starrte das Gesicht an. Gleichzeitig spürte sie, wie eine eisige Kälte nach ihrem Herzen griff.

Mit zitternden Händen bedeckte Tante Linette die Kugel. Sofort verschwamm das Bild und der Nebel zog sich zurück. Die Kristallkugel war wieder schimmernd und leer.

»Haben Sie etwas gesehen, Madame Linettte?«, flüsterte Christina.

»Was?«, fragte Tante Linette abwesend.

»Haben Sie meinen Theo gesehen?«

»Ach so … nein, noch nicht. Versuchen wir es noch einmal.«

Erneut kreisten ihre Hände über der Kugel und diesmal füllte sie sich mit weißen, rauchigen Nebelschwaden.

Christina beugte sich soweit vor, dass ihre Nasenspitze fast in der Kugel verschwand.

»Sehen Sie etwas?«

»Pssst«, machte Tante Linette. Ihr Blick ging in die Tiefe.

»Ich sehe zwei junge Männer«, sagte sie dann. »Hat dein Theo rote Haare?«

»Mahagonifarben«, hauchte Christina.

»Ich sehe nur einen blonden Mann und einen Karottenkopf«, beharrte Tante Linette ungeduldig.

»Mahagoni mit einem Hauch Karotte«, seufzte Christina.

»Pah!«, schnaubte Tante Linette. »Die beiden Männer sind mit zwei Mädchen an einen See gefahren. Sie sitzen eng beieinander und schauen ins Wasser. Jetzt legt der Rothaarige seinen Arm um das Mädchen und die beiden …«

»Buhuhuhu«, heulte Christina los.

Magnolia strengte sich ebenfalls an, doch außer weißem Nebel konnte sie dieses Mal nichts erkennen.

»Sch … sch … sch … Täubchen«, beruhigte Tante Linette und ließ die Bilder aus der Kugel verschwinden. »Mir scheint, du hast recht. Allerdings solltest du dich deswegen nicht umbringen. Ich bin nach wie vor der Meinung, dass dieser Theo solch ein Opfer nicht wert ist.«

»Aber er ist soooo süß«, hauchte Christina mit ersterbender Stimme. Und dann sagte sie fordernder: »Sie müssen mir helfen, Madame Linette. Sie müssen etwas unternehmen. Wozu sind Sie schließlich eine Hexe! Uups!« Christina schlug sich schnell auf den Mund.

Magnolia hielt die Luft an.

Tante Linette schüttelte missbilligend den Kopf. »Dummes Ding«, schimpfte sie. »Was soll ich deiner Meinung nach denn tun? Ihn dir wie einen Pelzkragen am Hals festhexen?«

»Er soll mich doch nur wieder lieb haben«, bat Christina und sah mit Tränen verschleiertem Blick zu Tante Linette auf.

Nun war es Tante Linette, die seufzte. »Du willst mein Liebespulver«, stellte sie fest. »Bist du dir darüber im Klaren, dass es Betrug ist? Er wird zu dir zurückkommen, doch du wirst dich immer fragen, ob er ohne das Pulver auch gekommen wäre. Immer wird dich die Frage quälen, liebt er mich oder ist es das Pulver, das ihn bei mir hält?«

»Egal«, sagte Christina, »Hauptsache er gehört wieder mir.«

Nachdenklich schaute Tante Linette sie an.

»Ich werde dir zu einer Chance verhelfen«, sagte sie dann. »Ich gebe dir ein Pulver, dass genau drei Wochen lang wirkt.«

»Aber warum …«, fiel Christina ihr ins Wort.

»Schweig!«, befahl Tante Linette. »Drei Wochen. In dieser Zeit habt ihr Gelegenheit, es noch einmal miteinander zu versuchen.«

»Aber was ist, wenn die Wirkung nachlässt und er sich wieder nach einer Anderen umsieht?«, wollte Christina wissen.

»Dann ist er nicht der Richtige für dich und du solltest genau dasselbe tun«, sagte Tante Linette.

Sie holte eine winzige emaillierte Dose aus dem Schrank, wog sorgfältig ein paar Gramm rosafarbenes Pulver ab und schüttete es in ein kleines, spitzes Papiertütchen.

»Dieses Pulver schüttest du deinem Theo in seinen Kaffee. Alles auf einmal. Dazu sprichst du: ›Amori-kum-tumar‹. Kannst du dir das merken?«

»Amori-kum-tumar«, wiederholte Christina mit geröteten Wangen. »Und wie lange dauert es, bis es wirkt?«

Tante Linette schmunzelte. »Das geht schnell, Täubchen, ganz schnell.«

Magnolia drohten inzwischen die Beine einzuschlafen. Außerdem flog eine ekelhafte Schnake ständige Attacken gegen sie. Hoffentlich zog diese Christina bald ab.

»Was schulde ich Ihnen, Madame Linette?«

Tante Linette wiegte bedächtig den Kopf. »Bring mir ein Schreckei und eine Schweinsblase von eurem Hof, dann ist es gut.«

Christina erhob sich rasch, presste das Tütchen Liebespulver fest an ihre Brust und folgte Tante Linette zur Tür.

»Tausend Dank, Madame«, stammelte sie.

»Schon gut, Täubchen«, sagte Tante Linette und schob Christina sanft hinaus.

Magnolia atmete auf. Endlich, jetzt musste Tante Linette nur noch zurück an ihren Kochtopf schlurfen, dann konnte sie hinter diesen verdammten Vorhängen rauskommen.

In ihrem linken Bein kribbelte es inzwischen, als sei es mit tausend Stecknadeln gespickt.

Anstatt an ihren Kochtopf zu schlurfen, kehrte Tante Linette jedoch zurück.

Was wollte sie denn jetzt noch? Doch nicht etwa aufräumen, sah doch ganz ordentlich aus. Magnolia hätte schreien und sich die Haare raufen können.

Linette schnüffelte erneut, so als wollte sie sich auch nicht das kleinste Duftmolekül, das möglicherweise noch im Raum schwebte, entgehen lassen. Dann ging sie endlich hinaus.

Magnolia machte sich bereit.

»Der Nächste bitte!«, rief ihre Tante in diesem Moment und Bilder eines voll besetzten Wartezimmers drängten sich vor Magnolias Augen auf.

»Arrrgh!« Ein verzweifeltes Würgen entrang sich Magnolias Kehle. Für einen kurzen Moment erwog sie, sich einfach aus dem Fenster zu stürzen. Da betrat Tante Linette wieder das Zimmer, gefolgt von einem feinen Herrn im Nadelstreifenanzug, mit Gehstock und dünnem Schnurrbärtchen.

»Ah, der Herr Abteilungsleiter vom Schuhhaus Pantoffel und Pantine«, sagte sie. »Was kann ich für Sie tun?«

Ohne darauf zu antworten, stolzierte der feine Herr mitten ins Zimmer.

»Soso, hier praktizieren Sie also, Frau Kater. Ich habe schon eine Menge von Ihnen gehört.« Er rümpfte die Nase.

»Und sicher nur das Allerbeste«, erwiderte Tante Linette. »Was also macht meine Hilfe so unentbehrlich? Ich nehme doch an, Sie sind nicht gekommen, um meine Räumlichkeiten zu inspizieren und mir die Zeit zu stehlen?«

Irritiert sah der Mann sie an. »Nein, natürlich nicht«, versicherte er rasch.

»Ich habe in der Tat«, er hüstelte, »ein kleines Problem. Ein Problem, das äußerst vertraulich behandelt werden muss, wenn Sie verstehen, was ich meine.«

Tante Linette nickte ungeduldig. »Um welches Problem handelt es sich?«

»Nun ja«, begann der Mann umständlich.

»Setzen Sie sich.« Tante Linette deutete auf einen der Stühle.

»Das geht nicht«, sagte der feine Herr schnell. »Das ist gewissermaßen mein Problem, wenn Sie verstehen, was ich meine.«

»Nicht ganz«, gab Tante Linette ehrlich zu.

Der feine Herr seufzte resigniert. »Am Wochenende haben wir einen Betriebsausflug gemacht. Wir sind auf den Rabenstuhl gestiegen, um dort ein Picknick zu veranstalten, wenn Sie verstehen, was ich meine.«

Tante Linette wippte nervös mit dem Fuß.

»Na ja, es gab reichlich zu essen und zu trinken und wir waren bereits seit etlichen Stunden unterwegs, da verspürte ich ein gewisses menschliches Bedürfnis. Ähm, wenn Sie verstehen, was ich meine. Ich suchte also ein Gebüsch auf und offensichtlich war diese Wahl nicht besonders glücklich, denn dieses Gebüsch stach mich heftig in den … nun, Sie wissen sicher, was ich meine.«

»Die Schmerzen sollten Sie bis heute verwunden haben«, meinte Tante Linette trocken. »Ich verstehe ehrlich gesagt immer noch nicht, was Sie von mir wollen.«

»Natürlich habe ich den stechenden Schmerz des Augenblicks tapfer ertragen«, bemerkte der Mann mit gespitzten Lippen. »Das eigentliche Dilemma begann jedoch erst zwei Stunden später. Mein, nun ja, mein …«

Tante Linette zog fragend die Augenbrauen hoch. Der feine Herr gab sich einen Ruck. »Um es kurz zu machen, mein Hintern schlägt Blasen.«

Magnolia stopfte sich die Faust in den Mund, um nicht laut herauszuprusten. Das war die eingeschlafenen Beine wahrlich wert.

»Ich kann weder sitzen noch liegen, es schmerzt ungeheuerlich«, fuhr der feine Herr fort.

»Warum gehen Sie nicht zu Ihrem Arzt?«

»Unter keinen Umständen! Mein Hausarzt ist ein enger Freund und seinen Spott müsste ich bis an mein Lebensende ertragen. Deshalb komme ich zu Ihnen. Habe gehört, Sie wären so etwas wie eine … eine … Heilkundige.«

Tante Linette schaute ihn spöttisch an. »Dann zeigen Sie mal her.«

»Zeigen?«, der Mann wurde blass, »wie stellen Sie sich das vor?«

»Hosen runter«, sagte Tante Linette knapp, »ich muss schließlich sehen, um welche Art von Ausschlag es sich handelt.«

Widerwillig ließ der feine Herr die Hose fallen. Mit spitzen Fingern lupfte Tante Linette das lange Hemd und warf einen scharfen Blick auf den malträtierten Hintern.

»Stechender Mäusedorn«, sagte sie zufrieden. »Ruft in seltenen Fällen eine solche Blasenbildung hervor. Ich hoffe nur, Sie haben ihn mit Ihrem Hintern nicht beschädigt, er steht nämlich unter Naturschutz.«

»Sehr mitfühlend«, grunzte der feine Herr.

»Ich gebe Ihnen gegen die schmerzhaften Blasen meine Salbe aus Fledermausleber und Stechapfel«, sagte Tante Linette, während sie in einer der tausend Schrankschubladen wühlte. »Wo habe ich sie nur? Ah — da.« Sie reichte dem Mann einen kleinen Tiegel.

Erwartungsvoll schraubte er ihn auf. »Pah, diesen schwarzen, stinkenden Brei soll ich mir auf ...«

Tante Linette nickte. »Macht 60 Euro«, sagte sie und hielt die Hand auf.

Nach dem feinen Herrn kam noch eine hagere Frau mittleren Alters, die sich mit Hilfe der Tarotkarten die Zukunft deuten ließ, und der Müller von Rauschwald, Giesbert Mühlstein.

Herr Mühlstein war sicher, dass in seinem Apfelbaum eine Hexe hauste. Solange er ihr diesen Platz überließ, wollte sie sein Haus und die Mühle verschonen, klagte er.

»Petronella Appeldorn«, murmelte Tante Linette und riet dem Müller zu tun, was die Hexe von ihm verlangte. Das war das Allerletzte, was der Müller hören wollte. Böse stampfte er hinaus und schimpfte: »Eine Hexe kratzt der anderen kein Auge aus!«

Magnolia fühlte ihre Beine nicht mehr und war inzwischen sicher, dass sie abgestorben waren, da kam Tante Linette zurück. Diesmal ohne Besucher. »Nun zu dir, Magnolia«, sagte sie streng, »komm endlich hinter dem Vorhang raus.«

Im ersten Moment konnte Magnolia nicht wirklich glauben, dass sie gemeint war. Aber dann trat sie mit hochrotem Kopf hervor. Natürlich war jetzt wieder eine Entschuldigung fällig. Trotzdem rebellierte es in ihr. Das war so eine Gemeinheit. Ihr starben hinter dem

Vorhang die Beine ab und Tante Linette hatte es die ganze Zeit gewusst.

»Selber Schuld«, schnaubte Tante Linette.

Hoppla, wurden jetzt ihre Gedanken gelesen oder hatte sie irgendetwas nicht mitbekommen?

»Es tut mit leid«, sagte sie zerknirscht. »Ich weiß, es war nicht richtig von mir und eigentlich wollte ich auch nicht lauschen, aber dann kamst du mit Christina herein und ich konnte nicht mehr weg.« Kleinlaut sah sie ihre Tante an.

»Gut«, sagte die, so als hätte sie einen Entschluss gefasst. Magnolia rutschte ihr Herz bis tief in die Hose.

»Es ist an der Zeit, deine Fragen zu beantworten. Du weißt inzwischen zu viel und sollst endlich die Wahrheit erfahren. Wir treffen uns um acht Uhr in der Wohnstube. Bis dahin bleibst du auf deinem Zimmer. Ich habe noch ein paar wichtige Vorbereitungen zu treffen.« Mit diesen mysteriösen Worten verließ Tante Linette den Raum.

Zehntes Kapitel

Reiner Wein

Magnolia stieg in ihren Turm. Die Gedanken wirbelten wie ein Tornado durch ihren Kopf. »Du weißt zu viel.« War das eine Drohung? »Du sollst endlich die Wahrheit erfahren.« Welche Wahrheit? Worüber? Bedeutete das, sie hatte recht, und ihre Tante war wirklich eine Hexe? Aber Hexen gab es doch nicht im richtigen Leben, oder doch? Ungeduldig setzte sie sich ans Fenster und starrte hinaus. Die Zeit war lang. Wie Sirup von einem Messer tropfte sie zu Boden, während Magnolia wartete.

Anders Linette. Die Zeit war knapp und es gab viel zu tun. Zuerst musste sie Jacko und ein paar Freunde informieren. Bei einem so wichtigen Gespräch konnte sie ihren Beistand gebrauchen. Außerdem musste Magnolia offiziell den Ältesten der Dorfgemeinschaft vorgestellt werden.

Schnell eilte Linette in den Garten, wo neben der Regentonne eine Staude Löwenzahn wuchs. Einem Botaniker wäre natürlich aufgefallen, dass die Staude außergewöhnlich hoch und die Pusteblumen, mit denen sie sich schmückte, nicht unbedingt in die Jahreszeit passten. Aber wer war schon Botaniker? Linette zupfte einen Sämling aus der Pusteblume, legte ihn auf ihre ausgestreckte Hand, wandte sich nach Norden und pustete ihn mit ihrer Botschaft in den Wind. Trotz des leichten Nieselregens stieg der Samen an seinem Fallschirmchen in die Luft, gewann rasch an Höhe und verschwand aus ihrem Blick.

Jetzt folgte der nächste, womöglich wichtigste Schritt.

Linette musste das Haus vor etwaigen, unerwünschten Zuhörern schützen. Sie waren nah, das hatte der Gestank im roten Zimmer heute Nachmittag deutlich gezeigt. Im Wald schnitt sie Bärlapp, eine moosige unscheinbare Pflanze, und verstopfte damit die Ritzen der Fenster und Türen. Dann band sie Sträußchen aus sieben zauberkräftigen Pflanzen. Johanniskraut, Majoran, Eisenkraut, Klee, Holunder, Weißdorn und Wacholder kamen in die Sträuße, die sie vor die Türen hängte. Zu guter Letzt belegte Linette das Haus mit einem Bannspruch. Wer auch immer näher als drei Meter herankam, würde kleben bleiben, wie eine Fliege an einem Fliegenfänger.

Im Innern des Hauses verriegelte sie sämtliche Türen, zündete die Petroleumlampen an und zog die Vorhänge zu. Mit einem Fingerschnipsen entzündete sie das Feuer im Kaminofen und kochte anschließend eine große Kanne Tee. Dann setzte Linette sich in ihren Ohrensessel und schnaufte noch einmal kräftig durch.

Es war die längste Zeit ihres Lebens. Magnolia hatte aus dem Fenster gesehen, gelesen, Nintendo DS gespielt, aber auf nichts konnte sie sich konzentrieren. Zuletzt hatte sie sich aus lauter Verzweiflung die Haare gewaschen. In ihrer Waschschüssel und nur mit kaltem Wasser. Dann hörte sie endlich Stimmen. Leise öffnete sie die Tür und lauschte. »Kommt herein, Magnolia wird jeden Moment hier sein«, sagte ihre Tante.

»Worauf du dich verlassen kannst«, murmelte Magnolia. Schnell fuhr sie sich mit der Bürste durch die halbtrockenen Haare, zupfte ihr T-Shirt zurecht und betrat eine Sekunde später die Wohnstube.

Magnolia prallte zurück, als sei sie gegen eine Wand gelaufen. Sie glaubte, ihren Augen nicht zu trauen. Ungefähr ein Dutzend kleinwüchsiger Menschen hatte es sich dort schwatzend bequem gemacht. Hätte Magnolia es nicht besser gewusst, sie hätte geschworen, dass die Besucher Zwerge waren. Es waren Männer und Frauen, und Letztere holten bereits ihr Strickzeug hervor, als richteten sie sich auf eine längere Sitzung ein.

»Guten Abend«, würgte Magnolia hervor, während sie sich so unauffällig wie möglich ins linke Ohrläppchen kniff.

»Ah, komm herein, Lämmchen«, schnarrte ihre Tante und zog sie an beiden Händen mitten ins Zimmer.

»Darf ich euch meine Großnichte Magnolia Steel vorstellen? Sie ist die Enkelin meiner geliebten Schwester Dorette.«

Täuschte Magnolia sich oder stand tatsächlich so etwas wie mütterlicher Stolz in Tante Linettes Augen?

Gemurmel erhob sich. »Zeig uns das Zeichen!«, verlangten die Zwerge.

Linette schob Magnolias Haare beiseite und ein allgemeines Raunen setzte ein. Sie hatten das kleine Feuermal hinter ihrem linken Ohr entdeckt.

»Schschsch.« Linette winkte die Gesellschaft zur Ruhe.

»Magnolia, das hier sind Jacko Rosenstolz und seine Sippe. Sie gehören zur Gattung der Zwerge und leben in Hackpüffel, einem Zwergendorf nicht weit von hier. Es sind gute Freunde, die darauf brennen dich kennenzulernen. Setz dich, Lämmchen«, sagte Tante Linette weiter und drückte die völlig verdatterte Magnolia auf einen Schemel, den ihr ein knollnasiger Zwerg unter den Po schob.

»Wir wollen die ganze Geschichte nicht unnötig in die Länge ziehen. Was ich dir heute Abend sagen möchte, Lämmchen, ist Folgendes …«

Linette stockte und sah Jacko hilfesuchend an. Doch der war so sehr damit beschäftigt, die Blumen auf den Vorhängen zu zählen, dass er ihren Blick überhaupt nicht bemerkte.

»Ja, also Folgendes möchte ich dir, meiner lieben Nichte, heute Abend sagen«, hob Linette noch einmal an und stockte erneut.

Fragend sah Magnolia ihre Tante an und auch die Zwergenfrauen ließen das Strickzeug sinken.

Linette, die diese Blicke wohl bemerkte, funkelte wütend in die Runde. »Also gut, ganz wie ihr wollt«, sagte sie dann und holte tief Luft.

»Magnolia, Folgendes: Ich bin eine Hexe und du bist es auch. Eine Hexe zu sein war schon immer sehr gefährlich und so ist es bis heute geblieben. Damit du nicht völlig ahnungslos in dein Verderben rennst, solltest du das wenigstens wissen, finde ich. Ich möchte mir später nicht vorwerfen, ich hätte dich nicht gewarnt.«

Ein Stöhnen ging durch den Raum. »Na ja«, lenkte Linette ein, »ganz so schlimm ist es vielleicht auch wieder nicht.«

Magnolia zuckte zusammen. Alles Blut schien sich in ihren Füßen zu sammeln. In ihrem Kopf war ein einziges Vakuum. Ihr wurde schwummrig. Hatte sie eben richtig verstanden? Sie selbst war eine Hexe? Tante Linette, okay, aber doch nicht sie. Magnolia. Und was sollte der Mist mit dem Verderben, von dem ihre Tante da faselte?

»Diplomatie war noch nie deine Stärke«, polterte Jacko.

»Das arme Ding ist ganz blass geworden«, bemerkte eine Zwergenfrau, »sie kippt sicher gleich vom Stuhl.«

»Das fehlt gerade noch.« Rasch holte Linette eine bauchige Karaffe hervor und flößte Magnolia einen Fingerhut voll von dem Trunk daraus ein. Warm lief ihr die Flüssigkeit durch die Kehle und augenblicklich kehrte die Farbe in ihr Gesicht zurück.

»Aber warum? Ich verstehe nicht«, fragte sie stockend.

»Es ist auch nicht leicht zu verstehen«, mischte sich jetzt eine Zwergenfrau mit grünem Häubchen in das Gespräch. »Deine Großmutter war eine Hexe und wir haben alle darauf gewartet, dass auch deine Mutter eine wird.« Sie seufzte. »Leider umsonst. Die Natur hat einfach eine Generation übersprungen. Erst du hast die Gabe geerbt.«

»Genug, Ernestine, geben wir ihr erst einmal Gelegenheit, diese Neuigkeit zu verdauen! Möchte jemand Tee?«

Wer wollte jetzt Tee trinken? Magnolias Kopf summte. Bildete sie sich etwa alles nur ein? Vielleicht litt sie an schlimmen Halluzinationen? Verstohlen kniff sie sich in den rechten Arm. Umsonst, das bärtige Zwergengesicht, das freundlich mit einer Tasse Tee unter ihrer Nase herumwedelte, löste sich nicht in Luft auf.

»Woher seid ihr euch so sicher, dass ich eine Hexe bin?«, fragte sie krächzend. »Ich meine … Ich … Ich fühle mich eigentlich ganz normal.«

»Du hast das Zeichen«, antwortete Ernestine und schaute Magnolia aus kugelrunden, hellblauen Augen an, als würde das alles erklären.

»Ihr meint das Feuermal unter meinem Ohr?«

»Den Kuss der Banshee«, verbesserte Ernestine.

»Den Kuss der was?« Irgendwo hatte Magnolia dieses Wort schon einmal gehört. Für einen Moment waren alle still. Magnolia nippte an ihrer Tasse Tee, während ihre Gedanken rotierten. »Habe ich euch richtig verstanden? Ich kann auf einem Besen reiten und zaubern und das ganze Zeug?«, fragte sie dann.

Tante Linette schenkte ihr ein erleichtertes Zahnlächeln. »Kommt darauf an, wie geschickt du bist, Kätzchen.«

Magnolia versuchte vorsichtig, sich mit dem Gedanken anzufreunden. So ein bisschen Hexerei konnte durchaus Vorteile haben, man brauchte nur einmal an die Schule zu denken oder an Menschen, die man auf den Tod nicht ausstehen konnte.

Mitten in diesen angenehmen Gedanken krachte ein ohrenbetäubender Knall, so als wäre vor dem Haus etwas explodiert.

Für eine Sekunde sahen sich die Freunde erschrocken an, dann griffen die Zwerge nach Besen und Schürhaken und stürmten hinaus. Auf ihren Gesichtern stand wilde Entschlossenheit und Magnolia konnte sich vorstellen, was für schreckliche Gegner sie waren, wenn sie statt Besen, Äxte und Spitzhacken als Waffen führten.

Linette war ebenfalls aufgesprungen und hatte Magnolia schützend an sich gezogen.

»Wir passen auf das Kind auf«, versprach Greta, eine weitere Zwergenfrau, »geh du und sieh nach, was dir in die Falle gegangen ist.«

Linette eilte in den Garten und die Frauen bildeten einen engen Kreis um Magnolia. Dabei sagten sie so beruhigende Worte wie: »Wir werden nicht zulassen, dass er dich verschleppt!« und »Unsere Stricknadeln können fürchterliche Waffen sein!« oder «Weißt du noch, Greta, wie ich damals einem Guhl das Auge ausgestochen habe?«

Stiefel stampften durch die Diele und Linette und die Zwerge kehrten zurück. Jacko trug einen grotesk verrenkten Kobold über der Schulter und ließ ihn mitten in der Stube unsanft zu Boden fallen.

Es war Jeppe. Wie steif gefroren lag er da, nur seine Augen wanderten flehentlich von einem zum anderen.

»Ich schlage vor, wir werfen ihn in den Bach«, schlug ein Zwerg namens Winifried vor. Er war besonders kräftig und eine Zopfspange schmückte seinen blonden Bart. »Lassen wir ihn einfach bis Sonnenaufgang liegen«, meinte ein anderer, »dann hat sich die Sache von selber erledigt.«

Ängstlich blickte Jeppe von einem zum anderen.

Endlich zeigte Linette Mitleid. Sie zückte einen dünnen silbernen Stab und piekste ihn damit in den Bauch. Glitzernde grüne Funken breiteten sich über dem Kobold aus und augenblicklich konnte er seinen Körper wieder bewegen. Jeppe hatte noch nicht einmal Luft geholt, da fuhr Linette ihn auch schon an. »Was hast du hier schon wieder verloren, du nichtsnutziger kleiner Furz!? Hast deine großen Ohren zum Lauschen ausgefahren, was?«

»Nnnn … nein, Linette«, stammelte Jeppe mit erhobenen Händen. »Ich schwöre dir, so war es nicht.«

»Wie war es dann?«, blaffte ihn nun auch Jacko an. »Wolltest du etwa …«

»Lassen wir ihn ausreden«, verlangte Linette. »Also?«

Dankbar sah Jeppe sie an. »Ich kam ganz zufällig an deinem Haus vorbei, Linette. Da habe ich ihn gesehen.«

»Wen hast du gesehen?«, fragten alle wie aus einem Mund.

»Den Schattenkrieger«, flüsterte Jeppe und sah sich ängstlich um. »Er stand reglos vor deinem Haus und hatte den Kopf in den Nacken gelegt, so als würde er wittern. Sein schwarzes Skelett verschmolz völlig mit der dunklen Umgebung. Wären nicht seine rot glühenden Augen gewesen … Ich hätte ihn wohl kaum bemerkt.« Jeppe liebte ein so aufmerksames Publikum. »Ich wagte nicht zu atmen. Es war entsetzlich, ein Gefühl, das ich euch kaum beschreiben kann.«

»Du schweifst ab«, ermahnte ihn Linette barsch. »Was hat ihn vertrieben?«

Jeppe zuckte die Schultern. »Ich nehme an er hat den Bann gespürt, denn auf einmal drehte er um und verschwand im Wald. Nie werde ich das metallene Klicken seiner Knochen vergessen, als er an mir vorbeilief.« Jeppe schüttelte sich. »Als er dann fort war, wollte ich sehen, was es dort so Interessantes gab. Na ja, offensichtlich sind die Sinne eines Kobolds nicht so gut entwickelt wie die eines Schattenkriegers. Ich kam dem Haus einen Schritt zu nah und der Rest ist euch bekannt.«

»Du scheinst für den Grafen von großem Interesse zu sein, Linette«, sagte Jacko beunruhigt.

»Oder mein Täubchen«, gab Linette mit einem Blick zu Magnolia nicht weniger beunruhigt zurück.

»Er will das Mädchen, bevor es sich wehren kann«, grunzte Winifried.

»Ich fürchte, du hast recht«, sagte Linette, »deshalb bitte ich euch, bevor ihr heute Abend geht: Nehmt meine Nichte in unsere Gemeinschaft auf und helft mir, sie zu schützen, wann immer es nötig ist. Bringt ihr dieselbe Freundschaft entgegen, die ihr mir entgegenbringt.«

Eifrig wurde dieses Versprechen gegeben. Die Zwerge waren sogar bereit, ihr Leben zu lassen, wenn es sein musste.

Magnolia dagegen wusste nicht, ob sie nun dankbar oder ängstlich sein sollte.

»Von welchem Grafen sprecht ihr überhaupt und was sind Schattenkrieger?«, fragte sie schließlich.

Das Wort Schattenkrieger allein genügte, um die schnatternde Runde zur Ruhe zu bringen. Schließlich ergriff Jacko das Wort. »Das Mädchen hat wirklich ein Recht, die ganze Geschichte zu erfahren«, sagte er. »Ich schlage vor, Linette schenkt uns etwas von ihrem köstlichen Mirabellenwein ein und ich erzähle Magnolia von Graf Raptus.«

So geschah es. Und nachdem alle Zwerge Gläser mit goldgelbem Wein in den Händen hielten, begann Jacko seine Erzählung.

Elftes Kapitel

Jacko erzählt

»Niemand kann sich mehr erinnern, wann der Graf in diese Gegend kam. Aber es muss zur Zeit der Elben- und Norgenkriege gewesen sein, als Graf Raptus seine Burg auf dem Teufelsberg errichtete. Er war ein Raubritter und hatte durch das Gold, das er seinen Opfern abnahm, ein gutes Auskommen. Dann hörte er von den unterirdischen Schätzen der Zwerge und den sagenhaften Reichtümern der Elben. Das Wissen darum ließ ihn nicht mehr ruhen und es trieb ihn um, diese Schätze zu besitzen. Man darf nicht vergessen, dass es zu einer Zeit war, in der die Menschen unsere Existenz noch nicht in Frage stellten. Die Zwerge und Elben hörten bald von dem habgierigen Grafen, aber sie nahmen ihn nicht ernst. Er war ein Mensch und Menschen können Zwergen und Elben nicht gefährlich werden. Sie können sie weder hören noch sehen, geschweige denn, sie ihrer Schätze berauben. Außerdem waren es unruhige Zeiten. Die Elben waren damit beschäftigt, die Norgen zu vertreiben, und wir Zwerge – nun ja – wir hielten uns aus allen Streitigkeiten heraus.«

»Ihr vermehrtet währenddessen euren Reichtum«, warf Jeppe höhnisch dazwischen.

Jacko runzelte unwillig die Stirn.

»Wir hatten den Grafen unterschätzt, ein Fehler, den wir später bitter bezahlen sollten. Er begann mit dem Studium der schwarzen Künste. Jahr für Jahr lernte er, als spiele Zeit für ihn keine Rolle und alles fing an, sich zu verändern.«

Jacko machte eine Pause und schaute in sein Glas. Seine Gedanken schweiften ab in vergangene Zeiten. Keiner der Anwesenden wagte es, ihn zu drängen, doch schließlich fuhr er fort.

»Die mächtigsten Schwarzmagier lud er zu sich auf die Burg, um von ihnen zu lernen. Hatten sie schließlich all ihr Wissen preisgegeben, verschwanden sie spurlos auf unerklärliche Weise. Man munkelte, er hätte sie alle heimtückisch gemeuchelt.

Eines Tages war es dann so weit, Graf Raptus hatte sein Studium beendet. Nun gab es keinen mächtigeren Schwarzmagier auf der Welt als ihn. Mühsam hatte er sich angeeignet, was uns in die Wiege gelegt wurde. Jetzt war er bereit. Er bediente sich der finsteren Mächte, scharte Schattenkrieger als seine persönlichen Leibwächter um sich und verbündete sich mit den heimtückischen Norgen. Gemeinsam schlugen sie zu. Sie vertrieben einen Elbenstamm nach dem anderen. Zuerst die Waldelben, dann die Moorelben. Ihre Schätze füllten seine Kammern und die Norgen bekamen ihre Ländereien, in denen sie wildern konnten.

Wie dumm waren wir Zwerge, dass wir uns nicht rechtzeitig mit den Elben verbündeten. Aber unsere Gemüter und Kulturen sind zu verschieden. Das mussten wir nun teuer bezahlen, denn auch vor unseren Dörfern und Silberminen machte der Graf nicht halt. Er ruhte nicht eher, bis auch unsere Schätze in seinem Besitz und unsere Dörfer verbrannt waren.«

Gebannt lauschte Magnolia Jackos Bericht. Ein plötzliches Geräusch wie ein Trompetenstoß ließ alle zusammenfahren. Greta schneuzte sich in ein weißes Taschentuch. Vorwurfsvoll sah Jacko sie an und fuhr fort. »Endlich, nach vielen Monden, wendete sich das Blatt. Überlebenden der Moorelben war es gelungen, Hilfe zu holen. Elbenvölker von weither schlossen sich in einem riesigen Heer zusammen, um ihre Verwandten zu rächen. Allen voran die Hoch- und Nebelelben. Es gab eine gewaltige Schlacht, in der der Graf und seine Verbündeten nicht den Hauch einer Chance hatten. Norgen und Schattenkrieger wurden geschlagen und vertrieben. Auch Graf Raptus floh von seiner Burg. Wohin wusste niemand und es interessierte auch niemanden. Schließlich war der Graf inzwischen neunundneunzig Jahre alt und seine Zeit bald abgelaufen. Doch er kehrte zurück. Viele Jahre später war er wieder da. Die meisten Elben und Zwerge hatten anderswo eine Heimat gefunden, aber ein paar waren geblieben und konnten sich an die Geschichten der Ältesten erinnern. Sie schauderten, als in der Burg wieder die Feuer brannten. Der Graf hätte längst tot sein müssen oder hatte er das ewige Leben? Wenig später verschwanden die ersten Menschen. Es folgten Zwerge und Elben, ein paar Kobolde waren auch darunter, aber das war wohl eher ein Versehen.«

Jeppe funkelte böse.

»Von ihnen fehlt bis heute jede Spur. Spätestens als die dreizehn Rauschwalder Feuerwehrleute verschwanden, konnte niemand mehr seine Augen vor der Wahrheit verschließen. Denn sie kehrten zurück. Nachts bei Nebel schlichen sie umher. Untote, die keine Ruhe finden konnten. Handlanger des Grafen.«

Alles Blut wich aus Magnolias Wangen. »Ich glaube, ich habe sie letzte Nacht gesehen«, stieß sie hervor. »Sie kamen vom Friedhof bis an die Gartenmauer und machten so unheimliche Geräusche. Und dann waren sie plötzlich verschwunden. Ich habe geglaubt und gehofft, ich hätte mir alles nur eingebildet.«

Erschrocken sahen Linette und Jacko sich an.

»Du brauchst dich nicht zu ängstigen«, sagte Winifried, »hier bei deiner Tante bist du sicher. Du hast ja gesehen, was ihr Bannspruch bewirkt. Unerlaubt betritt niemand das Grundstück. Außerdem wird der Graf sehr vorsichtig sein.«

»Zu gut hat sich ihm deine Großmutter ins Gedächtnis geschrieben«, fügte Greta hinzu.

»Meine Großmutter? Was hat sie denn getan?«

»Sie hat dem Spuk ein Ende bereitet«, antwortete Tante Linette grimmig. »Und sie hat es mit ihrem Leben bezahlt«, fügte sie leise hinzu.

»Wofür wir ihr bis in alle Ewigkeit dankbar sind«, rief Greta und klapperte aufgeregt mit ihren Stricknadeln.

Linette seufzte: »Leider war alles, was sie getan hat, umsonst, denn er ist wieder da.« Sie senkte den Kopf und sah auf ihre ineinandergefalteten Hände.

»Nein, Linette, Dorettes Tod war nicht umsonst«, sagte Jacko tröstend. »Sie hat uns die Scheuklappen von den Augen gerissen, dieses Mal sind wir bereit. Wir beobachten ihn und werden im richtigen Moment mit aller Entschlossenheit eingreifen. Und wir werden nicht allein sein.«

Linette nickte kaum merklich.

Jacko machte den anderen unauffällig ein Zeichen und die Zwerge verabschiedeten sich.

Magnolia und Linette blieben allein in der Wohnstube zurück. Nachdenklich lauschte Magnolia dem Knacken der Holzscheite. Vor ein paar Tagen war sie noch ein ganz normales dreizehnjähriges Mädchen gewesen. Wütend und traurig, weil sie gezwungen wurde bei einer unbekannten Tante ein ganzes Jahr zu verbringen, während ihre Mutter sich in New York das Leben um die Ohren pfeifen ließ. Und jetzt tat sich hier in dieser kleinen Stube ein Abenteuer auf, größer und fantastischer als man es sich vorstellen konnte. Wie konnte sie sicher sein, nicht zu träumen?

»Ich kann dich ja mal ganz fest in den Po kneifen.« Tante Linette schaute grinsend von ihren Händen auf.

Hoppla, sie hatte doch nicht laut gedacht? Magnolia grinste zurück. Jetzt hätte ich gerne noch eine Tasse Tee, dachte sie.

»Ich hole uns einen Becher Lass-es-dir-gut-gehn-Tee, der schenkt angenehme Träume«, antwortete Tante Linette.

Magnolia grinste noch breiter. Kannst du jeden Gedanken lesen?, dachte sie diesmal ganz schnell.

»Wenn jemand so offen denkt wie du, dann schon«, gab Tante Linette zu.

»Wow«, sagte Magnolia bewundernd. »Das will ich auch können. Geht so etwas schwer?«

Tante Linette zuckte mit den Schultern. »Was ist schon schwer? Verglichen mit dem Versuch, einen Ball in einem runden Raum in die Ecke zu legen, ist es leicht. Reine Übungssache.«

Sie schlurfte in die Küche und kehrte zehn Minuten später mit zwei Bechern Tee zurück. Einen Becher reichte sie Magnolia, mit dem anderen machte sie es sich in ihrem Ohrensessel bequem. Über den Becherrand hinweg sah sie ihre Nichte an.

»Ist dir in deinem bisherigen Leben schon einmal etwas Merkwürdiges passiert?«, fragte sie. »Zum Beispiel: Du denkst an jemanden, den du lange nicht gesehen hast, und triffst ihn am nächsten Tag in der Stadt oder ...«

»Genau! Einmal dachte ich an eine Freundin in der Schweiz, prompt klingelte das Telefon und sie war dran.«

Tante Linette lachte: »Siehst du, genau das meine ich. Du bist sensibel für solche Dinge. Dein Unterbewusstsein sendet bereits an dein bewusstes Denken.«

»Aber das Schärfste waren ja wohl die Raben«, fuhr Magnolia fort, »hier in Rauschwald auf dem Parkplatz. Sie saßen im Baum und haben so seltsam zu mir herabgeschaut. Ich habe ihre Blicke direkt in meinem Kopf gespürt, so als wollten sie mich zu etwas zwingen.« Plötzlich fröstelte Magnolia.

»Diese Aasfresser!«, polterte Linette. »Er hat sie geschickt, um dich einzuschüchtern. Aber von den Raben droht dir keine Gefahr. Mit denen wirst du auch ohne Ausbildung fertig. Du bist stärker als sie, also keine Angst!«

»Ich habe keine Angst. Es war nur so ein mieses Gefühl, ich …«

»Deine Mutter hat übrigens angerufen.« Abrupt wechselte Linette das Thema.

»Hier?«, fragte Magnolia verblüfft.

»Nein, sie rief in der Apotheke an, ich war heute Vormittag noch einmal dort. Es geht ihr gut.«

»Wollte sie mich denn gar nicht sprechen?«

Linette schüttelte den Kopf. »Aber sie lässt dich herzlich grüßen.«

Magnolia winkte müde ab. »Erzähl mir lieber von meiner Großmutter«, bat sie, »ich habe lange Zeit gar nicht gewusst, dass Oma Tilda Mamas Stiefmutter ist.«

Linette nickte. »Dein Großvater hat ein zweites Mal geheiratet. Matilda. Matilda ist ein feiner Kerl und sie hat es sicher verdient, von dir Oma genannt zu werden, aber deine leibliche Großmutter ist meine Schwester Dorette. Sie hätte dir sicher gefallen. Manchmal erinnerst du mich an sie, mit deinem Trotz und deinem aufbrausenden Ärger. Es sind die Augen. Sie sprühten Funken, genau wie deine, wenn sie wütend war. Dann musste man sich vor ihr in Acht nehmen, denn sie war eine Banshee.«

»Sie war eine Banshee?«, fragte Magnolia mit aufgerissenen Augen. Denn plötzlich fiel ihr ein, was eine Banshee war. Eine Todesfee. Wem sie erschien, der musste sterben. Ein einziger Blick von ihr brachte den Tod. Zum Glück lebten solche Geschöpfe meistens in Irland.

»Du hast recht«, sagte Tante Linette, so als hätte Magnolia diese Gedanken laut ausgesprochen.

»Weiß der Himmel, wer von unseren Vorfahren irisches Blut hatte —, aber du kannst dir vorstellen, dass eine Banshee nirgends wirklich gern gesehen ist. Zwar gibt es einen Unterschied zwischen dem Gesehenwerden und dem Erscheinen, aber die Leute hatten in ihrer Nähe stets ein mulmiges Gefühl. Obwohl es Dorette nicht interessierte, wie sich die Menschen in ihrer Nähe fühlten, lebte sie mit ihrem Mann und ihrer kleinen Tochter, deine Mutter war damals noch ein Baby, sehr zurückgezogen. Sie liebte ihren Kräutergarten und manchmal fragte ich mich, ob sie nicht eine bessere Kräuterhexe als eine Banshee wäre. Stell dir vor, es gelang ihr sogar die ›Königin der Nacht‹ in ihrem Garten zu kultivieren. An den großen Hexenfesten nahm sie natürlich teil, sie tanzte für ihr Leben gern. Deinem Großvater erzählte sie dann, sie gehe zu einer Abendveranstaltung der Avon-Beratung.« Linette lächelte, dann wurde sie wieder ernst.

»Es geschah an Beltane, der Nacht zum ersten Mai. Wir waren auf dem Heimweg vom Hexentanzplatz und besonders gut gelaunt, bis wir einen Trupp Schattenkrieger bemerkten, der uns aus dem Dickicht des Waldes heraus beobachtete. Wir rochen sie auf zwanzig Meter Entfernung, doch anstatt wie sonst einen großen Bogen zu machen, ging Dorette diesmal direkt auf sie zu. Ich konnte nicht hören, was sie sagte. Aber keine drei Sekunden später röchelten die Schattenkrieger und gingen in die Knie, sie krümmten sich am Boden und zerflossen schließlich vor meinen Augen zu schwarzem, klebrigem Teer. Ich war entsetzt. Nicht aus Mitleid, sondern aus Angst vor Graf Raptus. Jetzt gab es kein Zurück mehr. Ein Kampf war nicht länger zu vermeiden. Dorette war ungeheuer zufrieden mit ihrer Tat. Keine Spur ängstlich.

›Jetzt hat der Mistkerl etwas, worüber er nachdenken kann‹, sagte sie. ›Wir können nicht in ständiger Angst vor ihm leben. Ich kann es jedenfalls nicht‹, fügte sie hinzu, als sie meinen zweifelnden Blick bemerkte. Und dabei sah sie so schön und kalt aus, wie nur eine Banshee aussehen kann. In diesem Moment wusste ich, dass sie uns wegen unserer Unentschlossenheit verachtete und schon lange vorher beschlossen hatte dem Grafen die Stirn zu bieten, koste es, was es wolle.«

Linette nippte an ihrem Tee.

»Noch in derselben Nacht verschleppten sie Dorette auf die Burg. Es war aussichtslos, sie lebend wiederzusehen. Wir standen auf dem Kuckucksberg, sahen zum Teufelsberg hinüber und fühlten uns so erbärmlich. Warum hatten wir nicht schon eher etwas unternommen? Kein Windhauch bewegte die Zweige der Bäume. Die Burg lag in einem Gespinst aus Schlaf und Nacht gefangen und wir ließen sie nicht aus den Augen. Oh wie sehr wünschte ich damals bei ihr zu sein. Hätte ich doch bloß eingegriffen. Aber auch Graf Raptus machte einen Fehler. Er unterschätzte den Zorn einer Banshee, die wusste, dass es nichts mehr zu verlieren gibt.«

Linettes Stimme erstarb, abwesend starrte sie in ihre Tasse. Magnolia wagte nicht zu reden. Einen schrecklichen Augenblick fürchtete sie, ihre Tante könnte in Tränen ausbrechen, doch schließlich fuhr Linette fort: »Dann öffnete sich das Tor zur Hölle. Kanonenschläge, Feuersbrunst, aus sämtlichen Fenstern der Burg schlugen die Flammen. In wenigen Augenblicken brannte alles lichterloh, sogar die Mauern brannten nieder. Niemand konnte dieser Hölle entkommen, auch nicht die Banshee, die dieses Inferno entfesselt hatte.«

»Und nun ist der Graf zurück?«, fragte Magnolia nach einer Weile leise.

»Es scheint so«, antwortete Linette matt, dann lächelte sie. »Es ist spät, Lämmchen, und morgen ist auch noch ein Tag. Ich schlage vor, wir gehen jetzt ins Bett.«

Im ersten Moment wollte Magnolia protestieren. Tausend Fragen brannten ihr noch auf der Seele. Doch dann fühlte sie, wie erschöpft sie nach diesem Tag war, an dem sie so viel Neues erfahren hatte. Ohne zu murren, trank sie aus, wünschte ihrer Tante eine Gute Nacht und stieg hinauf in ihren Turm.

Am nächsten Morgen war vom Regen des Vortages nichts mehr zu spüren. Der Himmel war blank geputzt wie Tafelsilber, und ein vorwitziger Sonnenstrahl, der durch die Falten der Vorhänge fiel, kitzelte Magnolia an der Nase.

Blinzelnd öffnete sie die Augen und sofort war die Erinnerung an den gestrigen Abend wieder da. Sie war eine Hexe! Kaum zu glauben, dass sie all die Jahre rein gar nichts davon bemerkt hatte. Eine richtige Hexe. Genüsslich ließ sie sich alle Annehmlichkeiten, die so etwas mit sich brachte, durch den Kopf gehen. Ihrem Mathelehrer Herrn Schnurr würde sie ein Schweineschwänzchen anhexen, wenn sie ihn noch hätte. So ein kleines fleischiges, das aus jeder Anzughose guckte. Die Musiklehrerin Frau Flöter bekäme einen Vogelschnabel, mit dem sie den lieben langen Tag, Nachtigallen gleich, herumzwitschern und ihrer Umwelt auf den Wecker gehen könnte. Außerdem würde sie sich selbst ein dickes Bankkonto hexen. Eine Tarnkappe, damit sie endlich all das mitbekäme, was man eigentlich nicht mitbekommen sollte, und einen Besen. Ja, ein Besen wäre genial. Ob Hexen tatsächlich fliegen konnten? Magnolia stieg aus dem Bett. Im Geschichtsunterricht hatten sie gelernt, dass die angeblichen Hexen sich mit einer Salbe aus Stechapfel und Fliegenpilz einrieben und sich dann bestenfalls einbildeten sie könnten fliegen. Wie langweilig. Voller Vorfreude auf ihren ersten Tag als Hexe ging sie nach unten.

Tante Linette stand wie an jedem Morgen in ihrer Küche. Diesmal zerquetschte sie etwas Grünes, Schleimiges in einem Mörser, das verdächtig nach Froschlaich aussah. Dabei pfiff sie eine schräge Melodie.

»Guten Morgen, Täubchen«, krächzte sie, noch bevor Magnolia die Küche betreten hatte. »Das Frühstück steht auf dem Herd.« Erfreut sah Magnolia die große Portion Rührei, die in einer gusseisernen Pfanne warm gehalten wurde.

»Du kannst gleich aus der Pfanne essen«, trällerte Linette, die heute Morgen besonders gute Laune zu haben schien, »da sparen wir glatt einen Teller.« Genüsslich langte Magnolia zu. Hier im Regenfass war ihr Appetit zwanzig Mal größer als zu Hause. Den Rest aus der Pfanne, der beim besten Willen nicht mehr in sie hineinpasste, gab sie Serpentina direkt auf den Fußboden.

»Und …? Hast du gut geschlafen?«

»Ja, prima«, antwortete Magnolia. »Ich habe nicht einmal geträumt.« Oder doch?

»Ihr habt mich gestern doch nicht auf den Arm genommen, die Zwerge und du?« Kaum hatte sie die Frage ausgesprochen, schlug sie sich mit der flachen Hand gegen die Stirn. Wie bescheuert das klang. Wenn sie wahrhaftig glaubte, gestern Abend mit Zwergen geplaudert zu haben, warum sollte sie dann nicht auch eine Hexe sein.

»Du bist eine Hexe, so sicher, wie ich hier stehe und Hühneraugensalbe anrühre«, antwortete Tante Linette mit einem verschmitzten Augenzwinkern, das Magnolia leicht irritierte.

»Dann kann ich also auch zaubern?«, fragte sie.

Nachsichtig lächelte Linette ihre Nichte an. »Ich bin froh, dass du der Hexerei so aufgeschlossen gegenüberstehst. Leider gilt auch für Hexen das alte Sprichwort: Ohne Fleiß kein Preis. In deinem Fall ist damit das Studium der Magie gemeint.«

»Bedeutet das, ich muss in eine Hexenschule gehen?« Neue Hoffnung keimte in Magnolia auf. Das Ende der Sommerferien rückte beängstigend näher und tausendmal lieber als in Rauschwald würde sie auf eine Schule für Hexerei gehen.

Linette schenkte ihr ein verständnisvolles Grinsen.

»Dafür seid ihr zu wenig Schüler. Du wirst mit mir vorliebnehmen müssen. Vormittags besuchst du die Schule in Rauschwald und am Nachmittag hast du bei mir Privatunterricht in Sachen Hexerei. Meinst du, du kannst das schaffen?«

»Logisch«, antwortete Magnolia. »Wann fangen wir an?«
»Heute Nachmittag.«
»Okay.«
»Also um vier Uhr im roten Zimmer.«

Zwölftes Kapitel
Sehen lernen

Punkt vier Uhr stand Magnolia erwartungsvoll vor dem roten Zimmer.

»Warum kommst du nicht einfach herein?«, rief Tante Linette von drinnen. Ihre Stimme klang seltsam dumpf.

Magnolia trat ein. Die dunkelroten Samtvorhänge waren diesmal zurückgezogen und ließen freundliches Tageslicht ins Zimmer. Der Raum wirkte jetzt nicht mehr magisch und geheimnisvoll, sondern wie eine alte Bibliothek.

Tante Linettes Kopf steckte tief in einem Regal mit alten Folianten. Ächzend zog sie ein besonders dickes Exemplar heraus und warf es mit Schwung auf den Tisch. »Haaatschii«, nieste Linette und hinter Magnolia fiel die Tür ins Schloss. Ohne aufzusehen, pustete ihre Tante die dicke Staubschicht vom Buchdeckel und winkte sie ungeduldig heran.

Das kleine Hexeneinmaleins stand in schwarzen abgeblätterten Lettern auf dem grauen Umschlag, der schon reichlich zerfleddert aussah.

Weshalb in diesem Buch nur das kleine Hexeneinmaleins stecken sollte, konnte Magnolia sich beim besten Willen nicht vorstellen. Dieses Buch war groß wie eine Gehwegplatte und mindestens doppelt so dick.

»Ist wahrhaftig lange her, dass ich darin geschmökert habe«, murmelte Linette. »Hast Glück, dass es überhaupt noch existiert. Generationen unserer Familie haben darin ihre ersten Hexversuche unternommen. Ein Klassiker gewissermaßen«, gluckerte sie.

»Erste Hexversuche? Du meinst, in diesem dicken Wälzer steht nicht das komplette Hexenwissen und es gibt noch mehr davon?«

Linette schaute ihre Nichte an, wie eine Vogelmutter, die bemerkt, dass sie ein Kuckucksei ausgebrütet hat.

»Mein liebes Kind«, seufzte sie, so als hätte sie die Hoffnung auf einen Funken Verstand endgültig begraben.

»Natürlich steht im ›kleinen Hexeneinmaleins‹ nicht das komplette Hexenwissen. Die Papierreserven dieser Welt würden nicht ausreichen, um unser Jahrtausende altes Wissen darauf niederzuschreiben. Dieses Buch ist nur das erste einer Trilogie, die du nach und nach durcharbeiten wirst. Dem kleinen Hexeneinmaleins folgt logischerweise das große Hexeneinmaleins und daran schließt lückenlos das Buch ›Algebra für Hexenmeister‹ an. Wenn du diese drei Bücher durchgearbeitet hast, kannst du alles, was man von einer guten Hexe erwartet.«

»Aber es wird Jahre dauern, bis ich überhaupt mit dem ersten Buch fertig bin«, sagte Magnolia.

»Sieben«, antwortete Tante Linette.

»Sieben?«, fragte Magnolia.

»Wenn du einigermaßen intelligent bist, dauert es sieben Jahre, bevor du dein erstes Hexenexamen ablegen darfst.«

Magnolia schluckte: »Es gibt auch Prüfungen?«

Tante Linette nickte. »Natürlich, jedes Jahr legst du eine Zwischenprüfung vor der Hexenkammer ab, schließlich muss festgestellt werden, ob du würdig bist, weiterzustudieren.«

»Ähmm.« Der Kloß in Magnolias Kehle wollte nicht rutschen. »Und was ist, wenn ich durchfalle?«

»Das wollen wir nicht hoffen«, erwiderte Tante Linette. »In diesem Fall wirst du mit Schimpf und Schande ausgestoßen. Dein gesamtes magisches Wissen wird dir wieder abgehext und du musst den Rest deines Lebens im Dorf der Gescheiterten fristen.«

»Das Dorf der Gescheiterten?« Magnolia machte kugelrunde Augen. »Du hast mir noch gar nicht davon erzählt.«

Linette winkte ab: »Es ist deprimierend. Ein Dorf tief in den Nebelsümpfen. Das ganze Jahr über herrscht dort nasskaltes Klima, einzig und allein abhängig von den Launen der Sumpflinge. Die meisten sterben in den ersten drei Jahren.« Betrübt schüttelte Linette den Kopf. »Ein Leben, das ich wahrlich niemandem wünsche.«

»Ähmm, ich überlege mir die Sache mit der Hexenausbildung noch einmal. Ich meine, vielleicht schaffe ich es doch nicht ... Schule und Hexerei.«

»Zu spät«, sagte Tante Linette. »Mit dem Betreten des roten Zimmers hat um vier Uhr deine Ausbildung begonnen.«

Der Kloß in Magnolias Hals war auf Tennisballgröße angeschwollen. Das konnte doch wohl nicht wahr sein! Kalter Ärger brandete in ihr auf.

»Oh nein, Tante Linette!«, rief sie erbost. »So nicht! Nicht mit mir! Du hast mir nichts vom Dorf der Gescheiterten erzählt. Ich hatte keine Chance, mich objektiv zu entscheiden. Wie konntest du mich nur so reinlegen.«

»Reinlegen!? Du schaffst es, wenn du dich ein bisschen anstrengst. Seit Jahrhunderten gibt es in deiner Familie Hexen, ich verstehe überhaupt nicht, weshalb du dich so aufregst. Zum Aussteigen ist es jetzt sowieso zu spät. Basta!«

»Na, dann ist ja alles klar. Danke für den rechtzeitigen Hinweis.« Magnolia war sauer.

Tante Linette hatte wieder angefangen in ihren Regalen zu stöbern und zog schließlich eine kostbare mit bunten Steinen verzierte Schatulle hervor. Energisch wischte sie den Staub der letzten Jahrzehnte mit dem Ärmel ab und stellte sie neben das Buch vor Magnolia auf den Tisch. Obwohl sie es sich nicht anmerken ließ, war Magnolias Interesse geweckt. Was mochte da drin sein?

Mit einem winzigen goldenen Schlüssel öffnete Tante Linette das Kästchen. Magnolia reckte den Hals.

Auf jadegrünem Satin lagen alte Kostbarkeiten. Eine mit kleinen Edelsteinen besetzte Brosche, eine Bernsteinkette, mehrere Silberringe und ein rotgoldenes Medaillon. Linette grub sich mit spitzem Zeigefinger durch all die Schmuckstücke, bis sie auf dem Schatullenboden endlich das Gesuchte fand.

Ein kunstvoll geschmiedetes Amulett in Form einer kleinen Eidechse baumelte an einer flachgliedrigen Kette zwischen ihren Fingern.

»Dieses Amulett gehörte deiner Großmutter«, sagte Tante Linette, »nun soll es dir gehören. Es unterstützt deine magischen Fähigkeiten und warnt dich bei Gefahr. Achte es hoch, es ist ein Ratgeber, auf den du dich immer verlassen kannst.«

Feierlich hängte sie Magnolia das Amulett um den Hals. Es reichte ihr bis zum Bauchnabel, und obwohl sie es über der Kleidung trug, spürte sie seine angenehme Wärme bis auf die Haut.

Andächtig betastete Magnolia das Schmuckstück. Es war ein Kunstwerk. Zarte smaragdgrüne Schuppen bedeckten den gesamten Körper der Eidechse und in ihren Augen aus dunkelrotem Granat schimmerte ein geheimnisvolles Feuer.

Dieses Amulett hatte also ihrer Großmutter gehört. Ob sie es bei ihrem Tod getragen hatte? Das Amulett erwärmte sich in ihren Händen und auf einmal wusste Magnolia, dass sie alles tun wollte, um eine würdige Trägerin zu sein. Ja, sie wollte sich alle Mühe geben, eine gute Hexe zu werden.

Tante Linette hatte sie schweigend beobachtet und Magnolia war sicher, dass sie ahnte, was in ihr vorging. »Muss ich es immer tragen?«, fragte sie.

Linette schüttelte den Kopf. »Nein, aber du solltest es immer dann tragen, wenn du Angst hast oder fürchtest, in Gefahr zu geraten.«

»Ich habe eine angenehme Wärme gefühlt, als ich es in den Händen hielt«, sagte Magnolia.

»Ein Zeichen, dass dich das Amulett als seine Trägerin akzeptiert«, antwortete Tante Linette. »Es ist also an der Zeit mit der ersten Lektion zu beginnen. Du musst eine Sehende werden.«

»Eine Sehende? – Äääåh … danke, ich sehe ausgezeichnet.« Im Geiste sah Magnolia sich mit dicken Lupengläsern vor den Augen hilflos nach dem Weg tasten. Ein paar kleine Haken musste die Sache schließlich haben.

»Unsinn«, wischte Linette diesen Einwand in gewohnt schroffer Weise beiseite. »Du kannst nicht sehen, du …«

»Na, blind bin ich auch nicht gerade«, warf Magnolia vorlaut dazwischen.

Tante Linette warf ihr einen funkelnden Blick zu. »Magnolia, eines vorweg«, sagte sie streng. »Ich bin deine Lehrmeisterin und dulde nicht, dass du mir ins Wort fällst, wann immer es dir quer durch den Sinn schießt. Du hebst die Hand, wenn du etwas sagen oder fragen möchtest. Darin unterscheidet sich dieser Unterricht von keinem anderen Unterricht der Welt. Hast du mich verstanden?«

Schon gut, schon gut, dachte Magnolia und nickte kaum merklich mit dem Kopf.

Tante Linette legte ihre Hand hinter das Ohr. »Ich habe nichts gehört, Magnolia. Meine Frage war: ›Hast du mich verstanden?‹ Also antworte bitte mit Ja oder Nein. Anderenfalls zwingst du mich, dich zu bestrafen und ich glaube nicht, dass es dir Spaß machen würde, einen Tag lang mit einem Schweinerüssel durch die Gegend zu laufen. Also!«

So unwohl hatte Magnolia sich schon lange nicht mehr in ihrer Haut gefühlt. Was waren denn das für unfreundliche Töne? Das Amulett auf ihrem Bauch erwärmte sich deutlich. Gefahr in Verzug.

Also beeilte sie sich lieber mit einer Antwort.

»Ja«, sagte sie, »ähm, nein … ich meine doch.«

Tante Linette zog drohend die Augenbrauen zusammen und machte nicht gerade den Eindruck unendlicher Nächstenliebe und Geduld.

»Ja, ich habe klar verstanden, und nein, es würde mir nicht gefallen, mit einem Schweinerüssel durch die Gegend zu laufen.« Magnolia schaute ihrer Tante fest in die Augen.

»Gut.« Linette räusperte sich. »Dann lass mich nun ohne Unterbrechung fortfahren. Du bist nicht sehend, du kannst bestenfalls gucken. Damit stehst du auf derselben Stufe wie all jene grobstofflichen Menschen, die sich die Natur mit brutaler Gewalt Untertan machen und nicht ahnen, was sie damit anrichten. All die feinstofflichen Schwingungen um sich herum nehmen diese Menschen überhaupt nicht wahr. Dir aber wurde eine Gabe in die Wiege gelegt, für die du sehr dankbar sein kannst. Du brauchst nur in die Stille zu lauschen und dir wird sich eine Welt erschließen, wie sie fantastischer und schöner nicht sein kann. Ich schlage deshalb vor, wir beginnen umgehend mit deinem Training, und zwar nicht hier, in dieser muffigen Bude, sondern direkt an Ort und Stelle.«

Bei diesen Worten erhob sie sich und winkte Magnolia ihr zu folgen.

Sie führte sie auf die Terrasse, direkt zu dem alten Holunderbeerstrauch. Linette verneigte sich vor dem Strauch und wechselte mit ihm ein paar leise Worte. Dann wandte sie sich an Magnolia. »Sei jetzt ganz still und schaue dir diesen Holunder genau an. Seine zart gefiederten grünen Blätter, die lackschwarzen Beeren, die korkige Rinde. Und, hörst du den Wind in seinen Zweigen flüstern?«

Magnolia trat dicht an den Holunder heran. Sie schaute und lauschte und atmete seinen kühlen, würzigen Duft. Ein wunderbares Gefühl der Ruhe überkam sie. Das leise Rascheln der Blätter wurde zu einem Flüstern, wenn ein Windhauch hineinfuhr, und es dauerte einen Moment, ehe Magnolia begriff, dass zu ihr gesprochen wurde.

Es war eine ruhige, wohlklingende Stimme, die sagte: »Schon bei unser ersten Begegnung wusste ich, dass du die Begabung hast.«

Magnolias Augen huschten suchend über die Zweige. »Weiter oben«, sagte die Stimme, »ich sitze direkt in der Krone.«

Magnolias Augen huschten weiter suchend durch das Geäst und plötzlich blieb ihr Blick an etwas hängen, das durchaus ein Gesicht sein konnte. Oder war es nur das Spiel von Licht und Schatten im Grün der Zweige?

»Nein, du hast recht, du siehst mir direkt in die Augen«, sagte die ruhige Stimme.

Und tatsächlich, was Magnolia zuerst für ein paar Holunderbeeren gehalten hatte, entpuppte sich als das blanke Augenpaar eines putzigen, kleinen Wesens. Es hatte ein schmales menschliches Gesicht und den Körper eines Eichhörnchens. Groteskerweise trug es ein weißes Rüschenkleid und einen Kompotthut, aus dessen Seiten links und rechts puschelige Ohren herausguckten.

Mit offenem Mund starrte Magnolia das Wesen an. Ihr Gehirn schien still zu stehen und lieferte einfach keine brauchbaren Informationen.

»Bist du, ähm, sind Sie die ehrenwerte Frau Hulda?«, fragte sie schließlich. Denn mal ehrlich, einen mächtigen Baumgeist hatte sie sich ein wenig eindrucksvoller vorgestellt. Und dieses Eichhörnchen mit seinen langen, gelben Nagezähnen wirkte nicht mächtig, sondern einfach lächerlich.

Magnolias Instinkt riet ihr, sich bei diesem Gedanken nicht erwischen zu lassen, also versuchte sie ihn so gut es ging aus ihrem Hirn zu verbannen für den Fall, dass Frau Hulda ihre Gedanken las.

Tante Linette jedenfalls las ihre Gedanken und fand, es sei allerhöchste Zeit einzugreifen, bevor es zu irgendeiner Art von Missstimmung käme. Darum sagte sie schnell: »Ich danke Euch, verehrte Frau Hulda, für die Freundlichkeit und Zeit, die Ihr meiner Nichte gewährtet. Ihr habt ihr eine große Ehre erwiesen, indem Ihr ihr erlaubtet, ihre noch ungeschulten Augen an Euch zu erproben. Nochmals vielen Dank und einen schönen Abend.«

Energisch packte sie Magnolia am Arm und zog sie mit sich fort.

»Meine Güte, Magnolia, du musst wahrhaftig zuallererst lernen, deine Gedanken zu blockieren«, zischte sie, »du denkst so offen vor dich hin, dass es direkt peinlich ist. Ein Wunder, dass das noch keine Folgen hatte.«

»Sie sah aber auch zu witzig aus«, verteidigte sich Magnolia. »Ein Eichhörnchen im Rüschenkleid ist der mächtige Baumgeist, vor dem alles zittert, ich fasse es nicht.«

»Sei nicht dumm«, erwiderte ihre Tante, »Frau Hulda ist unsichtbar und nur für dich hat sie den Körper eines Eichhörnchens gewählt. Sie hätte auch als Lokomotive erscheinen können, verstehst du? Sie ist an keinen Körper gebunden.«

Magnolia kam sich auf einmal ziemlich dumm vor. Um davon abzulenken, fragte sie: »Und …? Dazu, dass ich sie sehen konnte, sagst du nichts?«

Ein flüchtiges Lächeln huschte über Linettes Gesicht. »Ich habe nichts anderes erwartet, Schätzchen.«

Am nächsten Morgen wurde Magnolia von wilden Trommelschlägen gegen ihre Tür geweckt. »Was'n los?«, nuschelte sie verschlafen und versuchte die Trommelwirbel in irgendeinen Zusammenhang mit ihrem Traum von singenden Sonnenblumen zu bringen.

»Carpe diem – nutze den Tag«, knarrte Tante Linette direkt vor ihrer Tür. »Ich warte im Garten auf dich.«

»Carpe was?« Magnolia raufte sich die Haare und setzte sich auf.

Dieser Morgen entwickelte sich unangenehm dynamisch. Stöhnend rollte sie aus dem Bett, um sich zu waschen und anzuziehen.

Zehn Minuten später stand sie im Garten.

»Na endlich, wurde auch Zeit«, blaffte Tante Linette, schulterte ihren kakifarbenen Militärrucksack und stapfte ohne ein weiteres Wort hinaus in den Wald.

»Moment mal!«, rief Magnolia. »Wo wollen wir denn so früh hin? Ich habe noch nicht einmal gefrühstückt.«

»Frühstück? Du bist dick genug!« Unbeirrt stapfte Tante Linette weiter. Magnolia beeilte sich, ihr zu folgen. »Es ist noch mitten in der Nacht.«

»Unsinn! Es ist fünf Uhr dreißig, also die beste Zeit, um seine Sinne zu schärfen.«

»Na klasse.« Magnolia fröstelte, denn obwohl der Tag warm zu werden versprach, hing am frühen Morgen noch kalter Nebel zwischen den Bäumen.

»Dir wird gleich warm«, versprach Tante Linette und schritt kräftig aus. Sie folgten zuerst dem Bachlauf, an dessen Ufer Beinwell und Mädesüß wuchsen, und drangen dann tiefer in den Wald. Magnolia wollte gerade verkünden, wie angenehm es war, über den dick bemoosten Waldboden zu laufen, als Tante Linette warnend die Hand hob. Sie hatte in einiger Entfernung einen Mann und ein Mädchen entdeckt. Der Mann war damit beschäftigt, etwas aus dem Waldboden zu graben, während das Mädchen nur darauf wartete zuzupacken. Ihre Hände steckten fest in derben Lederhandschuhen.

»Das ist Arnulf«, sagte Tante Linette erstaunt. »Aber was in drei Teufels Namen tut er da?«

Arnulf Langboom, der Apotheker, mühte sich redlich. Doch das, was er auszugraben versuchte, schien fest im Boden zu stecken.

»Ja ist er denn noch bei Trost!«, rief Tante Linette auf einmal erschrocken. »Ich glaube wahrhaftig, er gräbt eine Alraune, aus. Schnell,

Magnolia, halte dir ganz fest die Ohren zu. Der Schrei einer aus dem Boden gerissenen Alraune ist so scheußlich, dass sensible Menschen den Verstand verlieren oder sogar daran sterben können.«

In diesem Moment gellte der Schrei der Alraune auch schon durch den Wald. Magnolia hörte ihn nur für den Bruchteil einer Sekunde, aber es genügte, um ihr stechende Kopfschmerzen zu verursachen. So fest es ging, presste sie ihre Hände auf die Ohren. Erstaunlicherweise zeigten weder das Mädchen noch Herr Langboom eine Reaktion auf diesen Schrei.

Ein kleines Wesen bahnte sich schlagend und tretend seinen Weg zwischen den Beinen des Apothekers hindurch, vorbei an dem Mädchen, das es trotz seiner dicken Handschuhe nicht zu packen bekam.

Die Alraune rannte geradewegs auf Magnolia zu, erkannte im letzten Moment die Gefahr, schlug einen Haken und verschwand zwischen den dunklen Blättern eines Adlerfarns.

Magnolia hielt ihre Hände immer noch fest auf die Ohren gepresst. Tante Linette stieß sie sanft in die Rippen. »Du kannst deine Hände runternehmen«, formten ihre Lippen. »Eine Alraune schreit nur in dem Augenblick, in dem sie aus dem Boden gezogen wird.«

Jetzt hatten auch Herr Langboom und das Mädchen Magnolia und ihre Tante entdeckt und kamen heran. Umständlich zogen sie sich Baumwolle und Wachs aus den Ohren.

»Guten Morgen, die Damen! Magnolia, darf ich dir meine Tochter Birte vorstellen? Ich glaube, ihr seid im selben Alter.«

Mit einem schiefen Grinsen nickte Magnolia dem Mädchen zu. Es hatte kurze krause Haare, ein rundes Gesicht und eine kräftige Figur. Freundlich nickte es zurück.

»Ist uns die Alraune also entwischt«, stellte Herr Langboom kopfschüttelnd fest und Magnolia meinte so etwas wie ein schlechtes Gewissen in seinem Gesicht zu erkennen. »Sie war einfach zu flink.«

»Warum hast du überhaupt versucht sie auszugraben, Arnulf?«, fragte Linette. »Du weißt doch, wie gefährlich sie dann sind.«

»Wir waren mit unseren Ohrenstöpseln gut darauf vorbereitet, da hätte sie zweimal so laut schreien können. Mit so frühen Spaziergängern habe ich allerdings nicht gerechnet.«

»Spaziergänger? Pah! Ich werde heute Morgen ebenfalls versuchen, ein paar Alraunen aufzuscheuchen. Wäre doch gelacht, wenn mir nicht eine ins Netz ginge«, trompetete Tante Linette. Magnolia horchte auf.

»Vergiss es, Linette«, winkte Arnulf ab, »wir sind nicht mehr in dem Alter, in dem wir es an Gewandtheit mit ihnen aufnehmen könnten.«

»Nun, du vielleicht nicht, Arnulf«, erwiderte Linette mit spitzen Lippen. »Glücklicherweise sind wir nicht alle gleich.«

»Dann wünsche ich dir mehr Erfolg, als uns beschieden war, meine Liebe. Ich für meinen Teil werde mich für den Rest des Morgens auf das Sammeln von Fliegenpilzen verlegen, die sind nicht ganz so flink.« Herr Langboom zog einen nicht vorhandenen Hut und machte sich auf den Weg. Birte, die nicht ein einziges Wort mit Magnolia gewechselt hatte, trottete hinterher.

Schweigend setzten Linette und Magnolia ihren Weg in entgegengesetzter Richtung fort.

»Warum konnte Birte die Alraune sehen?«, fragte Magnolia nach einer Weile, »ist sie auch eine Hexe?«

»Nein, Birte ist ein ganz normales Mädchen. Vielleicht etwas sensibler und aufmerksamer als die meisten, dadurch ist sie in der Lage, so grobstoffliche Geschöpfe wie Alraunen zu sehen. Genau wie ihr Vater. Arnulf ist nicht nur ein erfahrener Apotheker, sondern auch ein Kräuterkundiger, der die alten Heilrezepte zu schätzen weiß.« Linette schmunzelte. »Es wäre schön, wenn du dich mit Birte anfreunden könntest. Sehr wahrscheinlich kommt ihr in dieselbe Klasse.«

Bald stießen sie wieder auf den Wildbach und blieben diesmal in der Nähe des Wassers. Tante Linette warf Magnolia einen Apfel zu. »Dein Magen klingt ja beängstigend«, sagte sie. »Er wird uns noch alle verscheuchen.«

»Was wird er verscheuchen?«, fragte Magnolia irritiert.

»Warte ab, das wirst du gleich sehen.«

»Schön, sie sind bereits da«, sagte Tante Linette zufrieden, nachdem sie eine kleine Lichtung betreten hatten.

Magnolia konnte niemanden entdecken.

»Ich schlage vor, du setzt dich einfach an den Bach, bist ganz still und hältst Augen und Ohren offen, dann wird es schon klappen. Ich lasse dich eine Weile allein. Vorhin habe ich die Spuren eines Alraunenrudels entdeckt. Werde dem alten Arnulf schon zeigen, dass ich immer noch flink genug bin, um so ein Biest in freier Wildbahn zu fangen.«

Zu diesem Zweck zog sie ein schweres Wurfnetz aus ihrem Rucksack und verschwand grimmig lächelnd im Wald.

Magnolia setzte sich auf einen Stein ans Bachufer und schloss die Augen. Sie genoss die warmen Strahlen der Sonne auf ihrem Gesicht und lauschte der Melodie des Wassers, das gluckernd über die Kiesel sprang. Eine ganze Weile saß Magnolia so da, dann mischte sich ein anderer, neuer Ton in das Plätschern. Ein Ton, der wie übermütiges Kichern klang.

Verwundert öffnete sie die Augen und sah vor sich im Bach fünf winzige Frauen, keine größer als eine Hand. Ausgelassen tollten sie im Wasser herum.

»Wer seid ihr denn?«, fragte Magnolia verblüfft.

Neugierig schauten die fünf Frauen sie an, dann kicherten sie gleichzeitig, so als hätte Magnolia etwas ganz Dummes gefragt. Die Vorwitzigste kletterte aus dem Wasser und stellte sich auf einen Stein. Sie trug ein blassblaues Kleid und sah darin ungeheuer niedlich aus.

»Du weißt nicht, wer wir sind?«, fragte sie erstaunt. Ihre Freundinnen kicherten glockenhell.

Magnolia krauste die Stirn. Das schienen ja alberne Gänse zu sein.

»Wir sind Wassermädchen und leben hier in diesem Bach.«

»Dann seid ihr so was wie Nixen?«, erkundigte sich Magnolia.

»Nixen!?« Das Wassermädchen rümpfte die Nase.

»Nein! Igitt! Auf keinen Fall. Nicht verwandt und nicht verschwägert.« Jetzt schnatterten alle durcheinander. »Wie kannst du uns mit so großen, plumpen Fischfrauen vergleichen?«, wollte ein anderes Wassermädchen in maisgelbem Kleid wissen. »Wie du siehst, haben wir Beine und keine Flossen.« Dabei hob sie anmutig einen zierlichen Fuß aus dem Wasser.

»Und wozu seid ihr gut?«, fragte Magnolia

»Wozu wir gut sind?«, fragten alle gleichzeitig.

»Wozu bist du denn gut, wenn man einmal fragen darf?«

»Entschuldigt bitte, so war es nicht gemeint«, sagte Magnolia schnell. »Ich wollte nur wissen, was ihr den ganzen Tag über so treibt. Habt ihr eine Aufgabe?«

»Wir sorgen dafür, dass das Wasser lebendig bleibt. Wir machen, dass es glitzert und fließt. Wir sind das Leben des Wassers«, antworteten die Wassermädchen. Sie sprachen meistens gleichzeitig.

»Gibt es bei euch keine Männer?«

Erneut brachen sie in perlendes Gelächter aus.

»Natürlich gibt es bei uns auch Männer, aber die sind für die unterirdischen Wasserläufe zuständig. Hier oben kannst du sie nicht sehen.«

In diesem Moment ertönte ein wütender Schrei. »Halt, stehen bleiben, ihr verflixten Biester!!«

Erschrocken sprangen die Wassermädchen zurück in den Bach und tauchten unter.

Ein Rudel Alraunen jagte über die Lichtung direkt auf Magnolia zu. Es waren zehn an der Zahl und sie schleppten ein Wurfnetz hinter sich her. Sekunden später erschien auch Tante Linette auf der Waldlichtung. Quer über ihre rechte Wange lief ein dicker dunkelroter Striemen und ihr ohnehin struppiges Haar stand ihr vom Kopf ab, als hätte sie mit dem Finger in eine Steckdose gefasst.

»Halte sie auf, Magnolia!«, brüllte sie in vollem Lauf. »Schnapp dir eins von diesen Biestern! Aber halte dir die Ohren zu. Womöglich fängt es aus reiner Bosheit an zu schreien!«

Eine schwierige Aufgabe: Ohren zuhalten und eine Alraune fangen.

Magnolia stellte sich wie ein Torwart in gebückter Haltung auf. Näher und näher jagte das Rudel. Magnolia machte sich bereit. Jetzt!! Sie sprang nach vorn und warf sich bäuchlings auf die erstbeste Alraune. Beherzt griff sie zu. Ein Fehler, der sich sogleich rächte. Angriffslustig schlug ihr die Alraune ihre scharfen braunen Zähne in die Hand und bearbeitete Magnolias Nase mit seinen kleinen harten Fäusten. Magnolia heulte auf. Voller Schmerz wälzte sie sich am Boden. So kam es, dass sie das Fangnetz erst bemerkte, als es bereits zu spät war. Hoffnungslos verheddert, zappelte sie darin wie ein Fisch auf dem Trockenen.

Atemlos keuchte Linette heran. »Diese verdammten, nichtsnutzigen Biester«, schimpfte sie, während sie versuchte, ihre Nichte aus dem Netz zu befreien.

»Deine Nase sieht aus wie ein purpurfarbener Pingpongball. Ich werde sie zu Hause mit essigsauren Umschlägen verarzten. Bis dahin musst du sie im Wasser kühlen.«

»Halb so schlimm«, winkte Magnolia tapfer ab, »trotzdem ist mir ganz flau im Magen. Meinst du nicht, es wäre Zeit für ein Frühstück?«

»Du hast recht.« Tante Linette öffnete ihren Rucksack und holte ein rot-weiß kariertes Tischtuch hervor, breitete es im Gras aus und bestückte es mit den herrlichsten Leckereien. Kaltes Huhn, Zwiebelkuchen, Frikadellen, eine kühle Flasche Limonade und zu guter Letzt zwei Tafeln Schokolade.

»Dieses Mahl haben wir uns redlich verdient«, sagte sie zufrieden und lud Magnolia ein zuzugreifen. Magnolia ließ sich nicht lange bitten. Nachdem sie sich kugelrund gefuttert hatte, lag sie ausgestreckt im Gras und blinzelte in die Sonne.

»Ich habe Bekanntschaft mit den Wassermädchen gemacht, während du im Wald warst«, sagte sie nach einer Weile.

»Gut, gut«, schmatzte Tante Linette und nagte an einem Hühnerbein, »dann hat es also auch diesmal geklappt.« Geräuschvoll leckte sie sich das Fett von den Fingern.

»Ich glaube, du bist wirklich begabt. Und hast du erst einmal ein Gespür für diese Wesen bekommen, wird es dir immer leichter fallen, sie zu sehen und mit ihnen in Kontakt zu treten. Hier zum Beispiel. Siehst du diesen prachtvollen roten Fingerhut? Er wird von einer winzigen Blumenelfe geschützt.« Linette winkte dem Fingerhut zu. Magnolia kniff die Augen zusammen. Es dauerte etwas, aber nach einer Weile sah sie die Elfe auch und winkte ebenfalls. Freundlich grüßte die Elfe zurück.

»Kennst du sie?«

»Nein, aber es sind freundliche Wesen, die niemandem etwas zuleide tun. Näheren Kontakt zu ihnen habe ich nur, wenn sie ins Dorf kommen, um eine Verletzung behandeln zu lassen.«

»Du meinst, sie kommen nach Rauschwald?«, fragte Magnolia verblüfft.

»Himmel, nein«, lachte Tante Linette. »Ich spreche von Hackpüffel, dem Dorf, in dem Jacko und seine Freunde leben.«

Jetzt wurde Magnolia munter. »Es gibt hier ein Dorf, in dem nur Zwerge leben?«

Linette nickte.

»Warum gehen wir nicht hin? Ich möchte es unbedingt sehen.«

»Das kann ich mir vorstellen, aber damit hat es noch Zeit. Schließlich möchte ich mich nicht mit dir blamieren. Es wäre mir schrecklich peinlich, wenn du manche Dorfbewohner einfach übersehen würdest.«

Magnolia seufzte. »Ich finde, du könntest im Unterricht ruhig einen Zahn zulegen. So ein paar Wassermädchen anzuschauen überfordert mich nicht gerade. Wie wäre es, wenn du mir nebenbei schon mal ein paar nette Zaubersprüche beibringst?«

Unwillig krauste Linette die Stirn. »Nebenbei?! Pah! Du weißt ja nicht, wovon du redest. Allerdings«, räumte sie ein, »ist die Zeit bis Samhain nicht mehr lang und es wäre schon schön, wenn du die Oberhexe nach deiner Aufnahme mit ein paar Zauberformeln beeindrucken könntest. Ich werde mir die Sache noch einmal durch den Kopf gehen lassen.«

Dreizehntes Kapitel

Die Schule beginnt

Die Tage vergingen. Magnolia übte sich beharrlich im Sehen und Tante Linette schwieg hartnäckig, was das Zaubern anbelangte.

Dann waren die Sommerferien vorbei und ein anderes Ereignis nahm Magnolia vollständig in Anspruch. Die Schule von Rauschwald öffnete ihre Pforten.

»Bei dem Tempo, das du vorlegst, werde ich kaum noch in der Lage sein, am Unterricht teilzunehmen!«, schrie Magnolia, kurz bevor sie die Schule erreichten. Es sollte witzig sein, denn Tante Linette brauchte nicht zu merken, wie aufgeregt sie in Wirklichkeit war. Sie hasste es, als »die Neue« in eine Klasse zu kommen, obwohl sie darin inzwischen reichlich Übung hatte. Während der letzten drei Jahre hatte sie viermal die Schulen gewechselt. Zum Glück wurden die siebten Klassen neu zusammengestellt und es war für alle ein Neubeginn.

Ohne auf Magnolias Einwand zu achten, radelte Linette weiter. Sie war mindestens so aufgeregt wie ihre Nichte. Schließlich war es das erste Mal, dass sie ein Kind einschulte.

Vor der Schule angekommen, schwang sie sich vom Rad und drängte, ohne sich nach Magnolia umzusehen, mit einem Pulk von Schülern durch das Haupttor des ehemaligen Klosters.

Magnolia reckte den Hals. Sie hatte ihre Tante vorübergehend aus den Augen verloren, ortete sie aber sogleich, als aus einer Schülergruppe Schmerzensschreie laut wurden.

»Aua!! Verdammt, können Sie mit Ihrem Rad nicht aufpassen!?«

»Genau in die Kniekehle.«

»Mir hat sie schon ihren Lenker in die Rippen gehauen.«

Automatisch blieb Magnolia zurück. Äußerst peinlich, damit in Verbindung gebracht zu werden.

»Magnolia, wo steckst du? Ich halte dir seit einer halben Stunde einen Fahrradständer frei. Du sollst doch immer schön in meiner Nähe bleiben!«, dröhnte die Stimme ihrer Tante gnadenlos über den Hof.

Tiefrot schob Magnolia ihr Rad durch die Gasse, die sich vor ihr auftat. Vorbei an mindestens fünfzig feixenden Augenpaaren.

»Ich werde als Erstes den Direktor dieser Schule aufsuchen.«

»Was willst du denn von ihm?«, fragte Magnolia erschrocken.

»Na, er muss doch erfahren, dass du hier bist.«

»So ein Quatsch, Tante Linette, wenn sich jeder neue Schüler bei ihm persönlich vorstellen würde, wäre er ja bis morgen früh beschäftigt. Wir treffen uns in der Aula. Steht jedenfalls in dem Brief, den ich von der Schule bekommen habe.«

Die Aula befand sich im ehemaligen Kirchenschiff des Klosters. Verstohlen warf Linette einen Blick auf das Standbild des heiligen Benedikt. Überlebensgroß stand er vor dem Portal und segnete die Eintretenden. Magnolia war beeindruckt. Prächtig bemalt und himmelhoch wölbte sich die Decke über den summenden, brummenden Schülern, die bereits Platz genommen hatten.

Eine dünne Lehrerin in einem mausgrauen Kostüm nahm Magnolia und ihre Tante an der Tür in Empfang. »In welche Klasse kommst du?«

»In die Siebte«, sagte Magnolia.

»Schön, schön.« Ihre spitze Nase mümmelte wie die eines Kaninchens.

»Am schwarzen Brett um die Ecke findest du die Klassenlisten. Es gibt in diesem Schuljahr drei siebte Klassen. Sobald du deinen

Namen gefunden hast, meldest du dich wieder bei mir, und ich sage dir, in welcher Bankreihe deine Klasse sitzt, damit du dich dazugesellen kannst.«

Schnell überflog Magnolia die Listen. 7a und 7b, Fehlanzeige. Blieb also nur noch die 7c übrig.

Niklas Abel, Biggi Auflauf, Ruben Becker, Samantha de Champs, Elisabeth Eber, Daniel Fuchs, Norton Ilex, Stefanie Jordan, Birte Langboom, Lukas Ravens, Cinja Reet und da, endlich … Magnolia Steel.

»Na bitte«, Magnolia deutete auf ihren Namen.

»Ich bin in der 7c«, sagte sie wenig später zu der Lehrerin in dem grauen Kostüm.

»Schön, schön, dann findest du deine Klasse in der vierten Bankreihe von vorn.« Und damit widmete die Lehrerin sich den nächsten Ankömmlingen.

»Willkommen, willkommen, in welche Klasse kommt ihr?« Dabei zuckte ihre Nasenspitze beständig auf und ab.

»Dann mal los«, sagte Tante Linette, »ich habe noch etwas in Rauschwald zu erledigen und warte nach Schulschluss vor dem Tor auf dich.«

»Das ist nicht nötig«, versicherte Magnolia schnell. »Ich finde bestimmt allein zurück.«

»Wie du meinst.« Linette zog ihre Nichte zu sich heran und drückte ihr einen feuchten, geräuschvollen Kuss auf die Wange. Sie war der Meinung, dass eine liebevolle Mutter genau so etwas täte.

Hinter ihnen kicherte ein blondes Mädchen. »Gott wie rührend, findest du nicht, Steff? Da werden Erinnerungen an die eigene Kinderzeit wach.«

Rasch löste sich Magnolia aus Tante Linettes Fängen und schlängelte sich mit klopfendem Herzen bis zur vierten Reihe. Neugierige Gesichter blickten ihr entgegen und zu ihrer großen Erleichterung erkannte Magnolia Birte Langboom unter ihnen. Birte war mindestens so nervös wie Magnolia. Sie hatte sich Zopfgummis in ihre kurzen krausen Haare gedreht und versucht, so ein paar Rattenschwänze entstehen zu lassen. Kein besonders glücklicher Einfall.

»Sitzt hier die 7c?«, fragte Magnolia ein schwarzhaariges Mädchen mit rosa Sonnenbrille, die gleich vorn in der Reihe saß. Das Mädchen musterte Magnolia von Kopf bis Fuß, ließ eine gigantische Kaugummiblase platzen und nickte. Magnolia glitt in die Bank.

»Ich hab dich hier noch nie gesehen«, stellte das Mädchen fest.

»Dich sehe ich heute auch zum ersten Mal.«

Das Mädchen kniff die Augen zu Schlitzen zusammen und sah Magnolia abschätzend an. Nach einer Weile sagte sie: »Ich heiße Merle Trotz und du?«

»Magnolia Steel«, antwortete Magnolia.

»Was is 'n das für ein Name?«, fragte Merle Trotz.

»Klingt nach einem Namen für Angeber«, sagte eine silberhelle Stimme neben ihr. Sie gehörte zu dem blonden Mädchen von vorhin.

Magnolia fühlte, wie sich die winzigen Härchen in ihrem Nacken aufstellten, ein sicheres Zeichen dafür, dass sie anfing, sich zu ärgern. Frecherweise zwängte sich das Mädchen jetzt auch noch neben sie in die Bank.

Merle Trotz kicherte. »Das ist Samantha de Champs, alter französischer Adel.«

»Ich hätte spontan auf Frauke Furunkel getippt«, erwiderte Magnolia mit schmalem Lächeln.

»Falsche Antwort, Herzchen«, zischte Samantha böse.

In diesem Moment trat der Schulleiter Dr. Gregorius hinter sein Rednerpult und es wurde still im Saal.

»Liebe Schülerinnen, liebe Schüler!« (Uuuuarg – Samantha gähnte hinter vorgehaltener Hand.) »Willkommen zu einem neuen Jahr an unserer Schule! Ein neues Schuljahr bedeutet auch immer einen neuen Anfang, eine neue Chance, euch zu bewähren und …«

Verstohlen betrachtete Magnolia Samantha de Champs. Sie war perfekt. Honigblonde lange Haare, veilchenblaue Augen, perlweiße Zähne und einen Busen in echt trendy Klamotten. Magnolia kam sich daneben vor wie ein Mutant.

»Es geht jedem so, der Samantha das erste Mal sieht«, flüsterte Merle, »dafür ist sie im letzten Jahr sitzen geblieben. Hat ihr allerdings nicht viel ausgemacht. Sie wird später sowieso Model.«

Der Geräuschpegel in der Aula nahm zu und Dr. Gregorius näherte sich erfreulicherweise dem Ende seiner Rede.

»Wir kommen jetzt zur Verteilung der 7. und 9. Klassen auf ihre neuen Klassenlehrer. Klasse 7a folgt bitte Herrn Böttcher, Klasse 7b geht mit Frau Grundmann und die 7c schließt sich Frau Mümmel an.«

Frau Mümmel war die Dame im grauen Kostüm.

»Och, die Mümmel«, stöhnte Merle. Magnolia unterdrückte ein Lachen.

»Gott steh uns bei«, jammerte auch Samantha. »Die hat doch nur unregelmäßige Verben im Kopf. Ich hoffe, sie fällt uns damit nicht allzu sehr auf den Wecker.«

»Du kannst übrigens nicht neben mir sitzen, falls du so etwas gehofft hast. Da sitzt schon meine Freundin Biggi«, sagte Merle zu Magnolia, während sie Frau Mümmel in ihren Klassenraum folgten.

»Ich werd's überleben«, brummte Magnolia. Unauffällig schaute sie sich nach Birte Langboom um, die als Letzte die Treppe hochstapfte.

»Hallo«, sagte sie, als sie bemerkte, dass Magnolia langsamer ging, um auf sie zu warten. »Du bist das Mädchen aus dem Wald, stimmt's?«

»Ich heiße Magnolia«, sagte Magnolia und reichte Birte die Hand.

»Ich weiß«, erwiderte Birte, »mein Vater hat uns einander vorgestellt.«

»Stimmt, Verzeihung. Sitzt du in der Klasse schon neben jemandem?«

»Nein, ich bin noch zu haben«, antwortete Birte grinsend, »wir können uns gern nebeneinandersetzen.«

Das Klassenzimmer war ein altmodischer, hoher Raum im zweiten Stock. Von seinen Fenstern blickte man direkt auf den Schulhof.

Da Birte und Magnolia als Letzte ins Klassenzimmer kamen, mussten sie mit dem Tisch direkt vor dem Lehrerpult vorliebnehmen.

Neugierig sah Magnolia sich nach ihren neuen Klassenkameraden um. Zum Glück waren die meisten stinknormale Jungen und Mädchen mit Zahnspangen und Brillen, ohne nennenswerte Busen. Samantha saß am Tisch hinter ihnen. Sie winkte gerade ein unscheinbares Mädchen mit aschblonden Haaren und dicken Brillengläsern zu sich heran. »Steff … Steff … hierher!« Die Gerufene errötete leicht und huschte zu ihrer Freundin in die Bank.

»Ich denke, die ist sitzen geblieben?«, flüsterte Magnolia Birte zu. »Wieso hat sie gleich eine Freundin dabei?«

»Stefanie ist auch sitzen geblieben«, flüsterte Birte zurück, »dabei hat sie wirklich etwas auf dem Kasten. Ich glaube, sie ist extra sitzen geblieben, um Samantha zu gefallen. Samantha ist ohne sie im Unterricht aufgeschmissen.«

»So etwas Bescheuertes gibt es?« Magnolia sah Birte groß an. Birte nickte.

»Schön, schön, schön!«, rief nun Frau Mümmel und klatschte in die Hände. »Wenn alle ihre Plätze gefunden haben, wollen wir uns einander vorstellen. Mein Name ist Melusine Mümmel. Ich bin eure Klassenlehrerin und unterrichte Englisch und Geschichte.«

»Unregelmäßige Verben«, stöhnte Samantha halblaut.

»Ich schlage vor, ihr steht nun der Reihe nach auf und stellt euch der Klasse vor«, fuhr Frau Mümmel fort, ohne diesen Einwurf zu beachten.

»Fängst du bitte an?« Sie deutete auf Magnolia.

Oh, wie Magnolia solche Vorstellungen hasste. Sie stand auf und nuschelte: »Meinnameistmagnoliasteel ...«

»Sprich bitte etwas lauter und in die Klasse hinein!«

Das Blut schoss Magnolia in den Kopf. Sie drehte sich zur Klasse um und begann von vorn: »Mein Name ist Magnolia Steel, ich bin neu in Rauschwald und wohne für ein Jahr bei meiner Tante Linette Kater.«

Gemurmel machte sich breit. »Ist das nicht die alte Hexe aus der Bruchbude im Wald?«, fragte Samantha hämisch. Die anderen lachten.

Wütend starrte Magnolia sie an. Erst starrte Samantha zurück, dann blinzelte sie, als hätte sie etwas im Auge, und senkte den Blick.

»Kinder, Kinder ... etwas mehr Ruhe bitte.« Frau Mümmel klatschte in die Hände. »Wir wollen uns mit den Vorstellungen nicht unnötig aufhalten. Die Nächste!« Sie deutete auf Birte.

»Ich heiße Birte Langboom und komme aus Rauschwald«, presste Birte hervor und plumpste rasch wieder auf ihren Stuhl.

Einer nach dem anderen stellte sich vor. Als Samantha an die Reihe kam, erhob sie sich geschmeidig, strich sich eine lange Haarsträhne hinter das Ohr und schenkte der Klasse ein bezauberndes Lächeln.

»Mein Name ist Samantha de Champs.« Sie machte eine dramaturgische Pause. »Ich denke, ihr kennt mich und wisst, was mein Vater beruflich macht.« Die Klasse lachte wohlwollend. »Und ich denke weiter, ihr wisst auch, was mein Onkel beruflich macht. Was haltet ihr also davon, wenn ich euch alle nach der Schule ins Milky Way einlade!?«

»Das ist ein Wort!! Super!! Cool!! Nobel, nobel!!«, die Klasse tobte bis auf wenige Ausnahmen. Manche trommelten sogar mit den Fäusten auf dem Tisch.

»Nein, danke«, knirschte Magnolia.

Samantha zwinkerte der Klasse zu und sank anmutig auf ihren Platz zurück. Sie liebte solche Auftritte.

Birte war ein ruhiges, nettes Mädchen und Magnolia war froh, sie in ihrer Klasse zu haben. Nach der Begegnung im Wald hatte sie sogar gehofft, in ihr eine Verbündete zu finden. Deshalb machte sie in der Pause den Versuch (so ganz nebenbei) über Alraune zu sprechen. Dabei musste sie jedoch feststellen, dass Birte der Magie längst nicht so aufgeschlossen gegenüberstand wie sie selber. Im Gegenteil, sie wollte eigentlich gar nichts darüber wissen.

»Ich möchte nicht, dass darüber geredet wird«, sagte sie abweisend. »Ich helfe lediglich meinem Vater, wenn er mich darum bittet. Er meint, Alraunen und so ein Zeug zu sehen, sei eine Gabe. Ich finde, es ist nicht normal.«

Da hatte Birte sicherlich recht. Normal war es nicht, und da Magnolia auf Anhieb nichts Passendes einfiel, was sie hätte erwidern können, musste sie sich damit zufriedengeben, obwohl sie liebend gern mit einer verwandten Seele über diese Dinge geredet hätte.

Auf dem Heimweg schob Magnolia ihr Rad neben Birte her, und sie sprachen über so unverfängliche Themen wie Lehrer und den neuen Stundenplan, als sie von Samantha und Stefanie lässig auf Inlinern überholt wurden. »Na ihr zwei! Wie sieht es aus, wollen die Stahl-Magnolie und Miss Piggy im ›Milky Way‹ meine Gäste sein?« Stefanie kicherte pflichtbewusst.

»Sei so gut und zeig uns mal, wie du auf die Schnauze fällst«, bat Magnolia höflich.

Samantha stutzte und wollte gerade etwas Passendes erwidern, als ein paar Jungen aus der Klasse dazukamen.

»Echt noble Geste von dir, Sammy, uns alle einzuladen«, sagte Ruben Becker. »Bist du auch sicher, dass dein Onkel nicht aus den Latschen kippt, wenn er uns kommen sieht?«

»Probieren wir es aus«, antwortete Samantha und schenkte Ruben ihr sonnigstes Lächeln. »Machen wir ein Wettrennen, wer zuerst im ›Milky Way‹ ist! Wir auf Inlinern oder ihr zu Fuß!« Sie warf Magnolia einen vernichtenden Blick zu, stieß sich ab und kurvte elegant davon. Stefanie stolperte hinterher und den Jungen blieb nichts anderes übrig, als ihre Verfolgung aufzunehmen.

»Wie blöd muss man eigentlich sein, um hinter so einer Kuh herzurennen?«, fragte Magnolia säuerlich.

Birte sah sie kurz von der Seite an. »Es ist besser, du machst sie dir nicht schon am ersten Tag zum Feind«, sagte sie. »Ihre Familie hat in Rauschwald großen Einfluss. Ihr Vater ist Bankier und sitzt im Vorstand der Cash Bank. In ganz Rauschwald gibt es so gut wie keinen Kredit, den er nicht genehmigt hätte. Irgendwie steht jeder bei ihm in der Kreide.«

»Hat er eine Glatze?«, fragte Magnolia unpassend.

Birte sah sie irritiert an. »Wieso?«

»Vergiss es«, sagte Magnolia schnell.

Birte nahm den Faden wieder auf: »Ihr Onkel ist der Besitzer des ›Milky Way‹, einem Eiscafé. Es ist der beliebteste Treff von Rauschwald. Weit über die Stadtgrenzen hinaus bekannt. Tolle Musik und die coolsten Typen hängen da ab. Ein echt starker Laden.«

»Du gehst da hin?«, fragte Magnolia ungläubig.

Birte wurde flammend rot und schüttelte den Kopf. »Ich hab mir da nur mal ein Eis gekauft.«

Magnolias Welt war wieder in Ordnung.

»Möchtest du noch mit reinkommen?«, fragte Birte, als sie vor der Apotheke ankamen.

Magnolia schüttelte den Kopf. »Meine Tante macht sich Sorgen, wenn ich nicht pünktlich zu Hause bin.« (Sehr unwahrscheinlich, klang aber gut.) »Wir sehen uns dann morgen in der Schule.« Sie winkte Birte lässig zu, schwang sich auf ihr Rad und fuhr los.

Ein schneller Blick auf den Andenkenladen von Herrn Tott zeigte, dass das Geschäft brummte. Die Touristen drängten sich vor seinen Auslagen. Einer hatte gerade einen besonders hässlichen Ghul erstanden und zeigte ihn johlend seinen Freunden.

Magnolia ließ sich Zeit. Die Mittagssonne stand hoch am Himmel und es duftete nach Sommer. Aus den Fenstern der Häuser drang das Klappern von Geschirr und auf der menschenleeren Straße fuhr es sich ruhig und angenehm.

In der Kirche hatte eine Hochzeit stattgefunden. Das Brautpaar posierte lachend dem Fotografen und die ganze Gesellschaft war fröhlicher Stimmung. Sogar der Pfarrer lachte, bis er Magnolia auf ihrem Fahrrad sah. Augenblicklich verdüsterte sich seine Miene und er verschwand rasch im Dunkel der Kirche.

Wenig später bog sie in den von Eichen gesäumten Feldweg und stand kurz darauf vor dem Haus ihrer Tante. Schon im Garten zog ihr der Duft nach gebratenem Hähnchen in die Nase. Sicher stand Tante Linette wieder am Herd. Erstaunt stellte Magnolia fest, wie heimisch sie sich hier bereits fühlte.

»Ich bin wieder da!«, rief sie vergnügt.

»Prima«, krächzte ihre Tante, tatsächlich aus der Küche. »Setz dich und erzähle mir von der Schule! Hat sich der Direktor anständig um dich gekümmert?«

Magnolia grinste. Ja, hier konnte man sich zu Hause fühlen.

Vierzehntes Kapitel

Hexunterricht

Ihre Tage teilten sich von nun an in den Schulunterricht am Vormittag und den Unterricht in Hexerei am Nachmittag.

Eindeutig zog Magnolia den Nachmittagsunterricht vor. Tante Linette hatte sich endlich bereit erklärt, mit der wirklichen Zauberei zu beginnen. Sie war inzwischen überzeugt, dass ihre Nichte tatsächlich »sehen« konnte. Ein kleiner Zwischenfall am Tag zuvor hatte all ihre Zweifel beseitigt. Sie wurde Zeuge, wie Magnolia sich bei einem knorrigen Quittenbaum entschuldigte, weil sie ihm versehentlich beim Ausgraben von Maikäferlarven mit dem Spaten in den Stamm hackte. Sie hatte sein schmerzverzerrtes Gesicht bemerkt. Linette war vor Freude ganz aus dem Häuschen gewesen.

»Ich will deine Geduld nicht länger auf die Probe stellen«, sagte sie deshalb am nächsten Tag, als sie im roten Zimmer saßen und Magnolia sich ihr Amulett für den Unterricht umhängte.

»Heute werden wir mit dem Hexen beginnen. Ganz klein versteht sich. Ich schlage vor, du übst dich zuallererst im Mäusemachen. Ein kleiner Schadzauber, den jede Hexe in ihrem Repertoire hat. Die Anleitung findest du auf Seite vierzehn des kleinen Hexeneinmaleins, probier es mal aus.« Wie auf einen geheimen Wink fand sich Serpentina im roten Zimmer ein und machte es sich auf einem Stuhl bequem.

»Mäusemachen«, giggelte Magnolia leicht hysterisch. »Klingt nicht so, als würde ich ganz klein anfangen. Brauche ich dazu nicht auch einen Zauberstab?«

»Nimm meinen«, bot Tante Linette an und ließ den silbernen, dünnen Stab auf sie zuschweben. »Einen eigenen erhältst du erst, wenn der Hexenrat dich als Hexe anerkennt.«

Magnolia griff den Zauberstab aus der Luft und stellte fest, dass er leicht wie eine Feder war. Nervös blätterte sie im Hexenbuch. Die Seiten unter ihren Fingern fühlten sich kühl und glatt an.

Da! Seite vierzehn. Vom Mäuse regnen, stand da.

›Um eine Mäuseplage über ein Dorf kommen zu lassen, welche die Scheunen leer macht, nehme man: einen wollenen, grauen Socken, bereits getragen.‹ Tante Linette wedelte strahlend mit einem besonders scheußlichen Exemplar und Magnolia hoffte, dass sie ihn nicht anzufassen brauchte.

›Sowie eine Handvoll Eichenlaub.‹ Auch das hatte Tante Linette bereits parat.

›Man stopfe sechs Blätter des Laubes in den Socken‹, Magnolia hatte so etwas befürchtet, ›schwinge sodann den Zauberstab sieben Mal darüber und rufe: Maus, Maus heraus. Lasse dich locken, aus diesem Socken. Ich werde dich zwingen, herauszuspringen!‹

Es klang zwar nicht sonderlich kompliziert, dennoch war diese Socke eine Prüfung. Mit angehaltenem Atem und zwei Fingern griff Magnolia nach dem Strumpf. Füllte ihn, so schnell es ging, mit den Blättern und ließ den Zauberstab nach Anweisung sieben Mal darüberkreisen.

Dazu sprach sie: »Maus, Maus heraus. Lasse dich locken, aus diesem Socken. Ich werde dich zwingen, herauszuspringen!«

Und tatsächlich zwang Magnolia etwas heraus.

Ihr stockte der Atem.

Ein stinkender, grauer Socken nach dem nächsten quoll aus dem Sockenhals hervor und fiel vor Magnolia auf den Tisch. Dort blieben sie übereinandergestapelt liegen und stanken.

Magnolia stand reglos davor und glotzte. Ihr wurde übel von dem

Geruch und was das Schlimmste war: Sie hatte keine Ahnung, wie sie diese Sockenflut wieder stoppen konnte. Panisch sah sie sich nach ihrer Tante um, doch die hatte, wie sollte es anders sein, gerade das Zimmer verlassen. Serpentina wurde ebenfalls unruhig. Der Appetit war ihr inzwischen vergangen. Schließlich stand sie auf und trabte aus dem Raum.

Der Sockenberg wuchs und wuchs, schon neigte er sich in beängstigender Weise zur Seite, und es sah nicht danach aus, als wollten die Socken freiwillig damit aufhören, aus dem Sockenhals zu quellen.

Magnolia war wie gelähmt. Jede Sekunde würde dieser stinkende Berg vom Tisch fallen und sie lebendig unter sich begraben.

Es musste etwas geschehen. Nur zögernd nahm ihr Gehirn die Arbeit wieder auf. Schließlich sprang sie zurück, stieß den Zauberstab in den Sockenberg und rief, wie sie es aus zahlreichen Hexenbüchern gelernt hatte: »Hex, hex!«

Augenblicklich stoppte die Sockenflut. Statt des wollenen Plopp, Plopp, mit dem die Socken auf den Berg fielen, war nun ein zartes Knistern und Rauschen zu hören.

Zu Magnolias grenzenlosem Entsetzen wuchsen den Socken jetzt Flügel und sie zögerten keine Sekunde, sie zu gebrauchen.

Munter spreizten sie die Schwingen und flatterten los. Dabei verteilten sie ihren Duft, kleinen Ventilatoren gleich, in jedem Winkel des Zimmers.

Magnolia wurde übel. Sie presste die Hand vor den Mund, stürzte zum Fenster und stieß es weit auf in der Hoffnung, die Stinker würden in die Freiheit fliegen.

Doch die Socken dachten gar nicht daran. Unablässig umkreisten sie Lampen und Regale und ab und zu streifte eine von ihnen Magnolias Wange.

Ein Husten kündigte die Rettung an. Tante Linette war zurück und sie zögerte nicht lange. Grün um die Nase, aber mit aller Autorität, die ihr zur Verfügung stand, rief sie: »Nekos kuruz!« Sofort war der Spuk vorbei. Augenblicklich legten die Socken ihre Flügel an und fielen im Sturzflug zurück in den Sockenhals, aus dem sie hervorgequollen waren.

Linette schnippte mit den Fingern und zarter Lavendelduft wehte in den Raum. Magnolia holte tief Luft. »Hat irgendwie nicht ganz geklappt«, sagte sie verlegen.

»Wollen mal sehen, woran es lag.« Tante Linette griff in den Socken und holte das Eichenlaub hervor. »Aha, fünf Blätter«, sagte sie, »und wie viele Blätter solltest du nehmen?« Magnolia warf einen schnellen Blick in das Buch.

»Sechs Blätter«, sagte sie zerknirscht. »Ich weiß gar nicht, wie mir so etwas Dummes passieren konnte.«

»Versuche es gleich noch einmal«, ermunterte Tante Linette sie. »Es ist schließlich noch kein Meister vom Himmel gefallen.«

»Sicher, aber eigentlich würde ich auch lieber mit den Fingern schnippen, genau wie du. Sollten wir mit dieser Lektion nicht so früh wie möglich anfangen?«

Linette guckte entrüstet. »Ohne Fleiß kein Preis«, blaffte sie kurz.

»Gut, ich probiere es noch einmal«, lenkte Magnolia ein. »Aber bitte tue mir den Gefallen und bleib diesmal im Zimmer.«

Linette setzte sich schweigend und Magnolia versuchte ihr Glück aufs Neue. Die Nase tief im Hexenbuch vergraben, griff sie nach der Socke, stopfte genau sechs Blätter Eichenlaub hinein und ließ den Zauberstab sieben Mal darüberkreisen. Dazu sprach sie laut und deutlich: »Maus, Maus heraus, lasse dich locken, aus diesem Socken. Ich werde dich zwingen herauszuspringen!«

Zuerst geschah nichts, doch dann fiepte und piepte es. Der Socken fing an, sich dick und prall aufzublähen, und ein weißes Schnuppernäschen zeigte sich in der Strumpföffnung.

»Süüüß!!«, quietschte Magnolia, als eine kleine weiße Maus herausschlüpfte.

Serpentina sprang aus dem Garten auf die Fensterbank und leckte sich die Schnauze. »Schäm dich, Serpentina!« Unwillig scheuchte Magnolia die Katze weg.

Ein zweites Mäuschen erschien, ein drittes und ein viertes. Mehr und mehr krochen aus dem Socken hervor. Ängstlich geduckt krabbelten sie über den Tisch und Magnolia hatte alle Hände voll zu tun aufzupassen, dass keine vom Tisch fiel. Stolz strahlte sie ihre Tante an.

»Schon besser«, grunzte die.

»Du meinst perfekt.«

»Wenn sie Schwänze hätten schon.«

»Ups.« Jetzt sah Magnolia es auch. Überhaupt wurde es nun endgültig zu eng auf dem Tisch. Die Ersten stürzten bereits hinunter und ein Ende war nicht abzusehen. Mäuseplage, Schadzauber, diese Wörter kamen ihr in den Kopf. Hilflos schaute sie ihre Tante an.

»Wann hört es auf?«

»Erst dann, wenn du dem ein Ende bereitest. Du nimmst den Zauberstab und sagst: ›Kuruz suamsuam.‹«

Magnolia deutete mit dem Stab auf die Mäuse und rief: »Kuruz suamsuam!« Der Spruch zeigte Wirkung und schneller als sie herausgekrochen waren, verschwanden die Mäuse wieder.

Magnolia seufzte erleichtert und sackte erschöpft auf einen Stuhl.

»Was war diesmal verkehrt?«, fragte sie.

»Dein wildes Gefuchtel mit dem Zauberstab, du musst sieben Mal darüberkreisen ...«

»Hab ich gemacht«, fiel Magnolia ihr ins Wort.

»... und zwar in Form einer Acht.« Linette malte mit großen Schwüngen eine Acht in die Luft.

»Na toll, und wo steht das bitte in diesem blöden Buch?«

»Nirgends, dafür hat man zum Glück seinen Lehrer.«

»Dann wäre es ein feiner Zug gewesen, wenn du es mir vorher gesagt hättest«, entgegnete Magnolia bissig.

»Kindchen, Kindchen, Versuch macht kluch«, sagte Tante Linette aufreizend milde. »Also, frisch ans Werk!«

Magnolia knirschte mit den Zähnen, aber sie machte sich an die Arbeit.

Es waren noch weitere fünf Versuche nötig, bis Tante Linette mit dem Ergebnis zufrieden war. Denn auch das Kreisen mit dem Zauberstab hatte seine Tücken. Die Acht musste perfekt sein und Perfektion zählte nicht zu Magnolias hervorragendsten Eigenschaften.

»Für heute hören wir auf«, sagte Tante Linette schließlich. »Es ist schon spät und ich will noch einen Besuch im Dorf machen.«

»Du gehst ins Dorf? Oh bitte, Tante Linette, nimm mich dieses Mal mit«, bettelte Magnolia aufgeregt. »Du hast es versprochen. Du hast gesagt, wenn ich richtig sehen kann, darf ich dich ins Dorf begleiten. Seine Versprechen muss man halten. Du kannst nicht heute etwas versprechen und morgen ...«

Linette hob lachend die Hand. »Halt, Magnolia, haaaalt!«, rief sie. »Ich erinnere mich sehr gut an das, was ich dir versprochen habe. Und ich habe dir überhaupt nichts versprochen. Trotzdem darfst du mich heute Abend begleiten.«

Fünfzehntes Kapitel

Hackpüffel

Wenn es um Dinge ging, die ihr am Herzen lagen, konnte Magnolia enorme Geschwindigkeiten entwickeln und so stand sie nur eine Minute später in Turnschuhen und Jacke in der Diele.

Tante Linette packte verschiedene Arzneien in ihren Rucksack, zog noch eine zweite Strickjacke über und war dann ebenfalls bereit.

»Ist es sehr weit bis ins Dorf?«, fragte Magnolia neugierig.

Linette zuckte die Schultern.

»Müssen wir tief in den Wald?«

Linette lächelte und schüttelte den Kopf. »Es geht hier lang«, sagte sie und öffnete die Tür zum alten Bauernschrank. Magnolia traute ihren Augen nicht, als ihre Tante umständlich hineinstieg. Also doch! Sie hatte so etwas schon geahnt. Es gab also wirklich einen geheimen Gang in diesem Schrank. Das erklärte natürlich einiges, zum Beispiel warum ständig …

»Komm endlich oder willst du hier Wurzeln schlagen!?«

Eilig stieg Magnolia hinterher und klemmte prompt zwischen dem gut gepolsterten Hinterteil ihrer Tante und ein paar muffigen alten Jacken.

Lautlos glitt die hintere Wand des Schranks zurück. Ein kalter Luftzug fuhr Magnolia ins Gesicht.

»Hier ist eine Rutsche. Du setzt dich einfach darauf und rutschst hinunter, es ist kinderleicht. Ich mache es dir vor.« Tante Linette ging in die Hocke und eine Sekunde später war sie verschwunden.

Hastig rückte Magnolia nach. Zu dumm, wenn sich die Wand vor ihr wieder schließen würde. Vorsichtig streckte sie ihre Hände aus und tastete den Bereich vor sich ab. Wenn es bloß nicht so dunkel wäre ... Ah, da war etwas Glattes, Flaches. Es fühlte sich nach Holz an und wie etwas, auf das man sich daraufsetzen konnte. Zögernd schob sie ihre Beine in das zugige Nichts.

Wuuusch!! Sie sauste so schnell in die Tiefe, dass ihr Magen kribbelte. Eine Fahrt mit der Achterbahn war nichts dagegen. Rechtskurve, Linkskurve, dann ein Stück geradeaus. Mit Schrecken dachte Magnolia an die Landung, doch auf wunderbare Weise verlangsamte sich ihre Geschwindigkeit und sie kam genau am Ende der Rutsche zum Halten.

Neugierig schaute sie sich um. Im trüben Lichtkegel der Bergwerkslaterne, die ihre Tante in die Höhe hielt, erkannte Magnolia, dass sie alles andere als einen angenehmen Fußweg vor sich hatte. Sie stand auf einem ausgetretenen, unterirdischen Pfad. Rechts die nass glänzende Felswand und auf der anderen Seite schwarze, gähnende Tiefe. Ein wenig vertrauenerweckendes Hanfseil war der einzige Halt, der sich ihr bot.

»Hier entlang!«, winkte Tante Linette und lief sicher wie eine Bergziege voran.

Natürlich, dort entlang ... Soweit Magnolia die Sache überblickte, war es der einzig mögliche Weg.

Tastend schob sie einen Fuß vor den nächsten.

»Du hast doch hoffentlich keine Höhenangst?«, fragte Tante Linette streng über die Schulter blickend. »Die solltest du dir so schnell wie möglich abgewöhnen. Eine Hexe, die unter Höhenangst leidet, taugt nichts.«

»Ich werde daran arbeiten«, versicherte Magnolia missmutig. »Wie tief geht es denn da runter?«

»Ungefähr fünfzig Meter«, antwortete Linette unbekümmert. Magnolia schluckte und tappte tapfer voran.

Endlich, Lichtjahre später, erreichten sie das Ende des Pfades, doch statt jubelnder Freude wartete nur der nächste Schrecken auf sie.

Eine freihängende Brücke, in der zu allem Überfluss jedes zweite Brett fehlte, spannte sich über einen tiefen Felsspalt.

»Also da … also da … ich … also da gehe ich auf keinen Fall rüber.« Magnolia rang nach Atem.

»Du musst, meine Liebe, einen anderen Weg gibt es nicht.« Und mit einem Satz stand Tante Linette auf dem ersten Brett. Die Brücke geriet in Schwingung.

Wie sie schließlich über dieses furchtbare Ding gekommen war, konnte Magnolia im Nachhinein nicht mehr sagen, aber jeden, der ihr prophezeit hätte, sie würde später nur noch müde über die gute alte Brücke lächeln, hätte sie augenblicklich für verrückt erklärt.

Auf der gegenüberliegenden Seite kamen sie an den Rand einer ebenfalls hölzernen Rutsche, deren oberes Ende sich in der Dunkelheit verlor.

»Und wie kommen wir da hoch?«, fragte Magnolia misstrauisch. Im Geiste sah sie ihre Tante bereits mit Saugnäpfen an den Fingern die spiegelblanke Rutschbahn erklimmen, während sie selber mit erheblichen Schwierigkeiten zu kämpfen hatte.

»Nun, es ist sehr komfortabel«, erklärte Tante Linette. »Du setzt dich einfach darauf und klopfst dreimal gegen deinen Kopf. Das ist alles.«

»Gegen meinen Kopf?«

Tante Linette nickte. Also setzte sich Magnolia auf die Rutsche und klopfte dreimal gegen ihren Kopf.

Augenblicklich ging es los und komfortabel war nicht das Wort, das Magnolia dafür gewählt hätte.

Es war, als würde sich ein enger Gurt um ihre Mitte schlingen. Die Luft wurde aus ihren Lungen gepresst und sie wurde nach oben gerissen. Ein kurzes Keuchen war alles, was sie herausbrachte, dann war sie am Ziel. Es war dunkel und roch nach Holz. Forschend tasteten ihre Finger über die Wände, sie waren rau und ganz nah. Vielleicht steckte sie in einem Fass?

Ein Brausen kündigte Tante Linettes Ankunft an. Mit flackernder Laterne sauste sie herauf.

»Warum stehst du hier noch herum, Magnolia? Öffne einfach die Tür und mach Platz, dann brauchen wir uns nicht wie eingelegte Rollmöpse zu drängen.«

Hier gibt es ja wohl nur einen Rollmops, dachte Magnolia mürrisch und hoffte zugleich, dass dieser Gedanke unentdeckt blieb.

Linette öffnete die Tür und das helle Licht der tief stehenden Abendsonne fiel Magnolia ins Gesicht. Das vermeintliche Fass entpuppte sich als der Stamm einer prächtigen Rotbuche, die am Rande eines friedlichen kleinen Dorfes stand.

Weiße strohgedeckte Häuser waren wie aus einem Würfelbecher gepurzelt auf einer grünen Wiese verteilt. Dahinter erhoben sich bewaldete Hügel, über denen schon der blaue Abenddunst lag.

Eine schnatternde Gänseschar wurde von einem Zwergenjungen nach Hause getrieben. Als er Linette und Magnolia bemerkte, zog er höflich seine blaue Zipfelmütze und rief: »Guten Abend, Linette, hast du an die Hustenpastillen für meinen Hamster gedacht?«

»Natürlich, Toddy, du kannst sie dir nachher bei Jacko abholen.«

Eine Zwergenfrau, mit einem Korb frisch gewaschener Wäsche unter dem Arm, hob ebenfalls grüßend die Hand.

»Guten Abend, Linette. Wie schön, dass du gerade heute ins Dorf kommst. Winifried hat eine Erkältung bekommen. Nichts Ernstes, aber er leidet entsetzlich, wie alle Männer. Bist du so gut und schaust nachher noch einmal vorbei?«

»Du kannst dich darauf verlassen, Greta.«

Jetzt erkannte Magnolia sie auch. Die Zwergenfrau war am Abend der Erklärungen dabei gewesen.

Gemeinsam gingen sie durchs Dorf. Ping, ping, ping klang es aus einer Scheune, vor der ein stämmiges Pony angebunden war.

»Die Schmiede«, erklärte Tante Linette.

»Oh, ist das Pony süüüüüß«, quiekte Magnolia. »Wohnen in diesem Dorf nur Zwerge?«

»Bis auf wenige Ausnahmen schon«, bestätigte Greta, »aber natürlich haben wir hier ein Gasthaus, in dem Reisende einkehren, die keine Zwerge sind. Es ist ein Segen, dass es ein wenig abseits des Dorfes liegt.«

Wie aufs Stichwort brach eine Schar gedrungener ungepflegter Gestalten aus dem nahen Tannenwald. Dabei kamen sie Magnolia so nah, dass sie nicht umhinkam, ihren entsetzlichen Gestank zu bemerken.

Wortlos schlurften sie vorbei und einer ließ anstelle eines Grußes sogar einen herzhaften Furz fahren.

Angeekelt sah Magnolia ihre Tante an. »Waldtrolle«, sagte die. »Zum Glück sind sie auf der Durchreise.«

Jackos Haus stand ein wenig abseits der anderen Häuser und besaß als einziges einen Gartenzaun. Er war hellblau angestrichen und passte so gar nicht in die Landschaft. Auf Linettes Klopfen wurde die Haustür geöffnet.

»Guten Abend, Paula, ist Jacko zu sprechen?«

»Guten Abend, Linette, und die Kleine hast du auch mitgebracht«, erwiderte Paula. Kleine war gut. Paula ging Magnolia bis knapp unter den Arm.

»Jacko sitzt schon den ganzen Nachmittag am Fenster seines Studierzimmers und beobachtet die Burg. Ich glaube, er ist sehr besorgt.«

Natürlich war Magnolia noch nie zuvor in einem Zwergenhaus gewesen. Umso überraschter stellte sie fest, wie normal hier alles aussah. Im Wesentlichen unterschied sich dieses Zwergenhaus nicht von den anderen Häusern, die sie kannte. Es war nur ein wenig altmodischer.

Ein warmes Herdfeuer erhellte die Küche, die gleichzeitig als gute Stube diente, und genau wie in Tante Linettes Haus hingen hier und dort gebündelte Kräutersträuße von der niedrigen Zimmerdecke.

Paula führte sie durch einen kurzen Korridor zu Jackos Arbeitszimmer. »Besuch für dich, mein Bester«, rief sie und öffnete die Tür.

Jackos faltiges Gesicht leuchtete auf, als er ihnen mit ausgestreckten Armen entgegenkam.

»Seid mir herzlich willkommen. Ihr kommt gerade zur rechten Zeit. Ich habe ein paar sehr seltsame Beobachtungen gemacht.« Er drückte Linette in einen Sessel, der etwas größer war, als die übrigen.

Linette runzelte die Stirn. So aufgeregt hatte sie Jacko noch nie erlebt.

»Deine Nichte wird sich bei dem, was ich mit dir zu besprechen habe, schrecklich langweilen, fürchte ich.«

Er zwinkerte Linette auffällig zu und Magnolia hatte den Wink mit dem Zaunpfahl verstanden. Sie war bei diesem Gespräch nicht erwünscht. Taktvoll sagte sie deshalb: »Ähm, ich sehe mir dann solange das Dorf an, oder?«

»Eine gute Idee, Täubchen.« Die Erleichterung war Tante Linette sofort anzumerken. »Vielleicht kann Una dir dabei Gesellschaft leisten.«

»Natürlich leistet Una dir Gesellschaft.« Paula, die vor der Tür gewartet hatte, zog Magnolia aus dem Zimmer. »Una ist unsere Tochter«, erklärte sie. »Sie nimmt gerade im Garten die Wäsche von der Leine und ist sicher froh über diese Unterbrechung.« Durch eine niedrige Hintertür traten sie ins Freie.

»Una!«, rief Paula. »Ich möchte dir Magnolia vorstellen. Sie ist

Linettes Großnichte. Sei so lieb und kümmere dich ein wenig um sie, solange Jacko und Linette miteinander reden.«

Una warf das letzte Wäschestück in einen Weidenkorb und kam freundlich lächelnd heran. Ihr Gesicht war von Sommersprossen übersät und ihre smaragdgrünen Augen blitzten Magnolia vergnügt an.

»Haben sie dich vor die Tür gesetzt?«, fragte sie lachend.

»So ungefähr«, antwortete Magnolia.

»Mach dir nichts daraus. Ich zeige dir das Dorf, wenn du Lust hast. Allerdings muss ich dich warnen, viel zu sehen gibt es bei uns nicht. Jemand, der aus einer Großstadt kommt wie du, wird darüber sicher die Nase rümpfen.«

»Bestimmt nicht, ich war noch nie in einem Zwergendorf und finde es total interessant«, versicherte Magnolia.

»Ist der Weg durch den unterirdischen Gang eigentlich die einzige Möglichkeit ins Dorf zu gelangen?«, wollte Magnolia wissen, während sie die Dorfstraße entlangschlenderten.

»Nein. Es gibt insgesamt neun verschiedene Wege, sie sind alle durch unterirdische Tunnel miteinander verbunden. Wir Zwerge sind ein Bergarbeitervolk und unter der Erde so gut wie zu Hause. Seid ihr durch die Gewitterbuche gekommen?«

»Ich glaube schon«, antwortete Magnolia, »wenn du die Rotbuche am Dorfrand meinst.«

Una nickte. »Genau die meine ich und damit hast du auch schon eine von zwei Sehenswürdigkeiten unseres Dorfes kennengelernt. Die zweite Sehenswürdigkeit ist unsere Schmiede. Der alte Brohmer beschlägt dort nicht nur Pferde, sondern ist auch als Silberschmied weit über unsere Grenzen hinaus bekannt.«

»Ich habe die Schmiede vorhin gesehen«, erzählte Magnolia, »davor stand so ein süßes Pony. Vielleicht können wir zusehen, wie es ein neues Hufeisen bekommt.«

»Ach, damit ist Brohmer sicher schon fertig, aber wenn du willst, können wir hinübergehen und nachsehen.«

Una behielt recht. Der Besitzer hatte sein Pony bereits abgeholt und der alte Brohmer saß in Feierabendkleidung vor seinem Haus. Genüsslich zog er an einer Meerschaumpfeife.

»Guten Abend, die Damen«, grüßte er lächelnd, »das nenne ich einen erfreulichen Anblick. Seid ihr gekommen, um dem alten Brohmer ein wenig die Zeit zu vertreiben? Oder darf ich euch mit ein paar haarsträubenden Abenteuern unterhalten, die ich in meiner Jugend erlebt habe?«

Lachend winkte Una ab. »Danke, Brohmer, aber Magnolia wollte dir eigentlich bei der Arbeit zuschauen.«

»Dann musst du morgen früh wiederkommen«, wandte sich Brohmer direkt an Magnolia, »ich habe jetzt nämlich Feierabend.«

Neugierig blickte er Magnolia an. »Ich kenne dich nicht«, sagte er, »und ich würde mich sicher an dich erinnern, wenn wir einander vorgestellt worden wären. Es gibt nicht viele Menschenkinder, die der Kuss der Banshee zeichnet.«

»Oh, ich bin Magnolia Steel, Linettes Großnichte«, erklärte Magnolia schnell, »und ich bin heute zum ersten Mal in … in … wie heißt dieses Dorf doch gleich? Ich fürchte ich habe seinen Namen vergessen.«

»Unser Dorf heißt Hackpüffel«, antwortete Una an Brohmers Stelle.

»Dann bist du die Enkelin von Dorette«, stellte Brohmer fest und blies zwei Rauchwölkchen in die Luft. »Sie war eine tapfere Frau.«

»Ich habe sie leider nicht gekannt«, erwiderte Magnolia.

»Man sagt, du hättest ihre Kräfte geerbt.« Listig blitzten Brohmers Augen auf. Magnolia fühlte sich unbehaglich. Sie wusste nicht, was sie darauf antworten sollte.

Sofort kam Una ihr zur Hilfe. »Wir müssen weiter«, erklärte sie,

»sonst ist es zu dunkel, um noch etwas vom Dorf zu erkennen. Bis zum nächsten Mal, Brohmer.« Sie hob die Hand.

»Danke«, sagte Magnolia, als sie wieder auf der Dorfstraße standen.

»Brohmer ist neugierig wie ein junges Frettchen«, winkte Una ab. »Da drüben wohnt übrigens der Hutmacher.«

»Meinst du nicht … Mützenmacher?«, lachte Magnolia.

»Hutmacher«, beharrte Una, »er legt sehr viel Wert darauf, obwohl er tatsächlich meistens damit beschäftigt ist, Zipfelmützen zu nähen.«

»Hier rechts, das ist unsere Schule. Bin ich froh, sie endlich hinter mich gebracht zu haben, und da oben … Siehst du das merkwürdige Baumhaus?«

Magnolia legte den Kopf in den Nacken. Tatsächlich, zwischen zwei starken Astgabeln klemmte ein Miniaturschlösschen mit vielen Zwiebeltürmen, das so überhaupt nicht in die Landschaft passte.

»Darin wohnt eine Koboldfamilie. Sie stammen aus irgendeinem alten Adelsgeschlecht und tragen ihre spitzen Nasen ganz schön hoch.« Una reckte ihre Stupsnase gen Himmel und stolzierte auf und ab.

PATSCH – um Haaresbreite verfehlte sie ein Eimer Wasser, der vom Balkon des Schlösschens gekippt wurde.

»Hüte deine Zunge, Una Rosenstolz!«, keifte eine schrille Frauenstimme, »oder ich sorge dafür, dass bei euch ständig die Milch sauer wird.«

Magnolia konnte hinter der Balkonbrüstung nur einen roten Haarschopf erkennen, auf dem ein grünes Kopftuch wippte.

»Das wagst du nicht, Halla«, gab Una wenig beeindruckt zurück. Trotzdem gingen sie zügig weiter, denn ein neuer Eimer mit Wasser wurde drohend über den Rand gehoben.

»Ich würde gern noch das Gasthaus von Hackpüffel sehen«, sagte Magnolia, »ist es sehr weit dorthin?«

»Ach was«, winkte Una ab. »Hier im Dorf ist nichts sehr weit voneinander entfernt. Es liegt nur ein Stück außerhalb. Übrigens aus gutem Grund, denn dort übernachten manchmal üble Gesellen. Orks und Trolle, denen niemand im Dunkeln begegnen möchte, schon gar nicht, wenn sie betrunken sind.«

Jacko und Linette führten währenddessen ein sehr ernsthaftes Gespräch. Gleich nachdem Paula die Tür hinter sich geschlossen hatte, rückten sie zusammen.

»Es ist so weit«, sagte Jacko ohne Umschweife, »der Schlürfer traut sich wieder hinaus. Er schickt bereits seine Späher aus. Letzte Woche hat einer der Dunkelelfen am Bach Schattenkrieger beobachtet. Das wäre ihm fast zum Verhängnis geworden. Sie nahmen sofort seine Verfolgung auf und hetzten ihn durch den Wald. Nur seiner Schnelligkeit hat er es zu verdanken, dass er noch am Leben ist.«

Linette wiegte bedenklich den Kopf. »Hört es denn niemals auf?«, murmelte sie.

»Nicht so lange Graf Raptus am Leben ist«, antwortete Jacko und bitter fügte er hinzu: »Wenn man das Leben nennen kann.«

Sie schwiegen eine Weile. Umständlich blies Jacko das Feuer im Kamin an.

»Heute habe ich eine weitere beunruhigende Beobachtung gemacht. Den ganzen Tag über gab es auf der Burg ungewöhnliche Aktivitäten. Es war ein ständiges Kommen und Gehen, so als bereiteten sie sich auf etwas vor.«

»Was könnte das sein?«, fragte Linette beunruhigt.

»Wenn ich das wüsste.« Jacko kratzte sich den weißen Bart. »Ich will nichts herbeireden, aber gestern Nacht schleppten zwei Norgen einen zusammengerollten Teppich auf die Burg. Durch mein Aus-Nacht-mach-Tag-Fernrohr sah ich, wie dieser Teppich sich bewegte, er krümmte und streckte sich. Die Norgen hatten Mühe, ihn auf ihren Schultern zu behalten. Schließlich schlug einer von ihnen mit seinem Schwertknauf darauf. Dann gab der Teppich endlich Ruhe und sie trugen ihn hinein.«

»Willst du damit sagen, in diesem Teppich steckte ein Mensch?« Vor Aufregung wurde Linettes Stimme laut.

»Psst!«, mahnte Jacko. »So habe ich es jedenfalls beobachtet.«

»Aber dann … aber dann … dann sind wir in höchster Gefahr, Jacko«, stotterte Linette. »Verstehst du denn nicht, was das bedeutet? Er labt sich bereits an den ersten Menschen und erhält damit unweigerlich seine Jugend zurück. Es wiederholt sich. Erst holt er sich ein paar Menschen, dann kommen die magischen Geschöpfe an die Reihe. Wir müssen handeln, Jacko, und zwar sofort.«

Linette war außer sich, ihre Gedanken rasten.

Schweigend reichte Jacko ihr ein Glas Portwein.

»Du hast recht, wir müssen handeln. Aber wir müssen klug handeln. Was Dorette damals getan hat, war zwar ungeheuer mutig, aber entschuldige meine Offenheit, es war nicht besonders klug.«

»Nicht klug, nicht klug!! Natürlich dürfen wir nicht den Kopf verlieren, aber ich weigere mich, die Hände in den Schoß zu legen und wie ein Schaf auf mein Verderben zu warten. Wenn wir bloß wüssten, was im Schloss vor sich geht. Vielleicht könnte man einen Spion einschleusen.«

»Einen Spion?!«, lachte Jacko auf. »Wie stellst du dir das vor? Glaubst du im Ernst, es würde auch nur einem von uns gelingen, unerkannt die Burg zu betreten? Dort wimmelt es nur so vor Schattenkriegern und Norgen und jeder Menge Spinnen und Mäusen.«

»Ich hab's!«, Linette schnippte mit den Fingern. »Wozu bin ich eine Hexe?«

Verwirrt sah Jacko sie an.

»Na, wozu??«, bohrte Linette weiter.

»Also, wenn du mich so direkt fragst …«, stammelte Jacko ratlos.

»Ich kann mich verwandeln!«, rief Linette triumphierend. »Und was ist einfacher, als in Verwandlung die Festung zu stürmen!«

»An welche Art Verwandlung hast du dabei denn gedacht?«

»Ich könnte mich zum Beispiel in einen Offizier der Norgenarmee verwandeln und den Burschen bei dieser Gelegenheit gehörig Beine machen. Exerzieren bis zum Umfallen.« Linette gluckerte zufrieden.

»Warum erst kleckern und nicht klotzen? Ich schlage vor, du verwandelst dich gleich in den Grafen persönlich.«

Linette bemerkte den Spott in Jackos Stimme.

»Du meinst, es wäre keine gute Idee?«

»So ist es«, bestätigte Jacko, »oder glaubst du, der Graf ist so leicht zu täuschen? Sicher hat er seine Vorkehrungen getroffen, nicht umsonst ist er Großmeister der Schwarzen Magie. Auch in noch so guter Verkleidung wirst du die Burg nicht unbemerkt betreten. Unterschätze deine Feinde nicht, Linette!«

»Ich sprach von Verwandlung, nicht von Verkleidung«, sagte Linette beleidigt und dann: »Was sagtest du vorhin, was es auf der Burg gibt?«

»Norgen und Schattenkrieger«, murmelte Jacko.

»Nein, nein, nein!«, rief Linette plötzlich lebhaft. »Du sagtest, auf der Burg gibt es nur Schattenkrieger und Norgen und jede Menge Spinnen und Mäuse! Wenn ich mich nun in eine Maus verwandle? In eine klitzekleine Maus. Ich könnte mich in jeder Mauerritze verstecken und niemand würde mich entdecken.«

Jacko horchte auf.

»Das größte Problem dürfte sein, in die Burg hineinzugelangen«, verfolgte Linette ihren Gedanken weiter. »Die Fenster und Tore sind sicher durch einen Zauber gesichert. Möglicherweise hat er sogar einen magischen Kreis um die Burg gezogen … Schalte ich ihn aus, schöpft er sofort Verdacht.«

»Vielleicht gibt es einen anderen Weg in die Burg.«

»Einen anderen Weg?« Interessiert schaute Linette Jacko an.

Der stand inzwischen mitten im Raum und wippte aufgeregt auf den Zehenspitzen.

»Wenn ich nur wüsste, ob ich mich recht erinnere«, brummte er. »Warte einen Moment, ich bin sofort wieder da.« Ohne ein weiteres Wort verließ er das Zimmer.

Sechzehntes Kapitel
Der silberne Löwe

Der Weg zum Gasthaus führte Magnolia und Una aus dem Dorf heraus, vorbei an einem lichten Tannenwäldchen, über eine winzig kleine Brücke aus Holz.

Dann standen sie vor dem »Silbernen Löwen«, einem zweistöckigen grauen Kasten mit rotem Schindeldach. Selbstgefällig thronte er in der Landschaft und es schien ihn nicht zu stören, dass der Zahn der Zeit schon kräftig an seiner Fassade genagt hatte.

Magnolia brannte darauf hineinzugehen. Sie wollte unbedingt einen Blick auf die Trolle werfen. Ob sie hier tatsächlich Quartier bezogen hatten?

Sie hatten! Eine Rumflasche, die im ersten Stock aus dem Fenster geworfen wurde, pfiff haarscharf an ihrem Kopf vorbei und zerplatzte direkt hinter ihr auf dem Boden.

»Reizende Begrüßung«, sagte Magnolia trocken. »Es ist heutzutage so selten, dass einem die Getränke nachgeworfen werden.«

Ein außergewöhnlich hässliches Gesicht mit einer langen, dicken Nase, die entfernt an eine Gewürzgurke erinnerte, zeigte sich in der Fensteröffnung und brach in schallendes Gelächter aus.

Bei jedem anderen hätte Magnolia geglaubt, er lache aus Erleichterung. Doch dieser Widerling lachte eindeutig aus Schadenfreude.

Wütend zeigte Magnolia ihm den »Stinkefinger«. Der Troll stutzte, glotzte und brach erneut in schallendes Gelächter aus.

»Kümmere dich nicht um ihn«, riet Una. »Trolle können wirklich fies werden, wenn man sie reizt.«

»Wenn man sie reizt?!«, brauste Magnolia auf. »Wen hätte diese blöde Flasche denn fast ins Jenseits befördert? Ihn oder mich?«

Energisch zog Una sie mit sich fort. »Komm rein, wir bestellen uns gebackene Apfelringe und lassen sie von Kerbelkraut auf Papas Rechnung setzen.«

»Kerbelkraut?«

»Der Wirt.«

Im Gasthaus herrschte bereits reger Betrieb. Ein ganzes Regiment Zwerge saß an grob gezimmerten Tischen und ließ sich kräftiges Bier und knusprigen Rehrücken schmecken. An der Stirnseite der Schankstube loderte ein hohes Feuer im offenen Kamin und Kerbelkraut, der Wirt, hatte alle Hände voll zu tun, seine Gäste zu bewirten.

Konstantin Kerbelkraut war ein kleiner, stämmiger Mann mit drahtigen Haaren und einer blauen Schankschürze über dem dicken Bauch. Trotz der vielen Arbeit kam er ihnen freundlich entgegen.

»Guten Abend, Una«, grüßte er. »In so netter Begleitung?«

»Guten Abend, Konstantin. Darf ich dir Linettes Nichte Magnolia vorstellen? Ich zeige ihr gerade unser Dorf und da durfte der ›Silberne Löwe‹ natürlich nicht fehlen.«

Geschmeichelt wiegte Kerbelkraut den Kopf.

»Leider kann ich mich nicht um euch kümmern. Wie ihr seht, ist es heute Abend besonders voll. Die Bergwerksgenossenschaft macht einen Betriebsausflug und ich komme mit den Bestellungen kaum hinterher. Sucht euch am besten irgendwo ein Plätzchen. Bei Gelegenheit erkundige ich mich dann nach euren Wünschen.«

Schon rauschte er davon. Magnolia und Una klemmten sich hinter einen Tisch direkt neben der Feuerstelle. Hier war es zwar unerträglich heiß, aber sie hatten einen guten Überblick und außerdem keine andere Wahl.

Einer der Zwerge griff zu seinem Akkordeon und stimmte ein Lied an. Sofort griffen die anderen die Melodie auf und fingen an zu singen. Es war ein fröhliches Lied, das von den Schätzen der Silberminen handelte.

Kerbelkraut hatte wirklich viel zu tun und ausgerechnet heute keine Hilfe beim Servieren. Also schleppte er selbst unermüdlich Platten mit Gebratenem an die Tische, räumte benutztes Geschirr ab und versorgte vier Zwerge gleichzeitig mit großen Krügen Wacholderbier.

In einer kurzen Pause fragte er nach den Wünschen der Mädchen.

»Wir hätten gerne gebackene Apfelringe und zwei Gläser kalte Waldmeisterschorle«, sagte Una und wischte sich eine Schweißperle von der Stirn.

»Sofort meine Damen, ich sage gleich Hilde in der Küche Bescheid.«

Schon wuselte Kerbelkraut wieder davon.

Die Stimmung im »Silbernen Löwen« wurde immer besser und die Sangeslust der Zwerge steigerte sich mit jedem Krug Wacholderbier.

Jetzt besangen sie bereits Helden aus der Zeit der Drachenkämpfe.

Die Stimmung erreichte gerade einen neuen Höhepunkt, als fünf Trolle geräuschvoll die Gaststube betraten. Vermutlich waren sie von dem Gesang der Zwerge aus ihren Zimmern gelockt worden. Sie hatten offenbar beschlossen, in Gesellschaft weiterzuzechen und etwas Spaß zu haben.

Nun ist Spaß, wie ihn Trolle verstehen, nicht jedermanns Sache. Der Ärger begann damit, dass sich einer der Trolle ohne zu fragen von einer Platte mit Spanferkel bediente. Er riss sich ein saftiges Stück heraus und biss hinein, dass es nur so spritzte. Die empörten Blicke der Zwerge beachtete er überhaupt nicht. Dann drängte er sich auf eine bereits voll besetzte Bank und nahm einen tiefen Zug aus dem Krug eines jungen Zwerges, ohne auf dessen schüchternen Protest zu achten.

»Arrrrrrr!« Der Troll wischte sich den Schaum von den Lippen und winkte seine Kumpane zu sich heran. Die ließen sich nicht lange bitten und rutschten ebenfalls auf die Bank. Dass am anderen Ende sechs Zwerge zu Boden fielen, störte sie nicht im Geringsten.

Die gute Stimmung war futsch. Unmut machte sich wegen dieser Störenfriede breit. Der Gesang verstummte und an den hinteren Tischen dachte man bereits laut darüber nach, ob man sich so ein Benehmen gefallen lassen müsste.

Solange noch Speisen auf dem Tisch standen, stopften die Trolle in sich hinein, was ging. Es dauerte eine ganze Weile, bis sie bemerkten, dass die Stimmung nicht mehr so ausgelassen war wie bei ihrem Eintreten. Sie wurden missmutig.

»Muuusig!!«, brüllte einer und schlug mit seinen haarigen Pranken auf den Tisch, dass Platten und Teller hochsprangen.

Der Akkordeonspieler hielt es nun doch für klüger, sich möglichst unauffällig davonzuschleichen. Zu spät. Einer der Trolle packte ihn an seiner Jacke und setzte ihn mit Schwung auf den Tisch. Der Musikant schwitzte Wasser und Blut, denn die Trolle, inzwischen waren es neun, glotzten ihn mit ihren breiten, dummen Gesichtern bösartig an.

Ängstlich sah sich der Akkordeonspieler nach seinen Freunden um. Die waren zwar aufgesprungen, machten aber keinerlei Anstalten einzugreifen. Unschlüssig tuschelnd standen sie herum.

»Los du, Muuusig!« Der Troll stieß dem Zwerg seinen Zeigefinger in die Rippen, dass dieser keuchte. Was blieb dem armen Kerl da anderes übrig, als zitternd zu spielen.

»Aaah, hoohoohoo!!«, johlten die Trolle sowie die Musik begann.

Konstantin Kerbelkraut kam aus der Küche und erkannte mit einem Blick die Situation.

»Meine Herren!«, rief er und versuchte seiner Stimme einen autoritären Klang zu geben.

»Meine Herren, bitte belästigen Sie meine Gäste nicht. Ich bin sonst gezwungen, Sie des Hauses zu verweisen!«

Die erhoffte Wirkung blieb aus. Die Trolle glotzten sich an und brachen in brüllendes Gelächter aus.

»Hohoho, Gerbelgraud ... bring uns Wein un Bier, aber schnell ...!«

»Warum nehmen wir ihm nich gleich den Schlüüsel zum Weingella ab?«, wollte ein anderer wissen.

»Jo, wir holen uns selbs Wein und schdäggen Gerbelgraud in ein Fass.«

»Hoho! Jo, wir machen eine Schnabsbohne aus ihm.« Der Troll, der diesen netten Vorschlag gemacht hatte, zögerte nicht länger. Er klemmte sich den zappelnden Kerbelkraut unter den Arm und stampfte mit ihm in Richtung Tür.

Mit angehaltenem Atem hatten Magnolia und Una das Geschehen beobachtet. Das Amulett pulsierte warm und rot auf Magnolias Brust. Sie hatte in der Eile des Aufbruchs vergessen, es abzulegen und war nun froh, es bei sich zu haben.

»Was, wenn der Troll Ernst macht?«, flüsterte Una ängstlich.

»Wir müssen etwas unternehmen«, erwiderte Magnolia mit kieksender Stimme. »Und zwar jetzt.«

»Lass ihn los, du stinkendes Warzenschwein!«, waren die unglaublichen Worte, die Magnolia sich gleich darauf rufen hörte.

Der Troll drehte sich um – alle Trolle drehten sich um. Sie glotzten Magnolia stumpfsinnig an. Dann verzogen sich ihre Münder zu einem höhnischen Grinsen und sie beschlossen, sie nicht weiter zu beachten.

»Ich habe gesagt, du sollst Herrn Kerbelkraut loslassen!« Magnolia wunderte sich selbst über die Schärfe in ihrer Stimme. Sie war von ihrem Platz aufgestanden und ging drohend auf den Troll zu. Dabei ließ sie ihn nicht aus den Augen.

Nun blieb der Kerl, der sich Kerbelkraut unter den Arm geklemmt hatte, abermals stehen. Er fing langsam an, sich über diese Störung zu ärgern.

»Halt die Klappe, Mädchen«, fauchte er, »sons schdägge ich dich dazu.«

»Gude Idee, zwei Schnabsbohnen.« Sein Kumpel stieß Magnolia grob vor die Brust, dabei kam er mit ihrem Amulett in Berührung und zuckte aufbrüllend zurück. Das Amulett glühte und der Troll hatte sich seine haarige Pranke verbrannt. Der Schmerz machte ihn wild. Wütend packte er Magnolia und zerrte sie hinter sich her. In seinem Zorn bemerkte er nicht einmal Una, die ihn unablässig in die Kniekehle trat. Verzweifelt ließ sie schließlich von dem Troll ab und wandte sich an die untätigen Zwerge.

»Verdammte Feiglinge!!«, schrie sie. »Steht nicht länger herum, helft ihr!!«

Da kam endlich Leben in sie. Sie griffen sich Bierkrüge und alles, was sonst in einem Kampf zu gebrauchen war, und stürzten sich auf die verblüfften Trolle.

Kampfgebrüll und Schmerzensschreie gellten durch den Raum. Hier und dort schlug ein durch die Luft geschleuderter Zwerg mit einem dumpfen Aufprall auf dem Boden auf.

Magnolia und Una krochen vorsichtshalber unter einen Tisch.

Krawummmm ... Ein Kanonenschlag erschütterte die Schankstube.

Im Nu trennten sich die Kontrahenten, denn jeder glaubte, es würde scharf geschossen.

Linette stand mitten unter ihnen und schien um zwei Meter gewachsen. »Schluss mit dieser Keilerei!«, dröhnte sie und niemand wagte es, noch einen Muckser zu machen.

»Trolle! Ihr habt die Gastlichkeit dieser Herberge schändlich missachtet. Also verschwindet und lasst euch hier nie wieder sehen! Und vergesst nicht für den Schaden zu zahlen, den ihr hier angerichtet habt!«, fügte sie grimmig funkelnd hinzu. Erleichtert lugte Magnolia unter ihrem Tisch hervor. Sie war stolz auf ihre Tante. Sie schien von innen her zu leuchten und konnte es an Größe locker mit einem Troll aufnehmen.

Murrend steckten die Trolle die Köpfe zusammen. Solche Töne waren sie nicht gewohnt. Sie wandten sich schon zum Gehen … Als einer von ihnen »verdammte Hexe« zischte und mit einer Wendigkeit, die ihm niemand zugetraut hätte, Linette ansprang.

Der Angriff dauerte nur einen Wimpernschlag. Noch im Flug streckte ihn und drei seiner Freunde, die hinter ihm standen, eine schallende Ohrfeige nieder.

Jaulend rappelten sich die Trolle auf. Aus ihren Nasen tropfte Blut.

»Geht jetzt. Auf der Stelle!« Linette streckte den Arm aus und ein prall gefüllter Lederbeutel flog aus dem Gürtel eines Trolls direkt in ihre Hand.

»Das wird reichen, dir den Schaden zu ersetzen, Konstantin«, sagte sie und warf dem Wirt den Beutel zu.

Die Trolle trollten sich hinaus und sofort setzte aufgeregtes Geplapper ein. Verletzungen wurden gezeigt, Kleider geglättet und umgestürzte Bänke flus wieder aufgestellt. Dass dabei jeder nur von sich sprach und keiner dem anderen zuhörte, störte nicht weiter. Zum Schluss hatten alle das angenehme Gefühl, wahre Helden zu sein.

»Und du, komm endlich aus deinem Versteck heraus«, tadelte Linette und beugte sich zu Magnolia hinunter. »Ich hätte dich in vorderster Reihe erwartet und nicht unter einem Tisch.«

Ooooh, es war nicht zu fassen. Kein Mitleid! Kein Anflug von Besorgnis! Im Gegenteil, die eigene Tante hetzte sie in den Kampf mit Trollen. Magnolia kochte. Hochrot kroch sie unter dem Tisch hervor.

»Das nächste Mal, Tantchen«, knirschte sie, »wenn du mir den Trick mit der Ohrfeige gezeigt hast.«

Es war bereits dunkel, als sie endlich ins Dorf zurückkehrten. Linette marschierte voran und Una und Magnolia folgten mit ein paar Metern Abstand.

»Deine Tante war wirklich großartig«, lobte Una. »Mein Vater sagt, sie ist eine große Zauberin.«

Magnolia brachte nur ein Schnauben heraus und Una konnte sich aussuchen, ob es zustimmend oder ablehnend gemeint war.

»Wirklich, wir bewundern Linette alle sehr und wüssten nicht, was wir ohne ihre Arzneien machen sollten.«

»Na, da klingen ihr sicher die Ohren«, gab Magnolia mürrisch zurück. »Wenn du meine Meinung hören willst ...« (Magnolia wartete nicht ab, ob Una ihre Meinung hören wollte.) »... Sie ist der unsensibelste Mensch, der mir in meinem Leben je begegnet ist. Sie ist weder zu mütterlicher Liebe noch zur Sorge fähig. Oder kennst du außer ihr, irgendeinen Menschen, der seine Nichte in den Kampf mit Trollen hetzt? ›Ich hätte dich in der ersten Reihe erwartet, Magnolia und nicht unter einem Tisch‹«, äffte sie ihre Tante nach. »... Und neulich hat sie mich im Wald ausgesetzt. Ich weiß wirklich nicht, was ich davon noch halten soll.« Magnolia holte Luft.

Mitleidig sah Una Magnolia an. »Es klingt, als wärst du sehr unglücklich bei deiner Tante.«

Magnolia winkte ab. »Die meiste Zeit ... Ich komme schon klar.«

»Du hast auch keine andere Wahl!«, trompetete Linette von vorn.

»Aber das Allerschlimmste an ihr«, fuhr Magnolia unbeirrt fort, so als hätte sie Linette überhaupt nicht gehört, »sie belauscht und bespitzelt mich.«

»Ha!«, lachte Linette auf.

»Streite nicht, Magnolia«, lenkte Una ein und war insgeheim froh, gleich zu Hause zu sein.

Jacko erwartete sie bereits. Im Schein seiner Bergwerkslaterne ging er unruhig vor seinem Haus auf und ab.

»Na endlich!«, rief er erleichtert, als er sie kommen sah. »Ich habe bereits von den Trollen gehört. Wie gut, dass du so schnell zur Stelle warst, Linette.«

»Du warst eine Ewigkeit fort, da habe ich schnell nach den Mädchen geschaut. Zur rechten Zeit, wie sich herausstellte. Die Burschen werden immer dreister. Es wird Zeit, ihnen einmal gründlich auf die Finger zu klopfen.«

»Du hast recht, doch leider haben wir im Moment andere Sorgen.«

»Hat sich dein langes Ausbleiben denn gelohnt? Gibt es einen ungefährlichen Weg in die Burg?«

»Ja, es ist genau so, wie ich es in Erinnerung hatte. Gehen wir in mein Arbeitszimmer. Die Mädchen sind bei Paula gut aufgehoben.«

»Es ist schon spät. Also fass dich kurz, Jacko«, sagte Linette nicht besonders charmant, als sie die Tür hinter sich geschlossen hatten.

»Greta hat mich gebeten, noch einmal nach Winifried zu sehen, bevor wir gehen, und Magnolia muss morgen zur Schule.«

»Schon gut, schon gut«, erwiderte Jacko ein wenig gekränkt. »Wenn du mit deinem Vortrag fertig bist, fange ich sofort an.«

»Ich bin fertig«, sagte Linette.

»Es ist tatsächlich noch so wie damals. Im Nordturm der Burg gibt es einen Brunnen. Unseren Großvätern ist es seinerzeit gelungen, unbemerkt einen Tunnel bis an den Brunnenschacht zu graben und an einer Stelle durchzubrechen. Sie planten einen Überraschungsangriff. Leider ist es nicht dazu gekommen. Wochenlange Regenfälle hatten den Erdboden aufgeweicht und Regenwasser war bis in die untersten Erdschichten gesickert. Um nicht mehr Lärm als nötig zu machen, hatten unsere Großväter darauf verzichtet, den

Tunnel sachgemäß abzustützen. Ein fataler Fehler, wie sich nun zeigte. Wasser brach ein und ihnen fiel buchstäblich die Decke auf den Kopf. Zentnerschwere Felsbrocken prasselten auf sie nieder und das letzte Stück bis zum Brunnen wurde verschüttet. Es grenzt an ein Wunder, dass es keine Toten zu beklagen gab. Für Zwerge ist dieser Weg nicht mehr begehbar …«

»Aber eine Maus könnte einen Weg durch das Geröll finden«, beendete Linette den Satz.

Ihre Augen funkelten verschwörerisch. »Genau da liegt unsere Chance. Auf diesem Weg kann ich unbemerkt bis in die Burg gelangen, niemand wird eine winzige Maus beachten.«

Jacko sah seine Freundin zweifelnd an. Sie täuschte ihn nicht.

»Es wird gefährlich werden, und wenn du erst einmal in der Burg bist, bist du ganz auf dich allein gestellt. Selbst in höchster Gefahr können wir nicht eingreifen.«

»Ich weiß«, knurrte Linette, »also hör auf zu unken und sei gewiss, dass ich mich gut vorbereiten werde. Allerdings brauche ich ein paar Tage Zeit, denn so eine Verwandlung geht nicht von jetzt auf gleich.«

Jacko blickte noch immer sorgenvoll. »Nimm dir so viel Zeit, wie du brauchst, und sollte dir das Risiko doch zu groß sein, werden wir deine Entscheidung akzeptieren. Ich sehe mir inzwischen den Zustand des Tunnels an und gebe dir dann Bescheid.«

»Ach, bevor ich es vergesse«, sagte Linette und blieb in der Tür stehen. »Der kleine Toddy wird sich Hustenpastillen für seinen Hamster abholen. Ich lasse dir das Döschen da. Sicherlich kommt er morgen vorbei.«

Sie verabschiedeten sich und Linette holte Magnolia aus der Küche, wo sie sich gerade mit mäßigem Erfolg an einem Spinnrad versuchte.

Anschließend schauten sie gemeinsam nach dem fiebernden Winifried, der in einem Sessel vor dem Kamin saß und die Füße in eine Wanne mit heißem Wasser gestellt hatte.

Linette sah ihm in die Augen, prüfte seine Zunge und fühlte ihm den Puls.

»Eine harmlose Sommergrippe«, diagnostizierte sie dann. »Drei Tage Ruhe und täglich vier Tassen von meinem Erkältungskrachertee, dann bist du wieder auf den Beinen. Ich lasse ihn dir morgen bringen.«

Damit verabschiedeten sie sich und verließen kurz nach Mitternacht das Dorf.

Sie benutzten die Rutsche, hangelten sich über die schreckliche Brücke und standen wenig später zu Hause im Schrank. Für Magnolia war ihr kuscheliges Bett im Turm eine verlockende Vorstellung, und so wünschte sie ihrer Tante eine gute Nacht, stieg hinauf und hoffte, nicht von Trollgesichtern und Wirtshausschlägereien zu träumen.

Siebzehntes Kapitel

Basiliskenblut

Linette durfte noch nicht an Nachtruhe denken. Es waren noch eine Menge Vorbereitungen zu treffen, bevor es ihr möglich sein würde, die Gestalt zu wandeln.

Gängige Zutaten wie Rattenschwanz und Alraunensaft hatte sie natürlich im Haus, aber es gab Zutaten, die mussten zu einem bestimmten Zeitpunkt und unter größten Schwierigkeiten besorgt werden. Bitterling und Natternwurz konnten zum Beispiel nur bei Vollmond geschnitten werden. Der Zufall wollte es, dass sich genau heute Nacht der Mond rundete. In den Meeren stieg die Flut und wenn sie nicht fündig wurde, musste sie volle achtundzwanzig Tage warten, bis sich erneut die Gelegenheit bot.

Also warf Linette ihren schwarzen Umhang über die Schultern, verstaute sorgfältig den sichelförmigen Dolch und griff nach ihrem Besen. Sie musste weite Strecken zurücklegen und ohne ihren Besen ließen sich solche Entfernungen nicht bewältigen.

Ein freudiger Schauer rieselte durch ihre Adern, als sie vor die Tür trat, und alle Müdigkeit fiel von ihr ab. Ein Jahrtausende altes Erbe erwachte. Die Hexe ging auf die Jagd.

Tief atmete Linette die klare Nachtluft ein, grüßte Eule und Fledermaus, die Geschöpfe der Nacht, und begann im gespenstischen Licht des Mondes ihren Streifzug durch das Land. Sie ließ sich leiten von ihrem sicheren Instinkt, bis sie Bitterling und Natternwurz fand. Nun hieß es auf der Hut sein, nichts durfte sie stören, denn der

Augenblick, in dem eine Pflanze geschnitten wurde, stellte den ersten unwiderruflichen Schritt in einem Zauberritual dar.

Sie lauschte und erst als sie ganz sicher war, dass keine Störung drohte, schnitt sie die Pflanzen. Anschließend kniete sie nieder und goss ein Trankopfer aus Honig über dem Boden aus. Dabei murmelte sie einen Dank aus heidnischen Zeiten.

»Oh, Mutter Erde, oh, Kräuter. Euch grüße ich, wie Göttinnen, und sage Dank für die Kraft, die Ihr mir gebt, meine Aufgabe zu erfüllen.«

Eine Weile verharrte sie auf ihren Knien und bereitete sich vor, die gefährlichste Zutat für ihren Zaubertrank zu beschaffen. Das Blut eines lebenden Basilisken.

Halb Schlange, halb Hahn, ausgebrütet und geschlüpft aus einem Krötenei. Sein Blick und sein Atem brachten den Tod.

Für die Menschen, diese einfältigen Wesen, gehörte er ins Reich der Fabeln. Sie wollten nichts wissen von Dingen, die sie ängstigten. Trotzdem gab es Basilisken, seit Millionen von Jahren bevölkerten sie die Erde. Sie waren auf allen Kontinenten zu Hause und hatten ein Recht dort zu sein. Einer von ihnen hauste in den Gewölben der alten Abtei, mitten im Meer.

Linette war sich der Gefahr bewusst. Es war ihr schon einmal gelungen, den Basilisken zu überlisten. Ihr letztes Duell lag jedoch fünf Jahre zurück und sie konnte nur hoffen, ihn noch immer auf der Insel anzutreffen. Sie bestieg ihren Besen.

»Nach oben hinaus und nirgends an«, flüsterte sie und stieß sich leicht vom Boden ab. Senkrecht stieg sie in die Luft. Wie eine geübte Reiterin brachte sie ihren Besen in die gewünschte Richtung, trieb ihn mit leichtem Schenkeldruck an und preschte dicht über den Baumwipfeln davon.

Linette hatte keine Angst gesehen zu werden. Die Menschen waren zu aufgeklärt und zu vernünftig, um an Hexen zu glauben.

Wer in dieser Nacht zu den Sternen aufsah und ihre verräterische Silhouette vor dem Vollmond entdeckte, würde sich einreden, eine besonders große Eule zu sehen.

Lautlos glitt sie über die schwarzen Wälder und blanken Seen. Allmählich wurde die Luft kühler. Wind kam auf und brachte den Geschmack nach Salz mit sich. Gleich war sie am Ziel.

Linette überflog die letzten Klippen und brauste über das dunkle Meer. Sie wurde beinah übermütig, so sehr genoss sie diesen Ritt.

Nur zum Vergnügen ging sie in den Sturzflug und erschreckte ein Rudel Tümmler, die in den Wellen tanzten. Dicht über dem Wasser schoss sie auf das Stück Land zu, das so mutig dem Meer trotzte und dabei ein tödliches Geheimnis hütete.

»Die Insel ist verflucht«, erzählten die Fischer in den Küstendörfern.

Die Erinnerung war noch zu frisch, als dass man sie schon vergessen hätte. Vor hundert Jahren war die Abtei ein aktives Kloster gewesen. Die Menschen fuhren in ihren Booten über das Meer und baten die Mönche um Rat bei mancherlei Problemen. Und die Mönche besuchten ihrerseits das Festland, um Gemüse und Obst aus ihren Klostergärten zu verkaufen. Bis von einem Tag auf den anderen der Schrecken Einzug in den Mauern der alten Abtei hielt.

Alle fünfundzwanzig Brüder starben und niemand konnte sagen, warum. Manche Mönche verschwanden spurlos, andere fand man tot in ihren Zellen, mit vor Schreck verzerrten Gesichtern.

Es war schrecklich und das Gerücht von einer großen Sünde, welche die Mönche begangen hätten, machte die Runde. Man munkelte, der Teufel persönlich würde auf der Insel hausen.

Nun, Linette kannte den wahren Grund für das Sterben der armen Mönche und während sie die Abtei anflog, war er ihr nur zu gut bewusst. Ein Basilisk war vor hundert Jahren über das Meer gekommen und hatte sich in den Kellergewölben der Abtei eingenistet.

Lautlos landete sie in den verfallenen Mauern, zückte einen Taschenspiegel und brachte ihn mittels Zauberspruch auf brauchbare Größe. Jetzt galt es nur noch, den Basilisken zu finden, bevor er sie fand.

Ebenso lautlos, wie sie gelandet war, stieg sie in das finstere Kellergewölbe hinab.

Linette brauchte kein Licht. Ihr war egal, ob Tag oder Nacht war, denn ihre geübten Hexenaugen konnten sich auch in völliger Dunkelheit sicher orientieren. Schritt für Schritt tastete sie sich voran. Jedes noch so kleine Geräusch konnte ihr Verderben bedeuten. Ihre Sinne waren aufs Äußerste gespannt.

Ein moderiger Geruch hing in der Luft und überall lagen Gewölle aus Fell und Knochen oder war es Haar?

Immer wieder blieb Linette stehen und hielt witternd ihre Nase in die Luft, zwang sich Leben aufzuspüren.

Endlich wurde sie fündig. Deutlich roch Linette etwas großes Lebendiges hinter den dicken Mauern, sie nahm kaltes Blut wahr und hörte regelmäßige Atemzüge. Das musste er sein. Und was am allerbesten war, der Basilisk schlief.

Linette ließ den Spiegel noch einmal um das Dreifache wachsen. Jetzt konnte sie sich bequem dahinter verstecken und das Duell konnte beginnen.

»Hallo, jemand zu Hause?«, rief sie.

Im selben Augenblick stockten die regelmäßigen Atemzüge. Der Basilisk war erwacht.

Ein leises Kratzen, so als würde etwas über den Boden geschleift, verriet Linette, dass er sein Nest verließ. Sie ging in Deckung. Nervös kauerte sie hinter dem Spiegel und wartete. Jeden Moment musste er um die Ecke kommen und sich selber im Spiegel erblicken. Für wenige kostbare Minuten würde sein eigenes Spiegelbild ihm die Sinne rauben. Er würde ohnmächtig werden und genau diese kurze Zeit würde Linette zu nutzen wissen.

Doch nichts geschah. Das schleifende Geräusch war nicht mehr zu hören.

Der Basilisk zögerte.

Linette wurde immer nervöser. Ahnte er etwas? Unmöglich. Basilisken standen nicht gerade in dem Ruf, besonders klug zu sein. Die Zeit verstrich. Kostbare Zeit!

Der Basilisk hatte keine Eile.

Ob Linette es wagen konnte, hinter dem Spiegel hervorzuschauen?

Besser nicht, wenn auf ihrem Grabstein nicht stehen sollte: »Hier ruht eine, die es hätte besser wissen müssen!« Sie musste sich gedulden.

Vielleicht konnte sie ihn in Sicherheit wiegen, indem sie Touristenstimmen imitierte?

Bamm! Splitter! Klirr ... Mit diesem plötzlichen Angriff hatte Linette nicht gerechnet. Der Spiegel zerbarst in tausend Teile und Linette wurde durch den heftigen Aufprall Meter weit durch die Luft geschleudert. Wie ein verunglückter Maikäfer blieb sie auf dem Rücken liegen.

Linette war entsetzt. So etwas hätte nicht passieren dürfen. Reglos, die Augen geschlossen und einen Abwehrzauber auf den Lippen, wartete sie auf den nächsten Angriff.

Die kostbaren Minuten verstrichen und Linette wagte nicht, die Augen zu öffnen. Allmählich wurde die Zeit knapp, sollte der Basilisk bewusstlos sein, würde er bald wieder zu sich kommen.

Es blieb ihr nichts anderes übrig, als einen Blick zu riskieren.

Da lag er, ausgestreckt über seine vollen vier Meter Körperlänge, den Schnabel halb geöffnet und schnarchte leise.

Linette schlich heran, dabei hütete sie sich, seinem Atem zu nahe zu kommen. Ein harmloser Schnarcher würde genügen, ihre Kleidung zu versengen. Außerdem stank er entsetzlich.

Mit geübtem Schnitt ritzte sie seine schuppige Schlangenhaut und fing das schwarze Blut in einem Glasfläschchen auf. Schon fing der Basilisk an, sich zu rühren. In wenigen Sekunden würde er wieder erwachen.

Linette hastete davon, ihren kostbaren Schatz sicher verstaut. Im Hof der Abtei pfiff sie ihrem Besen, flüsterte ihren Zauberspruch und stieg in die Luft.

Keinen Moment zu früh. Wütendes Röhren ließ die Luft zittern und die Steine beben. Der Basilisk machte keinen Hehl aus seiner überschäumenden Wut.

Linette trieb ihren Besen zur Eile, denn glühende Gesteinsbrocken wurden aus dem Innern der Abtei in den Himmel geschleudert. Es war besser außer Reichweite zu sein.

Die wenigen Menschen auf dem Festland, die in dieser Nacht Zeugen des feurigen Spektakels wurden, erzählten am nächsten Morgen, sie hätten mit eigenen Augen gesehen, wie der Teufel in der Abtei einen Sabbat gefeiert habe.

Ein Silberstreifen am östlichen Horizont kündigte den neuen Tag an und Linette war froh, bald zu Hause zu sein. Von ihrem Sturz auf den harten Boden der Abtei taten ihr alle Knochen weh und sie beschloss, sich einen großen Becher »Jammere-nicht-Tee« zu kochen, bevor sie sich noch für zwei Stunden aufs Ohr legte.

Das Haus schlief genauso friedlich und still, wie bei ihrem Aufbruch.

Ein rascher Blick in den Turm überzeugte sie, dass Magnolia nicht das Geringste von ihrer Abwesenheit bemerkt hatte. Murmelnd drehte sich ihre Nichte auf die andere Seite und zog sich im Schlaf die Decke über den Kopf.

Linette verstaute ihre kostbaren Zutaten für den Verwandlungstrunk in einem kleinen Hängeschrank in der Küche und schloss ihn sorgfältig ab.

Dann setzte sie sich mit ihrem Becher »Jammere-nicht-Tee« in den Ohrensessel und legte die Beine hoch. Serpentina sprang schnurrend auf ihren Schoß.

»Ich werde alt, teure Freundin«, seufzte Linette, »um ein Haar hätte der Basilisk mich heute erwischt.«

Achtzehntes Kapitel
Das Milky Way

Magnolia schlief wie ein Stein, doch als ihre Tante sie am nächsten Morgen weckte, war sie alles andere als ausgeruht und gut gelaunt.

Müde wankte sie an den Waschtisch und griff anschließend ein paar Klamotten aus der Kommode, wie sie ihr gerade in die Finger kamen.

Das Ergebnis: orangefarbener Ringelpullover zu rosa Jeans und hellblauen Turnschuhen.

Das anerkennende »wie geschmackvoll du heute gekleidet bist« ihrer Tante hätte Magnolia an jedem anderen Tag stutzig gemacht. Heute hockte sie jedoch nur müde hinter dem Küchentisch und stopfte lustlos eine Portion süßer Haferflocken mit Milch in sich hinein.

»Ich verstehe überhaupt nicht, wieso ich mich als Hexe mit so einem Blödsinn wie Geometrie beschäftigen muss«, beschwerte sie sich. »Was einem das im Leben einmal bringen soll, versteht sowieso kein Schwein. Was hältst du davon, wenn ich die Schule schmeiße und dafür bei dir die doppelte Stundenzahl im Hexen belege?«

»Ich will dir sagen, was ich davon halte«, ereiferte sich Tante Linette. »Überhaupt nichts. In unserem Land gibt es so etwas wie eine Schulpflicht und die endet meines Wissens nicht vor der neunten Klasse.«

»Du hast gut reden. Du musst dir deinen Kopf ja auch nicht mit dem Satz des Thales vollstopfen und ich wette, eine Schulpflicht gab es zu deiner Zeit auch nicht.«

»Diese Wette gewinnst du und jetzt schwinge dich gefälligst auf dein Rad, sonst kommst du zu spät.«

Tante Linette drückte Magnolia einen Stapel Butterbrote in die Hand und schob sie aus der Tür.

Wie an jedem Morgen radelte Magnolia auf der Landstraße nach Rauschwald. Als sie auf den Marktplatz kam, wunderte sie sich über den Streifenwagen, der vor dem Hotel »Unter den Linden« parkte.

Kurz darauf hatte sie ihn vergessen, denn auf dem Schulhof und in den sonst so belebten Fluren der Schule herrschte gähnende Leere. Ein sicheres Zeichen, dass man zu spät war.

Zaghaft klopfte Magnolia an die Tür ihres Klassenzimmers und trat ein.

Frau Mümmel hatte bereits mit dem Englischunterricht begonnen, sie schätzte Störungen dieser Art überhaupt nicht.

»Ah, Magnolia, beehrst du uns heute Morgen doch noch mit deiner Anwesenheit!? Welchen guten Grund gibt es für deine Verspätung?«

»Ich habe verschlafen«, antwortete Magnolia wahrheitsgemäß.

»Ich habe nach einem guten Grund gefragt, Magnolia. Setz dich und halte uns nicht länger auf.«

Schnell huschte Magnolia auf ihren Platz.

»Oh là là, die Stahlmagnolie präsentiert sich heute wieder in einem ganz exklusivem Outfit«, lästerte Samantha gerade noch für alle hörbar. »Ich sollte mich in Sachen Mode von ihr beraten lassen.«

»Rosa zu orange«, jauchzte Stefanie entzückt. »Diesmal hat sie wirklich voll ins Klo gegriffen.«

»Ihr beiden solltet nicht nur Mode im Kopf haben«, rügte Frau Mümmel streng. »Samantha, komm bitte nach vorn an die Tafel und verblüffe uns mit deinem Wissen über unregelmäßige Verben.«

Samantha seufzte. Sie war in Englisch eine glatte Null.

Feixend lehnte Magnolia sich zurück. Sie hatte vor, Samanthas Auftritt gründlich zu genießen.

Dummerweise war nichts, was Samantha tat, wirklich peinlich. Charmant zelebrierte sie ihren Untergang und hatte die Sympathie der Klasse voll und ganz auf ihrer Seite.

»Ich kann es einfach nicht verstehen«, beklagte sich Magnolia später, als sie mit Birte über den Sportplatz schlenderte. »Bemerkt eigentlich niemand außer mir, was für eine aufgeblasene, dumme Pute Samantha ist? Alle hängen wie hypnotisierte Trottel an ihren Lippen. Du übrigens auch.«

»So ein Quatsch«, gab Birte beleidigt zurück. »Aber Samantha kann manchmal wirklich lustig sein.«

Magnolia zog fragend die Augenbrauen hoch. »So, wann denn?«

»Ihr habt euch eben von Anfang an nicht gemocht«, erwiderte Birte ernsthaft. »Vielleicht liegt es daran, dass ihr euch in gewisser Weise ähnelt.«

»Ähnelt? So einen Mist habe ich wohl noch nie gehört.« Empört tippte sich Magnolia an die Stirn. »Du willst doch hoffentlich nicht allen Ernstes behaupten, die gehirnamputierte Kuh und ich hätten irgendetwas gemeinsam?!«

Birte seufzte, sie hatte keine Lust mit Magnolia zu streiten.

»Reg dich ab«, sagte sie deshalb. »Lass uns lieber den Basketballern beim Training zusehen, da sind ein paar ganz süße Typen dabei.«

»Meinetwegen, wir sind sowieso zu früh dran.« Magnolia ließ sich neben Birte am Rande des Sportplatzes ins Gras fallen.

Gelangweilt warf sie einen Blick auf die Spieler ... und schnappte nach Luft. Noch nie hatte sie einen so coolen, süßen, genialen Typen gesehen. Er war schlank und muskulös, etwas größer als die anderen und er bewegte sich mit einer Leichtigkeit, als schwebe er über den Boden.

»Der Schwarm der gesamten Schule«, meinte Birte, die ihrem Blick gefolgt war. »Er heißt Leander und geht in die Elfte.«

Als hätte er seinen Namen gehört, drehte Leander den Kopf in ihre Richtung. Seine kastanienbraunen Haare flogen dabei in alle Richtungen und ein Blick aus leuchtend grünen Augen traf Magnolia mitten ins Herz.

»Mein Gott«, quietschte Birte, »er hat dich angesehen. Eine aus der Siebten.«

»Puh, sieht der aber gut aus«, quetschte Magnolia heraus. Ihr war, als hätte sich ein ganzer Ameisenstaat in ihrem Bauch eingenistet.

»Sag ich doch, aber den kannst du dir abschminken. Der hat uns gar nicht auf der Rechnung.«

Magnolia stöhnte auf, als sie bemerkte, dass Samantha und ein paar andere Mädchen aus der Klasse direkt auf sie zukamen.

»Spielt mein Lover wieder Basketball?«, fragte Samantha grinsend.

»Macht er und Magnolia findet ihn total süß.«

Wütend trat Magnolia Birte gegen den Fuß. War sie nicht ganz normal, so etwas Privates an diese blöde Nuss weiterzugeben?

Erstaunt sah Birte sie an. »Ist doch so, oder?«

»Vergiss es, Baby, er gehört mir. Und ich bin sicher, er zieht Stil und Klasse einem quietschbunten Bonbon vor.« Mit herabgelassenen Mundwinkeln sah Samantha auf die immer noch sitzende Magnolia herab.

»Mein Bruder geht übrigens in dieselbe Klasse wie er.«

»Du Glückliche«, säuselte Stefanie einschmeichelnd.

»Dadurch sehe ich ihn natürlich ab und zu, außerdem hängt er nach der Schule oft im Milky Way rum.«

Magnolia verdrehte die Augen und sah Birte böse an. Der hatte sie es schließlich zu verdanken, dass sie sich dieses Gelaber ungefragt anhören musste.

Glücklicherweise erschien in diesem Moment Herr Kahle, der Sportlehrer, mit dem Rest der Klasse.

Herr Kahle machte seinem Namen alle Ehre. Sein Kopf war eine spiegelblanke Kugel, während sein Brusthaar überreich wucherte. Um diese Pracht gebührend zu betonen, ließ er den Reißverschluss seines Trainingsanzugs bis zum Bauchnabel offen.

»Ah, sein Brusttoupet sitzt heute wieder perfekt«, murmelte Samantha. Schon giggelte Merle los. Ihre Lachattacken waren gefürchtet und selbst Magnolia musste ein Kichern unterdrücken.

Herr Kahle, der den Grund für diese plötzliche Heiterkeit nicht ahnen konnte, grüßte freundlich und suchte in dem Gestrüpp auf seiner Brust nach der Trillerpfeife, die sich dort versteckt hatte.

Merle rollte inzwischen, von Lachkrämpfen geschüttelt, über den Sportplatz.

»Was ist mit ihr?«, fragte Herr Kahle mit irritiertem Blick.

»Gar nicht beachten«, winkte Samantha ab.

»Also gut.« Herr Kahle blies drei Mal kräftig in seine Pfeife und deutete auf die Stoppuhr in seiner linken Hand.

»Verehrte Damen und Herren, in den nächsten zehn Minuten bereiten wir uns auf unser Lauftraining vor. Das bedeutet Warm-ups. Niklas übernimmt diese Aufgabe. Er zeigt euch die Übungen und ihr macht sie ihm nach.«

Alle stöhnten auf.

Niklas legte sich mächtig ins Zeug. Er wollte Herrn Kahle unbedingt beweisen, wie viele Gymnastik-Folter-Übungen er kannte.

Sie saßen gerade mit gegrätschten Beinen auf dem Boden und versuchten mit der rechten Hand die linke Zehe zu greifen, als das Basketballtraining vorbei war.

Die Spieler gingen vom Platz und kamen direkt an ihnen vorbei.

Vergeblich versuchte Magnolia rechtzeitig ihren Rücken zu strecken und eine gute Figur zu machen.

Verstohlen sah sie zu Samantha hin. Natürlich, Samanthas olympische Disziplin war die Bodengymnastik. Mit einer fließenden Bewegung, die auf jahrelangen Ballettunterricht schließen ließ, schwang sie ihren rechten Arm über den Kopf, streckte den Rücken kerzengerade und lag flach auf ihrem linken Bein. Dort verweilte sie einen Moment und kam in genau dem Augenblick wieder hoch, als Leander an ihr vorbeiging.

Sie schenkte ihm ein strahlendes Lächeln und neigte den Körper graziös über das rechte Bein.

Magnolia kam sich vor wie ein Wurm. Wütend durchbohrte sie Samantha mit Blicken. In diesem Moment wünschte sie sich nichts sehnlicher, als einen brauchbaren Zauberspruch in ihrem Repertoire zu haben. Sie dachte dabei an so feine Zaubereien wie den Furunkel- oder Lippenschwell-Zauber. Aber es war klar, dass man zwar zur Hexe ausgebildet wurde, es dann aber Jahre dauerte, bis ein wirklich brauchbarer Zauber dabei war.

Die Schneckenplage war es, womit Magnolia sich zurzeit im Zauberunterricht beschäftigte. Sicher ein Zauber, mit dem man jeden Hobbygärtner in den Wahnsinn treiben konnte. Für Samantha allerdings völlig ungeeignet. Magnolia nahm sich vor, wenigstens zwei bis drei nützliche Zaubersprüche zu lernen, wenn es sein musste auch allein.

Am Ende der Sportstunde rückte Herr Kahle dann mit einer erfreulichen Nachricht heraus. Die letzte Stunde fiel aus. Herr Orloff, der Geschichtslehrer, nahm an einer Lehrerfortbildung teil.

Nach dem Duschen machte jemand den Vorschlag, die letzte Stunde gemeinsam im »Milky Way« zu verbringen.

»Ist doch witziger, als zu Hause allein abzuhängen.«

»Ohne mich, tut mir leid, Leute. Ich habe heute Nachmittag ein Fotoshooting und werde die freie Stunde nutzen, um bei meiner Kosmetikerin zu relaxen«, sagte Samantha.

Birte gab Magnolia einen freundschaftlichen Knuff. »Und wie sieht es bei dir aus? Gehst du mit?«

»Klar«, sagte Magnolia. »Die Gelegenheit, das ›Milky Way‹ ohne Samantha zu besichtigen, lasse ich mir doch nicht entgehen.«

Wie sich zeigte, war das »Milky Way« die Nachbildung einer amerikanischen Milchbar aus den Fünfziger Jahren und kleiner, als Magnolia es sich vorgestellt hatte. Es strotzte nur so vor buntem Neon und Chrom.

Außer einer langen Theke und ein paar Tischen gab es hier nur noch eine Musikbox und eine Tanzfläche im Schachbrettmuster.

Die Mädchen der 7c bestellten jeder einen Milchshake und gesellten sich damit zu den Jungen aus ihrer Klasse, die an einem der Tische saßen und eifrig in einer Zeitung blätterten.

Jetzt zur Mittagszeit waren sie die einzigen Gäste und Angelo, der Barkeeper, war froh, endlich Gesellschaft zu haben.

»Wenn ihr mich fragt, geht es hier nicht mit rechten Dingen zu«, sagte er kopfschüttelnd.

Die Mädchen sahen ihn verständnislos an.

»Was meinst du?«, fragte Merle schließlich.

»Na, den Artikel in der ›Umschau‹. Seit April sollen bereits vier Menschen aus Rauschwald verschwunden sein.«

»Die Letzte erst gestern Nacht«, mischte Daniel Fuchs sich ins Gespräch, ein schlaksiger Junge mit struppigem Haar.

»Ist es jemand, den wir kennen?«

Daniel zuckte die Schultern. »Sie heißt Christina Bade.«

»Christina?« Magnolia drängte sich nach vorn. »Lass mich mal sehen. Ist ein Bild von ihr in der Zeitung?«

Von der Titelseite der Umschau lachte Christinas pausbäckiges Gesicht.

Magnolia schluckte.

»Kennst du sie?«, fragte Birte.

Magnolia schüttelte den Kopf. »Nein, ich habe sie nur einmal im Haus meiner Tante gesehen.«

»Ich kannte sie«, rief Angelo von hinten. »Sie hat im Hotel ›Unter den Linden‹ gearbeitet und war an den Wochenenden oft zum Tanzen hier. Ich glaube, sie war mit Theo Kussmann verlobt. Die Polizei soll ihn schon vernommen haben.«

»Vielleicht hatte sie von ihm die Nase voll und ist einfach abgehauen«, sagte Merle.

»Schließlich muss man nicht automatisch seinen Lebensabend in Rauschwald verbringen. Ich werde später auch nach Paris ziehen, in die Stadt der Künstler.« Übermütig schwenkte sie ihre rosa Brille.

Daniel verdrehte die Augen. »Komm runter, Merle! Die verschwundenen Menschen haben nicht einfach ihre Koffer gepackt und ein Bahnticket gekauft, verstehst du? Sie sind spurlos verschwunden.«

»Am Tag oder bei Nacht?«, fragte Magnolia.

»Unterschiedlich. Hier steht: ›Der genaue Zeitpunkt ist nur bei einem gewissen Rainer Kolbe bekannt. Er verschwand in der Mittagspause auf dem Weg von seiner Autowerkstatt zur Tankstelle. Also auf einer Strecke von zweihundert Metern.‹«

»Und niemand hat etwas bemerkt?«

»Nee, denn genau um diese Zeit zog vom Wald eine Nebelbank heran. Die Suppe war angeblich so dick, dass man die Hand vor Augen nicht sehen konnte.«

»Eine Nebelbank im Sommer, zur Mittagszeit?« Magnolia kroch eine Gänsehaut über den Rücken.

Auch die anderen waren still geworden. Jeder stellte sich vor, wie die Nebelwand Rainer Kolbe verschluckte.

»Was ist denn hier los!? Ihr seht aus, als hätte man euch die Schokolade geklaut«, stellte Biggi fest, die von zu Hause erst noch Geld geholt hatte. »Ist irgendjemand gestorben?«

»Bloß verschwunden«, sagte Merle düster.

»Ach so, ihr habt die Umschau gelesen. Wenn ihr mich fragt: Die sind auf und davon. Rauschwald ist eben ein Kaff ... Soll ich euch mal was auf die Ohren geben, damit ein bisschen Stimmung aufkommt?« Die anderen sahen sie irritiert an.

Biggi lachte. »Was guckt ihr denn so? Also noch mal für Dumme! Wollt ihr Musik hören?«

»Aua!«, stöhnte Magnolia. »Bitte hör auf, witzig zu sein, Birgit.«

»Meinetwegen.« Biggi steckte eine Münze in die Musikbox und wählte einen alten Schmachtfetzen.

»Habt ihr übrigens schon gehört? Der Termin für das Spätsommerfest steht endlich fest. In zehn Tagen ist es soweit.«

»Klar!«, rief Birte, »und endlich dürfen auch die siebten Klassen dabei sein. Ist das nicht super?«

»Ist es. Und ihr könnt sicher sein, ich werde meine coolsten Klamotten anlegen.« Die gedrückte Stimmung war verflogen und alle redeten durcheinander.

»Für euch die Gelegenheit, Supermann Leander aus nächster Nähe anzuschmachten«, spottete Daniel. »Vielleicht schenkt er euch ja einen gnädigen Blick.«

»Oh verflixt, schon halb zwei. Ich muss los, meine Mutter wartet mit dem Essen!«, rief Merle plötzlich.

»Ich muss auch gehen, kommst du mit Magnolia?« Birte packte ihre Sachen zusammen.

»Logo«, sagte Magnolia und schlürfte die Reste ihres Milchshakes durch den Strohhalm.

»Beehrt mich bald wieder«, rief Angelo ihnen nach, während er über den Tisch wischte, an dem sie gesessen hatten.

Herr Langboom stand auf der Treppe vor seiner Apotheke und polierte das goldene Messingschild neben der Eingangstür. Besorgt schaute er immer wieder die Straße hinab. Der Artikel in der Umschau hatte ihn stark beunruhigt. Als er Birte endlich kommen sah, huschte ein erleichtertes Lächeln über sein Gesicht.

»Hallo, Papa«, winkte Birte schon von Weitem und Magnolia hob ebenfalls grüßend die Hand. »Hast du schon auf mich gewartet?«

»Gewartet? Ähm, nein! Nein, ich habe grade das Schild geputzt, auf das mir so eine kleine Rotznase seinen Kaugummi geklebt hat.«

»Na, dann ist es gut«, Birte zwinkerte Magnolia zu. »Ich dachte schon, du hättest dir vielleicht Sorgen gemacht.«

»Nein, nein! Es ist reiner Zufall, dass ich hier stehe.« Herr Langboom wandte seine Aufmerksamkeit Magnolia zu. »Hallo, Magnolia! Schön, dich wieder einmal zu sehen. Möchtest du mit uns zu Mittag essen? Meine Frau würde sich sicher freuen.«

»Vielen Dank, lieber nicht«, erwiderte Magnolia. »Meine Tante hat sicher auch gekocht und wäre ärgerlich, wenn sie allein essen müsste. Am besten ich mache mich gleich auf den Weg. Schätze, wir sind sowieso spät dran.«

Zu Hause wartete Tante Linette nicht mit dem Essen. Sie saß an dem kleinen runden Tisch im roten Zimmer und polierte ihre Kristallkugel mit einem schwarzen Samthandschuh.

»Du bist spät dran«, stellte sie lediglich fest, als Magnolia mit zerzausten Haaren hereinkam.

»Die letzte Stunde ist ausgefallen und ich war mit ein paar aus meiner Klasse im ›Milky Way‹.«

»›Milky Way‹? Ist das nicht diese merkwürdige Eisdiele, die dem Bruder unseres Bankiers gehört?«

»Ich glaube schon«, sagte Magnolia und ließ sich auf einen Stuhl gegenüber plumpsen. »Daniel hatte die ›Umschau‹ dabei. Hast du sie gelesen?«

»Natürlich.«

»Und was sagst du zu der Sache mit Christina? Ich kann mir nicht vorstellen, dass sie so einfach verschwindet. Noch dazu ohne ihren blöden Theo.«

Linette spuckte auf die Kugel und polierte sie sorgfältig.

»Sie ist sicher nicht freiwillig gegangen«, sagte sie. Christina stand gut im Futter, war kräftig und gesund. »Vielleicht hat da jemand einen Tipp bekommen.«

»Du vermutest also, dass der Graf dahintersteckt!«, rief Magnolia triumphierend. »Ich habe mir auch schon so etwas Ähnliches gedacht. Aber wer sollte ihm einen Tipp geben?« Linette schwieg. »Glaubst du, jemand aus Rauschwald steckt mit dem Grafen unter einer Decke?« Tante Linette zuckte mit den Schultern und widmete sich wieder ihrer Kugel. »Und was macht er mit denen, die verschwinden? Wozu braucht er sie?«, bohrte Magnolia weiter.

»Ich kann im Moment nicht darüber sprechen, vergiss einfach, was ich gesagt habe«, antwortete Linette und erhob sich schwerfällig.

»Dein Essen steht übrigens auf dem Herd. Ich lege mich jetzt für ein Stündchen aufs Ohr. Wir sehen uns nachher beim Unterricht.«

»Apropos Unterricht!«, rief Magnolia ihr nach. »Ich habe mir heute überlegt, dass es allmählich Zeit für die richtigen Zaubersprüche wird. Was meinst du? Hast du nicht einen guten Furunkel-Zauber oder etwas Ähnliches in deinem Repertoire?«

Einen Moment starrte Linette ihre Nichte an, dann schüttelte sie betrübt den Kopf und schlurfte wortlos davon.

»Wie du willst«, murmelte Magnolia grimmig, »dann bleibt mir also nichts anderes übrig, als mir das nötige Wissen allein anzueignen.«

Es war nun mal eine traurige Tatsache, dass sie sich seit über einem Monat mit dem kleinen Hexeneinmaleins beschäftigte, ohne auch nur *einen* wirklich brauchbaren Zauberspruch gelernt zu haben.

Sie hatte es von der Mäuseplage über die Heuschreckenplage lediglich bis zur Schneckenplage gebracht. Und weitere Plagen sollten folgen.

Tante Linette hatte ihr zwar gnädig in Aussicht gestellt, zur Auflockerung das Kapitel Magnetismus einzuschieben (gähn). Leider war ihr dabei die entscheidende Kleinigkeit entgangen, dass es auf Gottes weiter Welt Menschen gab, die um fette Eiterpickel geradezu bettelten. Schneckenplagen und Magnetismus ließen solche Menschen dagegen ganz sicher kalt.

Neunzehntes Kapitel

Das große Hexeneinmaleins

Das kleine Hexeneinmaleins lag geschlossen auf dem Tisch. Magnolia schlug es auf und fing an, nach einem passenden Zauber zu suchen.

Es war deprimierend. Nach den Plagen folgte das Kapitel »Melken«. Wenn Magnolia richtig verstand, übte man auf den nächsten siebzig Seiten das Zapfen von Milch aus verschiedenen Gegenständen, wie Stuhlbeinen und Seilen. Sie sah die düsteren Nachmittage bereits vor sich. An das »Melken« schlossen sich Zauber wie Hüttenschutz und Stärkungstrünke an. Es war unglaublich, dieses Buch schien nicht einen einzigen brauchbaren Zauberspruch zu enthalten.

Für einen Moment war Magnolia ratlos, dann zerrte sie entschlossen das große Hexeneinmaleins aus dem Regal. Irgendwann würde sie sich sowieso damit beschäftigen müssen.

Die kleine warnende Stimme in ihrem Innern überhörte sie geflissentlich.

Das große Hexeneinmaleins war in dunkelblaues Leder gebunden und dreimal so schwer wie das erste Buch. Beinah wäre es Magnolia aus den Händen gerutscht.

Ein Hologramm auf seinem Umschlag fesselte ihren Blick. *Großes Hexeneinmaleins* stand da in roten Buchstaben, änderte man jedoch seinen Blickwinkel, sah man einen flackernden Scheiterhaufen, um den sieben Hexen tanzten.

Die Szene wirkte so lebendig, dass man meinte, das Feuer knistern zu hören.

Von diesem Buch ging etwas Ehrwürdiges aus. Bedächtig schlug Magnolia es auf. Die blanken Ecken der vergilbten, trockenen Seiten ließen die Generationen von Hexen erahnen, die damit schon gearbeitet hatten.

»Magnolia, was tust du da?« Ein Wispern streifte Magnolias Ohr. Erschrocken sah sie sich um, doch außer ihr war niemand im Raum.

Wer hatte da gesprochen. Etwa das Buch?

Neugierig fing Magnolia an, darin zu blättern und endlich fand sie so herrliche Kapitel wie: Flüche, Wetter machen, Maladitis und Flugstunden im Besenreiten.

Ihre Augen glänzten.

»Lasss esss sssein, ich bin nicht dein«, wisperte es abermals. Magnolia überhörte es gekonnt.

Bedeutete malade nicht so etwas wie krank? Egal, es klang jedenfalls genau wie das, wonach sie suchte.

»Mal sehen.« Forschend ließ sie ihren Finger über den Index dieses vielversprechenden Kapitels gleiten.

Tod und Teufel – zu hart.

Pest und Pocken – vielleicht.

Hals und Beinbruch – nein.

Kreisrunder Haarausfall – Magnolia grinste, nicht übel.

Pickel, Pustel, Eiterstippe – bingo, Seite 1123.

Rasch schlug Magnolia die gesuchte Seite auf.

»Leg mich weg, du Hexenschreck!«

Diesmal hatte das Wispern einen eindeutig drohenden Unterton.

»Halt die Klappe, alte Pappe!«, ranzte Magnolia zurück, sie war viel zu aufgeregt, als dass ihr solche Nuancen aufgefallen wären. Begierig beugte sie sich über den gesuchten Eintrag.

Pickel und Furunkel.

Man nehme den Zauberstab und richte ihn mit einer schnellen

Zickzack-Bewegung auf sein Opfer. Dazu spreche man folgende Formel: Sarmarti-Nortum-Falli-Dunkel, lass mir wachsen zwölf Furunkel.

Was, mehr nicht? Es war genial. Keine Blätter, keine Socken, nur den Zauberstab und einen Spruch!

»Na, Jungfer Riesengroß. So mutterseelenallein beim Studieren der Magie?«

Erschrocken wirbelte Magnolia herum. Jeppe tänzelte provozierend durch den Raum und war mit einem Satz auf dem Tisch.

»Was liest du denn da?«

Vergeblich versuchte Magnolia, die Seiten zu verdecken.

»Pickel und Furunkel, soso ... es gibt da wohl jemanden, den du nicht leiden kannst. Wer könnte das sein?« Neugierig sah Jeppe sie von der Seite an.

»Du glaubst, einmal in diesem Buch zu lesen, reicht aus. Brauchst nur mit dem Zauberstab wedeln und schon klappt's?« Jeppe seufzte dramatisch. »Du Trampeltier mit dem IQ eines Kuhfladens! Wenn Dummheit wehtäte, würdest du den ganzen Tag schreien.«

Magnolia kochte vor Wut. Zu gerne hätte sie Jeppe wie eine Laus zerquetscht.

Der fuhr jedoch unbeirrt fort. »Normale Hexen brauchen Wochen, ehe es ihnen gelingt, auch nur eine einzige Eiterstippe auf ihr Versuchskaninchen zu zaubern. Nicht so Magnolia, oh nein, die braucht keine Übung, die braucht nicht einmal ein Versuchskaninchen. Jungfer Riesengroß ...« Jeppes Stimme erstarb. Ihm dämmerte, dass er einen schweren Fehler begangen hatte, denn in Magnolias Augen blitzte es gefährlich auf. Beide hatten denselben Gedanken, doch Magnolia war schneller. Kein noch so halsbrecherischer Satz konnte Jeppe retten.

Magnolia packte den wild um sich schlagenden Kobold und stopfte ihn in einen goldenen Vogelbauer, der praktischerweise auf der Fensterbank stand.

»Du Wicht«, zischte sie, »fast hätte ich tatsächlich vergessen, vorher ein wenig zu üben. Aber ich verspreche dir, ich werde es gründlich nachholen. Es ist mir sogar ein besonderes Vergnügen, meine mickrigen Hexenkünste an dir auszuprobieren.«

»Ach, Magnolchen, das war doch alles nur Spaß. Ich rede eine Menge dummes Zeug, wenn der Tag lang ist, und du weißt doch, wie sehr ich dich schätze. Wirklich, ich halte große Stücke auf dich. Gerade gestern sagte ich zu meinem Onkel Glock: ›Die Magnolia ist ein ganz patentes Ding‹, ich sagte …«

»Sei still, du Gnom. Deine falschen Schmeicheleien sind abscheulich und nützen dir überhaupt nichts!«

Zufrieden blickte Magnolia ins Zauberbuch, während Jeppe verzweifelt an den Stäben rüttelte. Zur Sicherheit las sie noch einmal den Spruch. Sarmarti-Nortum-Falli-Dunkel, lass mir wachsen zwölf Furunkel.

Jeppe gab augenblicklich seinen Widerstand auf. Abwartend sah er Magnolia an.

Die war höchst konzentriert, griff nach dem Zauberstab und deutete auf ihr Opfer. »Es freut mich, Kobold, wie bereitwillig du dieses Opfer bringst«, knirschte sie. Dann schwenkte sie den Zauberstab und sprach mit fester Stimme: »Sarmarti-Nortum-Falli-Dunkel, lass mir wachsen zwölf Furunkel.« Augenblicklich brach Jeppe in brüllendes Gelächter aus.

Magnolia stutzte. Da traf auch schon eine Hitzewelle ihr Gesicht, sie spürte förmlich, wie es anschwoll. Es ploppte und heiße, eitrige Geschwüre brachen aus ihr hervor. Entsetzt musste sie mit ansehen, wie sich die Haut auf ihrem Handrücken wölbte. Es sah aus, als hätte jemand darunter ein Ei versteckt. Die Beule wurde erst rot, dann blau und schließlich gelb. Es tat höllisch weh. Dasselbe Ziehen spürte Magnolia unter ihrer linken Augenbraue und Sekunden später konnte sie nur noch aus dem rechten Auge blinzeln.

»Respekt, Jungfer Riesengroß!«, brüllte Jeppe begeistert. »Du hast tatsächlich Talent. Es hat wirklich auf Anhieb geklappt.« Er hielt sich den Bauch vor Lachen, während auf Magnolias Körper ein Furunkel nach dem nächsten erblühte. Es war entsetzlich. Mitten hinein in Magnolias panisches Wimmern und Jeppes infernalisches Gelächter trat Tante Linette.

Magnolia kam sie vor wie ein rettender Engel. Jeppe hielt sie dagegen für eine Spaßverderberin.

»Magnolia!«, herrschte Linette sie an, »bist du denn von allen guten Geistern verlassen? Was fällt dir ein, dieses Buch dermaßen zu beleidigen und mich so zu hintergehen!?«

Magnolia wimmerte gequält auf, zwischen Schmerz und Schmach fühlte sie, dass Tante Linette diesmal wirklich wütend war. Tränen quollen aus ihrem offenen Auge.

»Tante Linette, lass es bitte wieder aufhören. Es ist grässlich, ich halte es nicht mehr länger aus.«

»Du wirst es aushalten müssen«, sagte Linette kalt und öffnete die Tür zum Vogelbauer. »Nicht genug, dass du der Magie keinen Respekt erweist. Du missbrauchst auch noch die Elfenschaukel als Gefängnis.«

»Elfenschaukel?«

Das Ploppen hörte auf. Die magische Zahl »Zwölf« war erreicht. Vorsichtig tastete Magnolia über ihr Gesicht.

»Meines Wissens dauert es eine Woche, bis solche Pusteln wieder abheilen«, sagte Linette und eine gewisse Genugtuung schwang in ihrer Stimme mit.

»Willst du damit sagen, ich kann eine Woche lang mit Pusteln übersät in meinem Zimmer hocken?«

»Nein, Herzchen, natürlich nicht. Du hockst nicht die ganze Woche in deinem Zimmer«, antwortete Tante Linette milde. »Du gehst selbstverständlich zur Schule!«

»Zur Schule!? Nie, Tante Linette … Niemals!! Sollen mich etwa alle auslachen? Nie, sage ich.« Wütend stampfte Magnolia auf den Boden.

»Die Suppe, die man sich einbrockt …«, Linette machte eine hilflose Geste.

»Es wäre eine Kleinigkeit für dich, mir diese Furunkeln wieder abzuhexen.«

»Stimmt, aber ich tue es nicht. Zur Strafe für deine gedankenlose Tat wirst du außerdem sämtliche Bücher in diesem Raum pflegen. Die Ledereinbände werden geölt, die Seiten entstaubt. Du wirst eine Weile damit beschäftigt sein.«

Missmutig sah Magnolia auf die deckenhohen Regale.

Sie brauchte nicht mit Pusteln übersät in die Schule zu gehen, sondern verbrachte trotz ihres entstellten Körpers recht angenehme Tage mit der Buchpflege im roten Zimmer. Es machte ihr Spaß, die alten Schriften in die Hand zu nehmen und darin zu blättern, zumal so interessante Exemplare darunter waren wie: »Zombis in Westafrika« und »Gifttrünke der Azteken«.

Birte versorgte sie in dieser Woche mit den Hausaufgaben und dem neusten Schulklatsch. Als sie zum ersten Mal Magnolias Gesicht sah, war sie ehrlich schockiert.

»Was ist denn mit dir passiert?«, fragte sie ungläubig. »Du siehst aus, als hättest du die Beulenpest, oder bist du über Nacht in die Pubertät gekommen?«

»So ähnlich«, murmelte Magnolia und führte sie schnell hinauf in ihren Turm.

Birte schaute aus allen Fenstern und warf sich dann quer über Magnolias Bett. »Du hast es gut«, seufzte sie, »ich wünschte, ich würde in so einem Rapunzelturm hausen. Eigentlich fehlt dir nur noch ein Prinz.«

»Leander!!!«, prusteten beide wie aus einem Mund und kicherten albern.

»Was läuft in der Schule?«

»Ach, alles recht locker. Es fallen andauernd Stunden aus.«

»Und Samantha?«

Birte verzog ihr Gesicht. »Samantha redet von nichts anderem als dem Schulfest. Sie vermutet übrigens, deine Tante hätte dich in eine Kröte verwandelt, und hofft, du würdest deshalb das Fest verpassen.«

»Diese Nuss«, sagte Magnolia.

Linette war im Übrigen ganz froh, dass es einen Grund gab, um Magnolia im Haus zu behalten. Ihr war nicht wohl bei dem Gedanken, dass ihre Nichte sorglos in der Gegend herumspazierte, während ein Blutschlürfer unbehelligt sein Unwesen trieb.

Sie stand im roten Zimmer an ihrer Rezeptur und schraubte einen komplizierten Destillierapparat zusammen. Es war an der Zeit, den Verwandlungstrunk zu brauen, denn sie wollte nicht mehr länger warten, bis sie dem Grafen einen Besuch abstattete.

Sie war bereits in Sorge gewesen, weil Jacko sich nicht wie verabredet gemeldet hatte, und wäre er nicht heute Nachmittag polternd aus dem Schrank gestiegen, hätte Linette sich auf den Weg ins Dorf gemacht. Dieser Weg blieb ihr nun erspart.

Jacko war, ganz wie es seiner Art entsprach, sofort zur Sache gekommen.

»Es ist verdammt gefährlich, altes Mädchen«, schnaubte er. »Ich habe mir die Geschichte vor Ort angesehen. Die letzten hundert Meter zum Brunnen sind verschüttet. Zum Teil ist nicht mehr als eine Handbreit Platz zwischen den Steinen. Du musst dich in eine verdammt kleine Maus verwandeln, wenn du da durch willst.«

»Erzähle mir lieber, wie ich mich im Nordturm zurechtfinde,

wenn ich aus dem Brunnen steige«, unterbrach ihn Linette genauso schroff.

»Der alte Brohmer war damals bei den Vorbereitungen zum Sturm auf die Burg dabei. Er hat mir eine Karte vom Nordturm gegeben. Du brauchst sie dir nur einzuprägen, dann ist es eine Kleinigkeit, sich in der Burg zurechtzufinden. Schau her.«

Knisternd breitete Jacko ein vergilbtes Pergament auf dem Tisch aus.

»Hier«, Jacko zeigte auf eine rote Markierung, »hier ist der Eingang zum Tunnel. Und dort …«, er fuhr mit dem Finger die Karte entlang, »stößt er auf den Brunnenschacht. Du kletterst hinauf und stehst schon in der Burg. Die Gemächer des Grafen befinden sich im ersten Stock.«

»Klingt, als wäre es ganz einfach. Lass mich einmal selber sehen.« Linette beugte sich tief über die Karte. Sie prägte sich jede Tür und jede Treppe genau ein. Direkt auf der gegenüberliegenden Seite des Brunnens befand sich die Küche. Hier musste sie besonders vorsichtig sein, denn sie musste damit rechnen, dort auf Personal zu stoßen.

»Wird schon schiefgehen«, sagte sie dann mit einem tapferen Lächeln.

Jacko war sofort besorgt. »Linette, ich bitte dich, wenn du irgendwelche Zweifel hast, lass es sein. Es wäre furchtbar dich zu verlieren.«

»Sch …« Linette legte einen Finger auf den Mund. »Lass mich jetzt besser allein, ich habe noch viel vorzubereiten. Wir treffen uns heute Abend vor deinem Haus und du führst mich in den Tunnel. Den Rest erledige ich.«

Zwanzigstes Kapitel
Auf der Burg

Der Destillierapparat war zwar altersschwach, doch nun stand er einsatzbereit da. Linette krempelte die Ärmel auf, holte einmal tief Luft und fing an, den Verwandlungstrunk zu brauen.

Nacheinander gab sie die geheimen Zutaten in das runde Glas: zwei Esslöffel Spinnenbein, dreizehn Tropfen Mückenblut, einen Spritzer Koboldwut, zum Schluss einen Entsetzensschrei. Die Entsetzensschreie bewahrte Linette in einem Glas mit doppeltem Schraubverschluss auf. Man musste einfach zu viel erklären, wenn aus Versehen einer entwischte. Das Ganze würzte sie mit einer Messerspitze Bitterling und Natternwurz und köchelte es anschließend auf kleiner Flamme, bis nur noch eine braune, sirupartige Masse am Boden des Glases übrig blieb.

Zu guter Letzt fügte sie Alraunensaft und Basiliskenblut dazu. Das war nicht ungefährlich, denn verbanden sich Alraunensaft und Basiliskenblut, schäumte es brodelnd auf und ätzte tiefe Löcher in alles, was damit in Berührung kam.

Glücklicherweise hatte Linette Erfahrung im Brauen solch komplizierter Zaubertrünke und so hielt sie schließlich ein Glas mit schwarzer Flüssigkeit in den Händen, ohne dass es vorher zu irgendwelchen Zwischenfällen gekommen wäre.

»Ich bin dir näher, als du denkst, Graf«, sagte sie düster.

Bevor sie sich auf den Weg machte, überlegte Linette, ob sie Magnolia in ihr Vorhaben einweihen sollte. Sie verwarf diesen Gedanken jedoch sofort. Weshalb sollte sie ihre Nichte unnötig beunruhigen? Also strich sie ihr nur kurz über den Kopf und sagte: »Ich muss noch einmal weg, Maggie. Ähm, die Telefonnummer deiner Mutter hast du doch, oder?«

Das »Maggie« war es, was Magnolia von ihrem Buch »Gifttrünke der Azteken« aufblicken ließ. Sie sah ihre Tante neugierig an. »Hab ich. Wo gehst du hin?«

»Ich werde im Dorf gebraucht. Es wird eine Weile dauern, bis ich wieder zurück bin, also warte nicht auf mich.«

Magnolia war es gewohnt, dass ihre Tante plötzlich im Dorf gebraucht wurde. Eine innere Stimme sagte ihr jedoch, dass es heute Abend anders war.

»Kann ich mitkommen?«, fragte sie deshalb.

»Du würdest mir gerade noch fehlen«, schnaubte ihre Tante. »Nein, du bleibst schön hier und gehst rechtzeitig ins Bett.«

Das war nun wieder typisch Tante Linette. Beruhigt widmete sich Magnolia wieder ihrem Buch.

Auf die Minute genau stand Linette zur verabredeten Zeit vor Jackos Tür.

Gerade hob sie die Hand, um anzuklopfen, als von innen geöffnet wurde und vier dunkle, in Kapuzen gehüllte Gestalten erschrocken vor ihr zurückwichen.

»Linette«, zischte Jacko erbost, »weshalb machst du dich nicht irgendwie bemerkbar? Willst du uns zu Tode erschrecken?«

Die anderen murrten zustimmend.

»Unsinn!«, erwiderte Linette unwirsch. »Wir haben keine Zeit zu verlieren, also zeigt mir den Weg zum Stollen.«

Unter einer der Kapuzen steckte der alte Brohmer, er setzte sich nun an die Spitze der verschwörerischen Gesellschaft und führte sie aus dem Dorf hinaus. Ab und zu knackte ein morscher Zweig unter ihren Füßen, sonst war alles still. Niemand sprach ein Wort.

Der Einstieg zum Stollen lag in einem Dickicht aus Farn verborgen. Noch immer schweigend stiegen sie die moosigen, glitschigen Stufen hinab und wagten erst hier unten die Laternen anzuzünden. Jetzt gaben sich auch die anderen beiden vermummten Begleiter zu erkennen. Es waren Dagobert Paff und Ottmar Wiesenhain. Der eine war Lehrer, der andere Steinmetz und beide waren Mitglieder des Gemeinderates.

»Sie wollten bei einer so gefährlichen Angelegenheit unbedingt dabei sein«, flüsterte Jacko Linette entschuldigend zu.

Linette stapfte in gebückter Haltung hinter Brohmer durch den Stollen. Wasser tropfte von der Decke und sie musste acht geben, nicht auszurutschen.

»Wir sind da«, sagte Brohmer nach einer Weile mit gedämpfter Stimme, »ab hier ist der Tunnel verschüttet.« Zum Beweis hielt er seine Bergarbeiterlaterne in die Höhe.

»Nun liegt es an dir, Linette, willst du noch einmal in die Karte sehen?«

»Danke, nicht nötig Brohmer«, sagte Linette. »Lasst mich jetzt allein, damit ich mich auf meine Verwandlung konzentrieren kann.«

»Wir warten hier unten auf deine Rückkehr«, sagte Jacko mit belegter Stimme.

Schweigend drückte Linette seinen Arm. Die vier zogen sich hinter die nächste Biegung zurück und Linette begann mit dem Zauber.

Unter ihrem weiten Umhang zog sie das Fläschchen mit dem Verwandlungstrunk hervor, hielt es noch einmal prüfend gegen das Licht ihrer Laterne und leerte es dann in einem Zug.

Es war, als tanzten Blitz und Donner auf ihrer Zunge. Linette brauchte eine Minute, um sich an den Schmerz zu gewöhnen, dann wisperte sie Hexenworte, deren Sinn nur den weisen Frauen bekannt ist, und ihre Verwandlung von Mensch zu Maus begann.

Linette fühlte, wie sie schrumpfte. Sie rutschte aus ihren Kleidern und wurde unter ihnen begraben. Im Nacken spürte sie ein eigenartiges Kitzeln. Ein grauer Mäusepelz breitete sich blitzschnell über ihren gesamten Körper aus. Es knackte und knirschte entsetzlich, als ihr Rückrat sich krümmte und sie auf alle viere fiel. Die Hände wurden zu Pfoten und ihr wuchsen riesengroße, trichterförmige Ohren und ein langer dünner Schwanz. Zu guter Letzt schnellten mit einem »Zing« rechts und links neben ihrer Nase ein paar Barthaare hervor und die Verwandlung war beendet.

Übrig blieb eine kleine, graue Maus, die sich energisch unter dem Kleiderberg herauskämpfte.

Probehalber schüttelte Linette ihren neuen Pelz, glättete sich die Schnurrhaare und huschte dann eilig zwischen dem herabgestürzten Geröll davon.

Der verschüttete Tunnel bereitete ihr weniger Probleme als gedacht. Die Lücken zwischen den herabgefallenen Steinen waren groß genug, um eine Maus durchschlüpfen zu lassen.

Gefährlicher war der Aufstieg innerhalb des Brunnens, denn sein Mauerwerk war alt und brüchig. Ängstlich sah Linette hinunter in den schwarzen Schacht, dann gab sie sich einen Ruck und begann mit dem gefährlichen Aufstieg. Vorsichtig wie ein Freeclimber, der jeden Mauervorsprung nutzt, zog sie sich Pfote für Pfote über die Steine nach oben.

Was, wenn der Brunnen mit einem Deckel verschlossen war oder wenn zu ihrer Begrüßung ein Dutzend Norgen darum herumlungerten? Energisch schob Linette diese Gedanken beiseite und konzentrierte sich auf den nächsten Schritt.

Nach einer kleinen Ewigkeit erreichte sie endlich den Brunnenrand. Glücklicherweise war er nicht durch einen Deckel verschlossen und es lungerten auch keine Norgen herum. Linette drehte ihre Ohren wie Radarschüsseln, um zu lauschen. Dann glitt sie lautlos zu

Boden und flitzte geduckt unter eine schwere Eichentruhe an der gegenüberliegenden Wand.

Alles war ruhig. Zu ruhig für Linettes Geschmack. Wenn Brohmers Karte stimmte, lag rechts neben ihr die Küche, doch auch dort blieb alles still. Das gesamte Stockwerk schien verlassen.

Fackeln warfen ihr rußiges Licht über den langen Korridor, an dessen Ende eine Treppe nach oben führte. Plötzlich ertönte von oben ein Gong. Er wurde drei Mal geschlagen. Dann herrschte wieder gespenstische Stille.

So schnell sie ihre kurzen Beine trugen, sauste Linette über den Korridor und sprang die Treppenstufen hinauf. Auf dem Treppenabsatz machte sie halt und horchte. Verhaltenes Stimmengewirr drang durch eine hohe Tür in der Mitte des Flurs. Linette schlich leise heran … und prallte augenblicklich zurück. Im Saal hinter der Tür drängten sich Dutzende von Norgen. Glücklicherweise kehrten sie Linette die Rücken zu und gaben ihr so Gelegenheit, unbemerkt hinter einen der großen Wandteppiche zu schlüpfen, die von den Wänden herabhingen.

Aufmerksam lauschten sie den Worten ihres Meisters. Mitten unter ihnen stand Anatol Tott – der Besitzer des Andenkenladens von Rauschwald. Linette hatte ihn sofort erkannt.

»Pestilenz verbreitende stupide Freunde …«

Die unangenehm weiche Stimme jagte Linette einen Schauer über den Pelz. Sie war sicher, dass es die Stimme des Grafen war. Vorsichtig lugte sie aus ihrem Versteck. Sie hatte recht.

Der Graf kauerte in einen roten Mantel gehüllt auf einem hölzernen Thron. Seine farblosen Augen glitten rastlos von einem Krieger zum nächsten. Dort wo sein Blick verweilte, machte sich Unbehagen breit, und jeder versuchte zu vermeiden, die Aufmerksamkeit des Grafen auf sich zu lenken.

Er war in der Tat eine äußerst unangenehme Erscheinung. Pergamentartige Haut spannte sich faltenlos über den kahlen Schädel. Und seine Hände, mit denen er die Armlehnen des Thronsessels umklammerte, erinnerten an die Klauen eines Raubvogels.

Auf Linette machte er keinen besonders agilen Eindruck, was vielleicht die Anwesenheit der Schattenkrieger hinter seinem Thron erklärte. Paarweise wachten sie rechts und links hinter ihrem Herrn.

»... wie ihr wisst, war ich für ein paar Jahrzehnte gezwungen, mich aus der weltlichen Ebene zurückzuziehen. Ich war gesundheitlich angeschlagen und gewissermaßen nur noch ein Schatten meiner selbst. Das ist nun, Luzifer sei Dank, vorbei ...« Der Graf gönnte seinen Schergen ein kaltes Lächeln, wobei er zwei nadelspitze Eckzähne entblößte.

»Meine Macht ist größer als je zuvor und ich werde sie nicht wegen ein paar mottenzerfressener Nager aufs Spiel setzen, also strengt euch gefälligst an. Verlange ich denn wirklich zu viel? Etwas mehr Eifer, Ergebenheit bis in den Tod ...«

Sein Blick wanderte ziellos durch die Reihen und fraß sich an einem jungen Norgen fest, der augenblicklich anfing zu zittern. »Ich muss mich auf meine Schergen verlassen können«, verlangte der Graf.

»Also seht zu, dass ihr mich zufriedenstellt. Bringt mir reines Blut und gesunde Herzen. Heute eine Frau, morgen ein Kind, was soll ich damit anfangen?« Scharf sah er in die Runde und die Norgen duckten sich unter seinem Blick.

»Bringt mir magische Wesen. Hexen, Zwerge, Elfen, meinetwegen auch Kobolde. Und bringt mir vor allem den Balg der Banshee, bringt mir diese Magnolia!« Seine Finger gruben sich so tief in die Armlehnen, dass seine Nägel splitterten.

Linette unterdrückte einen Aufschrei. Sie hatte so etwas Furchtbares geahnt. Nun war es Gewissheit.

»Und lasst mich nicht zu lange warten«, endete der Graf drohend. »Es wäre schade, wenn mein Hunger so groß würde, dass ich ihn in den eigenen Reihen stillen müsste.«

Entsetztes Gemurmel setzte ein. Ein Kämpfer verlor angesichts dieser Drohung die Nerven und drängte aus der zweiten Reihe zurück. Dabei achtete er nicht auf die gekreuzten Klingen, die sich seine Kameraden zum Zeichen ihrer Ergebenheit vor die Brust hielten, und verletzte sich am Arm. Blut lief in einem dünnen Rinnsal aus der Wunde und tropfte zu Boden. Der Krieger drängte furchtsam durch den überfüllten Saal. Er wusste, was man sich vom Grafen erzählte.

Es war unmöglich, diesen Vorfall zu verbergen. Linette sah das gierige Glitzern in den Augen des Grafen und wie er sich schnell die blutleeren Lippen leckte. Dann hob er die Hand und machte den Schattenkriegern ein Zeichen.

Linette hatte die Schattenkrieger schon immer gehasst. Sie waren wie Maschinen, zu keiner menschlichen Regung fähig. Blind orientierten sie sich ausschließlich an Geruch und Körperwärme ihrer Opfer. Sofort setzte sich einer der Krieger in Bewegung.

Die übrigen Norgen standen stumpf und teilnahmslos dabei und machten keine Anstalten, ihren Kameraden zu schützen. Fast hatte er den rettenden Ausgang erreicht, als der Schattenkrieger von einer außergewöhnlichen Fähigkeit Gebrauch machte. Er teleportierte. Sekunden später zappelte der Norge in seinem eisernen Griff und wurde wortlos am Kragenwulst seines Lederwamses vor den Grafen geschleift.

Der machte keine Umstände. Mit einer Leichtigkeit, die Linette zutiefst entsetzte, schwang er sich vom Thron und fiel über sein zitterndes Opfer her. Gnädig verdeckte sein Mantel das schreckliche Geschehen. Doch die scheußlich schlürfenden Geräusche waren unüberhörbar. Linette drehte sich beinahe der Magen um.

Nach einer Ewigkeit hatte der Graf seine Mahlzeit beendet. Der Norgenkrieger glich einem vertrockneten Insekt. Ausgesaugt lag er vor dem Thron, auf den sich der Tyrann nun mit blutroten Lippen setzte.

»Bah«, spuckte er. »Es war ekelhaft und meiner ganz sicher nicht würdig. Ihr wisst, wie sehr ich Rattenblut verabscheue, aber in der Not frisst der Teufel nun einmal Fliegen.«

Der Graf grinste böse. »Also bringt mir, wonach ich verlange, und ich werde es nicht wieder tun. Übrigens gilt nach wie vor: Für jeden gefangenen Zwerg bekommt ihr die Hälfte seines Silbers. Für jeden gefangenen Kobold gibt es die Hälfte seines Goldes, damit sollte jeder …«

Ein Norgenkrieger in Linettes unmittelbarer Nähe sog plötzlich zischend die Luft ein und stieß seinen Nachbarn in die Rippen. Er deutete auf den Wandteppich, hinter dem Linette sich versteckt hielt. Die beiden Norgen wechselten knurrende Laute und ließen den Teppich nicht mehr aus den Augen.

Linette verhielt sich im wahrsten Sinne des Wortes »mucksmäuschenstill«. Es war unmöglich, die beiden Norgen konnten sie nicht enttarnt haben.

Doch dann waren wieder diese knurrenden Laute zu hören, deren Bedeutung Linette nicht verstand. Im selben Moment fuhr die blanke Klinge eines Kurzschwertes hinter den Wandteppich. Sie verfehlte Linette nur um Haaresbreite und kappte stattdessen ein Stück ihrer Schwanzspitze. Linette schrie auf und stürzte Hals über Kopf aus ihrem Versteck, hinaus auf den dunklen Korridor. Man hatte sie entdeckt.

Der Saal war in Aufruhr. Ein paar Mal fiel das Wort Spion und über allem schwebte die hohe Stimme des Grafen, der schrie: »Ich will ihn lebend!«

Jetzt kam es auf Sekunden an. Sekunden, die über Leben und Tod entschieden. Wenn die Schattenkrieger erst einmal ihre Gestalt ahnten, war sie verloren.

Linette floh die Treppe hinunter. Ihr Mäuseherz klopfte zum Zerspringen. Schon fühlte sie den Angriff fremder Gedanken, die versuchten, in ihr Gehirn einzudringen, um ihre Flucht zu vereiteln.

Doch Linette war eine erfahrene Hexe. Sie verstand es perfekt, ihre Gedanken gegen fremde Angriffe zu blockieren.

»Es ist eine Hexe oder ein Magier! Bringt es mir!«, fistelte die Stimme des Grafen, diesmal so nah, als stünde Linette direkt vor seinem Thron.

Linette rannte, wie sie noch nie in ihrem Leben gerannt war. Gleich hatte sie es geschafft, sie sah den Brunnen schon vor sich – da schloss sich eine haarige Faust um ihren mageren Körper und schnürte ihr die Luft ab.

War das ihr Ende? Alles umsonst? Zu hoch gespielt und verloren?

Triumphierend wurde sie in die Luft gerissen und geschüttelt. Wie durch Watte hörte sie das beifällige Grölen der nachfolgenden Norgen, die ihren Freund zu seinem Fang beglückwünschten.

Der Sauerstoff wurde knapp, Linette blieb nur noch wenig Zeit, um zu handeln. Mit aller Kraft schlug sie ihre harten Nagezähne in die Hand ihres Gegners. Der Biss war tief und schmerzhaft. Wütend jaulte der Norge auf, schüttelte die schmerzende Hand und schleuderte Linette in hohem Bogen über den Flur. Sie prallte gegen eine Wand und rutschte benommen zu Boden.

Die Norgen heulten auf und stürzten wie eine Koppel Bluthunde hinterher. Kurz bevor sie sie erreichten, rappelte Linette sich auf. Bloß nicht aufgeben. Bis zum Brunnen waren es nur noch wenige Meter. Sie flitzte los und stürzte sich mit einem gewaltigen Sprung kopfüber hinein.

Einen Wimpernschlag später zeigten sich die ersten, geifernden Norgenköpfe am Brunnenschacht. Unschlüssig, ob sie hinterherspringen oder den Zorn ihres Meisters ertragen sollten.

Linette fiel ins Bodenlose und hoffte inständig, dass der Brunnen nicht ausgetrocknet war. Einen Sturz aus solcher Höhe würde sie wohl kaum überleben.

Es platschte und schwarzes Wasser schlug über ihrem Kopf zusammen. Die kleine Maus strampelte verbissen, um wieder an die Oberfläche zu gelangen, und zog sich mit letzter Kraft auf einen vorspringenden Mauerstein. Ihr Atem raste und ihr verletzter Schwanz brannte wie Feuer. Linette wartete ein wenig, bis sich ihr Atem wieder beruhigt hatte, und kletterte dann an dem rauen Mauerwerk hoch bis zum Stollendurchbruch.

Zurück im Stollen schickte sie drei »Abrakadabra« zum Himmel und schleppte sich durch das Geröll bis zu der Stelle, an der ihre Kleidung auf dem Boden lag. Sie bemühte sich, dabei kein Geräusch zu machen, denn hinter der nächsten Biegung schimmerte Licht und Linette wusste, dass Jacko und die anderen dort auf sie warteten. Sie wollte ihnen in menschlicher Gestalt entgegentreten und nicht als nasse, ramponierte Maus.

Linette kroch unter ihren Kleiderberg und flüsterte abermals Hexenworte aus vergangener Zeit. Augenblicklich setzte die Rückverwandlung ein. Es schnurrte und britzelte, Funken sprühten und schon hatte sie ihre menschliche Gestalt zurück. Die Rückverwandlung war wesentlich angenehmer als die Verwandlung in eine Maus. Nur ihr Popo schmerzte in der Gegend des Steißbeins, die gekappte Schwanzspitze ließ grüßen.

Von den Geräuschen herbeigelockt, kamen die Zwerge mit ihren Laternen. Die Erleichterung stand ihnen in den Gesichtern.

»Linette!!«, rief Jacko und kam ihr rasch entgegen. »Wir haben uns schon heftige Vorwürfe gemacht, weil wir dich alleine haben gehen lassen.«

»Es war ein großes Wagnis«, sagte Brohmer.

»Und ich habe versagt«, gab Linette müde zur Antwort.

»Wir urteilen selbst, nachdem du erzählt hast«, sagte Jacko barsch.

Genau so schweigend, wie sie gekommen waren, gingen sie zurück ins Dorf.

In der wohligen Wärme von Jackos Studierzimmer entspannte sich Linette bei einem Becher heißen Kakao und erzählte haarklein von ihren Erlebnissen.

Den Zwergen lief es eiskalt über den Rücken, als sie beschrieb, wie der Graf seinen Hunger gestillt hatte, und sie hielten die Luft an, als Linette ihre Flucht schilderte.

»Ihr seht«, schloss sie ihren Bericht, »ich habe gerade eine halbe Stunde in der Burg überlebt und bin alles andere als ein guter Spion. Im Gegenteil, ich habe sogar alles nur noch schlimmer gemacht, denn nun ist der Graf gewarnt.«

»Dein Besuch war nicht umsonst«, widersprach Jacko, »denn jetzt wissen wir, dass der Graf noch schwach ist und das Blut magischer Wesen benötigt, um wieder völlig zu Kräften zu kommen. Und wir wissen, dass er Rache an Magnolia nehmen will.«

Verlegen kratzte er sich am Bart. Er hätte ein wenig feinfühliger sein sollen.

»Genau«, sagte Linette und erhob sich, »deshalb ist es unverantwortlich von mir, hier zu sitzen und mit euch die Zeit zu verplaudern, während meine Nichte allein zu Hause ist.«

»Gemütlich die Zeit verplaudern?! Ich würde mich anders ausdrücken, um unser Abenteuer von heute Nacht zu beschreiben«, brummte der alte Brohmer pikiert und die anderen grunzten wieder einmal zustimmend.

Nur Jacko, der seine alte Freundin kannte, wusste, dass sich hinter ihrer schroffen Art echte Sorge verbarg.

»Serpentina ist bei ihr. Was soll also geschehen«, sagte er beschwichtigend.

Trotz der gut gemeinten Worte war Linette nicht mehr aufzuhalten. Sie machte sich auf den Heimweg und war heilfroh, endlich die Schranktür zu ihrer Diele aufzustoßen. Doch welch ein Schreck. Statt schlafender Dunkelheit empfing sie das Haus hell erleuchtet.

Eine Eisenfaust legte sich um Linettes Brust.

»Magnolia!!«, dröhnte sie und ihre Stimme klang böse und wild, obwohl sie sich ängstlich und besorgt fühlte. »Magnolia!!« Gerade wollte sie hinauf in den Turm eilen, als eine verschlafen blinzelnde Magnolia in der Tür zur Wohnstube erschien.

»Hallo, Tante«, murmelte sie, »hast du mich gerufen?«

Linette fiel ein Stein vom Herzen. Einen schrecklichen Augenblick lang hatte sie den Grafen gesehen, wie er seine langen, dünnen Finger nach Magnolia ausstreckte. Am liebsten hätte sie ihre Nichte in die Arme gerissen und herzhaft geküsst. Doch Linette beherrschte sich und schnodderte nur: »Es ist unglaublich, warum bist du um diese Zeit noch nicht im Bett?!«

Magnolia hatte keine Lust, die Wahrheit zu sagen. Sie hatte sich nach dem seltsamen Abschied ihrer Tante Sorgen gemacht und wollte auf ihre heile Rückkehr warten. Dabei war sie eingeschlafen. Also sagte sie, das Buch sei so spannend gewesen und sie hätte es nicht aus der Hand legen können.

Doch Linette las ihre Gedanken und grinste. Magnolia machte sich noch immer nicht die Mühe, sie zu blockieren.

Einundzwanzigstes Kapitel
Das Schulfest

In der Schule gab es kein anderes Thema als das bevorstehende Fest. Unterricht fand kaum noch statt, also war es genau der richtige Zeitpunkt, um wieder in die Schule zu kommen, fand Magnolia.

Ihr Glück wäre perfekt gewesen, wenn Tante Linette nicht darauf bestanden hätte, wie ein siamesischer Zwilling an ihrer Seite zu kleben. Sie brachte Magnolia morgens zur Schule und holte sie mittags wieder ab.

Auch wenn Magnolia ahnte, dass die Anhänglichkeit ihrer Tante mit dem Grafen zusammenhing und mit der Neigung der Rauschwalder, plötzlich zu verschwinden, war sie genervt, denn den Spott musste sie ganz allein ertragen.

»Schade, doch keine Kröte«, sagte Samantha, als Magnolia zum ersten Mal wieder in die Klasse kam. Und scheinheilig fügte sie hinzu: »Armes Kind, war es so schlimm?«

»Wieso schlimm?«, fragte Magnolia, die nichts Gutes ahnte.

»Na ja, du bist schließlich zum Pflegefall geworden. Muss die olle Hexe dir auch den Hintern putzen oder kannst du nur den Schulweg nicht mehr allein bewältigen?«

Stefanie brach in albernes Gegacker aus.

»Ha, ha«, sagte Magnolia trocken. »Sollte doch ein Witz sein, oder? Wenn nicht, würde ich mich nämlich ärgern und dir die Maul- und Klauenseuche anhexen. Und diesem Lachsack gleich mit.« Sie deutete auf Stefanie.

Samantha und Stefanie wechselten einen vielsagenden Blick.

»Das hat dir dann sicher deine Tante beigebracht«, erwiderte Samantha und drehte Magnolia schnell den Rücken zu.

»Prima, ihr macht da weiter, wo ihr aufgehört habt. Mir hat euer Gezanke in der letzten Woche richtig gefehlt«, sagte Merle lachend und zog Magnolia an ihren Tisch. »Du hättest deine Schulsachen ruhig zu Hause lassen können. Wir müssen heute die Aula ausräumen. Hat Birte dir das nicht gesagt?«

Birte bekam einen roten Kopf und klopfte auf ihre eigenen Schulbücher. »Sorry, Magnolia, ich habe selber nicht daran gedacht.«

Spätestens am Freitag wusste Magnolia: Möbelpacker war nicht ihr Job. Sie hatten drei Tage lang hart gearbeitet und am Freitag Mittag sah es noch immer nicht danach aus, als könnte hier am Abend ein rauschendes Schulfest stattfinden.

An allen Ecken wurde geschraubt und gehämmert. Kabel wurden verlegt und Lautsprecherboxen geschleppt. Arbeiten, die von der Oberstufe übernommen wurden.

Dafür hatte Magnolia während der letzten Tage reichlich Gelegenheit gehabt, unauffällig schmachtende Blicke auf Leander zu werfen. Er sah so süß aus, wie er da auf der Klappleiter saß und farbige Glühlampen einschraubte. Das fand Birte übrigens auch und Merle und Samantha und Stefanie.

Um acht Uhr sollte das Fest beginnen. Um sechs Uhr bekam Magnolia keinen Bissen mehr herunter und um sieben stand sie vor dem Spiegel in ihrem Zimmer und betrachtete angewidert ihr eigenes Spiegelbild.

War eigentlich noch nie jemandem aufgefallen, wie unnatürlich breit ihr Gesicht war? Ein blasser Pfannkuchen mit Sommersprossen.

Entschlossen griff Magnolia zu Eyeliner, Wangenrouge und Lippenstift. Das Ergebnis war niederschmetternd.

Der Eyeliner verlief unter den Augen, doch anstatt frisch und verführerisch auszusehen, wirkte Magnolia, als hätte sie zwei Nächte lang durchgezecht.

Und ihre rot geschminkten Lippen erinnerten auch eher an den glatzköpfigen Clown vom »Zirkus Mozzarella«, als dass sie zum Küssen einluden.

Sie fluchte so laut, dass Tante Linette sich schließlich ihrer erbarmte. »Schließ deine Augen«, befahl sie. Magnolia gehorchte.

Ein leises Klingeln wie von Silberglöckchen erfüllte den Raum. Dann spürte Magnolia etwas Feuchtes auf ihrer Haut. Kühle Hände strichen ihr sanft über Augen und Mund, ein Windstoß fuhr ihr durch die Haare und das Klingeln verhallte.

»Fertig«, sagte Tante Linette zufrieden.

»So schnell?« Magnolia öffnete vorsichtig die Augen.

Verblüfft starrte sie in den Spiegel.

Eine fremde Magnolia lachte ihr daraus entgegen. Dabei lachte sie doch gar nicht. Ihr Gesicht strahlte, winzige Goldreflexe betonten die Augen und ließen ihre Haut strahlen, die Haare fielen ihr weich ins Gesicht. Irgendwie war sie es und irgendwie auch nicht. Die Magnolia im Spiegel sah selbstbewusst und erwachsen aus.

»Bist du zufrieden?«, fragte Tante Linette.

Magnolia nickte stumm, dann stahl sich ein Lächeln auf ihr Gesicht. »Du bist wunderbar, Tante Linette«, flüsterte sie.

Wenig später war alles beim Alten. Tante Linette konnte einen mit ihrer Trödelei zur Weißglut bringen.

Schon seit einer Viertelstunde saß Magnolia auf ihrem Rad und wartete, während ihre Tante das Haus auf den Kopf stellte, weil sie nach einer Hosenklammer suchte.

»Du trägst doch einen Rock!«, rief Magnolia gereizt. »Diese Dinger sind für Bootcut-Hosen gedacht, damit man nicht in die Kette kommt.«

Mürrisch trat Linette aus der Haustür. »Sicher haben die Kobolde sie genommen. Sie mögen so silbrige, glänzende Sachen.«

Ohne ein Wort trat Magnolia in die Pedalen und fuhr los.

»Bitte bring mich nicht bis auf den Schulhof«, flehte sie, während sie Rauschwald entgegensausten.

»Bah«, machte Tante Linette, »aber ich hole dich um Punkt zwölf Uhr genau dort ab.«

»Okay.« Magnolia wusste, Widerstand war zwecklos.

Allein oder in kleinen Gruppen trafen die Schüler ein, sogar Autos und Motorräder parkten auf dem Schulhof.

»Endlich mal ein anständiges Schulfest ohne den üblichen Kinderkram wie Kreisspiele und Mord im Dunkeln«, dachte Magnolia zufrieden, während sie ihr Rad an den Fahrradständer schloss.

Als sie aufschaute, entdeckte sie Samantha, die gerade aus einer schwarzen Limousine stieg.

Sie war mal wieder perfekt. Cooles Top und Röhrenjeans reichten bei ihr blöderweise aus, um ziemlich sexy und viel älter als vierzehn auszusehen.

»Hi, Stahlmagnolie«, grüßte Samantha lässig und bedachte Magnolia mit einem herablassenden Blick. »Mal sehen, ob hier dieses Jahr auch wieder der Bär steppt.«

Magnolia tat ihr nicht den Gefallen zu fragen, ob sie etwa schon letztes Jahr dabei gewesen war.

Das erledigte Stefanie. Atemlos kam sie heran und hatte den letzten Satz aufgeschnappt.

»Wieso? ... Auch wieder ...? Warst du etwa schon im letzten Jahr dabei? Warum hast du mir nichts davon erzählt? Ich dachte, da haben sie nur die Oberstufe reingelassen.« Erstaunt zwinkerte sie hinter ihren Brillengläsern.

Das ging Samantha runter wie Öl. Überlegen sah sie Stefanie an und schenkte ihr ein perlweißes Lächeln.

»Herzchen«, sagte sie herablassend, »Babys durften natürlich nicht teilnehmen, aber ich war mit meinem Bruder da. Er hat mich eingeschleust. Ich habe dann mit denen aus der Zehnten rumgehangen und Leander kennengelernt.« Sie grinste Magnolia an. Magnolia verzog ihr Gesicht zu einer gequälten Grimasse.

Gemeinsam traten sie durch das Hauptportal in die Aula. Es grenzte an ein Wunder, aber alles war rechtzeitig fertig geworden. In den Ecken stapelten sich Strohballen, auf denen man sitzen konnte, und zahllose bunte Glühlampen sorgten für stimmungsvolles Licht. Auf der Bühne spielte eine Liveband.

Magnolia blieb neben dem Eingang stehen und reckte den Hals. Endlich entdeckte sie Birte, sie stand zusammen mit Merle und ein paar Jungen aus ihrer Klasse direkt vor der Bühne. Möglichst locker bahnte sie sich einen Weg zwischen den tanzenden Paaren nach vorn.

»Hallo, Birte«, rief sie und winkte wilder als beabsichtigt.

»Hallo, Magnolia! Wir haben uns schon gewundert, wo du bleibst«, rief ihr Birte entgegen. Ihre Wangen glühten vor Aufregung und man konnte deutlich sehen, mit wie viel Mühe sie sich zurechtgemacht hatte. Leider war die Wahl ihres dunkelblauen Samtkleides nicht besonders glücklich. Denn cool sah sie damit nun wirklich nicht aus.

»Jetzt sind wir fast komplett.«

Die Hälfte der 7c war vor der Bühne versammelt, sogar Samantha stand bei ihnen. Offensichtlich hatte die Elfte sie noch nicht zu sich eingeladen.

Dann trat Herr Gregorius ans Mikrofon. »Liebe Schülerinnen und Schüler, liebe Lehrer! Es ist wieder einmal so weit. Wie in jedem Jahr feiern wir unser traditionelles Spätsommerfest. Mir wird dabei die angenehme Aufgabe zuteil, dieses Fest zu eröffnen. Obwohl es nicht danach aussieht, als hättet ihr auf meine Eröffnungsrede gewartet. Deshalb mache ich es kurz. Im Namen des gesamten Lehrerkollegiums heiße ich euch herzlich willkommen, wünsche euch viel Spaß und erkläre hiermit unser siebzehntes Spätsommerfest für eröffnet. Ähm … denkt bitte daran, dass auf dem gesamten Schulgelände absolutes Alkoholverbot besteht und im Saal darf nicht geraucht werden. Ich wünsche euch und uns einen vergnügten Abend.«

Applaus und Pfiffe folgten. Die Band spielte einen Song aus den Charts und die Tanzfläche füllte sich wieder.

Magnolia und Birte schauten erst einmal am kalten Buffet vorbei. »Bevor die besten Sachen weg sind«, wie Birte sagte.

»Hast du ihn eigentlich schon irgendwo gesehen?«, fragte Magnolia nach einer Weile so beiläufig wie möglich, während sie sich ein Fischhäppchen angelte.

»Vergiss es«, nuschelte Birte mit einer Cocktailtomate im Mund. »Ich glaube, er hat 'ne Freundin.«

Magnolia wurde ganz flau im Magen.

»Eine Freundin, bist du sicher?«

»Nee, sicher bin ich nicht, aber er tanzt schon das dritte Mal mit ihr. Da hinten neben den Lautsprechern.«

Jetzt sah Magnolia ihn auch. Er trug ein schwarzes T-Shirt mit dem Aufdruck »Arschloch und Spaß dabei« über der Jeans und sah umwerfend aus.

Magnolia seufzte.

»Redet ihr von Leander?«, fragte Stefanie und schaute Magnolia neugierig über die Schulter.

»Den könnt ihr vergessen, der hat Auswahl genug und braucht keine aus der Siebten. Wahrscheinlich ist er sowieso arrogant. Sterne leuchten bekanntlich nur am Himmel.«

»Woher willst du das wissen«, fragte Magnolia verträumt. »Es käme auf einen Versuch an. Jemand müsste ihn zum Tanzen auffordern, oder so was …«

»Aber bei einem schön langsamen Song …«, fiel Birte begeistert ein.

»Träumt weiter«, sagte Samantha, die sich ebenfalls am Buffet eingefunden hatte. »So schnell könnt ihr Küken gar nicht laufen, wie der weg ist.«

»Es käme auf einen Versuch an«, beharrte Magnolia. Es ärgerte sie, dass Samantha sich schon wieder einmischte.

»Super!«, rief Stefanie. »Magnolia will Leander zum Engtanz auffordern.«

Magnolia schluckte. Weshalb hatte sie nur wieder so unvorsichtig drauflos gequatscht?

»Will ich gar nicht!!!« Zu spät! Niemand achtete auf sie.

»Ich würde mich so etwas nicht trauen«, flüsterte Birte aufgeregt. »Stell dir bloß vor, er gibt dir einen Korb ... wie peinlich.«

»In Ordnung, wir wollen eine Wette abschließen«, sagte Samantha und grinste zuckersüß. »Ich sage nur schnell den anderen Bescheid.«

»Wehe!«, rief Magnolia drohend. Vergeblich, Samantha verschwand blitzschnell zwischen den tanzenden Paaren und trommelte die gesamte Klasse zusammen.

»Diese blöde Zicke«, schimpfte Magnolia.

Als sie mit Birte zurück an die Bühne kam, grinsten ihr die Jungen bereits feixend entgegen.

»Tut er's oder tut er's nicht? Tanzt Leander mit unserer Stahlmagnolie?«, trompetete Samantha über die Köpfe ihrer Mitschüler hinweg und klimperte mit einigen Münzen in ihrer Hand.

»Es werden noch Wetten angenommen, mit 50 Cent seid ihr dabei. Die Wetten stehen übrigens zwei zu zehn gegen dich«, zischte sie Magnolia zu.

»Jetzt brauchen wir nur noch auf ein langsames Lied zu warten«, sagte Stefanie mit glänzenden Augen. Diese Aktion war total nach ihrem Geschmack, denn in Kürze würde sich jemand bis auf die Knochen blamieren.

Endlich machte die Band eine Pause, um sich am Buffet zu stärken. Ein DJ sorgte in der Zwischenzeit für Musik.

»Der DJ ist ein Freund meiner Schwester«, sagte Daniel, »ich frage ihn mal, ob er nicht was Langsames spielen kann. Du kannst dich schon mal in die Startlöcher begeben, Magnolia. Bevor ihn sich ein anderes Huhn krallt. Hähähä.«

Magnolias Ohren glühten. Sie wünschte sich nichts sehnlicher, als einfach vom Erdboden verschluckt zu werden.

Wie hatte sich die Sache nur so weit entwickeln können? Jetzt musste sie es tun. Kneifen ging nicht mehr. Nicht, wo alle um Geld gewettet hatten.

»Ich glaube, er tanzt mit dir«, sagte Birte aufmunternd.

Magnolia wurde übel.

Daniel kam zurück. »Alles klar. Nach dem nächsten Song spielt er zwei langsame Stücke.«

»Los, Magnolia«, Samantha knuffte sie in die Seite. »Schleich dich schon mal in seine Nähe.«

Magnolia hatte Beine aus Blei. Wie in Zeitlupe ging sie auf Leander zu. Die Klasse kicherte.

Natürlich war Leander nicht allein und natürlich sah er nicht einmal in ihre Richtung. Er alberte mit einem Jungen herum. Da spielte der DJ das erste langsame Lied. »Nights in white Satin«, einen Klassiker.

Magnolia überlegte fieberhaft, wie sie Leander auf sich aufmerksam machen konnte. Sollte sie ihn einfach von der Seite anbrüllen, anders würde er sie bei der Lautstärke kaum hören, oder sollte sie ihn einfach am T-Shirt zupfen? Oder sollte sie doch besser abhauen?

Jemand stieß sie unsanft in die Rippen. »Nun mach schon«, fauchte Samantha.

Den Blick starr auf Leander gerichtet, ging Magnolia weiter auf ihn zu und zupfte ihn am T-Shirt. Er drehte sich um und sah sie neugierig an. Mit einer Stimme, die unmöglich ihr gehören konnte, krächzte sie: »Willst du tanzen?«

»Mit dir?«, fragte Leander zurück und die Clique um ihn herum kicherte.

Magnolia nickte. Der Kloß in ihrem Hals lähmte ihre Stimmbänder.

»Okay«, sagte er dann einfach so.

Leander ging ein paar Schritte auf die Tanzfläche und Magnolia folgte ihm. Oh Gott, er war so groß und sie hatte noch nie eng mit jemandem getanzt. Quatsch, sie hatte überhaupt noch nie mit einem richtigen Jungen getanzt. Das eine Mal auf der Klassenfete in der Dritten zählte nicht. Was sollte sie denn jetzt tun?

Zaghaft streckte sie ihre Hände aus und legte sie auf seine Hüften. In ihrer Nähe prustete jemand vor Lachen. Samantha.

»Das ist ein sehr langsamer Song«, sagte Leander. »Ein bisschen näher solltest du schon kommen.« Er machte einen Schritt auf sie zu und nahm sie sanft in die Arme. Durch das T-Shirt konnte Magnolia die Wärme seines Körpers spüren. Er roch unglaublich gut nach sich selbst und nach Rasierwasser. Zaghaft legte sie ihren Kopf an seine Schulter, so wie sie es bei anderen Paaren gesehen hatte. Es war ein wahnsinnig gutes Gefühl. Magnolia glaubte zu träumen.

»Huhuhuhuhu«, die gesamte siebte Klasse johlte Beifall. Wie peinlich!!

»Ist das deine Klasse, Magnolia Steel?«, fragte Leander.

Magnolia schaute auf. »Woher weißt du, wer ich bin?«, fragte sie verwirrt.

»Wer solltest du sonst sein?«, gab Leander amüsiert zurück. »Ich habe das Zeichen gesehen, gleich beim ersten Mal.«

»Das Zeichen?«

Leander schaute sie erstaunt an. Bestimmt glaubte er jetzt, sie sei ein wenig unterbelichtet.

»Du wurdest von der Banshee geküsst«, sagte er dann langsam. »Hast du das nicht gewusst?«

Nun war Magnolia endgültig baff. »W ... w ... woher weißt du vom Kuss der Banshee?«

Für Sekunden sahen sie sich direkt in die Augen. Leander forschte in ihrem Blick und Magnolia bekam weiche Knie.

»War nett mit dir zu tanzen, aber ich muss wieder zu meinen Leuten«, sagte er plötzlich, ließ sie stehen und ging einfach davon. Magnolia schluckte. Birte war sofort bei ihr und kniff sie in den Arm.

»Wie war er«, fragte sie aufgeregt.

»Er kannte meinen Namen.«

»Er kannte deinen Namen? Woher?«

Magnolia zuckte abwesend die Schultern. Sie konnte mit Birte jetzt nicht darüber sprechen.

»Gratuliere, Stahlmagnolie.« Samanthas eiskalte Stimme holte sie in die Wirklichkeit zurück.

»Du hast wirklich Glück gehabt.«

»Erfolg«, erwiderte Magnolia bissig. »Ich hatte Erfolg!«

»Man sah dir an, dass du zum ersten Mal mit jemandem eng getanzt hast«, sagte Merle und meinte es noch nicht einmal böse.

Sofort griff Stefanie den Faden auf. »Allerdings, das hat sogar ein Blinder gemerkt.« Sie kicherte albern. »Wie plump du an seine Taille gegriffen hast. Ha, ha, ha! Es sah aus, als hätte man dich gezwungen, einen überdimensionalen, ekeligen Käfer zu greifen.«

Die ganze Runde prustete los.

»Da geht die ganz anders ran«, meinte Niklas und deutete mit dem Kopf in Leanders Richtung.

Magnolia folgte seinem Blick. Er tanzte wieder. Diesmal mit einem Mädchen in seinem Alter. Eifersüchtig beobachtete Magnolia die beiden. Gerade flüsterte er ihr etwas ins Ohr. Das Mädchen lachte.

Die presst sich ja richtig an ihn. So etwas würde ich mich nicht trauen, schoss es Magnolia durch den Kopf.

»Ein Pudding auf Beinen«, stellte Samantha naserümpfend fest. »Igitt – und wie sie ihn ableckt. Mir wird schlecht.«

Tatsächlich, jetzt küssten sie sich auch noch. Magnolia fühlte einen Stich in der Herzgegend und hatte plötzlich überhaupt keine Lust mehr, auf diesem blöden Fest zu bleiben.

»Ich gehe nach Hause«, sagte sie zu Birte.

»Was schon? Wollte deine Tante dich nicht abholen?«

»Ich bin zu Hause, bevor sie losfährt.«

»Ist es wegen Leander?«

»Blödsinn«, Magnolia zeigte ihr einen Vogel. »Ich habe mich schon den ganzen Tag nicht richtig gefühlt.«

Birte runzelte die Stirn. Sie glaubte Magnolia kein Wort.

Zweiundzwanzigstes Kapitel

Wallende Nebel

Erleichtert ging Magnolia nach draußen. Die kühle Luft tat ihr gut und für einen kurzen Moment überlegte sie, ob es nicht doch klüger wäre, hier auf Tante Linette zu warten. Aber Warten bedeutete, Leander mit seiner Flamme noch länger zu ertragen. Magnolia ging langsam zu ihrem Rad. Zarte weiße Nebelschleier hingen über dem Schulhof. Zarte weiße Nebelschleier … Abrupt blieb sie stehen. Etwas in ihrem Innern schlug Alarm. Misstrauisch sah sie sich um.

Sie saßen auf der Klostermauer, direkt über den Fahrradständern. Sobald Magnolia in ihre Richtung sah, fingen sie ihren Blick ein. Und diesmal erlaubten sie ihr nicht, sich einfach abzuwenden.

»Wir haben dich nicht vergessen, Magnolia Steel«, schnarrte eine Stimme direkt in ihrem Kopf. »Wir sind gekommen, um dich zu holen. Folge uns ins Reich der Schatten, Magnolia. Folge uns. Folge uns … jetzt!«

Der Blick der beiden Raben wurde zwingend. Wie eine Fessel aus Eisen legte er sich um Magnolias Körper. Es fühlte sich an, als würde sie in ein schwarzes unheimliches Nichts gezogen. Panik stieg in ihr auf. Entsetzen! Ihr Herz raste und sie schnappte nach Luft.

Nein!!!, schrie alles in ihr. Nein!!! Sie stemmte sich dagegen. Umsonst. Der Zug wurde stärker und stärker. Nein!!!

Unaufhaltsam rutschte sie dem Nichts entgegen.

Doch auf einmal war da eine andere Stimme in ihrem Kopf. Eine Stimme, die ihr etwas zuflüsterte.

»Sie können dir nichts anhaben, Magnolia, denn du bist eine Banshee. Dein Blick kann töten. Benutze deine Macht!«

Etwas Fremdes, Unbekanntes drängte aus ihrem Unterbewusstsein nach vorn.

Auf einmal fiel alle Angst von ihr ab und machte eisiger Gelassenheit Platz. Und dann – dann kreuzten sie die Klingen. Wie Butter zerschnitt ihr Blick die zwingende dunkle Fessel.

Erschrocken krächzten die Raben auf und schwangen sich hoch in die Luft, doch Magnolia kannte kein Erbarmen. Kalt folgte sie ihnen mit ihrem Blick.

Ein letzter Schrei und zwei schwarze, leblose Körper stürzten zu Boden.

Die Banshee trat zurück und eine verängstigte Magnolia starrte bestürzt auf die beiden toten Vögel zu ihren Füßen.

Das hatte sie nicht gewollt, es war einfach passiert. Die Banshee hatte die Führung übernommen und Magnolia konnte ihr keinen Einhalt gebieten. Tötete sie jetzt jedes Lebewesen, das sie auch nur ansah? Was, wenn gleich ein paar Schüler von der Feier zum Rauchen auf den Schulhof kamen, und es der Banshee gefiel, in Aktion zu treten?

Gehetzt sah Magnolia über den Hof. Zum Glück war er menschenleer, dafür zog dichter, weißer Nebel über die Straße heran. Er quoll aus der Tür des Andenkenladens, formte sich zu einer Wolke und trieb, dicht über dem Boden, durch das Schultor auf sie zu.

Magnolia wirbelte herum … und musste im selben Moment jeden Gedanken an eine Flucht aufgeben. Die hohe Klostermauer machte ein Entkommen unmöglich. Sie stand mit dem Rücken zur Wand und blickte dem Nebel trotzig entgegen, ängstlich darauf wartend, wer oder was sich darin verbarg. Vergeblich lauschte sie auf die Stimme in ihrem Innern. Wo war die Banshee, wenn man sie brauchte? Alles blieb still.

Näher und näher trieb der unheimliche Nebel heran. Magnolia konnte es daraus wispern hören. Jetzt fehlten nur noch wenige Meter. Auf keinen Fall würde sie kampflos aufgeben. Magnolia machte sich bereit. Sie würde ihr Leben so teuer wie möglich verkaufen. Wütend starrte sie in das milchige Weiß, dann sammelte sie ihre rasenden Gedanken und konzentrierte sich auf ihr Ziel. Sie wollte den Nebel zerreißen, wollte ihren Feinden von Angesicht zu Angesicht gegenüberstehen. Magnolia bündelte ihren Blick – und tatsächlich, der Nebel bekam Löcher. Schon konnte sie menschengroße Ratten in seinem Innern erkennen.

Norgen! Norgen, deren saphirblaue Augen glitzerten und vor deren Mäulern der Schaum stand. Wieder und wieder schleuderte Magnolia ihre Blicke gegen die Nebelwand, die nur noch in Fetzen vor ihr hing. Sie durfte nicht nachlassen. Vielleicht konnte sie die Norgen vertreiben. Ihr war aufgefallen, wie sie ihren Blicken auswichen, sich hinter den Nebelfetzen versteckten, nicht wagten anzugreifen. Sie warteten einfach ab.

Langsam ließen Magnolias Kräfte nach. Die Taktik der Norgen schien aufzugehen. Schon verdichtete sich der Nebel wieder und höhnisches Gelächter drang an ihr Ohr.

Magnolia zitterte. Sie war am Ende ihrer Kraft. Wenn sie den Ratten in die Hände fiel, war alles aus. Wo blieb verdammt noch mal die gnädige Ohnmacht, von der man immer wieder las?

Statt ohnmächtig zu werden, sah Magnolia eine große, schwarze Raubkatze, die über den Hof lief. Was machte ein Panther auf dem Schulhof?

Die Katze lief lautlos und schnell, ihr schwarzes Fell verschmolz mit dem Schatten der Mauer. Mit angehaltenem Atem beobachtete Magnolia jede ihrer Bewegungen.

Der Angriff erfolgte hinterrücks und traf die Norgen völlig unvorbereitet. Prankenhiebe sausten auf sie nieder, dass ihnen Hören und Sehen verging. Die Raubkatze kam über sie wie ein Wirbelsturm. Entsetzt suchten die Norgen ihr Heil in der Flucht.

»Kalt erwischt«, murmelte Magnolia und sank bewusstlos zu Boden.

Als sie wieder zu sich kam, lag sie in ihrem Bett im Turm.

Tante Linette schaute abwesend aus dem Fenster. Serpentina hatte es sich auf ihren Füßen bequem gemacht und putzte sich das Fell.

Mühsam stützte Magnolia sich auf ihre Ellenbogen und versuchte zu sprechen. Doch sie brachte nur ein Stöhnen über die Lippen. Dann sackte sie in die Kissen zurück und schlief wieder ein.

Sofort war Linette bei ihr. Sie hatte sich schon tausend Vorwürfe gemacht, weil sie Magnolia alleingelassen hatte. Endlich kam sie von selber zu sich, das war ein gutes Zeichen.

Dankbar strich sie Serpentina über den Kopf. »Nicht auszudenken, was ohne dich passiert wäre«, murmelte sie.

Magnolia schlief tief und traumlos, bis in den Mittag hinein. Als sie endlich erwachte, fühlte sie sich entschieden lebendiger. Probehalber wackelte sie mit den Zehen und ballte dreimal hintereinander die Fäuste. Prima, sie war wieder Chef in ihrem eigenen Körper.

»Du hast nicht den kleinsten Kratzer abbekommen«, sagte Linette zufrieden und setzte sich mit einem Teller dampfender Hühnerbrühe zu ihr auf die Bettkante.

»Ich halte es für das Beste, wenn du heute noch im Bett bleibst, um dich vollständig zu erholen.«

Magnolia öffnete den Mund, um zu protestieren, da fuhr, schwupp, ein Löffel Suppe hinein. Sie schluckte.

»Nicht nötig, ich fühle …« Schwuppdiwupp, der nächste Löffel versenkte seine Fracht in ihrem Schlund. Löffel folgte auf Löffel und im Nu war die Suppentasse leer.

»Ich wusste, du würdest ganz wild auf meine Hühnerbrühe sein«, sagte Tante Linette und stellte den Teller zurück auf das Tablett.

»Bist du sehr böse, weil ich gestern nicht auf dich gewartet habe?«, fragte Magnolia, die es nicht aushalten konnte, *nicht* darüber zu sprechen.

Linette, die gerade das Tablett wegbringen wollte, drehte sich noch einmal um. Ihre Augen funkelten.

»Böse?«, fragte sie. »Böse ist gar kein Ausdruck. Ich war so wütend auf dich, dass ich es nicht in Worte fassen kann. Leider liegt mir etwas an dir und so war ich noch tausend Mal froher, dich unversehrt zurückzuhaben.« Linette sprach nicht gern über Gefühle.

»Ich war eine Banshee«, flüsterte Magnolia, »und ich hatte keine Macht über sie. Es war schrecklich. Sie kam, als sie kommen wollte, und ließ mich im Stich, als ich sie brauchte. Wäre diese große Katze nicht gewesen … Ich fühlte mich so ausgeliefert, so erbärmlich.« Tränen liefen Magnolia über das Gesicht.

Linette räusperte sich verlegen. Ein schrecklich emotionales Kind, ihre Nichte. Umständlich tätschelte sie Magnolias Arm.

»Schon gut, schon gut, kleine Kröte. Ich habe die Raben gesehen.« Linette verschwieg, wie erschrocken sie beim Anblick der toten Vögel gewesen war und wie sehr sie dem Himmel dankte, dass es keine unschuldigen Opfer gab.

»Die Banshee hätte gar nicht geweckt werden dürfen. Eines Tages wirst du lernen, sie zu beherrschen, doch dazu musst du erst eine richtige Hexe sein. Aufgenommen in unserem Kreis. Erst dann hast du die Kraft, auch dein unbewusstes Ich zu lenken.«

»Eine Stimme in mir sagte ganz deutlich, ich solle meine Macht gebrauchen …«

»Ahhh, das war sicher Dorette«, regte Linette sich auf, »unverantwortlich, aber sie hat sich schon zu Lebzeiten nicht an die Regeln gehalten.« Linette griff wieder nach dem Tablett.

»Da war noch etwas«, sagte Magnolia zögernd und setzte sich im Bett auf.

»Ja?« Linette sah ihre Nichte aufmerksam an.

»Ähm, also, an unserer Schule da gibt es einen Jungen …«

»Und?«, nun umspielte ein kleines Lächeln den Mund ihrer Tante.

»Naja, ich habe mit ihm getanzt.«

Jetzt strahlte Linette über das ganze Gesicht. »Das habe ich mir gedacht!«, rief sie. »Sicher standen die Jungen Schlange, um mit dir zu tanzen. Du sahst gestern auch wirklich hinreißend aus.«

Magnolia hütete sich, ihrer Tante zu erzählen, wie es zu dem Tanz gekommen war.

»Ach, hör doch zu, Tante Linette«, sagte sie deshalb ungeduldig. »Also, ich habe mit dem Jungen getanzt und er kannte meinen Namen.«

»Was ist so ungewöhnlich daran? Habt ihr euch einander denn vor dem Tanzen nicht vorgestellt?«

»Natürlich nicht«, sagte Magnolia. Ihre Tante hatte manchmal wirklich seltsame Vorstellungen.

»Und trotzdem kannte er deinen Namen?« Linette runzelte nachdenklich die Stirn.

»Genau. Aber nicht nur das. Er hat auch den Kuss der Banshee erkannt.«

Jetzt entspannten sich Linettes Gesichtszüge. »War sein Name zufällig Leander?«, wollte sie wissen.

Verblüfft sah Magnolia sie an. »Woher weißt du das?«

»Ganz einfach, Leander ist ein Halb-Elb.«

»Ein Halb-Elb?«

»Genau. Seine Mutter ist eine normal Sterbliche, aber sein Vater stammt aus dem Geschlecht der Korred. Das sind Wald-Elben. Kein Wunder also, dass Leander wusste, wer du bist. Er hat dich am Kuss der Banshee erkannt. So etwas spricht sich eben herum.«

So war das also. Leander gehörte zur Gattung der Elben. Und er hatte sie erkannt. Es bestand, gewissermaßen, eine magische Verbindung zwischen ihnen. Magnolia ließ sich gerade zurück in die Kissen sinken, um diesen sympathischen Gedanken auf sich wirken zu lassen, da quietschte im Garten die Handbremse eines Fahrrades und an der Haustür wurde geläutet.

Tante Linette ging hinunter, um zu öffnen, und im nächsten Augenblick flog die Turmtür auf. Birte stand schnaufend und mit vor Aufregung geröteten Wangen im Zimmer.

Erstaunt sah sie auf Magnolia herab.

»Es ist halb eins, wieso liegst du noch im Bett?«

Magnolia wollte gerade antworten, da fuhr Birte auch schon fort: »Weißt du, was gestern Abend passiert ist?«

Magnolia öffnete den Mund.

»Nein, natürlich weißt du es nicht, hast ja bis eben gepennt«, beantwortete sich Birte ihre Frage selbst. »Samantha ist weg!«

Im ersten Moment wusste Magnolia nicht, was sie denken sollte.

»Weg?«, fragte sie deshalb nur.

»Weg«, bestätigte Birte. »Genau wie die anderen vermissten Rauschwalder, spurlos verschwunden. Sie hat kurz nach dir das Fest verlassen und wurde seitdem nicht wieder gesehen. Dabei wollte sie von draußen nur zu Hause anrufen, damit man sie abholt. Als ihr Vater dann kam, war der Schulhof leer. Seitdem fehlt von ihr jede Spur.«

Magnolia ahnte, was geschehen war, konnte aber mit Birte unmöglich darüber sprechen.

»Setz dich«, sagte sie deshalb nur abwesend und klopfte neben sich aufs Bett.

Birte schüttelte den Kopf. »Geht nicht, ich habe meiner Mutter versprochen, um eins zurück zu sein. Sie wollte mich wegen dieser Geschichte eigentlich überhaupt nicht gehen lassen, aber Merle kam kurz nach dem Frühstück zu uns. Die Kripo war bei ihr zu Hause, um sie zu verhören. Und weil Samantha kurz nach dir gegangen ist, dachten wir, du hättest sie vielleicht noch getroffen.«

Benommen schüttelte Magnolia den Kopf. Sie wusste nicht, was sie denken sollte. Beschämt stellte sie fest, dass es ihr überhaupt nicht leidtat, die blöde Zicke los zu sein. Andererseits jagte ihr der Gedanke, Samantha könne den Norgen in die Hände gefallen sein, einen Schauer über den Rücken. Frisches Blut für den Grafen. Hatten sie Samantha genommen, weil sie Magnolia nicht bekommen konnten?

»Haaalloooo!!«, rief Birte mitten in Magnolias stürmende Gedanken.

»Wie? Entschuldige«, stotterte Magnolia, »was hast du gesagt?«

Birte winkte ab. »Ich hätte nicht gedacht, dass Samanthas Verschwinden dich so mitnimmt. Du siehst richtig geschockt aus. Merle meint, hier treibt ein Serienkiller sein Unwesen.«

»So kann man es nennen«, murmelte Magnolia.

»Was?«

»Ach nichts.«

»Okay, ich muss los, sehr gesprächig warst du übrigens nicht. Wir sehen uns Montag in der Schule.«

»Pass auf dich auf«, rief Magnolia ihr nach, bevor die Tür hinter Birte ins Schloss fiel.

Eine Sekunde später sprang sie aus dem Bett und zog sich an. Sie fand ihre Tante im Garten vor dem Kompost bei der Kürbisernte.

»Nanu, ist Birte schon wieder fort?«

Magnolia nickte und rupfte ein nach Zitrone duftendes Verbeneblatt vom Strauch.

»Dann muss es einen dringenden Grund gegeben haben, weshalb sie sich extra auf den Weg gemacht hat«, folgerte Tante Linette, ohne von ihrer Arbeit aufzusehen.

»Samantha ist verschwunden«, sagte Magnolia und zerrieb das Blatt zwischen ihren Fingern.

Linette stellte einen prächtigen Kürbis ab und richtete sich auf.

»Das Mädchen aus deiner Klasse?«

Magnolia nickte. »Sie hat kurz nach mir das Fest verlassen und damit dürfte alles meine Schuld sein. Wer weiß, ob sie überhaupt noch lebt.«

»Unsinn, wie kommst du darauf?«

»Ich bin sicher, die Norgen haben sie geholt, weil sie mich nicht kriegen konnten.«

Linette nickte bedächtig.

»So ein verdammter Mist, wäre ich bloß nicht früher gegangen, dann wäre alles anders und Samantha wäre noch am Leben.« Magnolias Stimme zitterte verdächtig.

»Sie ist nicht tot«, sagte Linette.

Magnolia schaute auf.

»Der Graf ist ein Blutschlürfer. Er labt sich an seinen Opfern, wann immer er durstig ist.«

»Er ist ein Vampir!?«, quietschte Magnolia und sah ihre Tante entsetzt an.

»Nein, ein Vampir saugt seine Opfer aus und macht sie zu seinesgleichen. Der Graf macht sie zu seinen Sklaven, aber er lässt sie am Leben. So schlägt er zwei Fliegen mit einer Klappe. Er hat willige Arbeiter, die in den Silberminen für ihn schuften, und immer genügend Blut im Haus, um ewig weiterzuleben.«

»Ich will lieber tot sein, als ein Zombie des Grafen«, sagte Magnolia voller Abscheu.

»Genug mit diesem düsteren Geschwätz.« Energisch trug Linette den Kürbis ins Haus.

»Vielleicht ist ja auch nichts dergleichen passiert und Samantha taucht über kurz oder lang wieder auf. Meines Wissens ist sie doch ein ganz abenteuerlustiges Ding.«

Samantha tauchte nicht wieder auf, dafür bekamen Linette und Magnolia am Sonntag Besuch von zwei Polizisten aus der Kreisstadt. Sie kamen wegen Samantha und wollten wissen, ob Magnolia am Freitagabend eine verdächtige Beobachtung gemacht hätte, die mit Samanthas Verschwinden in Zusammenhang stehen könnte. Es sei reine Routinearbeit, wie sie versicherten, es müsse nicht immer ein Verbrechen dahinterstecken, wenn eine Vierzehnjährige für ein paar Tage verschwindet.

Magnolia hütete sich, von den Norgen zu berichten, denn sie hatte wenig Lust, das Haus in einer Zwangsjacke zu verlassen. Die Beamten warfen Tante Linette ohnehin schon misstrauische Blicke zu, man konnte förmlich hören, wie es hinter ihren Stirnen rumorte. Deshalb wunderte sie sich auch nicht, als ihre Tante ihnen zum Abschied etwas goldfarbenes Zauberpulver ins Gesicht blies.

»Ich habe den Gedanken an Schwarze Magie in ihren Köpfen gesehen«, erklärte sie, »außerdem haben sie auf dem Weg zu uns mit dem Pfarrer gesprochen. Ich möchte nichts dem Zufall überlassen, denn hat die Polizei erst einmal Verdacht geschöpft, kann sie recht lästig werden.« Linette kicherte. »Nun gehen sie in dem Glauben nach Hause, sie hätten die Freifrau von und zu Knitterbach in ihrem Jagdschlösschen besucht und das ist viel besser.«

Als auch am Montag noch jede Spur von Samantha fehlte, war den meisten klar, dass etwas Schreckliches passiert sein musste.

Frau Mümmel war bemüht, den Unterricht so normal wie möglich zu gestalten.

»Vielleicht ist Samantha bloß ausgerissen und steht morgen wieder vergnügt vor der Tür und lacht uns alle aus«, sagte sie gequält munter.

Niemand aus der 7c glaubte daran, Frau Mümmel selber wohl auch nicht. Ein Schatten lag über der Schule. Schnell hatte sich herumgesprochen, dass ein Mädchen aus der Siebten nach dem Fest verschwunden war. In den Pausen standen die Schüler in kleinen Gruppen zusammen und flüsterten. Niemand wagte, laut zu sprechen und entwischte doch jemandem ein Lachen, schaute er gleich darauf so schuldbewusst drein, als hätte er sich auf einer Beerdigung danebenbenommen.

»Meine Mutter will mich nicht mehr alleine zum Jazz-Dance lassen, das ist vielleicht nervig«, sagte Merle.

»Meine Eltern haben auch einen Rappel bekommen«, stöhnte Daniel. »Überall fahren sie mich jetzt mit dem Auto hin, sogar zur Schule. Mein Vater sagt, wenn er diesen Dreckskerl in die Finger bekommt, macht er Hackfleisch aus ihm. Er ist schließlich Ringer.«

»Dein Vater ist Ringer?«, fragte Birte erstaunt.

»Na, die Figur hat er doch, er sieht aus wie einer dieser japanischen Fleischklopse«, kicherte Merle und schlug sich sofort erschrocken die Hand vor den Mund.

Dreiundzwanzigstes Kapitel
Runa

Magnolia war wie allen anderen das Lachen vergangen. Sie stürzte sich mit einem solchen Ernst in ihre nachmittäglichen Lehrstunden, dass Linette besorgt den Gesundheitszustand ihrer Nichte überprüfte. Erst als sie keine weiteren Krankheitssymptome entdecken konnte, tröstete sie sich mit dem Gedanken, dass ein gewissenhaftes Studium der Magie nur Vorteile brächte und keineswegs schadete. Sie würde Magnolia nicht immer auf jedem ihrer Wege begleiten können und je eher sie gerüstet war, desto besser.

Unbemerkt schlich sich der Herbst in den Spätsommer. Erste Morgennebel kündigten ihn an und das satte Blau des sommerlichen Himmels bekam eine sanftere Tönung. Es war die Zeit der Veränderung. Und auch in Magnolias Leben sollte sich etwas ändern.

Eines Tages kam sie aus der Schule und stellte fest, dass ihre Tante Besuch hatte. Keinen gewöhnlichen Besuch, sondern den Besuch einer anderen Hexe. Nun hatte Magnolia in ihrem Leben noch nicht besonders viele Hexen gesehen, aber dass das Wesen dort in der Wohnstube eine Hexe war, darüber gab es keine Zweifel.

Im Gegensatz zu Tante Linette, die klein, pummelig und eher gemütlich wirkte, machte die hochaufgeschossene Frau dort im Ohrensessel nicht den Eindruck, als sei mit ihr gut Kirschen essen. Ein walnussfarbener, runzeliger Kopf saß auf einem Hals, der dünn war wie ein Blumenstiel, sodass Magnolia ernsthaft befürchtete, er würde abbrechen, als sie ihr damit zunickte.

»Meine Nichte Magnolia«, machte Linette sie miteinander bekannt. »Magnolia, darf ich dir Runa vorstellen, meine alte Freundin, zweite Vorsitzende des Hexenrates und Trägerin des goldenen Pferdefußes.«

Magnolia überlegte gerade, ob man dazu gratulieren müsse, da fuhr Tante Linette auch schon fort. »Es ist eine große Ehre, dass sie sich persönlich auf den Weg gemacht hat, um für deinen Mantel Maß zu nehmen.«

»Ich bekomme einen Mantel?«

»Habe ich dir nicht davon erzählt?«, wunderte sich Linette und schüttelte betrübt den Kopf. »Ich werde langsam alt.«

Runa deutete Magnolia an näher zu kommen. »Komm her, mein Kind, damit ich dich besser sehen kann.«

Nur zögernd trat Magnolia heran. Kaum war sie in Reichweite, und der Radius von Runas Armen war weit größer als man glaubte, schlossen sich eisenfeste Klauen um Magnolias magere Handgelenke. Angewidert starrte sie auf die schmutzigen langen Fingernägel, die über ihre Haut kratzten. Entzündete, blutunterlaufene Augen unterzogen sie einer eingehenden Musterung.

»Ah ja, sie hat das Mal«, krächzte Runa zufrieden, als sie das Feuermal entdeckte, dabei streifte ihr stinkender Atem Magnolias Wange. Angeekelt wich sie zurück.

Runa kicherte boshaft. »Jetzt gibst du der lieben Tante noch ein dickes Küsschen und dann fangen wir an.«

Nun war es aber genug. Energisch befreite sich Magnolia aus Runas eisernem Griff.

»Den Teufel werde ich tun«, zischte sie wütend und ihre Augen blitzten.

»Deine Nichte hat Temperament«, stellte Runa anerkennend fest. »Ich kann Duckmäuser nicht ausstehen. Sie wird Gnade vor Pestillas Augen finden.«

Gnade finden? Was geschah mit denen, die keine Gnade fanden? Magnolia fragte lieber nicht danach.

»Wir wollen das Beste hoffen«, erwiderte Linette, »magst du noch einen Schluck Maulbeerwein, bevor du mit deiner Arbeit beginnst?«

»Da sage ich nicht Nein«, gluckerte Runa.

Erstaunt verfolgte Magnolia nun, wie Runa ein bis zum Rand gefülltes Glas an die Lippen setzte und es in einem Zug leerte. Anschließend rülpste sie zufrieden.

Ob die Sache mit dem Mantel nun noch in Ordnung ging? Magnolia war skeptisch.

»Aaaaaaa, der beste Maulbeerwein, den ich je getrunken habe. Respekt, meine Liebe. Doch nun lass uns anfangen.«

Linette winkte einer kleinen Fußbank, die neben dem Ofen in der Ecke döste, und sogleich kam sie angelaufen.

Magnolia seufzte. Es würde Jahrhunderte dauern, bevor sie selber diesen netten kleinen Trick beherrschte.

»Autsch!« Hart bohrte sich Runas Zeigefinger zwischen ihre Rippen.

»Träum nicht, Mädel, hopp hopp auf den Schemel!«

Mürrisch gehorchte Magnolia und stand die nächste halbe Stunde wie eine Vogelscheuche mit ausgestreckten Armen da, während Runa mit einem Maßband um sie herumhüpfte und jeden Zentimeter ihres Körpers vermaß.

»Spindeldürr«, grummelte sie zwischendurch. »Dir kann man ja das Abrakadabra durch die Rippen blasen.«

»Na reizend«, dachte Magnolia verärgert, »wohl selber noch nie in den Spiegel geguckt.« Sofort fing sie einen warnenden Blick ihrer Tante auf und zwang sich zu freundlicheren Gedanken.

Zu guter Letzt schnitt Runa Magnolia eine dicke Haarsträhne ab, dann war ihre Arbeit getan. Ächzend ließ sie sich zurück in den

Sessel fallen und machte sich mit einem winzigen Bleistiftstummel Notizen.

»Ungewöhnliche Maße«, schnaubte sie. »Werde den Elfen gehörig auf die Finger klopfen müssen, wenn dieser Mantel bis nächste Woche fertig werden soll. Na ja … wird schon … wird schon …« Abwesend tätschelte sie Magnolias Hand. Und die war sich nicht sicher, ob sie nun schuldbewusst oder dankbar dreinblicken musste.

»Lass es mich noch einmal betonen, wie reizend es von dir ist, höchstpersönlich vorbeizuschauen, meine Teuerste«, säuselte Tante Linette, »darf ich dir deine Mühen mit noch einem Schlückchen Maulbeerwein versüßen?«

Runa lächelte geschmeichelt. »Du darfst, meine Liebe, du darfst, aber nur ein klitzekleines Schlückchen.«

Linette füllte das Glas abermals bis zum Rand und Runa leerte es erneut in einem Zug. »Aaaaaa, lecker, hicks, Entschuldigung. Am besten mache ich mich jetzt auf den Heimweg, bevor mir das köstliche Gebräu noch in den Kopf steigt.« Runa erhob sich leicht schwankend und stolperte prompt über den Fußschemel.

»Ich hoffe, du kommst gut nach Hause.« Magnolia konnte sich diese Spitze nicht verkneifen. Sofort schob Tante Linette sie zur Seite und begleitete Runa hinaus.

Im Garten wurde Magnolia dann Zeuge eines wirklich spektakulären Zaubers. Runa stemmte die Absätze ihrer Hexenschuhe in den Boden und fing an sich im Kreis zu drehen. Schneller und schneller wirbelte sie herum. Magnolia wurde bereits vom Zusehen schwindelig. Schließlich verwandelte sie sich in eine Windhose, stieg gen Himmel und brauste davon, dass die Blätter von den Bäumen fielen.

»Wow, kannst du so etwas auch?«, fragte Magnolia hingerissen.

Linette verneinte. »Runa versteht sich wie keine Zweite auf das Reisen in Wirbelstürmen. Sie ist eine Watthexe und es gehört zu ihrem Handwerk, Windhosen über die Nordsee zu schicken.«

»Watthexe?«, wiederholte Magnolia. »Ich wusste überhaupt nicht, dass es so etwas gibt.«

Spöttisch schaute Linette ihre Nichte an.

»Komm mit ins Haus. Ich habe dir ein paar sehr wichtige Dinge zu sagen. Unverzeihlich, wir hätten schon längst im Unterricht über deine bevorstehende Hexenweihe sprechen sollen.«

Magnolia folgte ihrer Tante ins rote Zimmer und ließ sich gespannt auf einen Stuhl fallen, während Linette auf und ab ging und ihre Nasenspitze knetete.

»Wo fange ich an? Erinnerst du dich, wie ich dir sagte, du müssest erst offiziell in unseren Kreis aufgenommen werden, um eine richtige, vollwertige Hexe zu werden?«

Magnolia nickte.

»Diese feierliche Aufnahme nennt man Hexenweihe. Der wichtigste Moment im Leben einer Hexe. Am Tag der Aufnahme erhält jede Anwärterin den eigens für sie angefertigten Hut und ihren Mantel. Hut und Mantel trägt sie von nun an zu allen hohen Feiertagen wie Beltane und Samhain oder zu anderen offiziellen Anlässen. In derselben Nacht versammeln sich die Junghexen dann auf dem Blocksberg, wo sie sich einer gründlichen Prüfung durch die Oberhexe und den Hexenrat, welchem ich übrigens angehöre, unterziehen. Ein wichtiger Teil dieser Prüfung ist die genaue Bestimmung der Hexenart, um die es sich bei der jeweiligen Aspirantin handelt.«

»Aspirin was?«

Linette ließ sich in ihrem Vortrag nicht unterbrechen.

»Es folgen Furcht- und Feuerprobe, ein besonders unangenehmer Teil der Prüfung, den beileibe nicht jede besteht. Zu guter Letzt erhalten die für würdig befundenen Junghexen in einer feierlichen Zeremonie Zauberstab und Besen aus der Hand der Oberhexe. Das ist in groben Zügen der Ablauf der Hexenweihe, ich hoffe, ich habe nichts Wesentliches ausgelassen.«

Magnolia bekam ganz heiße Ohren. Nie hätte sie geglaubt, dass der Termin für ihre Aufnahme schon so nah sei. Oder hatte Runa nicht gesagt, der Mantel müsse bis nächste Woche fertig werden?

»Du hast recht«, sagte Tante Linette, die wieder einmal ihre Gedanken gelesen hatte. »Nächste Woche an Samhain wirst du zur Hexe geweiht.«

»Wann genau ist Samhain?«

»An Halloween. Ich hätte wirklich früher an deine Aufnahme denken sollen, aber in den letzten Wochen …«

»Halb so schlimm«, winkte Magnolia munter ab. »Wir haben schließlich noch sieben Tage Zeit, in denen du mich gründlich auf die Prüfung vorbereiten kannst. Und wenn ich dann die Schule ausfallen lasse, stehen uns sogar noch die Vormittage zur Verfügung.«

Linette schüttelte den Kopf. »Ich darf dich nicht auf die Prüfung vorbereiten. Sie hat nur Gültigkeit, wenn du völlig unvorbereitet hineingehst, nur dann zeigt sich, ob du eine wahre Hexe bist. Nicht einmal das Amulett ist erlaubt.«

»Augenblick, verstehe ich richtig?« Magnolia horchte auf. »Mir steht die wichtigste Prüfung meines Lebens bevor und du weigerst dich, mir zu helfen?«

»Ich darf nicht«, antwortete Linette knapp.

Während der nächsten Tage schleppte Magnolia aus der örtlichen Bücherei sämtliche Bücher nach Hause, die sich auch nur annähernd mit dem Thema »Hexen« beschäftigten. Stundenlang durchforstete sie ein Werk nach dem nächsten auf der Suche nach brauchbaren Tipps. Gerade las sie ein Buch mit dem Titel »Flotte Zauber für freche Hexen«. Eine Katastrophe. Die selbst ernannte Hexe riet: Baden Sie Ihre Geldscheine in meinem Big-Money-Öl und sie fliegen schneller in Ihr Portemonnaie zurück, als Sie sie ausgeben können.

Magnolia war klar, wer bei diesem Zauber das Big-Money einfahren würde.

»So ein Humbug«, rief sie wütend und warf das Buch auf den Boden.

»Pass doch auf, Jungfer Riesengroß, oder willst du mich erschlagen?«

»Wenn's nützt«, grollte Magnolia. Mit einem Satz war Jeppe bei ihr.

»›Flotte Zauber für freche Hexen‹, das ist ja DEIN Buch«, stichelte er.

»Reize mich nicht Kobold, ich habe in der nächsten Woche meine Aufnahmeprüfung und in diesen blöden Büchern steht nur Mist. Tante Linette weigert sich, mir zu helfen und ... arrrrgh!« Magnolia raufte sich die Haare.

»Ich habe schon einmal bei so einer Hexenprüfung zugesehen«, sagte Jeppe wichtig. »Gefährlich, gefährlich. Ich will dir keine Angst machen, aber ich an deiner Stelle ...« Er verstummte vielsagend.

Interessiert sah Magnolia ihn an. »Nun rede schon«, drängte sie.

Jeppe machte eine aufreizend lange Pause. »Es ist nichts für schwache Nerven«, sagte er dann im leisen Ton eines Verschwörers. Magnolia musste ihre Ohren extra weit aufsperren, um ihn richtig zu verstehen.

»Sie lassen dich gegen Ungeheuer kämpfen. Ungeheuer, schrecklicher, als du sie dir vorstellen kannst. Oder hast du schon einmal vom Blutschink gehört oder von der schwarzen Annis, einer Menschenfresserin mit Fingern aus Eisen?«

Magnolia schüttelte stumm den Kopf.

»Siehst du«, fuhr Jeppe genüsslich fort, »und anschließend, wenn dir das Blut vor Entsetzen in den Adern gefroren ist, wartet die Feuertaufe auf dich. Das alles verzehrende, alles verschlingende Feuer.«

Magnolia schluckte.

»Zu guter Letzt«, Jeppes Stimme wurde zu einem Wispern, »solltest du dann noch am Leben sein, reißen sie dir sämtliche Haare aus

– einzeln!!« Das letzte Wort brüllte er so laut, dass Magnolia meinte, ihr Trommelfell würde platzen. Sie sprang auf und marschierte erhobenen Hauptes aus dem Zimmer.

»Ich glaube dir kein Wort, Kobold«, rief sie über die Schulter zurück.

Eine glatte Lüge, die Woche bis zu ihrer Aufnahme in den Kreis der Hexen war eine einzige Qual. Beständig kreisten Magnolias Gedanken um Monster und Feuersbrünste. In der Schule glänzte sie deshalb vor allem durch körperliche Anwesenheit und es war ein Glück, dass die Lehrer in diesen Tagen besonders nachsichtig mit ihren Schülern waren.

Vierundzwanzigstes Kapitel
Auf dem Blocksberg

Der Abend der Hexenweihe kam schneller heran, als es Magnolia lieb war. Man hatte sie auf den 31. Oktober gelegt, also auf Halloween. Sehr witzig, wenn sich unter die richtigen Hexen Hunderte falsche mischen würden.

Den ganzen Tag über war Magnolia so kribbelig wie an Weihnachten und ihrem Geburtstag zusammen. Sie meinte, jeden Moment zu platzen, wenn es nicht bald losging. Es war bereits Abend und der Mantel, auf den sie so sehnsüchtig wartete, war bis jetzt nicht geliefert worden. Womöglich hatte man sie vergessen?

»Wann kommt er denn endlich?«, quengelte Magnolia nun schon zum neunzigsten Mal, kurz davor, endgültig zu verzweifeln.

Linette zuckte gleichgültig die Schultern und verschwand im roten Zimmer, wo die Frau des Postdirektors wartete, um sich aus der Hand lesen zu lassen.

Unruhig tigerte Magnolia durch das Haus und drückte sich wohl zum zweihundertsten Mal die Nase am dunklen Küchenfenster platt.

Nichts. Nichts zu hören, nichts zu sehen. Es war zum Verrücktwerden.

Endlich klappte die Tür zum roten Zimmer und die alte Schabracke verabschiedete sich. Tante Linette ging in die Küche und kramte wortlos Töpfchen und Tiegel aus dem Schrank.

»Du kannst mir helfen, Ringelblumensalbe herzustellen«, sagte sie »wenn du selber nichts Gescheites mit dir anzufangen weißt. Verrühre in diesem Mörser Ringelblumenöl und Wollfett, während ich das Bienenwachs schmelze. Du wirst sehen, die Zeit vergeht schneller, wenn man etwas zu tun hat.«

Gehorsam setzte Magnolia sich an den Küchentisch und vermischte die beiden Zutaten.

»Irgendetwas stimmt da nicht«, murmelte sie grimmig. »Du hast damals deinen Mantel bestimmt schon am Vormittag bekommen und heute werden alle anderen ihre Mäntel auch schon am Vormittag bekommen haben. Nur Magnolia nicht, sie hat ihren Mantel nicht am Vormittag bekommen, sie hat ihren Mantel nicht am Nachmittag bekommen, sie hat ihren Mantel auch nicht am Abend bekommen. Sie bekommt ihren Mantel überhaupt nicht mehr, denn sie wurde einfach vergessen.«

»Er ist da«, sagte Tante Linette ganz unvermutet und nahm das geschmolzene Bienenwachs vom Herd.

»Wa.. was, wo denn? Ich habe überhaupt nichts gehört.« Verdutzt sprang Magnolia auf und stürzte in die Diele.

Fehlanzeige, nirgendwo war auch nur der Saum von einem Mantel zu sehen. »Du musst dich geirrt haben«, mit hängendem Kopf trottete sie zurück in die Küche.

»Im Garten, du Kröte«, lachte Tante Linette und seit Langem schob sich wieder ihr Wackelzahn über die Oberlippe.

Magnolia sauste hinaus in den Garten. Es war stockdunkel, aber auf der Gartenbank lag etwas. Dieses Etwas war nicht größer als eine Streichholzschachtel und sprühte rosa Funken.

»Nimm es mit ins Haus«, forderte Tante Linette sie auf.

»Du meinst, ich kann es anfassen? Es hört ja nicht auf zu funkeln.«

Tante Linette nickte und so trug Magnolia das winzige Paket auf ihrer flachen Hand in die Küche, dabei pieksten die kleinen Funken wie winzige Nadelstiche.

»Leg es hier auf den Tisch.« Linette schob rasch die Zutaten für die Ringelblumensalbe beiseite, dann fing sie an, das kleine Paket zu ziehen und zu drücken. Es sah beinahe so aus, als würde sie Teig kneten. Mit jedem Ziehen und Drücken wurde das Paket größer und größer, bis man sich schließlich vorstellen konnte, dass es Hut und Mantel enthielt. »Bringen wir es in die Stube, bevor es noch Wollfett abbekommt«, schlug Linette vor und Magnolia trug das Paket ehrfürchtig nach nebenan. Dabei kribbelte es ganz abscheulich in ihrem Bauch.

»Darf ich es öffnen?«

»Du darfst!« Gleichzeitig gab es vor dem Haus eine Explosion.

Magnolia schrie auf und Linette wirbelte herum.

»Ha ... hast du wieder einen Bannkreis gelegt?«, stotterte sie.

Linette nickte. »Ich gehe nachsehen. Du rührst dich nicht von der Stelle. Sollte ich in zwei Minuten nicht wieder zurück sein, ziehst du den Mantel an und fliehst ins Dorf. Verstanden?« Magnolia wurde angst und bange.

»Und was ist mit dir?«

Linette grunzte und griff ihren Zauberstab aus der Luft, der sie seit dem Knall aufgeregt umkreiste. Entschlossen ging sie hinaus.

Magnolia wartete. Waren zwei Minuten nicht schon längst um?

Dann ein scharrendes Geräusch, Poltern in der Diele und zum Glück Tante Linettes rauhe, krächzende Stimme, die ein paar Flüche in den Raum schmetterte. An seinem roten Haarschopf schleifte sie Jeppe ins Zimmer, der steif wie ein Brett auf den Hacken hinterherrutschte. Magnolia fiel ein ganzes Gebirge vom Herzen. Linette lehnte den Kobold gegen die Wand und befreite ihn, wie Wochen zuvor, aus seiner misslichen Lage.

»Es tut mir leid, Linette. Es, es, es, es ... tut mir wirklich leid. Wenn du nur wüsstest, wie leid es mir tut«, suchte Jeppe nach Worten. »Aber warum musstest du auch ...«

»Halt die Klappe, Jeppe«, fuhr Linette ihn an und Magnolia fügte hinzu: »So blöd kannst auch nur du sein, Kobold. Gleich zweimal in dieselbe Falle zu tappen.«

»Hehehe, Jungfer Riesengroß, nun halte aber mal die Luft an. Wenn hier jemand blöd ist, dann doch wohl … quak, quak, quak!«

Dort, wo eben noch ein zeternder Kobold gestanden hatte, hockte nun eine fette, braune Erdkröte.

Linette steckte ihren Zauberstab ein und sagte freundlich: »Jetzt lassen wir uns nicht weiter stören, Lämmchen. Schau nach was in deinem Paket ist.« Es klang so mild, als fordere sie ein Baby auf, sein erstes Geschenk auszupacken.

Magnolia riss das Paket auf und zog einen blau-grau schimmernden Mantel heraus. Das Innenfutter leuchtete kupferrot und erinnerte sie an flüssige Lava. Sein Stoff lag kühl und schwer in ihrer Hand.

»Probier mal aus, ob er passt«, verlangte Tante Linette.

Magnolia schlüpfte hinein und sofort umfing sie wohlige Geborgenheit.

»Er passt wie angegossen«, strahlte sie. »Ich fühle mich darin so sicher wie in einer Rüstung.«

Linette strahlte zurück. »Genau so soll es sein.«

Behutsam strich Magnolia über das fließende Gewebe. »Aus welchem Stoff sind diese Mäntel gemacht?«, fragte sie.

»Es gibt nicht den einen Stoff, aus dem sie gemacht sind. Jeder Mantel ist so individuell wie seine Trägerin. Sein Material und seine Farbe haben immer mit dem Wesen der Hexe zu tun, für die er gewebt wurde. Dein Mantel zum Beispiel ist grau wie der Mantel der Wäscherin am Fluss, und doch ist sein Futter kupferrot und wurde aus …« Sie befühlte den Stoff eingehend. »Ich kann nicht sagen, woraus er gemacht wurde. Ich habe einen solchen Stoff noch nie zuvor gesehen.« Sie runzelte die Stirn. »Wie auch immer, diese Farbkombination ist für eine Banshee sehr ungewöhnlich. Schwarz und grau sind ihre Farben.«

»Wer ist die Wäscherin am Fluss?«, fragte Magnolia.

»Sie ist die Mutter aller Banshees. Klagend wäscht sie im Fluss ein Totenhemd und erscheint demjenigen, der in Kürze sterben muss.«

»Brrrr, wie düster.« Magnolia schüttelte sich. Es erschien ihr nicht besonders verlockend, solch einer Hexengattung anzugehören.

Schnell lenkte Linette ihre Aufmerksamkeit auf den breitkrempigen Hut, der noch immer unbeachtet in dem Paket steckte. Magnolia nahm ihn heraus und setzte ihn auf.

»Ist er nicht ein bisschen zu groß?«, fragte sie.

»Überhaupt nicht. Du wirst sehen, wie praktisch er beim Ritt auf dem Besen ist. Mitunter ist es recht windig da oben.«

»Du meinst, wir reiten auf einem Besen zum Hexentreffen?«

Tante Linette nickte.

»Du machst Witze.«

Linette schüttelte den Kopf.

»Bedeutet das, ich habe mich die ganze Zeit unnötig auf dem blöden Rad abgestrampelt und hätte genauso gut gemütlich auf einem Besen nach Rauschwald schweben können?«

»Nein, Schätzchen, das bedeutet es nicht, denn du besitzt keinen Besen.«

Als es Zeit zum Aufbruch wurde, machte sich auch Linette reisefertig. Sie hüllte sich in ihren Hexenmantel und setzte den dazugehörigen Hut auf. Magnolia staunte. So respekteinflößend und würdig hatte sie ihre Tante noch nie gesehen. Als Kräuterhexe hatte ihr Mantel das kräftige, dunkle Grün von Rosmarin und war über und über mit silbernen Sträußchen bestickt.

Linette zog ihren Hexenhut über die Ohren, wandte sich an Magnolia und fragte: »Bist du bereit?«

»Eigentlich nicht«, antwortete diese kleinlaut und zwang sich zu einem schiefen Lächeln.

»Kopf hoch, Mädchen, natürlich bist du bereit. Wenn du diese Prüfung nicht bestehst, dann besteht sie auch keine andere«, munterte ihre Tante sie auf und holte einen abgenutzten Reisigbesen aus dem Schrank.

Magnolia bekam große Augen. Da hatte sie allerdings mehr erwartet.

»Ist er das? Ich meine ... ich ... er sieht irgendwie ganz normal aus.«

Tante Linette schnaubte verächtlich und trat hinaus in den Garten. Magnolia beeilte sich nachzukommen.

»Es könnte ein wenig eng werden, aber wir beide sind ja schlank.« Linette klemmte sich den Besen zwischen die Beine und nickte Magnolia zu.

»Na los, worauf wartest du? Steige hinten auf und halte dich gut an mir fest.«

Magnolia tat wie ihr geheißen und klammerte sich an ihre Tante. Ein bisschen lächerlich kam sie sich schon vor. Außerdem konnte man nur hoffen, dass Tante Linette mit dem Besen besser unterwegs war als mit dem Rad.

»Nach oben hinaus und nirgends an!«, rief Linette und stieß sich mit beiden Beinen vom Boden ab. Lautlos stieg der Besen mit seiner Last in die Höhe.

Schnell waren sie zwischen den Baumkronen und Magnolia stellte fest, dass sie vergessen hatte, die Lampe in ihrem Turm zu löschen. Höher und höher stieg der Besen, dann blieb er mitten in der Luft stehen, peilte wie eine Kompassnadel sein Ziel an und zischte darauf los. »Wir haben Neumond!«, rief Tante Linette. »Eine Nacht, wie für Hexen gemacht.«

Die Luft war hier oben eiskalt, doch Magnolias Mantel wärmte ausgezeichnet. Auch das Gefühl, links und rechts vom Besen zu rutschen, ließ mit jedem Kilometer nach, den sie zurücklegten.

Es war fantastisch über das dunkle Land zu fliegen. Hier und dort brannten Halloweenfeuer auf Wiesen oder in Gärten und winzige Gestalten sprangen vergnügt darum herum.

»Ist es denn klug, unsere Hexenweihe genau an Halloween zu machen, wo die Menschen in Scharen auf den Blocksberg pilgern?«

»Es macht schon Sinn«, schrie Tante Linette gegen den Flugwind an. »Für uns Hexen ist heute von jeher ein Feiertag. Der Sommer ist vorbei und der Winter und die Nacht treten nun ihre Regentschaft an. Und was die Pilger zum Blocksberg betrifft, da hat Pestilla ganz sicher vorgesorgt.«

»Jjjjjjuuuuuuiiiiiii!! Linette, alte Hütte, ist deine olle Krücke von Besen auch noch am Leben? Pass auf, dass du mit dem Ding nicht in der Luft stehen bleibst!!«

Verdutzt hob Magnolia den Kopf. Knapp zwei Meter über ihnen flog eine Hexe mit Taucherbrille.

»Wie nett du dich um mich sorgst, Klara. Wir sehen uns auf dem Brocken, wenn du dir vorher nicht den Hals brichst!«

»Ade, meine Lieben, ade!«, rief Klara vergnügt und gab ihrem Besen die Sporen. Tief über den Besenstiel geduckt, schoss sie davon.

»Alte Angeberin«, murrte Linette.

Immer häufiger trafen sie jetzt auf anreisende Hexen. Zuerst und aus der Ferne glaubte Magnolia, es seien die Positionslampen von Flugzeugen, bis sie bemerkte, dass manche Hexen mit Beleuchtung reisten.

Zisch – »Aus dem Weg!«, krakeelte eine besonders unangenehme Stimme und eine Hexe in zerfleddertem, schlammfarbenen Mantel preschte haarscharf an ihnen vorbei. Erschrocken zog Magnolia den Kopf ein.

»Gause, du alte Sumpfschnepfe!«, schrie Linette wütend. »Ich habe dich bei unserem letzten Treffen gewarnt. Deinen lebensgefährlichen Flugstil sehe ich mir nicht mehr länger mit an!« Kurzerhand schleuderte sie einen Kugelblitz aus ihrem gestreckten Zeigefinger und setzte das Reisigbüschel an Gauses Besen in Brand.

Gause kreischte auf und antwortete augenblicklich mit einem Bombardement aus knallfroschartigen Geschossen, denen Linette nur dank ihrer außerordentlichen Flugkünste ausweichen konnte. Magnolia versteckte sich hinter dem breiten Rücken ihrer Tante. Eine nette Gesellschaft, in der sie sich hier befanden. Als sie es wagte, ihre Nase wieder herauszustrecken, bemerkte sie, dass ihr Besen direkt auf eine Schlechtwetterfront mit Blitz und Hagel zuflog.

»Wir fliegen direkt in ein Unwetter«, rief sie ihrer Tante zu.

»Dahinter versteckt sich der Brocken«, gab ihre Tante in der gleichen Lautstärke zurück und senkte die Flughöhe.

Bleischwere Regenwolken hüllten die Spitze des Berges in grauen Nebel und entluden ihre nasse Fracht unbarmherzig über den Köpfen der menschlichen Hexen und Teufel, die sich eine vergnügte Nacht auf seinem Gipfel machen wollten. Von oben sah Magnolia ganze Gruppen kehrtmachen und mit hängenden Köpfen, bis auf die Knochen durchnässt, ins Tal zurückmarschieren.

Jetzt tauchten auch Linette und Magnolia in den grauen Vorhang aus Wasser. Wie ein nasser Lappen schlug ihnen der Regen ins Gesicht, doch im nächsten Moment war es schon wieder vorbei. Verblüfft klappte Magnolia die Krempe ihres Hutes nach oben. Blaues Licht lag über dem Berg und ein gigantisches Hexenfeuer schickte knisternde Funkenbündel in die Nacht. Von einem Unwetter keine Spur. Tante Linette umkreiste dreimal das Feuer, bevor sie ganz in seiner Nähe zwischen zwei großen Felsbrocken landeten.

»Man nennt sie Teufelskanzel und Hexenaltar«, sagte Tante Linette.

Mit steifen Beinen stieg Magnolia vom Besen und sah sich um. Es mussten Hunderte von Hexen sein, die nach und nach auf dem Brocken eintrafen. Abseits des Feuers waren Marktstände und bunte

Buden aufgestellt. Ganz in ihrer Nähe brach ein Streit zwischen zwei Hexen mit schimmelgrünen Haaren aus. Offenbar ging es um einen silbernen Armreif, den beide gleichzeitig im Gras entdeckt hatten, und dessen Besitz nun jede für sich beanspruchte.

Sie kreischten, spuckten, zogen sich an den Haaren und prügelten mit ihren Besen aufeinander ein. Niemand schenkte ihnen Beachtung.

»Sumpfhexen, ein unfeines Volk.« Tante Linette rümpfte die Nase. »Wir haben noch Zeit. Hast du Lust über den Markt zu schlendern?« Natürlich hatte Magnolia Lust. Sie liebte Märkte jeglicher Art und auf diesen war sie wirklich neugierig.

Linette und Magnolia waren nicht die Einzigen, die sich auf diese Weise die Zeit vertrieben. Zwischen den Ständen herrschte dichtes Gedränge und Magnolia kam nicht umhin festzustellen, dass die eine oder andere Hexe wirklich übel roch.

Die meisten nutzten den Markt, um seltene Waren zu tauschen oder zu kaufen.

»Es ist wirklich praktisch, die Milchzähne der Venusfalle einfach zu kaufen und sie nicht selber ziehen zu müssen«, schwärmte eine junge Hexe und rasselte mit einer Kette voll grüner Zähne.

Magnolia gingen die Augen über. Unauffällig kniff sie sich in den Arm. Hier gab es die aberwitzigsten Dinge zu kaufen.

»Sturmwachsperlen für Rennbesen« stand auf einem Schild. Gürtel aus getrockneten Fledermausohren, Wichtelmützen, Wolfsmilchextrakte, magische Dreieckstücher und Marmeladengläser voll sich windender Tatzelwürmer waren die harmlosesten Dinge.

Richtig ekelige Sachen wie Drachenglupschaugen in Aspik, waren die andere Abteilung.

Ein Stück weiter spielte eine bayerische Musikkapelle auf einem hölzernen Podest volkstümliche Lieder. Ihre Musiker guckten dabei so verwirrt aus der Wäsche, als könnten sie selber nicht glauben, was sie hier gerade taten.

»Morgen früh haben sie alles wieder vergessen«, beruhigte Tante Linette, als sie den skeptischen Blick ihrer Nichte bemerkte.

»Wurden sie entführt?«, fragte Magnolia.

»Entliehen«, sagte Tante Linette und kaufte einen abgehackten Hühnerkopf an einem Stand für Schwarze Magie.

Die Luft bebte, als ein goldener Schlitten von tausend Fledermäusen gezogen über den Festplatz donnerte und auf der Teufelskanzel landete.

»Ah, Pestilla ist angekommen«, sagte Tante Linette.

»Heißa Pestilla, Hüterin der Weisheit, Gefährtin des Mondes!!«, lärmten die Hexen und warfen vor Freude ihre Hüte in die Luft.

Eine dicke, ganz in schwarzen Samt gekleidete Hexe stieg huldvoll winkend aus dem Schlitten. Ihr Gesicht kam Magnolia merkwürdig bekannt vor, bis sie feststellte, dass es sie lediglich an einen Barsch erinnerte, den sie einmal auf dem Hamburger Fischmarkt gesehen hatte. Pestilla hatte dieselben wulstigen Lippen und das gleiche kleine Bärtchen, was ihrem Gesicht einen verdrießlichen Ausdruck gab. Trotz alledem war sie eine eindrucksvolle Gestalt. Die tausend Fledermäuse schwangen sich samt Schlitten in die Luft und die Oberhexe bestieg einen eilig herbeigeschleppten Thron aus bleichen Knochen.

»Gleich ist es so weit«, flüsterte ihre Tante. »Ich muss jetzt meinen Platz im Hexenrat einnehmen. Du wartest hier, bis du aufgerufen wirst.« Aufmunternd kniff sie Magnolia in die Wange und drängte sich durch die Menge. Sekunden später saß sie mit zwölf weiteren Hexen auf dem Hexenaltar, gegenüber der Teufelskanzel.

Fünfundzwanzigstes Kapitel
Die Hexenweihe

Die Angehörigen des Hexenrates waren allesamt nicht mehr jung und strahlten Autorität aus. Magnolias Blick hing an einer scheußlichen Gestalt, die violette Augen hatte und einen verschorften Glatzkopf, den sie unablässig kratzte. Woher kannte sie diese Hexe nun schon wieder?

»Hexen, hexen«, sagte da ein bleiches, schwarzhaariges Mädchen neben ihr und schaute sie aus stumpfen, roten Augen an.

»Stimmt, der Film«, sagte Magnolia und fragte dann empört: »Hast du etwa meine Gedanken gelesen?«

»Kleinigkeit«, antwortete das Mädchen.

»Wie heißt du?«

»Eugenie.«

»Bist du auch wegen der Aufnahmeprüfung hier?«

Eugenie nickte und ließ die Oberhexe nicht aus den Augen.

»Ich bin eine Banshee«, sagte sie dann.

Interessiert sah Magnolia sie an. Dieses Mädchen war so ganz anders als sie selbst.

»Woher weißt du das so genau?«, fragte sie deshalb.

»So etwas vererbt sich«, antwortet Eugenie gelangweilt. »Meine Mutter ist eine Banshee, also was sollte ich sonst sein? Außerdem ist mein Anblick für Sterbliche verheerend«, fügte sie hinzu und ein kleines Lächeln umspielte ihren Mund.

Ein unangenehmes Mädchen. Magnolia hatte immer weniger Lust, eine Banshee zu sein.

»Wo ist deine Mutter jetzt?« Magnolia musste sie einfach löchern.

»Da hinten.« Eugenie deutete mit einer vagen Kopfbewegung nach links. »Wir Banshees mögen den Trubel nicht.«

Tatsächlich stand abseits der Menge eine große, schlanke Frau und blickte wehmütig über das Land. Ihre pechschwarzen Haare flatterten im Wind und erinnerten Magnolia an die Schwingen eines Raben.

»Meine Großmutter war auch eine Banshee«, sagte sie dann, »aber meine Mutter hat es nicht geerbt. Es hat eine Generation übersprungen und ist auf mich übergegangen.«

»Was ist auf dich übergegangen?«, fragte Eugenie verdutzt.

»Die Banshee«, erklärte Magnolia leicht genervt.

Jetzt brach Eugenie in schallendes Gelächter aus. »Du, eine Banshee?«

Magnolia wurde feuerrot und hätte ihr am liebsten eine geknallt.

Zum Glück wurde diese unerfreuliche Unterhaltung durch die dröhnende Stimme der Oberhexe unterbrochen. Sie stand mit erhobenen Armen auf der Teufelskanzel und rief: »Willkommen, meine schönen, wilden Schwestern! Willkommen an Samhain und zu unserer achthundertdreiundsiebzigsten Hexenweihe. Ganze acht Jahre sind ins Land gegangen, ehe es wieder genug Anwärterinnen und Anwärter für die Aufnahme in unseren Hexenzirkel gab. Ein bitteres Zeichen, wie es um unsere Zunft bestellt ist. Aber wir wollen heute keine Trübsal blasen, sondern zuversichtlich und stolz in die Zukunft schauen.«

Die Hexen applaudierten.

Pestilla stieg von der Kanzel und malte mit ihrem Zauberstab ein brennendes Pentagramm auf den Boden. Dann klatschte sie in die Hände.

»Aspirantinnen und Aspiranten, tretet vor!«

Die Kapelle spielte einen Tusch und Magnolia, Eugenie und sechs weitere Jungen und Mädchen stellten sich nervös zwischen der Teufelskanzel und dem Hexenaltar auf. Die Holzscheite des Feuers krachten und Magnolia spürte die gewaltige Hitze der Flammen in ihrem Nacken. Ihr Herz schwirrte wie ein Kolibri.

»Alle Prüflinge sind Anfänger in Sachen Hexerei«, ergriff Pestilla erneut das Wort, »deshalb kann man bei dieser Aufnahmeprüfung eigentlich nicht von einer Prüfung sprechen. Es gibt kein magisches Wissen, das überprüft werden könnte. Und dennoch verfügt eine jede ordentliche Hexe über angeborene Fähigkeiten, die Normalsterbliche nicht besitzen. Diese Fähigkeiten, tief in eurem Innern verborgen, wollen wir heute Nacht herauskitzeln und so die Spreu vom Weizen trennen. Noch Fragen? Gut, dann macht euch bereit.«

In diesem Moment stand eine einäugige, tintenblaue Hexe aus dem Hexenrat auf und drehte mit einem lautem Knacksen ihren Kopf auf den Rücken. Ein scheußliches Geräusch.

Prompt sackte ein rothaariges Mädchen mit ersticktem Gurgeln ohnmächtig zu Boden.

»Weg mit ihr!«, rief Pestilla ohne das geringste Mitgefühl und sofort stieß ein Geier vom Himmel, packte das reglose Bündel und trug es über die dunklen Tannen davon. Die zuschauenden Hexen klatschten Beifall. Magnolia war wie alle anderen Prüflinge entsetzt.

»Tretet nun einzeln in dieses Pentagramm und nennt euren Namen und die Hexenart, der ihr eurer Meinung nach angehört.«

»Du fängst an!« Pestilla deutete auf ein Mädchen mit zerzausten Haaren, das aussah, als hätte es bereits Grünspan angesetzt.

Nur zögernd trat das Mädchen in die knöchelhoch züngelnden Flammen des Pentagramms. Es räusperte sich und sagte dann mit belegter Stimme: »Mein Name ist Daphne Dunkelbeil und ich bin eine Sumpfhexe.«

»So, bist du?«, ranzte die Oberhexe grob und befühlte den braungrünen Stoff von Daphnes Mantel.

»Torffasern und Sumpfgras. Zeige mir deine Zunge, Mädchen.«

Daphne streckte ihre Zunge heraus und zu Magnolias Erstaunen wuchs Moos darauf.

»Sumpfhexe. Kein Zweifel«, bestätigte Pestilla.

Daphne Dunkelbeil grinste triumphierend und bekam sofort eine schallende Ohrfeige.

»Hochmut ist eine gute Eigenschaft, Mädchen. Mir gegenüber jedoch völlig unangebracht.«

Rosarot im Gesicht hielt Daphne sich die schmerzende Wange.

»Die Nächste!«

Eine kleine, magere Hexe in schiefergrauem Mantel trat in das Pentagramm.

»Mein Name ist Ronda Regenguss und ich glaube, ich bin eine Regenhexe«, piepste sie.

Pestilla unterzog sie einer genauen Musterung. »Dein Mantel ist aus den Wurzeln der Berge, deine Augen haben die Farbe der Gletscher und deine Haut ist weiß wie Schnee. Wenn mich nicht alles täuscht, bist du eine Gebirgshexe, Ronda Regenguss. Die Prüfung wird Gewissheit bringen.«

Ronda machte einen flüchtigen Knicks und huschte davon.

Nun trat ein schlaksiger Junge von etwa vierzehn Jahren in den Kreis. Sein Umhang und Hut waren nachtblau und über und über mit Sternen bedeckt.

»Mein Name ist Nemo von Zingst. Ich glaube, dass ich ein Magier bin.«

Erwartungsvoll sah er Pestilla an.

»Das glaube ich auch. Der Nächste.«

Die Kinnlade fiel Nemo von Zingst vor Enttäuschung auf die Brust.

Das war alles? Mehr gab es zu ihm nicht zu sagen? Das war ja allerhand. Ungeduldig stieß Pestilla ihn aus dem Kreis.

Ein rotgelocktes, stämmiges Mädchen in tomatenrotem Mantel und schwarzem Hut schlich mit hängenden Schultern in das Pentagramm. Den Blick fest auf ihre Schuhspitzen gerichtet, stand sie mit schlotternden Knien da.

»M … m … mein N … Name ist Jö … Jö … Jörna Jedamski«, stammelte sie. »U … und i … i … ich glaube, ich bin ü … ü … überhaupt keine Hexe.«

»Waaas?!!!« Pestilla zog die Augenbrauen unwillig in die Höhe.

»Haltung, Mädchen!«, zischte sie und fing an, die arme Jörna zu umkreisen. Nach der dritten Runde beugte sie sich hinunter und steckte ihre Knollnase unter Jörnas Hut. Sie schnüffelte. Einmal und noch einmal.

»Du bist eine Kaminhexe, Jörna Jedamski, kein Zweifel«, polterte sie dann. »Ich habe selber Kaminhexen in meiner Verwandtschaft, alles stolze Frauen. Also Haltung! Verstanden?«

Jörna nickte stumm und taumelte davon.

Jetzt war Eugenie an der Reihe. Kühl trat sie vor, nannte Namen und Art und starrte dann ausdruckslos auf den Hexenrat.

»Kein Zweifel, du bist eine Banshee«, sagte Pestilla.

Eugenie neigte leicht den Kopf und trat aus dem Kreis.

Magnolia machte sich bereit, vorzutreten, das Herz schlug ihr bis zum Hals und sie ließ Pestilla nicht aus den Augen. Da – Pestilla gab ihr das Zeichen. Magnolia machte einen Schritt nach vorn und wurde im selben Moment von einem dicken Jungen grob zur Seite gestoßen.

»He!«, protestierte sie. Der Junge würdigte sie keines Blickes. Mit flatterndem Umhang sprang er in den magischen Kreis und verneigte sich bis auf die Zehenspitzen.

»Ich grüße Euch, Schwarze Mamsell. Hüterin der Zaubertricks. Mächtige Hexe …!«

»Name!«, bellte Pestilla unbeeindruckt.

Irritiert richtete sich der Junge auf.

»Oskar Schinkenstiel«, sagte er dann mit fester Stimme. »Ich bin ein Magier.«

Pestilla schnalzte mit der Zunge und bedeutete ihm, sich einmal um sich selbst zu drehen.

Irgendetwas stimmte da nicht. Das bemerkte selbst Magnolia.

Sein schwarzer Umhang reichte ihm gerade bis zur Taille und seinen seltsamen kleinen Hut hatte er vorsichtshalber mit einem Gummiband unter dem Hals befestigt.

»Magier«, murmelte Pestilla, »nun gut.«

»Magier!« ,rief sie dann laut und Oskar Schinkenstiel verließ breit grinsend das Pentagramm. Die Angehörigen des Hexenrates tuschelten hinter vorgehaltenen Händen.

»Die Nächste!«

Endlich war Magnolia an der Reihe. Klopfenden Herzens betrat sie den Kreis und suchte den Blick ihrer Tante. Sofort wurde sie getadelt.

»Sieh mich an, Mädchen, und nicht den Hexenrat.«

Magnolia schluckte und blickte Pestilla fest in die gelben Augen.

»Name?«

»Magnolia Steel. Ich glaube, ich bin eine Banshee«, presste sie hervor.

»Eine Banshee?! So, so …«, Pestilla umkreiste Magnolia, wie sie es zuvor bei Jörna getan hatte. Sie befühlte ihren Mantel und wiegte nachdenklich den Kopf.

»Sehr ungewöhnlich … aber es könnte sein.«

Magnolia wurde rot. Logisch, dass bei ihr nicht alles glattging.

»Ich bitte um eure Meinung, verehrte Schwestern«, forderte Pestilla die Ratshexen auf. Und als hätten sie nur darauf gewartet, stürzten sie sich auf die arme Magnolia wie ein Rudel hungriger Wölfe. Sie wurde begrabbelt, gekniffen und berochen. Eine Hexe, die interessanterweise wie ein Wildschwein aussah, versuchte beharrlich, ihren borstigen Rüssel in Magnolias Gehörgang zu versenken.

Die Hexen hatten keine Disziplin. Wie die Furien prügelten sie sich um den besten Platz an Magnolia. Alle schrien wild durcheinander und Magnolia wünschte sich weit, weit fort.

»Sie riecht so schwefelig«, schrie die eine.

»Nein, sie riecht modrig«, schrie eine andere.

»Sie ist eiskalt!!«

»Unsinn, das Mädchen glüht. Sie trägt den Mantel der Wäscherin am Fluss, aber aus welchem Stoff ist das Innenfutter!?«

»Für mich fühlt es sich an wie der Atem des Donners«, piepste eine winzige Hexe, der es gelungen war, sich zwischen den Beinen der anderen nach vorne zu kämpfen.

»So ein Quatsch«, schimpfte Runa. »Sie ist Dorettes Enkelin und wurde von der Banshee geküsst!« Auftrumpfend riss sie Magnolias Haare hoch und präsentierte der aufgepeitschten Menge das Feuermal. Schlagartig, jedoch nicht ohne Bedauern, ließen die Hexen von Magnolia ab. Wenn die Sache so lag, war ja alles klar.

Linette stand abseits und Magnolia fing mit Unbehagen ihren besorgten Blick auf. Hatte sie Zweifel?

»Also eine Banshee, der Rat hat entschieden!«, verkündete Pestilla.

Magnolia verließ das Pentagramm und stellte sich neben ihre Vorgänger.

»Nachdem ihr nun alle eurer Hexenart zugeordnet seid, kann die eigentliche Prüfung beginnen«, richtete Pestilla ihr Wort wieder an die Junghexen und Magier. »Die Prüfung gliedert sich in zwei Teile. Der erste Teil, den ihr unbeschadet überstehen müsst, ist die Feuerprobe. Sie dient der Überprüfung eurer angeborenen Kräfte. Keine Angst. Steckt auch nur ein Fünkchen Magie in euch, werdet ihr von den Flammen verschont.«

»Ähmm«, räusperte sich Oskar Schinkenstiel, »und was, wenn nicht?«

Böse über diese Unterbrechung sah Pestilla ihn an. »Was meinst du mit, wenn nicht?«

»Ich meine, was ist, wenn sich der magische Funke in uns so gut verbirgt, dass die Flammen ihn nicht erkennen?« Oskar konnte die Furcht in seiner Stimme kaum unterdrücken.

Pestilla grinste breit. »Ich kann dich beruhigen. Ein Irrtum der Flammen ist ausgeschlossen. Sie erkennen auch das geringste Fünkchen Magie. Und du, Oskar, strotzt doch vor magischen Kräften. Weshalb belastest du also dein Gemüt mit so bangen Fragen?«

»Meine Sorge gilt selbstverständlich den anderen«, beeilte sich Oskar zu sagen, »vielleicht ist unter ihnen jemand ...«

»Wir werden es gleich erfahren«, unterbrach Pestilla. »Fasst euch an den Händen und folgt mir zu unserem Freudenfeuer.«

Pestilla ging voran und in einer langen Reihe, sich an den Händen haltend, folgten die Prüflinge. Magnolia ging zwischen Jörna Jedamski und Oskar Schinkenstiel, der es überhaupt nicht mehr darauf anlegte, sich vorzudrängeln.

Die Flammen boten ein einmaliges Schauspiel. Haushoch loderten sie in den nächtlichen Himmel und aus ihrem Innern kam ein bedrohliches Grollen, Fauchen und Krachen. Es war weiß Gott kein verlockender Gedanke, dort nur in Hoffnung auf ein Fünkchen Magie hineinzusteigen.

Suchend sah Magnolia sich nach ihrer Tante um. Die Mitglieder des Hexenrates folgten den Prüflingen zum Feuer. Tante Linette nickte ihr aufmunternd zu.

Eine Treppe führte direkt in die tosenden Flammen.

»Alles, was ihr zu tun habt, ist, nacheinander in die Flammen zu steigen und im Feuer einen Kreis zu bilden. Dort wartet ihr ab, bis ich euch wieder herausrufe, das ist alles.«

Wie die Schafe auf dem Weg zur Schlachtbank stiegen sie über die Treppe ins Feuer. »Ich glaube einfach nicht, was ich hier tue«, schoss es Magnolia durch den Kopf. Sie fasste jedoch Mut, als sie sah, dass die Flammen ihren Vorgängern nichts ausmachten. Jetzt war die Reihe an ihr. Mit hämmerndem Herzen stieg sie ins Feuer und wurde nicht verbrannt.

Die Flammen zerrten zwar an ihrer Kleidung, leckten über ihre Haut und prasselten auf ihren Kopf, aber sie fühlte keine Hitze. Es war, als stünde sie unter einem Wasserfall aus trockenem Wasser.

Zuletzt stieg Oskar Schinkenstiel in die Flammen. Er forschte, er fühlte, und als nichts weiter geschah, lachte er laut heraus.

»Hahaha, alles Pillepalle und ich wollte gerade anfangen, mir Sorgen zu machen!! Nimm gefälligst meine Hand, Posaunenengel, und du die andere, Hungerlatte. Wir sollen einen Kreis bilden oder habt ihr das nicht kapiert?« Diese abfälligen Anreden galten Jörna und Magnolia, zwischen die Oskar sich gedrängt hatte.

Widerwillig gab Magnolia Oskar ihre Hand. Die anderen reichten sich ebenfalls die Hände und der Kreis wurde geschlossen.

Das Feuer wechselte seine Farbe. Aus freundlichem Orange wurde nun tiefes Dunkelrot. Plötzlich fing Oskar an zu trampeln und zu schreien.

»Aaaarrrrr, autsch, aua, merkt ihr Trottel nichts!? Ich muss hier raus! Lass mich los, du blöde Kuh.« Er riss sich von Magnolia los und stürzte mit brennendem Umhang aus dem Feuer. Durch die zuckenden Flammen sahen sie, wie Oskar sich wild am Boden wälzte, um die Flammen zu ersticken. Schließlich riss er sich den Umhang von den Schultern und stürzte davon. Wenn er allerdings geglaubt hatte, sich einfach aus dem Staub machen zu können, hatte er sich geirrt. Die zuschauenden Hexen waren gehörig verärgert über diesen dreisten Betrug. Sie fingen ihn ein und schleiften ihn zurück vor die Oberhexe.

Die wandte sich an die Prüflinge im Feuer, ohne Oskar Schinkenstiel weiter zu beachten.

»Bis auf eine Ausnahme habt ihr die Feuerprobe bestanden. Kommt nun heraus und stellt euch dem zweiten Teil der Prüfung.«

Nacheinander, ohne zu drängeln, stiegen sie aus dem Feuer und atmeten tief durch, als sie wieder sicheren Boden unter den Füßen hatten. Erwartungsvoll sahen sie Pestilla an.

»Bevor wir uns nun dem zweiten Teil der Prüfung zuwenden, wollen wir diesem Unglücksraben erst noch Gelegenheit geben, sich als Magier zu beweisen.«

Fragend sahen sich die Prüflinge an. Die Oberhexe konnte Oskar unmöglich eine zweite Chance geben. Das wäre nun wirklich ungerecht.

Pestilla hatte jedoch gar nicht die Absicht, dem zitternden Oskar eine zweite Chance zu geben. Stattdessen nahm sie den angekokelten Umhang mit spitzen Fingern auf, trug ihn hinüber zur Teufelskanzel und breitete ihn dort sorgfältig auf dem Felsen aus. Kaum hatte sie die letzte Falte glatt gestrichen, gab es einen gleißend hellen Blitz und ein schmächtiger, an Händen und Füßen gefesselter Junge lag darauf. Blinzelnd hob er den Kopf. Dann stutzte er und riss die Augen auf. Offensichtlich wollte er etwas sagen, aber ein dicker Stoffknebel in seinem Mund hinderte ihn daran.

Pestilla entfernte Knebel und Fesseln und sah streng auf den Jungen herab.

»Es gehört schon eine große Portion Dummheit dazu, sich als angehender Magier von so einem Flusspferd übertölpeln zu lassen.« Sie deutete auf Oskar. Trotzdem sollst du deine Chance bekommen, dich in der Feuerprobe zu bewähren, Konrad Korona. Willst du noch etwas zu deiner Ehrenrettung sagen, bevor du ins Feuer gehst?«

Sofort sprang Konrad auf. »Es tut mit leid, verehrte Oberhexe.« Er versuchte eine ungelenke Verbeugung. »Aber ich kann alles erklären:

Es war bereits dunkel und goss in Strömen, als ich mich zu Fuß an den Aufstieg auf den Brocken machte ...«

»Hat dich denn keine erwachsene Hexe begleitet?«, unterbrach ihn Pestilla.

Konrad schüttelte den Kopf.

»Meine Eltern sind auf einer Mittelmeerkreuzfahrt und haben mich bei meiner Großmutter gelassen. Großmutter ist furchtbar stolz auf mich und wäre so gern bei meiner Aufnahmeprüfung dabei gewesen. Leider hat ihr Rheuma sie ans Bett gefesselt und so habe ich mich allein mit Bus und Bahn auf den Weg gemacht. Alles hat prima geklappt«, Konrad schniefte, »bis ich ihn auf dem Weg nach oben traf.« Er deutete auf Oskar Schinkenstiel.

»Der miese Kerl war ganz freundlich und bot mir aus seiner Thermoskanne zu trinken an. Ich glaube, es war Schnaps darin, denn mir wurde ganz heiß im Bauch und furchtbar schwindelig im Kopf. Ich habe ihm erzählt, wohin ich unterwegs bin und dabei mehr verraten, als ich eigentlich wollte. Oskar sagte, er sei ebenfalls ein angehender Magier und wenn wir noch pünktlich ankommen wollten, müssten wir uns beeilen, denn die Prüfung würde schon in wenigen Minuten beginnen. Ich Trottel war sogar noch dankbar, als er mir erlaubte, mich ihm anzuschließen. Er sagte, er würde eine Abkürzung kennen. Wie dumm von mir, ihm zu glauben, denn kaum hatten wir den Weg verlassen, fing er auch schon an, mich zu boxen und an meinem Umhang zu zerren. Ich schrie, er soll es bleiben lassen, aber Oskar war wie von Sinnen. Das Letzte, woran ich mich erinnere, ist seine Faust. Sie kam direkt auf mich zu.« Wie ein Häufchen Unglück stand Konrad da.

Pestilla räusperte sich. »Lass dir das in Zukunft eine Lehre sein. Du kannst keinem Menschen trauen. Sie sind schlimmer als eine Horde verlogener Trolle. Und nun los, steige in die Flammen und hole deine Prüfung nach.«

Wenn Konrad Angst hatte, zeigte er sie nicht. Scheinbar furchtlos stieg er in die Flammen und kam Minuten später wieder unversehrt heraus. Oskar wurde mit einem furchtbar juckenden Ausschlag belohnt und mit einem Erinnere-dich-nicht-Zauber belegt. Anschließend brachte ihn ein Dutzend Waldhexen ins Tal und setzte ihn dort aus.

Sechsundzwanzigstes Kapitel
Wirklich übel

Auf dem Blocksberg gingen die Prüfungen weiter.

»Manche Hexen behaupten, der zweite Teil unserer Aufnahmeprüfung sei der unangenehmste.« Pestilla lächelte. »Doch ich will nicht vorgreifen. Morgen früh hat sich jeder von euch sein eigenes Urteil gebildet. In diesem Teil der Prüfung werdet ihr einzeln in die Zwischenwelt geschickt, um diesen goldenen Schlüssel zu holen.« Pestilla hielt einen Schlüssel hoch, der etwa die Länge eines Spazierstocks hatte.

»Wie ihr euch bei der Größe dieses Schlüssels unschwer vorstellen könnt, liegt die Schwierigkeit nicht darin, ihn zu finden, sondern ihn unversehrt zurückzubringen. Ihr werdet bei der Suche nach ihm auf Gefahren stoßen, die auf eure jeweilige Hexenart zugeschnitten sind und die ihr in jedem Fall meistern könnt. Lasst mich ein Beispiel geben. Eine Wetterhexe würde diesen Schlüssel womöglich aus den Wolken des schlimmsten Gewitters holen müssen. Mitten aus Blitz, Donner und Hagel. Dazu braucht sie gute Nerven, ist aber dennoch nicht ernsthaft in Gefahr. Denn Blitz und Donner sind ihr Element und können ihr nichts anhaben. Diese zweite Prüfung erfordert also keine besondere Geschicklichkeit oder übermäßige Intelligenz, sondern Mut, Entschlossenheit und gute Nerven. Uns dient sie zur Kontrolle, ob wir euch richtig klassifiziert haben. Sollten wir uns geirrt haben …«, Pestilla machte eine Pause, »nun ja … dann habt ihr ein Problem.«

Schweigen. Schließlich hob Ronda Regenguss zögernd die Hand. »Haben Sie sich schon einmal geirrt?«

»Nicht der Rede wert«, winkte Pestilla ab. »In den ganzen Jahren haben wir nur fünf Prüflinge verloren.«

Die Prüflinge schnappten nach Luft.

»Genug geschwätzt. Folgt mir zu den Schnarcherklippen, um uns endgültig zu überzeugen, dass ihr das Zeug zu richtigen Hexen und Magiern habt.«

Gemurmel breitete sich aus und in den Händen der umstehenden Hexen flammten Fackeln auf. In einer mitternächtlichen Prozession folgten sie Pestilla hinab zu den Klippen.

Die Schnarcherklippen waren zwei schmale, hohe Granitfelsen, die schnarchende Geräusche von sich gaben, wenn der Wind darüberstrich. Zwischen den Felsen befand sich ein magischer Torbogen. Sein Inneres flimmerte wie flüssiges Blei.

»Ronda Regenguss, du bist die Erste. Tritt durch das Tor der Gewissheit und kehre mit Hilfe dieses Schlüssels wieder zurück.«

Gerade wollte Ronda nach dem Schlüssel greifen, da holte Pestilla aus und schleuderte ihn mit der Präzision eines Diskuswerfers durch das Tor. Sofort wurde er von der bleiernen Oberfläche verschluckt.

Ronda holte tief Luft und trat, ohne sich noch einmal umzusehen, durch das Tor. Es begann eine Zeit des nervenzerfetzenden Wartens. Niemand sprach ein Wort. Alle starrten auf das Tor der Gewissheit. Dann irgendwann begann die graue Oberfläche sich zu kräuseln, bis Wellen aufschlugen. Ein Arm tauchte auf, dann eine Schulter, Ronda war wieder zurück. Stolz hielt sie den Schlüssel in die Höhe.

»Gut gemacht, Gebirgshexe Ronda«, lobte Pestilla und nahm ihr den Schlüssel aus der Hand.

Magnolia war nervös. Am liebsten hätte sie, wie Oskar Schinkenstiel, alle anderen beiseite gestoßen und sich durch das Tor gestürzt, nur um die Sache endlich hinter sich zu bringen. Sie war die Vorletzte und erst an der Reihe, nachdem Jörna Jedamski, vollkommen rußgeschwärzt und mit qualmender Hutkrempe, zurückgekehrt war.

»Du bist die Nächste, Magnolia.« Pestilla warf den Schlüssel durch das Tor.

Magnolia zögerte keinen Moment, sie kniff die Augen zu und ging hinterher. Es war ein Gefühl, als würde sie in eine Schüssel Wackelpudding tauchen. Nass, kalt, schwabbelig, dann war sie durch.

Unwirkliches Zwielicht lag über der Landschaft, die sich vor ihr ausbreitete. Sie stand in der Senke hinter Tante Linettes Haus und blickte auf die Rauschwalder Kirche mit ihren windschiefen Kreuzen und alten Gräbern.

Kein Blatt bewegte sich an den Bäumen, kein Vogel zwitscherte. Es war, als hätte sie ein Gemälde betreten.

Etwa hundert Meter entfernt schimmerte es golden zwischen den Gräbern. Der Schlüssel. Magnolia atmete auf. Schritt für Schritt näherte sie sich der niedrigen Steinmauer. Sie brauchte nur darüber hinwegzusteigen, den Schlüssel zu holen und durch das Tor der Gewissheit zurückzukehren. Das war einfach. Zu einfach. Magnolias Gefühl sagte ihr, dass die Sache einen Haken hatte. Vorsichtig, sich nach allen Seiten umsehend, stieg sie über die Mauer. Im selben Moment bemerkte sie im Schatten der Kirchenmauer eine Gruppe Männer, die feindlich zu ihr herüberstarrten. Die Angst kroch Magnolia mit eiskalten Fingern über den Rücken. Es waren dieselben Männer, die in der Gewitternacht unter ihrem Fenster gestanden hatten.

»Ruhig«, flüsterte Magnolia und versuchte ihre Aufmerksamkeit auf den Schlüssel zu richten. Es war keine große Distanz, sie konnte es schaffen. Ein kurzer Sprint, den Schlüssel greifen und durch das Tor zurück zu den Hexen.

Magnolia startete durch und rannte wie noch nie in ihrem Leben. Der Schlüssel, der Schlüssel, der Schlüssel …, hämmerte es bei jedem Schritt in ihrem Kopf. Sie sprang über ein Grab und bremste, noch bevor ihre Füße wieder den Boden berührten. Direkt über dem Schlüssel hatte sich ein riesiger, grauer Wolf aufgebaut. Drohend sträubte er sein Nackenfell und fletschte die Zähne. Seine gelben Augen fixierten Magnolia kalt.

Ein plötzliches Geräusch ließ sie herumfahren. »Bitte nicht!«, flehte sie.

Die unheimlichen Gestalten auf der anderen Seite hatten sich gleichzeitig in Bewegung gesetzt.

»Menschenfleisch«, schmatzten sie gierig, »warm und lebendig, schneller, schneller, lasst sie nicht entkommen!« Steifbeinig und mit ausgestreckten Händen staksten sie auf Magnolia zu.

Ein Albtraum!

Wie war das mit … ihr werdet nicht ernsthaft in Gefahr kommen?

Die Zombis dort, und es waren doch wohl Zombis, machten nicht den Eindruck, als würden sie sich gleich hinsetzen, um eine Runde Karten miteinander zu spielen. Und der Wolf ließ keinen Zweifel daran, dass er ihr den Schlüssel nicht kampflos überlassen würde. Die nackte Angst beherrschte Magnolias Gedanken. Der Schlüssel, die Zombis, der Wolf.

Magnolia entschied sich für den Wolf und machte einen Satz in seine Richtung. Sie trafen sich mitten im Flug und Magnolia hatte das Gefühl, ein D-Zug hätte sie gestreift. Der Wolf rollte über sie hinweg, war im selben Augenblick wieder auf den Beinen und wollte ihr nun endgültig den Garaus machen. Er zielte auf ihre Kehle und sprang. Instinktiv riss Magnolia den Arm vor das Gesicht. Es krachte, als hätte der Blitz eingeschlagen und der Wolf machte einen Salto rückwärts. Aufjaulend, mit eingekniffenem Schwanz, rannte er davon.

Magnolia blieb keine Zeit, sich darüber zu wundern, denn die schrecklichen Männer hatten sich ihr bis auf wenige Meter genähert.

Schon streifte sie ein ekelhaft süßlicher Geruch und sie streckten ihre verfaulten Hände nach ihr aus.

»Verschwindet!!«, schrie Magnolia mit wildem Entsetzen. Da hatte der Erste den Kragen ihres Mantels gepackt.

»Asolpex, usradi penturo!!«, brüllte Magnolia Worte, die sie nie zuvor gehört hatte. Ihr Verstand verabschiedete sich an dieser Stelle. Fassungslos beobachtete sie, wie aus ihrer Hand, die sie zur Abwehr erhoben hatte, ein Feuerball schoss, dann noch einer und noch einer. Die Zombis taumelten zurück, gaben ihre Absicht, Magnolia zu ergreifen, aber nicht auf.

Magnolia feuerte weiter. Mit jedem Schuss wurden die Feuerbälle größer und größer. Ihre Kraft war so gewaltig, dass der letzte Feuerball sie einfach von den Füßen fegte. Hart schlug sie mit dem Hinterkopf auf einen Grabstein auf. Das Letzte, was Magnolia sah, war der goldene Schlüssel neben ihr im Gras, dann verlor sie das Bewusstsein.

Die Bilder kehrten zurück, als jemand ihr schmerzhaft die Wange tätschelte. Magnolia lag, alle viere von sich gestreckt, auf dem Festplatz und sämtliche Ratsmitglieder beugten sich neugierig und besorgt über sie.

»Na, da haben wir uns wohl gründlich getäuscht«, bellte die Oberhexe zur Begrüßung. »Eine Banshee bist du jedenfalls nicht.«

»Das wäre beinahe ins Auge gegangen«, klagte Tante Linette, »wie konnte ich nur so blind sein?«

»Unsinn! Du warst nicht blind«, versuchte die Oberhexe sie zu beruhigen. »Wir haben uns alle vom Kuss der Banshee täuschen lassen. Diese Lektion hat uns wieder einmal gelehrt, auch bei den offensichtlichsten Fällen dreimal hinzusehen. Zum Glück ist es noch einmal gut gegangen und sie konnte sich durch einen Kugelblitz selber retten. Bringen wir nun die Prüfung endgültig hinter uns und schicken die letzte Anwärterin in ihre Aufgabe.«

Pestilla wollte sich gerade dem letzten Mädchen zuwenden, als Magnolia sich auf ihre Unterarme stützte und mit krächzender Stimme fragte: »Wenn ich keine Banshee bin, was bin ich dann?«

»Richtig«, die Oberhexe kam noch einmal zurück. »Du bist eine Windsbraut, Mädchen. Kein Zweifel.«

Und mit diesen Worten stapfte sie endgültig auf Daphne Dunkelbeil zu.

Daphne sah ihrer Aufgabe nicht gerade freudig entgegen, und man musste kein Hellseher sein, um ihre Gedanken zu lesen.

»Eine Windsbraut, eine Wetterhexe!«, jubelte Tante Linette und half ihrer Nichte auf die Beine. »Wie fühlst du dich?« Besorgt sah sie Magnolia an. »Es tut mir so leid, Schäfchen. Wir haben sofort gespürt, dass etwas nicht stimmt. Die Verbindung wurde ständig unterbrochen und wir konnten nicht eingreifen. Erst als du den Schlüssel in der Hand hattest, war es Pestilla möglich, dich zurückzuholen.« Betrübt schüttelte Tante Linette den Kopf. »Dabei schien alles so klar. Deine Großmutter war eine Banshee und so etwas vererbt sich weiter. Dass dabei einmal eine Generation übersprungen wird, kommt vor, aber eine ganz andere Art? So etwas ist im Grunde nicht möglich.« Ratlos sah Linette Magnolia an.

»Mach dir darüber keine Gedanken«, beruhigte Magnolia sie. »Ich bin froh, keine Banshee zu sein. Es ist so ein deprimierender Job.«

Linette lachte. »Du hast recht. Windsbraut passt viel besser zu dir. Du kannst mit der wilden Jagd über den Himmel reiten und Blitz und Donner befehlen.«

»Ich habe Gewitter schon immer geliebt«, sagte Magnolia, »jetzt kenne ich endlich den Grund dafür.«

»Trotzdem möchte ich wissen, woher du *das* geerbt hast.« Der Gedanke ließ Linette nicht los. »In unserer Familie hat es nie Wetterhexen gegeben. Eine Knusperhexe war einmal darunter«, sie rümpfte die Nase, »aber eine Wetterhexe nie. Bleibt nur die Familie deines Vaters.«

Magnolia sah erstaunt auf. An ihren Vater hatte sie dabei überhaupt nicht gedacht.

»Möglich, dass du deine Fähigkeiten aus einer Linie der amerikanischen Hexen geerbt hast«, fuhr Linette fort. »Womöglich bist du Nachfahrin einer der berühmten Hexen von Salem?« Linettes Stimme bekam einen bewundernden Klang. »So muss es sein, deine Großmutter oder Urgroßmutter väterlicherseits war eine Wetterhexe und du hast es von dort geerbt. Wie dumm von mir, dass ich diese Möglichkeit nicht in Betracht gezogen habe.«

»Aber woher habe ich das Mal, wenn ich gar keine Banshee bin?«, unterbrach Magnolia.

Linette zuckte mit den Schultern. »Du wirst einen winzigen Teil der Banshee in dir haben. Denk nur an die Raben. So etwas kommt äußerst selten vor. Mir ist nur ein Fall solch einer unglücklichen Verschmelzung bekannt.« Linette schüttelte den Kopf. »Ständig bekämpfen sie sich selbst ...« Magnolia horchte auf. Doch Linette sagte nichts mehr.

Daphne Dunkelbeil hatte ihre Aufgabe ohne Zwischenfall gelöst und war wohlbehalten zurückgekehrt. Damit waren die Prüfungen beendet. Die Kapelle schmetterte »Von den blauen Bergen kommen wir« und die gesamte Prozession zog feierlich dreimal um den Festplatz, bevor die Oberhexe würdevoll auf ihrem Thronsessel Platz nahm. Mit dem Wink ihres Zauberstabs verscheuchte sie ein paar Regenwolken, die sich heimtückisch angeschlichen hatten, und rief dröhnend: »Hexenanwärterinnen und -anwärter! Oder sollte ich besser sagen, Junghexen und Jungmagier?« Sie grinste über ihr ganzes breites Karpfengesicht. »Alle, bis auf zwei Ausnahmen, die wir ganz schnell vergessen wollen, haben die Aufnahmeprüfungen souverän gemeistert. Ab heute seid ihr offiziell in den Kreis der

Hexen und Magier aufgenommen. Deshalb ist es mir eine Freude, euch zum Zeichen eurer Dazugehörigkeit die beiden wichtigsten magischen Attribute zu überreichen, die jede Hexe und jeden Magier auszeichnen. Den Besen und den Zauberstab. Kommt zu mir.«

Ihre letzten Worte gingen im Jubel und tosendem Applaus unter.

Siebenundzwanzigstes Kapitel

Eine richtige Hexe

Der Reihe nach stiegen sie auf die Teufelskanzel. Ronda Regenguss machte wieder den Anfang. Strahlend nahm sie Besen und Zauberstab aus der Hand der Oberhexe entgegen und wurde mit ein paar eindringlichen leisen Worten entlassen.

»Ihr werdet es nicht glauben«, flüsterte sie aufgeregt, »aber sie haben Namen.«

»Wer? Was denn für Namen?«

»Besen und Zauberstab haben Namen«, erklärte Ronda breit grinsend. »Meine beiden heißen Hermes und Apollo. Zwei griechische Götter. Ist das nicht aufregend? Sicher haben die Namen etwas mit der Persönlichkeit zu tun, die sie von nun an führt.«

Junghexen und Jungmagier drängelten nun noch ein wenig mehr als zuvor.

Nemo von Zingst kehrte strahlend mit Thyrsus und Haynon (den Namen von zwei berühmten Riesen) zurück. Und selbst Eugenies blasse Züge waren rosig überhaucht, als sie Phobus und Morpheus ihr Eigen nennen durfte.

Magnolia war schon ganz kribbelig. Warten gehörte nicht zu ihren Lieblingsbeschäftigungen und in dieser Nacht hatte sie ihr Jahrespensum sicher erfüllt. Dann endlich war sie an der Reihe und unter den stolzen Augen ihrer Tante bestieg sie die Teufelskanzel. Die Oberhexe blickte ihr freundlich entgegen.

»Ich gratuliere dir, Magnolia Steel, und ich hoffe auch in Zukunft viel Erfreuliches von dir zu hören.«

Geschmeichelt senkte Magnolia den Kopf. Nach diesen kurzen Worten überreichte ihr Pestilla einen rundgebundenen Reisigbesen und einen Zauberstab aus schwarzem Ebenholz, an dessen Spitze ein hellblauer Aquamarin schimmerte. Schon bei der allerersten Berührung spürte Magnolia, dass es zwei ganz besondere Gegenstände waren. Ein unbändiges Glücksgefühl rieselte leise von ihrem Kopf bis in die Zehen. Sie konnte nicht anders, als breit und dämlich zu grinsen.

»Ihre Namen sind Huckebein und Zauberwisch, behandle sie gut, denn wie alle magischen Gegenstände haben sie es verdient, mit Respekt behandelt zu werden.«

Magnolia schluckte. Huckebein und Sauberwisch? Ihr breites Grinsen verflog.

»Ähm, sind die nach irgendwelchen Göttern benannt?«

Pestilla schüttelte den Kopf.

»Nach irgendwelchen Riesen?«

»Nein.«

»Zwergen?«

Das Gesicht der Oberhexe wurde ungeduldig. »Nein, Magnolia. Sie heißen einfach Huckebein und Zauberwisch.«

»Ach so, Zauberwisch«, murmelte Magnolia, bevor sie sanft von der Kanzel gestoßen wurde.

»Und – wie heißen sie?«, fragte Jörna Jedamski gespannt.

Magnolia überhörte die Frage einfach. Jörna war sowieso gleich an der Reihe.

»Wie heißen sie?« Jörna wiederholte die Frage freundlich.

Großer Gott, die ließ ja nicht locker.

»Huggebeinunzauberwisch«, murmelte Magnolia zwischen zusammengebissenen Zähnen.

Mitleidig sah Jörna sie an.

»Du bist dran oder soll ich zuerst gehen?« Der schmächtige Konrad stieß Jörna in die Rippen.

»Untersteh dich, du Zwerg«, fauchte Jörna und warf den Kopf in den Nacken.

»Wie heißen deine beiden?«, fragte Magnolia so beiläufig wie möglich, als Jörna mit verklärtem Blick zurückkehrte.

»Baldur und Sachs«, hauchte sie andächtig und drückte Besen und Zauberstab fest an sich.

Zum Abschluss ergriff die Oberhexe noch einmal das Wort.

»Bevor ihr euch nun in eure ersten Flugversuche stürzt, habe ich noch eine erfreuliche Mitteilung. Zum ersten Mal seit dreizehn Jahren seid ihr wieder genügend Schüler, um gemeinsam unterrichtet zu werden. Freundlicherweise hat sich unsere erste Vorsitzende Runa Rickmoor bereit erklärt, euch ab Januar an vier Nachmittagen in der Woche Unterricht in angewandter Magie zu erteilen.«

Applaus der umstehenden Hexen brandete auf. Magnolia und ihre neuen Mitschüler blickten eher skeptisch als begeistert.

»Ich erwarte von euch Verschwiegenheit, Fleiß bei der Arbeit, Erfolg bei den zukünftigen Prüfungen und dass ihr gute Hexen und Magier werdet. Wartet noch das letzte Schutzritual ab, dann seid ihr für heute Nacht entlassen.«

Pestilla zeichnete ein Pentagramm auf den Boden, wandte sich nach Osten und rief mit lauter Stimme:

»Hüter des Ostens, Reiter der Winde, ich rufe dich! Komm herbei und schütze diese Junghexen und Magier, die wir heute feierlich in unseren Kreis aufnehmen.«

Sie bewegte sich weiter im Uhrzeigersinn und rief:

»Hüter des Südens, Geist des Feuers, ich rufe dich! Komm herbei und schütze diese Junghexen und Magier, die wir heute feierlich in unseren Kreis aufnehmen.

Herrin des Westens, Hüterin des heilenden Wassers, ich rufe dich! Komm herbei und schütze diese Junghexen und Magier, die wir heute in unseren Kreis aufnehmen.

Herrin des Nordens, Mutter der fruchtbaren Erde, ich rufe dich! Komm und schütze diese Junghexen und Magier, die wir heute feierlich in unseren Kreis aufnehmen.«

Der Kreis war geschlossen.

Ein leichter Wind erhob sich über dem Brocken, die Luft wurde trotz des Feuers eiskalt, und es regnete Sternschnuppen vom nachtschwarzen Himmel. Magnolia kroch eine Gänsehaut über den Rücken, ganz deutlich fühlte sie die Anwesenheit fremder Mächte. Alle waren mucksmäuschenstill.

Runa reichte Pestilla einen silbernen Kelch und Pestilla vergoss den Inhalt des Kelches als Trankopfer in allen vier Himmelsrichtungen auf dem Boden. Dann drehte sie sich mit gezücktem Zauberstab gegen den Uhrzeigersinn, bis sie wieder nach Osten blickte und verneigte sich tief mit gekreuzten Armen.

»Ihr dürft jetzt eure Besen ausprobieren!«, verkündete sie dann.

Ein Moment der Besinnung, dann brach der Jubel los: »Juuuhuuuuu, Jipppiiiii!!« Übermütig warfen die frischgebackenen Junghexen und Magier ihre Spitzhüte in die Luft. Sie waren unbesiegbar, denn sie hatten die wichtigste Prüfung in ihrem Leben bestanden. Was konnte also noch geschehen?

Voller Selbstvertrauen bestiegen sie ihre Besen.

Magnolia stieß sich kraftvoll vom Boden ab. Doch das Gesetz der Schwerkraft war gegen sie. Außer einem erbärmlichen kleinen Hüpfer brachte sie nichts zustande. »Hoch!«, rief sie mit gedämpfter Stimme und versuchte einen zweiten Hopser. Es war nichts zu machen, dieser blöde Huckebein flog nicht.

Zum Glück erging es den anderen nicht besser. Unter den feixenden Blicken der Zuschauer hüpften und sprangen sie wie eine Schar flügellahmer Enten über den Boden. Dabei entblödete Konrad sich ganz besonders. Er ließ einfach nicht locker, wo andere bereits aufgaben. Mit seinem zwischen die Beine geklemmten Besen nahm er Anlauf (was an sich schon eine Kunst war) und warf sich dann blitzartig nach vorn. Genauso blitzartig pflügte seine Nase durch das weiche Erdreich.

»Iiiiiiiihihihi, hahahahahohoohoh«, kreischten die Hexen außer sich vor Vergnügen. Beschämt und total verdreckt versteckte sich Konrad zwischen seinen Leidensgenossen.

»Hahahahhohohiiiii!« Pestilla lachte Tränen und böse nahm Magnolia zur Kenntnis, dass ihre Tante ebenfalls ein kariertes Taschentuch gezückt hatte, um sich damit tüchtig die Augen abzutupfen.

So einen schlichten Humor hätte Magnolia ihr gar nicht zugetraut.

»Hoho, meine Lieben, köstlich, hihihi. Ich vergaß euch zu sagen, dass es eines bestimmten Zauberspruchs bedarf, um die Besen zum Fliegen zu bringen. Dieser Spruch lautet ...« Pestilla machte eine gewichtige Pause – und dann riefen alle anwesenden Hexen im Chor: »Nach oben hinaus und nirgends an!«

»Probiert es am besten gleich aus. Uns ruft indessen die Pflicht.« Mit dem Wink ihres Zauberstabes ließ Pestilla ein Beduinenzelt wie aus »Tausendundeiner Nacht« entstehen und der Hohe Rat zog sich zurück.

»Nach oben hinaus und nirgends an!« Je nach Temperament riefen oder flüsterten sie die Zauberworte. Sie stießen sich vom Boden ab und ausnahmslos stiegen ihre Besen in die Luft.

»Halt«, sagte Magnolia und zog den Besenstiel zu sich heran. Es funktionierte. Huckebein stand still in der Luft. Ein Schenkeldruck rechts und er drehte sich nach rechts. Ein Schenkeldruck links und der Besen wandte sich nach links. Ein Druck mit beiden Beinen und er bewegte sich vorwärts.

Es war wie beim Reiten, stellte Magnolia erleichtert fest. Jeder von ihnen probte allein den Umgang mit seinem Besen. Nur Eugenie stand still in der Luft und rührte sich nicht von der Stelle. Grün um die Nase schielte sie nach unten. Wenig später entdeckte Magnolia sie mit geschultertem Besen auf dem Festplatz zwischen den Marktbuden.

Im Beduinenzelt war von der ausgelassenen Stimmung nichts mehr zu spüren. Drohende graue Wolken waberten durch das Zelt und füllten es mit schweren Gedanken. Endlich meldete Pestilla sich zu Wort.

»Starke Schwestern! Linette hat uns eindringlich vor Augen geführt, wie gefährlich der Graf ist. Wenn sie allerdings verlangt, wir sollen uns offen gegen ihn stellen, dann halte ich diesen Schritt für unklug. Linette kann, da sie durch den Tod ihrer Schwester persönlich betroffen ist, nicht objektiv sein. Was kümmern uns Menschen oder Zwerge, frage ich euch. Meinetwegen kann der Graf jeden Tag fünfzig Menschen verschleppen. Es gibt sowieso zu viele.«

Zustimmendes Murmeln.

»Du bist sehr kurzsichtig, Pestilla«, antwortete Linette grimmig. »Was ist, wenn der Graf seine Macht zurückgewinnt? Wenn er die Zwerge und die anderen magischen Wesen erneut vertreibt? Glaubst du, er wird dann vor uns haltmachen? Nein, aber dann ist es zu spät, wir werden ihm ganz allein gegenüberstehen. Ich finde, wir sind es den Zwergen schuldig, ihrer Bitte nachzukommen und uns mit ihnen im Kampf gegen das Monster zu verbünden. Wie viele von uns hätten die Inquisition wohl überlebt, wenn die Zwerge uns nicht in ihren unterirdischen Hallen versteckt hätten?!«

»Pah«, mischte sich Runa ins Gespräch, »wenn du schon so alte Kamellen ausgräbst, möchte ich an dieser Stelle an den Bratwurstkrieg von 1798 erinnern. Ein lächerlicher Anlass, aber er hat Hexenleben gekostet, und in dieser Schlacht kämpften Hexen und Zwerge nicht auf ein- und derselben Seite. Wir schulden ihnen überhaupt nichts!«

Aufgeregt wurde durcheinandergebrabbelt.

»Warum ausgerechnet wir?«, schrie eine aufgetakelte Hexe. »Warum wir und nicht die hochnäsigen Elben?«

Pestilla klatschte in die Hände. »Ruhe, meine schrecklichen Schwestern! Ich schlage vor, wir stimmen jetzt ab. Wer ist dafür, gemeinsam mit den Zwergen gegen den Grafen zu kämpfen? Wobei gemeinsam bedeutet, dass wir die Drecksarbeit an vorderster Front erledigen, während die Zwerge aus ihren sicheren Stollen heraus ein paar Erdklumpen schmeißen? Wer ist also dafür?«

Zwei Hände reckten sich in die Höhe. Die eine Hand gehörte Linette und die andere Hand einer dicken, rot gelockten Hexe ganz in ihrer Nähe.

»Und wer ist dagegen?«

Elf Hände schnellten in die Luft. Linette schüttelte den Kopf.

»Wie heißen Sie, meine Liebe?«, richtete sie das Wort an ihre einzige Verbündete. »Ich habe Sie bei unseren Versammlungen noch nie gesehen.«

»Mein Name ist Miranda Jedamski«, sagte die Hexe mit rauchiger Stimme. »Ich bin mit meiner Mutter und meiner Tochter gerade von Österreich nach Wurmstadt gezogen und vertrete heute Abend meine Cousine Cornelia Colerani. Sie liegt mit einer furchtbaren Grippe im Bett.«

»Dann bestellen Sie Cornelia meine besten Wünsche. Was halten Sie übrigens davon, wenn wir uns draußen gemeinsam die Blasmusik anhören? Ich finde die Luft hier drinnen unerträglich stickig.«

Inzwischen genoss Magnolia das berauschende Gefühl der Freiheit. Schon nach kurzer Zeit fühlte sie sich mit ihrem Besen verwachsen. Sie war in ihrem Element. Allerdings besaß Huckebein seinen eigenen Kopf. Mitunter neigte er zu riskanten Flugmanövern. Gerade jetzt schoss er im Zickzackkurs über den Festplatz. Wuuusch ... Beinahe wären sie mit Jörna zusammengestoßen, die in gemächlichem Tempo dahinritt.

»Ist es nicht wunderbar?«, rief sie Magnolia zu, die noch immer versuchte das Gleichgewicht wiederzufinden. »Ich werde in meinem ganzen Leben nie wieder zu Fuß gehen.«

»Es ist unbeschreiblich«, keuchte Magnolia, »glaubst du nun, dass du eine richtige Hexe bist?«

Beschämt sah Jörna sie an. »Erinnere mich bloß nicht daran. Ich glaube, ich bin überhaupt keine Hexe«, äffte sie sich selber nach. »Ich könnte sterben vor lauter Peinlichkeit. Meine Mutter und Großmutter sind beide Kaminhexen, aber ich brauche bloß das Wort Prüfung zu hören, schon bin ich nicht mehr Herr meiner Worte. Ich habe entsetzliche Prüfungsangst.«

»Passt mal auf, ihr zwei Schnarchnasen«, rief Konrad. »Ich fliege jetzt einen Looping.« Er stieg steil neben ihnen in die Luft und ging dann in den Sturzflug. Es geschah, was geschehen musste. Konrad verlor den Halt und rutschte vom Besen. Magnolia schrie auf. Wie in Zeitlupe sah sie seinen zappelnden Körper zur Erde sausen.

Dann puffte es und eine dicke, watteweiche Wolke fing ihn auf. Vor lauter Schreck hatte Konrad sogar vergessen zu schreien. Aschfahl im Gesicht kauerte er auf der Wolke wie in einem dicken Federbett und schwebte sanft zu Boden.

»Wenn du nur dein dämliches Gesicht sehen könntest!«, rief Jörna ihm zu. »Hast du allen Ernstes geglaubt, sie lassen uns hier munter unsere ersten Flugversuche unternehmen, ohne für unsere Sicherheit zu sorgen?«

Magnolia versuchte so auszusehen, als hätte sie so etwas Dummes nie geglaubt. Aber wenn die Sache so stand, konnte man selber ja auch ein paar gewagtere Manöver ausprobieren. Sie drückte Huckebein in den Sturzflug und fing ihn erst kurz über dem Boden wieder ab. Es war unbeschreiblich, dieses Kribbeln im ganzen Körper. Wahnsinn.

»Was hältst du von einem Wettflug?«, rief sie Jörna übermütig zu und stieg blitzschnell auf.

»Bin dabei«, sagte Jörna. »Auf die Plätze fertig los!« Und als hätten sie nur darauf gewartet, zu zeigen, was in ihnen steckt, schossen die beiden Besen pfeilschnell hinüber zum dunklen Wald.

Magnolia rauschten die Ohren, sie klammerte sich an ihrem Besenstiel fest und schloss einfach die Augen. Dann hatte Huckebein Baldur um zwei Besenlängen geschlagen. Jubelnd sah sie sich nach Jörna um.

»Reines Glück«, schnaufte die und versuchte eine Spirale zu fliegen. Unglücklicherweise verlor sie dabei ihren Hut und so blieb den beiden nichts anderes übrig, als eine geschlagene Stunde danach zu suchen, bevor sie ihn auf einer Tannenspitze entdeckten.

Erschöpft kehrten sie auf den Festplatz zurück. Magnolia machte sich im Tiefflug auf die Suche nach ihrer Tante. Wo steckte sie bloß? Es war in diesem Gewühl wahrhaftig nicht einfach, sie zu finden. Manche Hexen reisten bereits ab. Andere tobten noch ausgelassen um das Hexenfeuer oder genossen die Reste des Spießbratens. Magnolia knurrte der Magen.

Endlich entdeckte sie ihre Tante zwischen den Pogo tanzenden Hexen auf der Tanzfläche. Sie landete neben Jörna, die ebenfalls warten musste, weil ihre Mutter auch nicht genug von dieser Keilerei kriegen konnte.

»Wenn sie sich nur amüsieren, sterbe ich gern den Hungertod«, sagte Magnolia trocken.

»Da hinten verkaufen sie Spießbraten zum halben Preis.«

»Ich weiß, leider hat meine Rabentante mich völlig mittellos zurückgelassen. Ich habe keinen Cent in der Tasche.«

»Dann lade ich dich ein«, lachte Jörna. »Ich kann doch nicht zusehen, wie meine neue Freundin elendig verhungert.«

Fünf Minuten später saßen sie vor dem besten Spießbraten, den Magnolia je gegessen hatte.

»Was machst du bis zum Unterricht im Januar?«, fragte sie mit vollem Mund.

Jörna zuckte die Schultern und pulte sich ein paar Fleischfasern aus den Zähnen. »Keine Ahnung. Wir sind erst vor zwei Wochen nach Wurmstadt gezogen und gerade dabei, uns einzurichten. Wir wohnen übrigens in einem alten Gutshof mit fünfzehn Kaminen. Wenn du magst, kannst du mich dort besuchen. Wurmstadt ist gar nicht weit von Rauschwald entfernt.«

»Eine fabelhafte Idee«, sagte da eine tiefe Stimme direkt hinter ihnen. »Ich bestehe allerdings darauf, dass du deine Tante mitbringst.«

»Darf ich vorstellen? Meine Mutter. Mama, das ist Magnolia.«

Linette und Miranda hatten sich endlich von der Tanzerei verabschiedet und setzten sich zu den Mädchen.

Magnolia mochte Jörnas Mutter vom ersten Augenblick. Sie war eine lustige Hexe und kannte mindestens fünfzig haarsträubende Geschichten aus ihrer eigenen Junghexen-Zeit. Gerade erzählte sie, wie sie in einer lauen Sommernacht über den Prater geflogen und dabei den Gondeln des Riesenrads zu nahe gekommen war.

»Ihr könnt euch die Gesichter vorstellen, die Gondel war voll besetzt.« Miranda lachte. »Am nächsten Tag stand in der Zeitung …«

Magnolia wurde schläfrig. Sie war satt und zufrieden, die Glut des heruntergebrannten Hexenfeuers wärmte ihr anheimelnd den Rücken. Von ihr aus konnte es hier ewig so weitergehen.

Linette bedachte ihre Nichte mit einem liebevollen Blick.

»Wir werden uns jetzt auf den Heimweg machen, bevor Magnolia einschläft und ich sie auf ihrem Besen festbinden muss. Es war nett, dich und deine Tochter kennenzulernen, Miranda.«

»Meinetwegen müssen wir nicht aufbrechen.« Magnolia unterdrückte ein Gähnen.

»Bist du sicher?« Tante Linette rief ihren Besen. Er hieß übrigens Hugin, der Gedanke.

»Und wie heißt dein Zauberstab?«, wollte Magnolia wissen. Typisch, dass ihre Tante so etwas Wichtiges nie erzählt hatte.

»Er heißt Munin, die Erinnerung. Sie haben berühmte Namensvettern.«

»Götter, Riesen, Zwerge?«, fragte Magnolia schief grinsend.

»Nein, es sind Odins Raben.«

Die beiden Hexen bestiegen ihre Besen und riefen: »Nach oben hinaus und nirgends an!«, und erhoben sich in die Lüfte.

»Nach Hause«, rief Linette und Hugin peilte sein Ziel an.

»Nach Hause«, rief auch Magnolia und Huckebein folgte mit kleinen Bocksprüngen.

Achtundzwanzigstes Kapitel
Der Pechstein

Eine Woche später hatte Miranda sich mit Linette wegen der Einladung nach Wurmstadt in Verbindung gesetzt und um ein wenig Zeit gebeten. Das Auspacken der Umzugskartons ging nicht so schnell voran wie gehofft.

Für Magnolia war es neu und absolut unverständlich, weshalb Tante Linette ihr nicht schon vor Wochen gesagt hatte, dass man die Kristallkugel auch als Telefon benutzen konnte. Das Kristallkugeltelefon funktionierte zwar nur mit Einschränkung, denn der Gesprächsteilnehmer am anderen Ende musste ebenfalls eine Kristallkugel besitzen. Also konnte man damit nicht gerade viele Personen erreichen, trotzdem war die Kristallkugel praktischer als ein herkömmliches Telefon, denn erstens kostete es keine Gebühren und zweitens konnte man sein Gegenüber sehen, während man mit ihm sprach. Es war lustig, sich auf diese Art mit Jörna zu unterhalten.

Als Linette und Magnolia sich endlich auf den Weg nach Wurmstadt machten, hatte der November die Natur fest im Griff und es war nicht besonders angenehm, auf einem Besen zu reisen.

Die Dunkelheit senkte sich bereits über den Nachmittag und aus den schweren Wolken rauschte hin und wieder ein kalter Schauer. Mit halb erfrorenen Nasenspitzen und rot geschwollenen Händen erreichten sie den alten Gutshof.

Welch eine Wohltat war es da, dass Miranda im Haus alle fünfzehn Kamine angefeuert hatte.

Noch vor ihrem Klingeln öffnete Jörna ihnen die Tür. Miranda stellte ein Tablett voll Zimtkipferln ab, um sie zu begrüßen.

»Wie tapfer von euch, trotz dieses schrecklichen Wetters zu kommen«, sagte sie. »Jörna führt euch in das Musikzimmer, dort könnt ihr euch vor dem Kamin aufwärmen. Ich hole nur noch den Kaffee. Mögt ihr Mädchen heiße Schokolade?« Magnolia nickte.

»Hier entlang«, bat Jörna. »Das Musikzimmer ist der gemütlichste Raum im ganzen Haus. Ich nenne es Spukhaus«, flüsterte sie Magnolia zu. »Du solltest es einmal bei Tageslicht sehen, mit seinen schiefen Fensterläden und seinen verfallenen Stallungen. Mama sagt, es war Liebe auf den ersten Blick. Dieser Hof ist ein Paradies für die Geschöpfe der Nacht.«

Magnolia riss die Augen auf. »Geschöpfe der Nacht? Du meinst auf diesem Hof gibt es Vampire?«

Jörna kicherte. »Quatsch, ich meine Fledermäuse und Eulen. Die nächste Tür rechts«, rief sie Linette zu, die schon vorausgegangen war. »Ihr werdet gleich meine Großmutter kennenlernen.«

Jörnas Großmutter war mindestens einhundertneunundneunzig Jahre alt. Sie saß in Decken gehüllt in einem Schaukelstuhl mitten im Kamin und lutschte an einem Klumpen Kandiszucker.

Trotz ihres freundlichen Grußes strafte sie Linette und Magnolia mit Nichtbeachtung. Es war ein schauriger Anblick, wie die Flammen den Körper der alten Frau umzüngelten.

»Mutter wird zu dieser Jahreszeit arg von der Gicht geplagt«, entschuldigte Miranda ihr unfreundliches Benehmen. »Die Schmerzen rauben ihr jede Ruhe und machen sie launisch.«

»Du erwähntest es neulich, deshalb habe ich ihr einen ganz speziellen Brandweinessig mitgebracht. Ein altes Familienrezept.« Linette zückte eine schlanke Flasche mit farbloser Flüssigkeit. »Damit soll sie sich drei Mal täglich die schmerzenden Gelenke einreiben, dann wird es ihr bald besser gehen.«

»Oh vielen Dank, Linette«, sagte Miranda und lauter fügte sie hinzu: »Hast du gehört, Mutter!? Linette hat dir etwas gegen deine Schmerzen mitgebracht. Sie ist eine wunderbare Zauberin auf diesem Gebiet.« Statt einer Antwort nickte die Großmutter und sog geräuschvoll an ihrem Kandiszucker.

»Willst du dich denn nicht bedanken?«

»Nein, ich weiß ja noch nicht, ob es nützt.« Mürrisch schaukelte sie hin und her.

Ärgerlich schüttelte Miranda den Kopf. »Es tut mir leid ...«

»Nicht der Rede wert«, beruhigte sie Linette, »machen wir es uns gemütlich.«

Die beiden Hexen rückten ihre Sessel dicht vor den Kamin und verbrachten angenehme Stunden mit Plaudereien, Zimtkipferln und einem Glas Sherry.

Jörna und Magnolia spielten Monopoly und Verstecken. Das Haus war fantastisch. Düster und verwinkelt bot es mit seinen vielen Zimmern eine schier unbegrenzte Anzahl an guten Verstecken. Dabei war Jörna entschieden im Vorteil. Zum einen kannte sie sich im Haus bestens aus, zum anderen konnte sie die Kamine als Verbindungstür zu den anderen Zimmern nutzen. Selbst wenn in ihnen das Feuer lichterloh brannte.

Magnolia hegte den finsteren Verdacht, dass Jörna die Verstecke wechselte, während sie auf der Suche nach ihr über die Treppen hastete.

Der Nachmittag verging wie im Flug und bald wurde es Zeit für den Heimweg. Kein besonders verlockender Gedanke, denn zu allem Überfluss hatte es auch noch angefangen zu schneien.

Tief gebeugt saßen Magnolia und Linette auf ihren Besen. Die dicken Flocken flitzten ihnen wie Geschosse entgegen und Magnolia kam es vor, als seien sie in einen Asteroidenschauer geraten. Schließlich waren beide heilfroh, zu Hause anzukommen.

Am nächsten Morgen war die Welt vor Magnolias Fenster in Watte gepackt. Der Schnee lag wie Zuckerguss auf Zaunpfählen und Wegen.

Linette wickelte ihrer Nichte einen dicken grauen Wollschal um den Kopf. Noch nicht einmal bei diesem Wetter ließ sie sich dazu überreden, dass Magnolia für den Schulweg den Besen benutzen durfte.

»Es ist einfach unmöglich, heute Morgen mit dem Rad zu fahren«, maulte Magnolia.

»Da hast du vollkommen recht und deshalb werden wir auch zu Fuß gehen.«

Auf halber Strecke musste selbst Tante Linette zugeben, dass es spaßigere Dinge gab, als durch kniehohen Schnee zu stapfen. Alle Augenblicke fuhr ein Schneepflug vorbei und begrub sie unter einer weißen Fontäne. Sie brauchten eine geschlagene Stunde bis nach Rauschwald. Doch diesmal war Magnolia nicht die Einzige, die zu spät kam.

»Die Mümmel ist auch eben erst gekommen«, tröstete Birte sie. »Ich glaube, niemand, der außerhalb der Stadtmauern wohnt, hat es heute Morgen rechtzeitig geschafft.«

»Sind wir wenigstens noch vollzählig?«, fragte Niklas. »Oder hat der unheimliche Meuchler wieder zugeschlagen? He, das sollte ein Witz sein«, brummte er, als niemand darüber lachte.

Zum Schulschluss strahlte die Sonne und Magnolia stöhnte insgeheim, als sie ihre Tante vor dem Schultor erblickte. Seit Tante Linette sie regelmäßig von der Schule abholte, hatte niemand mehr Lust, mit Magnolia zu gehen. Selbst Birte begleitete lieber Merle. »Weil man sich in Gegenwart eines Erwachsenen nicht über die wirklich wichtigen Dinge unterhalten kann.« Das fand Magnolia ja auch, aber was sollte sie machen? Tante Linette ließ sich einfach nicht abschütteln.

Am Abend setzten erneut heftige Schneefälle ein und von nun an schneite es Tag und Nacht. An den Straßen türmte sich der beiseite geräumte Schnee, und als dann auch noch ein scharfer Ostwind aufkam, gab der Räumdienst seine Arbeit auf. Die Fahrzeuge kamen einfach nicht mehr gegen die Schneemassen an.

Herrn Gregorio blieb nichts anderes übrig, als die Schule zu schließen, da es für die Schüler der umliegenden Dörfer unmöglich war, zum Unterricht zu erscheinen.

Eingeschneit und abgeschnitten von der Außenwelt. Irgendwie abenteuerlich fand Magnolia. Wie gut, dass Tante Linettes Speisekammer gut gefüllt war, so konnten sie locker die nächsten vierzehn Tage überstehen.

Es waren ruhige Tage. Einmal kam ein Brief von Magnolias Mutter. (Linette war auf ihrem Besen heimlich zur Post geflogen.) Sie schrieb darin, wie gut es ihr in Amerika gefiel und wie sehr ihre Arbeit sie in Anspruch nehme. Trotzdem spiele sie mit dem Gedanken, zu Weihnachten die Strapazen eines Atlantikflugs auf sich zu nehmen, um ihr schmerzlich vermisstes Kind am Heiligen Abend in die Arme zu schließen. Versprechen könne sie allerdings nichts.

Magnolia lachte trocken auf. Schmerzlich vermisstes Kind! Ihre Mutter hatte ein Faible für Theatralik, dies war erst der zweite Brief, den sie ihr geschrieben hatte. Soll sie doch bleiben, wo der Pfeffer wächst, dachte sie wütend.

Um Runa nicht vorzugreifen, hatte Linette den nachmittäglichen Unterricht eingestellt. Stattdessen brachte sie Magnolia das Stricken bei.

»Ein Handwerk, das man nicht früh genug erlernen kann. Eine Schande, dass du es nicht schon längst beherrschst.«

»Das ist ein Oma-Sport«, schimpfte Magnolia und hielt die Stricknadeln wie Spieße.

»Halte die Nadeln nicht so aggressiv, es sieht aus, als wolltest du mich damit erstechen«, tadelte Tante Linette und zeigte Magnolia geduldig, wie man es richtig macht. Magnolia gab es zwar nicht zu, aber schon bald fand sie Gefallen an diesem Oma-Sport. Es war so herrlich entspannend. Sie strickte an einem Schal, brauchte keine Maschen zu zählen und kam zügig voran.

Die restliche Zeit verbrachte sie vor der Kristallkugel und tratschte mit Jörna. Wurmstadt war ebenfalls eingeschneit und auch dort fiel der Unterricht aus.

Für eine Weile war das ein recht angenehmer Zustand.

Wenn das Wetter aber nicht nur die Schulen zum Schließen zwingt, sondern unternehmungslustige Schüler erbarmungslos ans Haus fesselt, wird es mit der Zeit immer weniger angenehm.

Nun gibt es zwischen Rauschwald und Wurmstadt einen Rodelberg, der Pechstein heißt. Im Winter ist er der beliebteste Rodelberg der umliegenden Orte. Jörna hatte von diesem Berg gehört und wollte unbedingt dorthin. Sie war eine gute Skifahrerin, und als sie erfuhr, dass Magnolia in Tante Linettes Abstellkammer einen Schlitten entdeckt hatte, ließ sie nicht eher locker, bis sie Magnolia dazu überredet hatte, den Schlitten auf dem Pechstein auszuprobieren. Obwohl es weiterhin schneite und schneite.

»Hoffentlich kann ich Tante Linette weichkochen«, sagte Magnolia gerade zu Jörna durch die Kristallkugel, »ohne Besen werde ich dort kaum hinkommen. Wie machst du es eigentlich mit deinen Skiern? Ich meine, wie transportierst du sie auf dem Besen?«

»Kein Problem«, Jörna kroch fast in die Kristallkugel, »entweder bitte ich meine Mutter, dass sie die Skier verhext, dann fliegen sie von selbst hinterher, oder ich schnalle sie mir einfach auf den Rücken.«

»Meinst du, so etwas klappt auch mit einem Schlitten?«

»Logisch, auch wenn du von Weitem aussehen wirst wie Quasimodo, der Bucklige.«

»Tante Linette soll ihn verzaubern, damit er hinterherfliegt«, sagte Magnolia schnell. Doch das tat Tante Linette nicht. Im Gegenteil, sie zeigte sich erstaunlich starrköpfig, nicht nur, was den Besuch auf dem Pechstein, sondern auch, was die Benutzung des Besens anging. Erst nachdem Magnolia ihr erklärt hatte, dass sie binnen kürzester Zeit wahnsinnig würde, wenn sie nicht bald an die frische Luft käme, gab Tante Linette nach. Allerdings weigerte sie sich weiterhin, den Schlitten zu verhexen.

»Mein liebes Fräulein«, sagte sie aufreizend freundlich, »warum ziehst du nicht gleich ein Spruchband hinter dir her, auf dem steht: ›Trara – hier fliegt eine Hexe auf ihrem Besen zum Rodeln‹? Falls du es noch nicht weißt: Du bist nicht unsichtbar, wenn du auf deinem Besen reitest! Wir Hexen verhalten uns sehr diskret. Die Menschen reagieren auch heute noch unberechenbar, wenn es um Hexerei geht.«

Also flog Magnolia dick vermummt, den Schlitten auf den Rücken geschnallt, hinter ihrer Tante auf den Pechstein.

Schon von Weitem hörte man Schreien und Gelächter. Trotz des unablässigen Schneefalls tummelten sich Hunderte von Menschen auf dem Berg. Die beiden Hexen landeten in sicherer Entfernung im Wald, schickten ihre Besen tief ins Unterholz und gingen das letzte Stück zu Fuß. Jörna hatte sie schon erspäht und wedelte lachend auf ihren Skiern heran.

»Ich fahre in diesem Jahr zum ersten Mal und es geht prima«, strahlte sie. »Der Pechstein ist natürlich kein Vergleich zu den Abfahrten in Österreich, aber es macht höllisch Spaß. Hier gibt es sogar eine kleine Sprungschanze. Wenn du willst, leihe ich dir meine Skier.«

Magnolia wurde vor Aufregung ganz kribbelig.

»Später«, sagte sie. »Zuerst machen wir eine kleine Testfahrt mit dem Schlitten. Steig hinten auf, Tante Linette!«

»Wir beide auf diesem winzigen Ding?! Nie im Leben! Fahr du ruhig allein, ich warte hier oben auf dich.«

»Sie wollen doch nicht etwa die ganze Zeit zuschauen?«, fragte Jörna besorgt. »Da wird Ihnen sicher bald der Hintern abfrieren.«

»Vielen Dank für den Hinweis, aber wir müssen ja nicht ewig hierbleiben«, erwiderte Linette spitz. Sie fühlte schon jetzt, wie ihr die Kälte in die Zehen kniff.

Die Mädchen brausten los und zehn Minuten später war Magnolia wieder da.

»Klasse!«, rief sie, während sie bergan stapfte und acht gab, damit sie von keinem Schlitten erwischt wurde. »Dieses Mal musst du einfach mitfahren!«

»Nein«, schnaubte Linette und stampfte von einem Fuß auf den anderen. Hätte sie doch wenigstens den kleinen Taschenofen mitgenommen.

Trotz ihrer missmutig blickenden Tante hatte Magnolia viel Spaß. Und als sie dann auch noch Birte und Merle entdeckte, die sich ebenfalls mit ihren Schlitten auf dem Berg vergnügten, war der Nachmittag perfekt. Wild hüpfend und rufend machte Magnolia auf sich aufmerksam. »Hallo, Magnolia!« Mit hochroten Wangen stapften Birte und Merle heran. »Wie schön, dich hier zu sehen. Wir haben dich in den letzten Tagen vermisst! Seit die Schule ausfällt, trifft sich die halbe Klasse jeden Tag auf dem Pechstein.«

»Meine Tante wollte mich nicht gehen lassen. Aber heute habe ich sie endlich weichgekocht«, strahlte Magnolia. »Darf ich euch übrigens Jörna vorstellen? Sie ist eine Freundin und kommt aus Österreich.«

»Aus Österreich!«, Merle pfiff durch die Zähne. »Da bist du wohl ganz andere Berge gewohnt, oder?«

»Stimmt. Aber der Pechstein ist auch nicht übel«, antwortete Jörna freundlich.

»Habt ihr Lust, Bummelzug zu fahren?«, fragte Birte plötzlich.

»Bummelzug?«, riefen Magnolia und Jörna wie aus einem Mund.

»Ja, wir binden die Schlitten aneinander und los geht's. Das macht einen Riesenspaß!«

Also fuhren sie Bummelzug. Sie knoteten die drei Schlitten aneinander und sausten schreiend und kreischend den Abhang hinunter. Es war herrlich und deshalb wiederholten sie es gleich zehn Mal nacheinander. Dann rodelten sie allein, probierten Jörnas Skier aus und wagten sich damit sogar auf die Sprungschanze. Die Zeit verging wie im Flug.

»Ich glaube, ich muss wieder einmal nach meiner Tante sehen«, sagte Magnolia nach einer Weile.

»Ist sie etwa hier?«, fragte Birte. »Sag bloß, sie begleitet dich auch zum Rodeln?«

»Tut sie«, bestätigte Magnolia seufzend. »Also bis später! Wenn sie nicht schon zur Eissäule erstarrt ist und dringend nach Hause muss.«

Magnolia und Jörna machten sich auf die Suche. Tante Linette stand noch an derselben Stelle, an der sie sie verlassen hatten.

»Du siehst aus, als würden dir gleich Eiszapfen an der Nase wachsen!«, rief Magnolia. Munter schüttelte sie sich den Schnee von der Mütze und fuhr, ohne Tante Linettes säuerliche Miene zu beachten, fort: »Wenn du nur einmal den Schlitten den Berg hinaufziehen würdest, kämest du schon ins Schwitzen. Also los, steig endlich auf! Lass uns eine Fahrt zusammen machen.«

»Du alte Nervensäge, lässt wohl niemals locker«, brummte Linette und plumpste umständlich hinter ihrer Nichte auf den Schlitten. Ihr war inzwischen mehr als kalt und ein wenig Bewegung würde sicher Wärme in die alten Knochen bringen.

»Du musst dich nur gut festhalten«, sagte Magnolia und rückte so weit nach vorn, dass sie beinahe zwischen den Kufen saß.

»Bist du bereit?«

»Natürlich!«

Und ab ging die Post! Schon nach wenigen Metern bemerkte Magnolia, dass sich die Fahreigenschaften des Schlittens verändert hatten. Durch das zusätzliche Gewicht war er wesentlich schneller geworden und nicht mehr so leicht zu manövrieren. Ihr wurde unbehaglich zumute. Bei jedem noch so kleinen Buckel sprang der Schlitten ein Stück in die Luft und landete unsanft auf dem Boden.

»Nicht so schnell!!«, rief Tante Linette.

Magnolia wurde nervös, denn der größte Buckel der ganzen Abfahrt stand ihnen noch bevor. Er kam näher und näher und es gab nur zwei Möglichkeiten: darüber hinweg oder daran vorbei. In letzter Sekunde entschied sich Magnolia für – vorbei!

Der Schlitten schoss aus der Bahn, streifte die Äste einer Tanne, geriet ins Schlingern und prallte gegen einen Baumstumpf, der genau an dieser Stelle auf sie gewartet hatte.

Magnolia rollte durch den Schnee, aber Tante Linette hob ab. Wie in Zeitlupe segelte sie durch den Wald und blieb dann kopfüber in einer Schneewehe stecken.

Jörna wollte sich ausschütten vor Lachen. Tante Linette rührte sich nicht.

»Hör auf, so albern zu gackern, vielleicht ist ihr etwas passiert!«, fuhr Magnolia sie an. »Wir müssen sie da rausholen.«

Mit vereinten Kräften zogen sie an der bedauernswerten Tante. Sie bewegte sich zwar keinen Millimeter, strampelte aber wenigstens mit den Beinen. Mit bloßen Händen fingen die Mädchen an, in dem verharschten Schnee zu graben. Nicht auszudenken, wenn sie ersticken würde. Endlich, ein letzter Ruck und Tante Linette war frei.

Zornblitzend spuckte sie den Schnee aus, der ihr in den Mund geraten war, und beim Aufstehen zeigte sich dann, dass sie nicht nur in ihrer Würde verletzt war, sondern sich zu allem Übel auch noch den Rücken gestaucht hatte.

Damit war der Rodelspaß vorbei. Magnolia musste ihre Tante auf dem Schlitten in den Wald ziehen, damit sie ungesehen ihre Besen besteigen konnten. Jörna trottete mit hängendem Kopf hinterher.

»Es hat trotzdem Spaß gemacht«, sagte sie zum Abschied. »Bis zu eurem Unfall natürlich«, setzte sie rasch nach, als sie Linettes garstigen Blick bemerkte.

»Vielleicht können wir es wiederholen, wenn es meiner Tante besser geht«, sagte Magnolia kleinlaut.

»Bestimmt nicht!«, fauchte Linette.

Die beiden Mädchen trennten sich mit einem beklommenen Gefühl und zu Hause musste Magnolia ihrer Tante sofort ein heißes Heublumenbad bereiten.

Neunundzwanzigstes Kapitel

Verschleppt

Es wollte nicht aufhören zu schneien. Tante Linette sagte, es sei die schlimmste Schneekatastrophe, die sie in den letzten zwanzig Jahren erlebt hätte.

Magnolia langweilte sich derweil im Regenfass fast zu Tode und sie war sauer, weil Tante Linette es ablehnte, auch nur über den Pechstein zu sprechen. Für sie war der erste Besuch auf dem Rodelberg auch der letzte gewesen. Sie saß, eingerieben mit übel riechenden Salben, vor dem Ofen und war äußerst reizbar.

Jörna durfte sich indessen weiter auf dem Pechstein vergnügen. Begeistert erzählte sie Magnolia von der anderen Seite des Berges, auf der es eine noch coolere Bahn gab.

»Nichts für Windelpupser. Die Bahn ist total vereist und führt bis hinunter ins Tal. Die musst du unbedingt ausprobieren. Deine Tante soll sich nicht so anstellen. Du kannst doch allein auf den Pechstein kommen. Nur weil sie sich die alten Knochen geprellt hat, braucht sie dir nicht gleich jeden Spaß verderben. Ich darf schließlich auch alleine fliegen. Und ohne sie hätten wir sowieso doppelt so viel Spaß«, quäkte Jörnas Stimme durch den Raum. »Die beiden Mädchen aus deiner Klasse sind auch jeden Tag da.«

»Psssst«, flüsterte Magnolia, »sonst hört sie dich. Tante Linette hat Ohren wie ein Luchs. Sie wird es ganz sicher nicht erlauben. Er hat schon einmal versucht, mich zu erwischen.«

»Sprichst du von Graf Raptus? Meine Mutter hat mir davon erzählt. Damals war es fast Mitternacht und du warst allein unterwegs.

Glaubst du, er streckt am helllichten Tag vor aller Augen seine Finger nach dir aus? Da müsste er schön blöd sein. Du hast doch gesehen, was für ein Trubel auf dem Berg herrscht.«

Magnolia seufzte. »Ich weiß. Mir fällt hier schon lange die Decke auf den Kopf. Es hört einfach nicht mehr auf zu schneien und ich kann nichts anderes tun, als im Haus herum zu sitzen. Nicht einmal dieser blöde Kobold lässt sich mehr blicken. Halten Kobolde eigentlich Winterschlaf?«

»Keine Ahnung«, antwortete Jörna gelangweilt. »Diese miesen kleinen Dinger haben mich noch nie besonders interessiert. Ich muss jetzt Schluss machen. Meine Mutter will, dass ich den Kaminzug in meinem Zimmer putze. Also, versuch deine Tante zu überreden. Vielleicht klappt es und wir sehen uns morgen.«

Magnolia gab ihr Bestes, doch Tante Linette blieb hart.

»Du gönnst einem aber auch nicht das kleinste Fitzelchen Spaß. Ich bin das einzige Mädchen in meinem Alter, das ständig seine Tante im Schlepptau hat.«

»Lieber die Tante im Schlepp, als vom Grafen verschleppt.« Linette kicherte blöde über ihren Witz und Magnolia hätte sie in diesem Moment würgen können.

Am nächsten Morgen machte das Wetter endlich eine Pause. Die Sonne schien von einem samtblauen Himmel. Magnolia hauchte die Eisblumen von der Fensterscheibe und sah sehnsüchtig hinaus.

Linette wurde weich. Ihre Nichte sah aus wie ein gefangener kleiner Vogel. Wie gerne hätte sie ihr die Freiheit geschenkt! Sie wusste, was an einem solchen Tag auf dem Pechstein los war. Die Gefahr, ausgerechnet heute dem Grafen in die Hände zu fallen, war wirklich weniger als gering. Also gab Linette sich einen Ruck und erlaubte ihrer Nichte, allein zu fliegen. »Aber langsam und durch den Wald, damit du nicht gesehen wirst.«

Magnolia fiel ihrer Tante jubelnd um den Hals und saß danach sofort vor der Kristallkugel, um sich mit Jörna zu verabreden.

»War doch klar, dass sie dich lässt. Du könntest sie nämlich wegen Kindesmisshandlung anzeigen, wenn sie dich bei diesem Wetter einsperren würde«, sagte Jörna grimmig.

Sie verabredeten sich zur Mittagszeit auf dem Pechstein.

Der Unfall, so bedauerlich er war, hatte auch seine guten Seiten. In Windeseile hatte sich Linettes Missgeschick bis nach Hackpüffel herumgesprochen und nun kamen täglich milde Gaben. Ihre Speisekammer platzte bereits aus allen Nähten, so prall war sie mit den köstlichsten Dingen gefüllt. Heute schickte Greta frischgebackene Milchbrötchen für die Patientin.

»Es tut gut zu wissen, dass man Freunde hat«, seufzte Linette ein ums andere Mal, wenn Jacko oder einer der anderen Dorfbewohner ihr einen Besuch abstattete und dabei etwas Schmackhaftes in den Vorratsschrank stellte.

Vier dieser äußerst leckeren Milchbrötchen, die Greta erst heute Morgen gebacken hatte, stopfte Magnolia jetzt in die Taschen ihres Anoraks.

»Nimm deinen Zauberstab mit«, verlangte Linette, bevor Magnolia auf ihren Besen stieg. »Du kannst zwar noch nicht viel damit anfangen, aber ihn dabeizuhaben ist besser als nichts.«

Magnolia lachte. »Du glaubst doch nicht im Ernst, ich könnte entführt werden, bei all den Menschen, die heute auf dem Berg sein werden? Vermutlich können wir froh sein, wenn wir da oben noch einen Stehplatz kriegen. Ich lasse Zauberwisch lieber zu Hause, sonst verliere ich ihn womöglich.«

»Du nimmst ihn mit oder du bleibst hier!«, sagte Linette bestimmt. »Dein Zauberstab verliert *dich* sicher nicht.«

Um ihre Tante nicht unnötig zu reizen, schob Magnolia Zauberwisch brav in den Ärmel, schnallte sich den Schlitten auf den Rücken und startete im Tiefflug zum Pechstein. Selbst durch den dichtesten Wald fand Huckebein seinen Weg. In halsbrecherischem Tempo jagte er zwischen den Bäumen hindurch und Magnolia erwartete jeden Moment den tödlichen Zusammenstoß mit einer Eiche. Erstaunlicherweise kam sie jedoch heil und ohne jede Schramme ans Ziel.

»Ich bin schon seit einer Stunde hier!«, rief Jörna fröhlich, nachdem Magnolia sie endlich gefunden hatte.

»Ist Birte auch da?«, wollte Magnolia wissen.

»Ich habe sie heute noch nicht gesehen«, erwiderte Jörna.

Magnolia war enttäuscht. Sie hatte gehofft, auch ihre Freundinnen aus der Schule beim Schlittenfahren wiederzusehen.

»Die megascharfe Abfahrt, von der ich dir erzählt habe«, fuhr Jörna fort, »die ist auf Skiern lebensgefährlich, aber mit deinem Schlitten haben wir sicher eine Menge Spaß.« Sie zog Magnolia mit sich fort auf die nördliche Seite des Pechsteins.

Die »megascharfe Abfahrt« war mehr eine Bob- als eine Rodelbahn und nur etwas für wirklich starke Nerven. Den beiden Junghexen machte es riesigen Spaß, mit Karacho ins Tal zu rasen.

»Aus dem Weg«, brüllten Magnolia und Jörna, bis sie heiser waren. Nötig war es natürlich nicht, denn auf der spiegelglatten Bahn konnte ihnen sowieso niemand entgegenkommen.

Sich anschließend den Berg wieder hinaufzuplagen, war entschieden weniger lustig.

»Sicher gibt es für solche Zwecke einen brauchbaren Zauberspruch«, überlegte Magnolia, während sie schnaufend bergan stapften.

»Sicher«, ächzte Jörna, »aber das nützt uns nichts.«

»Man müsste sich eine Liste mit den wirklich wichtigen Zaubersprüchen zulegen und darauf bestehen, die zuallererst zu lernen.«

»Sicher«, schnaufte Jörna, »das müsste man.«

»Auf diese Weise könnte man auch verhindern, Jahre seines Lebens mit nutzlosen Schadzaubern zu vergeuden«, fuhr Magnolia fort.

»Sicher, das könnte man.«

Magnolia warf Jörna einen irritierten Blick zu.

Die beiden rodelten den ganzen Nachmittag. Zwischendurch aßen sie die Milchbrötchen, die Magnolia mitgebracht hatte, und tranken heißen Tee aus Jörnas Thermoskanne. Dann sausten sie wieder auf dem Schlitten den Berg hinunter.

Erst als sie zum hundertsten Mal den Schlitten wieder hinaufzogen, bemerkten sie, wie lang die Schatten der Bäume inzwischen geworden waren.

»Wollen wir noch eine letzte Fahrt machen, bevor es dunkel wird?«, fragte Jörna.

Magnolia schüttelte den Kopf. »Lieber nicht. Ich soll noch vor Einbruch der Dunkelheit zu Hause sein, außerdem sind wir hier oben schon die Letzten.«

»Du hast recht. Rufen wir die Besen.«

Jörna schulterte ihren Rucksack und hielt mitten in der Bewegung inne. Magnolia folgte ihrem Blick. Ihr Herz setzte für ein paar Takte aus. Sie wurden beobachtet. Ein Trupp Schattenkrieger stand reglos auf ihre Lanzen gestützt unter den Bäumen. Die Mädchen hatten denselben Gedanken. Der Schlitten! Auf ihm konnte es ihnen gelingen zu entkommen. Gleichzeitig rannten sie los.

Mechanisch und steif setzten sich die Knochenmänner in Bewegung. Sie hatten keine Eile.

»Auf den Schlitten«, keuchte Magnolia, als hätte Jörna nicht dasselbe Ziel. Umsonst!

Im selben Moment, als die Mädchen auf den Schlitten sprangen, teleportierten die Schattenkrieger und tauchten direkt vor ihnen wieder auf. Mit rot glühenden Augen und gefletschten Zähnen kreisten sie die Mädchen ein.

Jörna sah aus, als würde sie jeden Moment ohnmächtig werden. Magnolia zitterte am ganzen Körper. Ein Königreich für den Todesblick der Banshee, falls er bei solchen Gegnern überhaupt wirkte. Oder wenigstens ein paar Kugelblitze. Probehalber streckte sie die Hand aus. Fehlanzeige. Warum ließen sie ihre beknackten Fähigkeiten nur jedes Mal so schändlich im Stich?

»Kommt uns nicht zu nahe«, drohte sie mit hoher, heller Stimme. Jörna war es gelungen, um sich herum einen Schutzschild zu errichten, indem sie ihren Körper zum Glühen brachte. Trotzdem griffen die Schattenkrieger an. Augenblicklich brach der Schutzschild zusammen und Jörna sank kraftlos zu Boden.

Da brach ein Besen aus dem Unterholz. Wie eine wild gewordene Hornisse stürzte er sich auf die Feinde. Magnolia begriff sofort, dass er nicht das Geringste ausrichten konnte und sich nur unnötig in Gefahr brachte.

»Hau ab, Huckebein!!«, schrie sie deshalb. »Verschwinde!!«

Doch Huckebein ließ nicht locker. Der unvernünftige, dumme Besen riskierte sein Leben. Schließlich geschah, was Magnolia befürchtet hatte – ein Schattenkrieger packte ihn und zerbrach ihn kurzerhand über seinem Knie. Achtlos schleuderte er Huckebein weit von sich in den Schnee.

Magnolia brüllte auf. Blind vor Zorn warf sie sich auf das schwarze Skelett und traktierte es mit ihren Fäusten. Eine Weile schien ihre Wut den Krieger zu amüsieren, dann beendete er die Attacke, indem er sie sich wie einen Mehlsack einfach über die Schulter warf. Er gab den anderen ein Zeichen und im Laufschritt verschwanden sie im Wald.

Jörna nahmen sie auch mit.

Huckebein lag zerbrochen im Schnee. Ein trauriges Bild von einem stolzen Besen. Aber noch steckte Leben in ihm, noch hielten seine harten Holzfasern an einer Stelle zusammen. Er ruckte und zuckte und bäumte sich auf, bis es ihm endlich gelang, in die Luft zu steigen. Mit hängendem Reisigbüschel nahm er Kurs auf Linettes Haus. Noch war Huckebein nicht besiegt.

Unterdessen schleppten die Schattenkrieger die Mädchen immer tiefer in den verschneiten Wald. Sie folgten dabei unsichtbaren Pfaden, überquerten einen verschneiten Wasserlauf und Magnolia konnte kopfüber hängend sehen, wie sich ein erschrecktes Wassermädchen im Schnee in Sicherheit brachte.

Die Luft wurde ihr abgeschnürt. Hilflos wie ein nasser Sack baumelte sie über der knochigen Schulter eines Skeletts. Ihr wurde übel. Das hier musste ein Albtraum sein und zwar einer der schlimmsten Sorte. Eine andere vernünftige Erklärung gab es nicht. Es gab keine Hexen, es gab keine fliegenden Besen und schon gar keine schwarzen Skelette, die sie gerade verschleppten. Vielleicht gab es nicht einmal Tante Linette und sie würde jeden Moment in ihrem Zimmer in Hamburg die Augen aufschlagen und kopfschüttelnd unter die Dusche steigen.

Die Schattenkrieger sprachen kein Wort. Hatten sie denn überhaupt Worte? Das metallene Klicken ihrer Knochen war das einzige Geräusch, während sie Meile um Meile zurücklegten. Plötzlich klaffte vor ihnen ein schwarzes, rechteckiges Loch in der weißen Schneedecke und eine steile Treppe führte direkt unter die Erde. Ohne zu zögern stiegen sie hinab. Ihre rot glühenden Augen waren die einzigen Lichtpunkte in absoluter Finsternis. Magnolia hörte Jörna leise stöhnen, offenbar kam sie wieder zu sich.

Weiter und weiter liefen die Schattenkrieger durch den finsteren Gang. Nur die eiskalten Wassertropfen, die Magnolia von der Tunneldecke immer wieder in den Nacken tropften, zeigten ihr, dass sie nicht träumte.

Schließlich hatten sie das Ende des Tunnels erreicht und standen vor den rußgeschwärzten Mauern einer Burg.

Magnolia bäumte sich auf und legte den Kopf in den Nacken. Die turmhohen Zinnen verschwanden im dunklen Himmel. Unter ihr glitzerte tückisch und schwarz das Wasser des Burggrabens.

Über eine steinerne Brücke betraten sie den Innenhof der Burg. Hässliche Steinfratzen glotzten ihnen über dem Eingangstor entgegen und schienen sie mit ihren verzerrten Grimassen zu verhöhnen. Ein paar aufgestellte Fackeln sorgten für schwaches Licht. Die Blicke der Mädchen trafen sich.

»Wo sind wir?«, fragte Jörna lautlos.

Magnolia schüttelte den Kopf. Wie sollte sie Jörna ihren Verdacht erklären? Sie würde es ohnehin gleich erfahren.

Lautlos, wie von Geisterhand, schwang das Tor auf und ein paar Norgen kamen ihnen entgegen. Es fielen keine Worte. Nur Blicke wurden gewechselt und die Ratten verschwanden wieder im Innern der Burg.

Die Mädchen wurden unsanft zu Boden geworfen. Magnolia spürte jeden einzelnen Knochen in ihrem Körper, trotzdem sprang sie sofort auf die Beine. Jörna folgte ihrem Beispiel. Ängstlich sahen sie sich um.

»Sieh mal da!« Zitternd deutete Jörna auf eine Reihe lebensgroßer Figuren. Magnolia schluckte. Dort wo in anderen Burgen glänzende Ritterrüstungen standen, waren hier Skulpturen aus dem Andenkenladen von Anatol Tott versammelt. Da waren der Gruftknecht mit dem Messer, die Zombies und ein Stück weiter wartete die unselige Margareth.

»Glaubst du, wir sind auf dem Teufelsberg?«, wisperte Jörna mit dünner Stimme.

»Es sieht jedenfalls danach aus«, flüsterte Magnolia zurück.

»Ich habe Schiss und mein Zauber …«

Die Norgen kamen zurück und machten den Schattenkriegern ein Zeichen, ihnen zu folgen. Magnolia wusste, was Jörna hatte sagen wollen, denn sie spürte selber die unangenehme Wärme, mit der sich ihr Zauberstab in ihrem Ärmel bemerkbar machte.

Ein Stoß in den Rücken forderte sie auf, sich in Bewegung zu setzen, und mit klopfenden Herzen gingen sie einem ungewissen Schicksal entgegen.

Dreißigstes Kapitel
Gefangene des Grafen

Der Graf saß im Speisesaal an einer langen Tafel beim Abendessen. Ein Trollkopf, der mit einem Apfel garniert worden war, diente dabei als Dekoration. Dem Grafen gegenüber saß ein schwarz gekleideter Mann mit zurückgekämmten Haaren. Anatol Tott.

Der Andenkenhändler war häufig zu Gast auf der Burg und er war sehr zufrieden mit der Situation. Seit er mit dem Grafen Geschäfte machte, ging es finanziell bergauf. Wer konnte heutzutage schon von einem Laden wie seinem leben?

Anatol Tott war gewissermaßen der Hoflieferant des Grafen. Er lieferte die lebensgroßen Figuren, die die Eingangshalle der Burg schmückten, und er lieferte Informationen zu allen Dingen, die den Grafen aus der Welt der Menschen interessierten. Heute Abend zum Beispiel hatte er ihn köstlich unterhalten, indem er ihm einen Artikel aus der Umschau vorgelesen hatte, in dem über das mysteriöse Verschwinden der Rauschwalder berichtet wurde. Weit wichtiger für ihre geschäftlichen Beziehungen war jedoch Anatol Totts Laden. Er war das – magische – Tor von der Burg nach Rauschwald. Durch sein Geschäft hatte schon so mancher Mensch und so manch magisches Geschöpf den Weg auf die Burg gefunden. Nicht ganz freiwillig, versteht sich. Der Laden ermöglichte es den Norgen, wie aus dem Nichts in der Stadt aufzutauchen und genau so schnell wieder zu verschwinden. Wie sehr der Graf Anatols Dienste schätzte, zeigten die Abendessen, zu denen er hin und wieder eingeladen wurde.

Heute wurde das Essen von den Schattenkriegern unterbrochen, die zwei Mädchen in den Saal stießen und sie vor dem Grafen auf die Knie zwangen. Anatol Tott wusste, wann es Zeit war zu gehen. Er tupfte sich mit der gestärkten weißen Serviette über den Mund, verneigte sich vor dem Grafen und verließ eilig den Saal. Es gab Dinge, bei denen man besser kein Zeuge war.

»Meine Leibwächter haben es also geschafft, die kleine Hexe zu fangen«, stellte der Graf mit weicher schleppender Stimme fest. »Ihr könnt gehen.« Die Krieger verneigten sich bis auf den Boden und verließen rückwärts in gebückter Haltung den Saal.

In aller Ruhe setzte der Graf seine Mahlzeit fort. Gelangweilt rührte er in seinem Teller Suppe und Magnolia zuckte jedes Mal zusammen, wenn er den Löffel laut schlürfend zum Mund führte.

Glücklicherweise war Jörna ganz nah und so konnten sie sich immer wieder aufmunternd anstoßen.

Schließlich hatte Graf Raptus seine Mahlzeit beendet. Träge lehnte er sich in seinem Stuhl zurück und sah die Mädchen aus zusammengekniffenen Augen an.

»Zwei kleine Hexen«, sagte er schließlich. »Du hast mir also noch eine Freundin mitgebracht, Magnolia Steel. Wie aufmerksam von dir.«

»Was wollen Sie von uns?«, fragte Magnolia so kühl wie möglich und streckte angriffslustig das Kinn vor. Der Graf brauchte nicht zu wissen, wie ängstlich ihr ums Herz war.

»Tststs, genauso überheblich wie deine Großmutter. Du solltest doch wissen, wohin so etwas führt.« Die Augen des Grafen glitzerten gefährlich. »Du fragst mich also, was ich von euch will?«, murmelte er und man musste die Ohren spitzen, um ihn zu verstehen.

»Ich will nicht viel, denn ich will nichts weiter … als euer Leben.« Er machte eine genüssliche Pause, um sich an ihren erschreckten Gesichtern zu weiden, dann fuhr er mit weicher Stimme fort: »Versteht mich bitte richtig, ich will nicht euren Tod. Ich will euer Leben.« Er gluckerte leise, so als hätte jemand einen netten kleinen Scherz gemacht.

Magnolia und Jörna sahen sich an. Ein Wahnsinniger.

»Wie meinen Sie das?«, fragte Magnolia mit erstickter Stimme.

Für einen Moment sah der Graf sie nachdenklich an. »Du hast recht«, sagte er dann. »Für euch werde ich den Vorhang meiner Genialität ein klitzekleines Stückchen lüften. Es macht die ganze Sache noch ein wenig amüsanter. Folgt mir!«

Und als läge auf diesem »Folgt mir!« ein Zauber, wurden Magnolia und Jörna auf die Füße gestellt und liefen, ohne es zu wollen, hinter dem Grafen her. Treppauf, treppab folgten sie ihm wie dumme Gänse durch die zugigen Flure, bis sie schließlich an eine Wendeltreppe kamen, die in einen der vier Türme führte.

Der Ostturm beherbergte das Laboratorium des Grafen. Es war angefüllt mit einem nicht überschaubaren Sammelsurium an rußigen Instrumenten, Manuskripten und mystischen Gegenständen und es stank scheußlich nach irgendwelchen Chemikalien.

»Meister«, eine zischende Stimme ließ sie zusammenfahren. Aus einer dunklen Nische trat ein kleiner, hässlicher Gnom, auf dessen viel zu großem Kopf eine bunte Narrenkappe saß, deren Glöckchen bei jeder Bewegung leise klingelten. Sein plumper Körper wurde von bestrumpften Beinchen getragen, die nicht dicker waren als Magnolias Unterarme.

»Ihr bringt Sterbliche in Euer Heiligstes?« Angewidert blickte er auf die Mädchen.

»Kümmere dich um deine Aufgaben, Goldemar!« Die Stimme des Grafen schnitt wie ein Peitschenknall durch die Luft und der Narr duckte sich unter ihrem Klang.

»Goldemar hat recht«, sagte der Graf an die Mädchen gewandt. »Ihr seid die Ersten, denen ich einen flüchtigen Blick auf den Traum der Menschheit gestatte. Hoffentlich seid ihr intelligent genug, um zu begreifen.« Zweifelnd sah er die beiden an.

»Du!!«, donnerte er so plötzlich, dass Magnolia leise aufschrie. »Du wolltest wissen, was es bedeutete, als ich sagte, ich wolle euer Leben und nicht euren Tod. Also schau hin und sage mir, was du siehst.« Er deutete auf ein Regal voller Gläser.

»Na?« Der Graf wurde ungeduldig. »Antworte endlich!!«

Magnolia und Jörna glotzten verständnislos auf das Regal.

Das konnte er wohl kaum meinen. Ein Kellerregal voller Einmachgläser. Sprach er nicht vom Traum der Menschheit?

»Hat es dir und deiner Freundin die Sprache verschlagen oder seid ihr beide bloß verstockt? Vielleicht soll ich eure Zungen mit Gewalt lösen!« Der Blick des Grafen wurde drohend und es schien ratsam ihn nicht weiter zu reizen.

»M … m … marmeladengläser mit blauer Tinte«, stammelte Jörna.

Da platzte dem Grafen der Kragen! »M … m … marmeladengläser mit blauer Tinte«, äffte er Jörna nach. »Dann seht genau hin, ihr unterbelichteten Blindschleichen!« Wütend packte er die Mädchen im Nacken und zerrte sie vor das Regal.

Zuerst fielen Magnolia die weißen Zettel auf, die auf jedem Glas klebten. Hubert Raubein, 1944, stand zum Beispiel auf einem. Magnolia hob den Blick und prallte zurück. Erst jetzt bemerkte sie, dass die Gläser außer der blauen Flüssigkeit noch etwas anderes enthielten. Etwas Faustgroßes, Zuckendes. Sie weigerte sich, den Gedanken zu Ende zu denken.

Jörna dachte zu Ende. Mit vor Entsetzen schriller Stimme brachte sie es auf den Punkt. »In diesen Gläsern schwimmen schlagende Herzen!«, kreischte sie und klammerte sich an Magnolia.

»Die Herzen der Menschen, die er umgebracht hat«, keuchte Magnolia. »Und er hat sogar ihre Namen darunter geschrieben.« Bleich überflogen sie die sauberen Etiketten.

»Georg Pächter, 1923, Sieglinde Brass, 1974, Samantha de Champs, 2012.« Magnolia gab ein würgendes Geräusch von sich.

»Er ist ein Monster«, flüsterte Jörna.

Der Graf genoss die Szene in vollen Zügen.

»Hohoho, er ist ein Monster! Unbezahlbar. Ich sollte diesen Spaß regelmäßig wiederholen.« Dann wurde er schlagartig ernst.

»Dumm wie Bohnenstroh«, giftete er. »Ihr habt wirklich überhaupt nichts verstanden. Ich bin der mächtigste Magier der Welt! Diese Menschen sind nicht tot. Begreift ihr das nicht? Sie haben das ewige Leben! Und wisst ihr, was das Beste daran ist?«

Magnolia und Jörna pressten die Lippen aufeinander und schwiegen beharrlich.

»Sie leben ganz allein für mich!!!« Irres Gelächter schüttelte den Grafen.

Außer blankem Entsetzen spürte Magnolia noch etwas anderes. Es machte sich erneut auf unangenehme Weise in ihrem Ärmel bemerkbar.

Zauberwisch wollte hinaus. Wenn nötig mit Gewalt. Es fühlte sich an, als wollte er sich einfach durch das Futter ihrer Jacke brennen. Dass er dabei ihre Haut versengte, schien ihn nicht im Geringsten zu stören. Magnolia schüttelte energisch den Arm und Zauberwisch gab noch einmal Ruhe.

In Jörnas Ärmel schien Ähnliches vor sich zu gehen, denn auch sie schlenkerte ihren linken Arm unruhig hin und her.

»Er ist verrückt«, flüsterte Magnolia.

Sofort erstarb das Lachen des Grafen. Tückisch sah er Magnolia an. »Obwohl ihr nicht mehr lange von diesem Wissen profitieren könnt, werde ich es euch erklären. Also passt genau auf. Solange diese Herzen schlagen«, er tippte an die Gläser, »solange sind die Körper der Menschen am Leben und können für mich arbeiten. Können eure Spatzenhirne mir so weit folgen? Sie arbeiten in meinen Silberminen, spenden mir warmes Blut und sind meine ergebenen Lakaien. Für sie hat sich der Traum vom ewigen Leben erfüllt.«

»Und was ist, wenn diese Menschen gar nicht ewig leben wollen?«, fragte Magnolia.

Der Graf grinste und Zähne scharf wie Glassplitter blitzten auf. »Alles hat seinen Preis. Einen eigenen Willen haben sie natürlich nicht.«

Die Hitze in Magnolias Ärmel wurde unerträglich und sie fühlte, wie Zauberwisch vibrierte. Er wartete auf einen Befehl, doch sie konnte ihm nicht helfen, da sie nichts Magisches zustande brachte, außer Mäuse aus Socken zu locken und ähnlichen Quatsch.

»Meister!!« Der Gnom schrie auf und deutete auf ein flimmerndes Herz. Mit zwei Schritten war der Graf am Glas.

»Die Injektion, Goldemar«, schnaubte er verächtlich. »Da will sich jemand aus dem Staub machen.«

Goldemar holte eine gläserne Spritze, in der sich schwefelgelber Schmauch kräuselte, und injizierte ihn in das krampfende Herz. Es hatte keine andere Wahl, als auf der Stelle wieder kräftig und regelmäßig zu schlagen.

»Undankbare Geschöpfe«, knirschte der Graf, »immer wieder versuchen sie auf diese Weise zu entkommen.« Lauernd schlich er um die Gläser, so als warte er nur darauf, dass sich der Nächste verdrücken würde. Für einen Moment hatte er die Mädchen vergessen.

Magnolia und Jörna nutzten den Augenblick, gleichzeitig ließen sie die Zauberstäbe in ihre Hände gleiten und richteten sie auf den Rücken des Grafen. Mehr war nicht nötig. Zauberwisch und Sachs griffen an.

Blendend weißes Licht schoss aus ihren Spitzen und verschmolz zu einem gleißenden Band. Blitzartig kroch es an der Silhouette des Grafen empor und offenbarte sein Innerstes. Für einen Moment zeigte sich sein wahres Ich. Anstelle des Grafen stand eine in Fetzen gehüllte Mumie vor ihnen.

Langsam drehte er sich zu ihnen um. Der Graf hatte sich wieder in der Gewalt. Jetzt, wo er nicht mehr überrascht war, konnten die Zauberstäbe der beiden Mädchen wenig gegen ihn ausrichten.

Ganz ruhig streckte er seine Arme nach Magnolia und Jörna aus, entriss ihnen die Zauberstäbe und reichte sie wortlos seinem Gehilfen.

»Pfui!«, brüllte er. »Pfui, pfui, pfui!!!! Ich werde euch lehren, was es heißt, die Hand zu beißen, die euch füttert. Ihr habt eine Nacht, um darüber nachzudenken und zu bereuen, bevor ich euch morgen früh zu meinen Sklaven mache!«

»Das wird dir niemals gelingen, du Scheusal«, dachte Magnolia und legte ihren ganzen Hass in diesen Gedanken.

Der Graf schenkte ihr ein grausames Lächeln. »Wir werden sehen, Magnolia Steel. Für dich halte ich sogar eine ganz besondere Überraschung bereit. Bringe die Hexlein in ihre Gemächer, Goldemar!«

Ihre Gemächer schienen im Keller zu liegen. Jedenfalls stiegen sie eine Treppe mit endlosen Windungen hinab. Am Fuße der Treppe erwartete sie schließlich ein riesiger, haariger Troll. Er erinnerte Magnolia stark an einen Folterknecht. Fieses Grinsen, Lederschürze und im Gürtel steckte eine furchtbar aussehende Peitsche.

Der Troll grinste und grunzte, als er die Mädchen in Empfang nahm. Er riss eine Fackel aus der Halterung und zerrte die beiden mit sich fort, hinein in einen finsteren Gang, vorbei an vergitterten, modrigen Zellen.

In einer der Zellen saß ein Skelett an die Wand gelehnt da und grinste ihnen bleich entgegen. Ein vergessener Gefangener? Panik brandete auf. Was, wenn der Graf beschlossen hatte, sie ebenfalls zu vergessen?

Schließlich waren sie am Ziel. Der Troll öffnete die Tür zur letzten Zelle und schubste die Mädchen hinein. Grüne Augen leuchteten im Schein der Fackel und ein struppiger Körper verschwand in der Dunkelheit.

»Ratten«, wisperte Jörna.

»Genau.« Stumpfsinnig grinsend zog der Troll die Tür ins Schloss und drehte den Schlüssel dreimal herum. Dann stampfte er davon und mit ihm ging das Licht.

Es war dunkel. Nein, es war finster. Die schwärzeste, trostloseste Finsternis, die Magnolia jemals erlebt hatte. Sie fühlte sich schutzlos und blind.

»Jörna?«, flüsterte sie ängstlich. Keine Antwort, nur ein leises Plätschern aus den Tiefen des Kerkers. Gab es da vielleicht eine Quelle, die in die Freiheit führte?

»Jörna, bist du noch da?« Vor lauter Angst war Magnolias Stimme ganz dünn.

»Du überschätzt meine Zauberkräfte. Natürlich bin ich noch da. Ich war nur eben mal für kleine Mädchen.«

Unfreiwillig musste Magnolia grinsen.

»Wenn ich jetzt noch etwas zu trinken bekomme, bin ich zufrieden.« Jörnas Stimme kam näher.

»Das nenne ich Bescheidenheit«, sagte Magnolia düster.

»He, ich will bloß überleben«, verteidigte sich Jörna, »wenigstens diese Nacht.«

»Glaubst du, wir kriegen überhaupt mit, wann diese Nacht vorbei ist? Wir sind mindestens zwei Stockwerke tief unter der Erde und ich fürchte, die Sonne geht hier nicht auf.«

Jörna seufzte. »Zu dumm, dass ich meinen Rucksack verloren habe. Da wäre meine Uhr und etwas zu trinken drin. Ich kann meine Spucke schon viereckig kauen, solchen Durst habe ich.«

»Neben der Tür steht ein Eimer, ich habe ihn vorhin gesehen«, sagte Magnolia und tastete sich auf allen vieren über den rauen Boden. Es schepperte.

»Autsch, ich habe ihn.« Forschend tauchte sie ihre Finger hinein. »Es ist sogar noch Wasser darin. Jedenfalls ist es nass«, setzte sie nach.

»Das muss nicht unbedingt Wasser sein«, schnaufte Jörna und Magnolia konnte hören, wie sie sich ihr näherte.

»Mir fallen auf Anhieb drei Dinge ein, die ebenfalls nass sind. Verdammt, Magnolia, wo steckst du!? Ich habe gerade in etwas Weiches gegriffen, von dem ich gar nicht wissen möchte, was es war.«

»Du hast es gleich geschafft. Ich bin hier.« Magnolia griff in der Dunkelheit nach Jörnas Jacke und bekam ihre Haare zu fassen.

»Aua!! Statt mich zu skalpieren, könntest du das ›Nasse‹ schon mal probieren. Ich würde es jedenfalls für eine Freundin tun.«

»Bitte, dann tu‘s doch.« Magnolia machte Platz.

Jörna schnüffelte, tunkte den Finger hinein und schöpfte dann mit der hohlen Hand etwas Flüssigkeit heraus. Sie probierte.

»Bah, es schmeckt total brackig, aber es ist tatsächlich Wasser.«

»Lass mich auch mal.« Magnolia schöpfte ebenfalls etwas Wasser aus dem Eimer. »Schmeckt, als würde es schon seit zwanzig Jahren darin stehen.«

»Mindestens«, sagte Jörna.

Dann krochen sie auf ein Häufchen Stroh an der Kerkerwand, zogen die Reißverschlüsse ihrer Anoraks bis unter das Kinn und lehnten sich aneinander. Absolute Stille, absolute Dunkelheit.

»In Amerika ist so etwas eine Foltermethode, mit der sie verstockte Häftlinge zum Reden bringen«, sagte Magnolia nach einer langen Weile.

»Ich bin nur froh, dass du da bist«, antwortete Jörna. »Ob sie uns vermissen?«

»Sicher. Tante Linette wird ahnen, was geschehen ist und versuchen, uns zu helfen.« Sie verfielen wieder in dumpfes Schweigen.

Magnolia wusste nicht, wie lange sie so da gesessen hatten, als ein Geräusch sie aufschreckte.

»Jörna«, zischte sie, »hörst du das?«

»Meinst du das leise Klirren?«

»Ja.«

Das Klirren kam näher. Neugierig rutschte Magnolia an die Gitterstäbe ihrer Zelle und sah an den Kerkerwänden den Schein einer Fackel. Mit jedem Atemzug wurde es heller.

»Was ist das?« Jörna blinzelte ins Licht. Magnolia zuckte die Schultern.

Stöhnen mischte sich unter das gleichmäßige Klirren und dann tauchten sie auf. Die, denen das ewige Leben beschert war. Im Gänsemarsch schlurften sie zur Arbeit in den Silberminen.

Ihre Augen blickten stumpf und manche von ihnen waren so alt, dass es unglaublich war, sie auf eigenen Beinen zu sehen. Andere waren ganz jung und Magnolia stockte der Atem, als sie die junge Frau erkannte, die gerade an ihr vorbeikam. Total verschmutzt, die rosigen Wangen eingefallen, hatte sie eine Hand auf die Schulter ihres Vordermanns gelegt, um den Anschluss nicht zu verlieren.

»Christina«, flüsterte Magnolia. »Christina!« Keine Reaktion. Ein Norge, der den Trupp bewachte, hielt seine Fackel in die Höhe. Drohend knurrte er in Magnolias Richtung.

Hinter ihm ging eine weitere Gruppe Arbeiter. Magnolia starrte sie an, jeden Einzelnen. Sie wusste, nach welchem Gesicht sie suchte – und fand es schließlich.

Als Letzte zog Samantha an ihrer Zelle vorbei. Sie trug noch dieselbe Kleidung wie auf dem Schulfest, aber ihr Gesicht war ausdruckslos und leer. Ein Norge mit Fackel bildete den Schluss, dann wurde es wieder dunkel.

Magnolia schluckte, nur keine Tränen!

»Das Weiche, in das du vorhin gefasst hast, war übrigens eine tote Ratte«, sagte sie deshalb, nur um irgendetwas zu sagen. Statt einer Antwort hörte sie leises Schniefen. Magnolia kroch zu Jörna hinüber und legte beide Arme um sie.

»He«, flüsterte sie, »dem Monster wird bald das Handwerk gelegt.«

»Bist du sicher?«

»Klar!«, sagte Magnolia viel zuversichtlicher, als ihr zumute war.

Sie musste geschlafen haben, denn sie bemerkte den Troll erst, als er schon in der Zelle stand. Das Licht seiner Fackel schmerzte in ihren Augen.

»Grmpf, los, raus«, schnarrte er.

Gehorsam standen Magnolia und Jörna auf. Vom langen Sitzen auf dem harten Boden waren ihre Beine ganz steif. Der Troll packte sie jeweils rechts und links unter den Armen und schleifte sie mit sich fort. Dabei schlug er dieselbe Richtung ein wie die Gefangenen.

Geräusche drangen von irgendwo an ihre Ohren. Sie hörten das helle Ping, Ping, Ping der Silberhämmer und das Knarren einer Winde, die unter großer Anstrengung gedreht wurde. Zwischendurch knallte eine Peitsche.

»Hier rauf!« Der Troll klemmte sich Magnolia und Jörna unter die Achseln und trug sie ohne Umstände eine Wendeltreppe hinauf. Er stank zum Himmel und erst nach sechs endlosen Windungen erreichten sie einen Korridor.

Schwach fiel das trübe Licht des frühen Wintermorgens durch die hohen Fenster. Der Troll setzte die Mädchen schnaufend ab und sie folgten ihm durch eine niedrige Seitentür hinaus in den Hof. Dort übergab er sie an zwei Norgen.

Die Norgen führten die Mädchen über den dick verschneiten

Burghof bis zu zwei schwarzen Steinquadern, von denen der Schnee geräumt war und zwangen sie, sich darauf zu legen. Dann fesselten sie beide an schwere Eisenringe und kehrten in die Burg zurück.

Einunddreißigstes Kapitel
Aus und vorbei

Ein eisiger Wind strich über den Hof. Magnolia starrte in den wolkenverhangenen Himmel. Raben kreisten über der Burg und ließen sich auf ihren Zinnen nieder. Zuschauer des zu erwartenden Spektakels.

Immer wieder traf sie der Blick aus ihren hellen Augen und jedes Mal brach Magnolia den Kontakt ab, bevor es ihnen gelang ihr Bosheiten ins Gehirn zu träufeln.

»Falls irgendjemand vorhat, uns zu retten, sollte er es bald tun«, sagte Jörna so beiläufig wie möglich und überspielte damit die fürchterliche Angst in sich.

»Es wird schon Hilfe kommen«, antwortete Magnolia mit rauer Stimme. »Und bis dahin helfen wir uns eben selbst.«

Jörna sah sie mitleidig an.

»Ich schätze, es hat einen bestimmten Grund, weshalb wir hier gefesselt wurden«, versuchte Magnolia das Gespräch wieder in Gang zu bringen.

»Ach nee«, erwiderte Jörna gereizt. »Wir sollen hier unsere Herzen an den Grafen abtreten.«

»Meines wird er nicht kampflos bekommen!«

»Meines auch nicht.«

Sie schwiegen und beide dachten angestrengt darüber nach, wie dieser Kampf wohl aussehen könnte.

»Kannst du noch etwas anderes, als deinen Körper zum Glühen zu bringen?«, erkundigte sich Magnolia nach einer Weile.

Jörna schüttelte traurig den Kopf.

»Reicht ja vielleicht schon«, sagte Magnolia wenig überzeugt.

»Und du?, fragte Jörna. »Was kannst du?«

»Ähm, ich konnte mal den Todesblick der Banshee und Kugelblitze aus meinen Händen schießen, aber jetzt wo sie gefesselt sind, glaube ich nicht, dass es geht.«

»Todesblick wäre schon okay«, sagte Jörna.

Da kam der Graf mit wehendem Umhang über den Hof. Der Gnom Goldemar tippelte eilig hinterher und bemühte sich, nicht über seine Schnabelschuhe zu fallen. In den ausgestreckten Händen trug er eine mit schwarzem Samt bezogene Schatulle. Die Glöckchen an seiner Kappe klingelten nervös.

»Wie ich sehe, habt ihr eure Plätze bereits eingenommen und auch die Raben sind meiner Einladung gefolgt. Trefflich, trefflich ...«, der Graf rieb sich die Hände. »Wie fühlt ihr euch?«

»Ich wüsste nicht, wann ich mich besser gefühlt hätte«, antwortete Magnolia frech und suchte Jörnas Blick, um sie aufzumuntern.

»Das wird sich gleich ändern«, versprach der Graf und kontrollierte ihre Handfesseln. »Diese kleine Prozedur, der ihr euch nun unterziehen müsst, ist ein wenig ... unangenehm. Aber ich verspreche euch, spätestens wenn ich die Steine in eure Brust gelegt habe, sind die Schmerzen vorbei.«

Graf Raptus knetete seine Hände wie ein begnadeter Pianist.

»Goldemar, die Steine!«

Die Raben wurden unruhig und fingen an zu krächzen, so als wollten sie sich in Erinnerung bringen.

»Natürlich, meine gefiederten Freunde, ihr sollt nicht um den Leichenschmaus für eure getöteten Brüder betrogen werden. Wie versprochen dürft ihr euch die besten Bissen aus Magnolia herauspicken. Als Wiedergutmachung, sozusagen. Mir genügt dein Herz«, erklärte der Graf an Magnolia gewandt.

»Selbst wenn von dir nur die Knochen übrig bleiben, wirst du auf ewig meine Dienerin sein.«

Magnolia sog zischend die Luft ein und wich Jörnas entsetztem Blick aus.

»Warum?«, presste sie hervor. Es fiel ihr schwer, ihre Stimme zu kontrollieren.

»Rache«, sagte der Graf. »Schlicht und einfach – Rache.«

Ein roter Schleier des Hasses legte sich über seine Augen. »Du bist ihr Fleisch und Blut. Durch sie war ich gezwungen, blind und taub auf den Tag meiner Auferstehung zu warten. Auf den Tag, an dem ich mich wie ein Phönix aus der Asche erheben würde. Du als ihre Enkelin wirst mich immer an diesen Triumph erinnern, wenn du, als Schatten deiner selbst, durch meine Burg schleichst, begierig mir als Sklavin zu dienen. Deine Freundin ist dabei eine nette magische Zugabe.

Mit gefangen, mit gehangen.« Gehässig nickte er in Jörnas Richtung.

Bei lebendigem Leibe gefressen. Magnolias Herz schlug wie verrückt. Ein neuer, großer Schwarm Raben zog heran. Sie würden nichts von ihr übrig lassen.

Hilflos sah Magnolia zu Jörna hinüber, hoffte, ihr Blick könnte sich an ihr festhalten, hoffte, sie würde ihr Mut machen, aber Jörna starrte nur auf den immer größer werdenden Vogelschwarm. Wind kam auf und wollte man den dunklen Wolken glauben, die sich am Horizont türmten, zog mit ihm ein schweres Gewitter heran.

In diesem Moment hob der Graf die Hand. Das Zeichen für die wartenden Raben, mit dem Frühstück zu beginnen. Sie stürzten sich von den Zinnen und fielen über Magnolia her.

»Magnolia!!!«, schrie Jörna entsetzt und versuchte ihre Fesseln zu zerreißen. Sie konnte ihre Freundin vor lauter Flügel schlagenden Vögeln schon gar nicht mehr sehen.

Die Raben hackten auf Magnolia ein. Rissen ihr ganze Haarbüschel aus und schlugen immer wieder zu. Magnolias ganzer Körper war ein einziger heißer, reißender Schmerz. Alles, was sie zu denken fähig war, war, dass sie tot sein würde, bevor die ersehnte Hilfe eintraf. Sie wollte brüllen und toben, doch stattdessen kam nur ein unmenschliches Fauchen über ihre Lippen.

»NICHCHCHCHCHT!!«, fauchte sie und mit dem gefauchten »Nicht« spuckte sie Feuer. Augenblicklich verwandelten sich die auf ihr hockenden Raben in knusprige Grillhähnchen. Der Schmerz ließ nach. Magnolia probierte es gleich noch mal.

»CHCHHCHCHCH!!!« Mit Genugtuung sah sie den ungläubigen Ausdruck im Gesicht des Grafen. Wütend schrie er nach seinem Narren.

»Einen Knebel, du Dummkopf, damit ich ihr das Maul stopfen kann!« Er hatte Magnolia unterschätzt.

Aufgeregt durchwühlte Goldemar seine Taschen. Besser, er fand ganz schnell einen Knebel. In dieser Stimmung war sein Meister unberechenbar. Erleichtert zog er ein nicht mehr sauberes Taschentuch hervor und reichte es seinem Herrn.

Ungeduldig entriss der Graf das Tuch seinen Händen und versuchte sich Magnolia zu nähern. Was gar nicht so einfach war, denn sie fauchte und fauchte, und er hatte nicht die geringste Lust, sich die Hände zu verbrennen. Endlich holte sie Luft.

Der Graf zögerte keinen Moment. Er sprang hinzu und presste ihr den Knebel so fest auf den Mund, dass Magnolia glaubte zu ersticken.

»Mach das Maul auf, Hexe«, knurrte er und drückte ihr immer wütender den Knebel zwischen die Zähne.

Das Blut dröhnte Magnolia in den Ohren. Ihr Puls war ein dumpfer Trommelschlag. Fremde Bilder tanzten vor ihren Augen unruhig auf und ab. Sie hatte keine Zeit mehr.

Da brach das Inferno los. Die schwarzen Wolken hatten sich genau über ihren Köpfen zusammengezogen und spuckten Blitze. Blitze, die den Grafen nur um Haaresbreite verfehlten. Blitze, die ihr Ziel auf den Wehrgängen der Burg fanden, wo Schattenkrieger Ausschau nach möglichen Angreifern hielten.

Der Graf brachte es nicht fertig, ihr einen Knebel in den Mund zu pressen und gleichzeitig den Blitzen auszuweichen. Magnolia konnte wieder atmen. Zu ihrem unsäglichen Entzücken hatten sich die heranstürmenden Raben allesamt in Hexen verwandelt und griffen die Burg nun von der Luft her an.

»Na endlich seid ihr da!!«, schrie Jörna den Wetterhexen entgegen.

Wie ein Sturmtief brausten sie über den Burghof und feuerten aus allen zehn Fingern. Die Raben stoben kopflos auseinander. Und da war auch Tante Linette. Sie flog so tief, dass der Zipfel ihres Mantels Magnolias Nasenspitze streifte.

»Halte durch, Lämmchen«, krakeelte sie, während sie die Verfolgung eines Schattenkriegers aufnahm. Nie im Leben war Magnolia so froh wie in diesem Augenblick. Sie waren gerettet.

Die Sumpfhexen verwandelten den Burghof kurzerhand in knietiefen Morast und machten damit eine schnelle Flucht unmöglich. Gleichzeitig erschütterten heftige Erdstöße die Festung und ließen die Dächer der Türme einstürzen. Im Innern explodierten sämtliche Kamine, sodass sich das Feuer rasend schnell ausbreitete. Flammen loderten aus allen Fenstern und tauchten den Burghof in flackerndes Licht.

Der Weltuntergang konnte nicht schlimmer sein.

Kriegsgeschrei mischte sich in das Knistern des Feuers. Norgen mit angesengtem Fell stürzten ins Freie. Ihnen auf den Fersen waren Zwerge in Kettenhemden, die wütend ihre Streitäxte schwangen. Sie waren gerade rechtzeitig durch die Silberminen gekommen, um hustende Gefangene in die Freiheit zu führen. Bei der Gelegenheit hatten sie einen netten Beifang gemacht. Anatol Tott, der ausgerechnet heute eine neue Statue geliefert hatte, schaffte es nicht mehr, sich rechtzeitig aus der Burg zu verdrücken und die Zwerge zögerten keinen Augenblick, ihn gefangen zu nehmen.

Schattenkrieger und Norgen waren von dem Angriff so überrascht, dass sie Hals über Kopf flohen. Doch nur wer Glück hatte, nicht von den Pfeilen der Zwerge durchbohrt zu werden, konnte entkommen.

Der Graf hatte es inmitten dieses Tumultes geschafft, die Burgmauer zu erklimmen und war gerade dabei, sich in eine Fledermaus zu verwandeln, als Linette ihn entdeckte.

»Er will fliehen!!«, schrie sie.

Wie aus dem Nichts war Miranda an ihrer Seite. Revolverheldinnen gleich richteten sie ihre Zauberstäbe auf die Gestalt des Grafen. Tausend winzige silberne Pfeilspitzen schossen los und spickten seinen Körper von Kopf bis Fuß. Graf Raptus war sich der Gefahr nur zu gut bewusst. Rasend versuchte er die winzigen Spitzen abzustreifen. Vergeblich, sie saßen fest und begannen ihr zerstörerisches Werk. Voll tödlichem Hass starrte er die beiden Hexen an, so als wollte er sich ihre Gesichter für immer ins Gedächtnis brennen. Seine Konturen fingen an zu verschwimmen, er sackte in sich zusammen, begann zu schmelzen und wurde schließlich zu einer schleimigen, grünen Masse.

»Und jetzt geben wir ihm den Rest!«, rief Linette.

Darauf wollte der Graf allerdings nicht warten. Entsetzt beobachtete Magnolia, wie der grüne Schleim davonkroch. Er glitt in den Ritzen der Mauersteine entlang, kroch über das Wehr und tropfte in den Burggraben.

»Er entkommt!!«, kreischte Miranda und stürzte zur Mauer. »Er soll in seinem eigenen Schleim verkochen!!« Brodelnd schäumte das schwarze Wasser des Burggrabens auf, bevor es bis auf den letzten Tropfen verdampfte.

»Hoffentlich hast du ihn erwischt«, keuchte Linette.

Dann war sie endlich bei Magnolia, löste ihre Fesseln und schloss sie fest in die Arme. Jörna wurde ebenfalls befreit und von ihrer Mutter mit Küssen beinahe erstickt.

»Mama, hör auf!«, flehte sie. »Ich dachte, du willst mich lebend wiederhaben.«

Pestilla kümmerte sich währenddessen persönlich um die befreiten Gefangenen.

»Na Leute, ihr freut euch wohl mächtig, dass wir euch gerade noch rechtzeitig befreit haben, was?« Sie grinste breit.

Schweigen. Dicht gedrängt, wie eine Herde Schafe, standen die Sklaven des Grafen zusammen und stierten stumpf vor sich hin.

»Die sind ja vor Freude ganz aus dem Häuschen«, brummte Pestilla verdrießlich. »Sie werden doch nicht unter Schock stehen? Machen allesamt den Eindruck, als fehlten ihnen ein paar Latten am Zaun.« Sie tippte sich vielsagend an die Stirn. »Ich möchte bloß wissen, was mit ihnen los ist.«

»Die Herzen«, nuschelte Jörna, während sie sich aus den Armen ihrer Mutter befreite.

»Was ist mit ihren Herzen?!«, polterte Pestilla.

Jörna wurde feuerrot und suchte nach Worten.

»Der Graf hat ihre Herzen durch Steine ersetzt«, antwortete Magnolia an ihrer Stelle.

»Etwa durch Seelensteine?«, fragte Pestilla und sah Magnolia so bohrend an, als hätte sie persönlich diese schändliche Tat begangen.

Magnolia zuckte hilflos die Schultern. »Ich weiß nicht. Er hat sie damit zu seinen Sklaven gemacht.«

»Also doch Seelensteine!«

»Habt ihr eine Ahnung, wo der Graf ihre Herzen aufbewahrt?«, mischte sich nun Linette in das Gespräch.

»Das wäre meine nächste Frage gewesen«, sagte Pestilla tadelnd.

Die Mädchen nickten und sahen hilflos zu den brennenden Türmen hinauf, aus deren Dächern die Flammen schlugen.

»Wo bewahrt er sie auf?«, fragte Linette beschwörend und brachte sie damit zur Besinnung.

»Irgendwo da oben, in einem der brennenden Türme ... in Marmeladengläsern«, sagte Magnolia matt.

»Aber vielleicht ist es noch nicht zu spät, vielleicht könnt ihr sie noch retten!?« Jörna blickte hoffnungsvoll in die Runde.

»Von da oben?« Abschätzend sah Pestilla in die lodernden Flammen. »Eine Aufgabe für die Feuerfesten«, entschied sie dann. »Holt die Herzen!!!«

Die Kaminhexen sprangen auf ihre Besen und stiegen zu den Türmen auf. Da weder Magnolia noch Jörna wussten, in welchem der vier Türme sich das Laboratorium befand, mussten die Hexen alle Türme untersuchen. Die Zeit wurde knapp, dann endlich hörten sie einen Schrei.

»Ich habe sie gefunden!!« Eine junge Kaminhexe sprang von ihrem Besen durch das Fenster in die Flammen.

Nun stiegen auch die anderen Hexen auf ihre Besen. Sie bildeten eine Hexentreppe vom Turm bis auf den Burghof, um die Gläser sicher nach unten weiterzureichen. Es war ein Wettlauf mit der Zeit.

Plötzlich griff sich ein Gefangener an die Brust, röchelte und sackte tot zusammen. Für sein Herz kam die Rettung zu spät.

Die Hexen waren fantastisch. Es gelang ihnen tatsächlich, alle übrigen Herzen zu retten, bevor der Turm endgültig in sich zusammenfiel.

Nachdenklich schritt Pestilla die vor ihr aufgereihten Gläser ab und knetete dabei ihre Nasenspitze. Sie stand vor einer Aufgabe, die ihr ganzes magisches Geschick erforderte. Zuerst musste sie die Herzen den richtigen Menschen zuordnen. Zwar waren alle Gläser mit Namensschildern versehen, doch es war nicht damit zu rechnen, dass die Gefangenen munter »Hier!!« rufen würden, sobald sie ihre Namen verlas.

Hexen und Zwerge warteten schweigend.

»Was tut Pestilla?«, flüsterte Magnolia nach einer Weile.

»Pssst! Sie denkt nach. Es ist schließlich keine Kleinigkeit, schlagende Herzen in lebende Menschen zu verpflanzen«, flüsterte Linette nervös zurück.

Pestilla schnippte mit den Fingern. »So könnte es gehen! Es werden verschiedene Zauber nötig sein«, erklärte sie den geduldig wartenden Hexen und Zwergen. »Schließlich soll nicht nur jeder sein eigenes Herz zurückerhalten, sondern auch an den Ort zurückkehren, an dem er entführt wurde. Das Problem dabei ist: Sowie die Herzen wieder in ihren Körpern schlagen, kehrt auch die Erinnerung an das Geschehene zurück. Und sie merken, in welcher Situation sie sich befinden.«

»Du könntest sie mit einem Erinnere-dich-nicht-Zauber belegen«, schlug Linette vor.

»Denselben Gedanken hatte ich auch. Ich mache mich gleich an die Arbeit.«

Pestilla spuckte drei Mal auf den Burghof und dort, wo ihre Spucke den Boden berührte, wuchs eine Rosenhecke, deren weiße Blüten einen betörenden Duft verströmten.

»Die Rosen werden sie hoffentlich beruhigen. Folgt mir hinter die Hecke, ihr Unglücklichen!« Die Sklaven des Grafen trotteten hinter ihr her, ohne zu murren.

Zu gerne hätte Magnolia gesehen, wie die Gefangenen ihre Herzen zurückbekamen. Doch die Hecke versperrte ihr die Sicht.

»Den Blick fest auf die Rosen geheftet!!«, kommandierte Pestilla hinter der Hecke. Sie sprach eine Zauberformel, die sie wieder und wieder wiederholte. Weiße Dampfwölkchen stiegen auf. Es prasselte und klackte und unter der Hecke rollten ein paar schwarze, glänzende Seelensteine heraus. Man hörte das Ploppen der Deckel, die von den Gläsern sprangen.

Pestillas Stimme wurde lauter und beschwörender, die Dampfwölkchen änderten ihre Farbe in dunkles Purpur und dann waren auch schon die ersten entsetzten Schreie zu hören. Die Hecke schien nicht die gewünschte, beruhigende Wirkung zu haben. Kaum schlug in der Brust der Gefangenen wieder ein warmes Herz, erlitten sie einen Schock. Dabei hatten sie bisher nur Pestilla gesehen.

Zu allem Überfluss verflüchtigte sich jetzt auch noch die Rosenhecke und gab den Blick auf die übrigen Hexen und Zwerge frei. Die Menschen waren außer sich. Sie kreischten, rauften sich die Haare, trampelten mit den Füßen und veranstalteten einen Höllenlärm.

Die Hexen pressten sich die Hände auf die Ohren.

»Verdammt, Pestilla, bringe sie gefälligst zum Schweigen!«, schrie Runa mit beiden Zeigefingern in den Ohren.

»Es hat geklappt!«, trompetete Pestilla unverdrossen gegen das tosende Geschrei an.

»Linette, übernimm du den Erinnere-dich-nicht-Zauber. Ich muss erst wieder Kräfte sammeln, bevor ich sie nach Hause schicke.«

Linette trat an Pestillas Stelle, schwang ihren Zauberstab und fabrizierte viele kleine Heiligenscheine. Bevor sich diese Heiligenscheine auf die Köpfe der Menschen herabsenkten, um jedem von ihnen süßes Vergessen zu schenken, hielt Linette noch einmal inne. »Sollten wir ihnen nicht eine angenehme Erinnerung mitgeben?«

»Waaas!?«, Pestilla die mitten zwischen den schluchzenden, tobenden Menschen stand, legte eine Hand ans Ohr.

»Sie brauchen für die verlorene Zeit eine Erinnerung!«, schrie Linette.

»Dann gib ihnen eine Legende, die sie glücklich macht. Aber bitte schnell, diesen Lärm hält ja der stärkste Troll nicht aus!«

Der Lärmpegel schwoll noch einmal an, als die Gefangenen mehrere Staubhäufchen zwischen sich entdeckten, die der Wind in alle Himmelsrichtungen verteilte.

Magnolia war entsetzt. Stumm stieß sie Jörna in die Rippen.

»Glaubst du … meinst du …?«

»Nun mal nicht so rührselig«, blaffte Pestilla neben ihr. »Es ist der Staub der Gefangenen, deren Herzen zu alt und zu müde waren, um weiter zu schlagen. Sie sind nun endlich zur Ruhe gekommen.«

Linette versuchte sich zu konzentrieren. Das entsetzliche Geschrei zerrte auch an ihren Nerven. Trotzdem forschte sie in der Erinnerung eines jeden Einzelnen, was sein lang ersehnter Traum oder Herzenswunsch war. Diese Frau träumte zum Beispiel davon, ägyptische Grabstätten zu erforschen. Also ließ Linette in ihr die Erinnerung wachsen, sie hätte die letzten Monate im Tal der Könige verbracht und dort eine sensationelle Entdeckung gemacht. Einem Mann, der sich nichts sehnlicher wünschte, als einmal für die Chicago Bulls zu spielen, ließ sie glauben, er sei die letzten drei Jahre ihr Quarterback gewesen. Es brauchte ein wenig Zeit, aber schließlich hatte jeder eine angenehme Erinnerung an die Vergangenheit und der Erinnere-dich-nicht-Zauber konnte seine Wirkung tun. Der goldene Schein senkte sich auf die Köpfe der Gefangenen, ihr Geschrei verstummte und machte einem zufriedenen Lächeln Platz.

Pestilla rief einen Wirbelsturm herbei und befahl ihm, die Menschen aufzusaugen und in ihrem Heimatort wieder auszuspucken. Die Windhose fegte über den Burghof und als sie sich schließlich steil in den Himmel erhob, war der Platz, an dem die Menschen gestanden hatten, leer. Sie waren ins Leben zurückgekehrt.

Pestilla bestieg ihren Besen. »Ich denke, wir haben unsere Sache gut gemacht und können uns nun wieder unseren täglichen Geschäften widmen.« Sie machte wahrhaftig kein großes Aufheben um diese beeindruckende, erfolgreiche Schlacht. Und sie wechselte kein freundliches Wort mit den Zwergen, die ihre Sache mindestens genauso gut gemacht hatten.

Für die umstehenden Hexen war es das Zeichen zum Aufbruch. Sie bestiegen ihre Besen und verteilten sich schweigend, ohne überflüssige Abschiedsworte, in alle Himmelsrichtungen.

Auch die Zwerge verschwanden wortlos in den rauchenden Trümmern der Burg, um dort in Ruhe nach Schätzen zu suchen.

Jörna nahm Magnolia fest in die Arme.

»Ich habe noch etwas für dich«, sagte sie lächelnd und holte hinter ihrem Rücken einen Zauberstab hervor.

»Zauberwisch!«, rief Magnolia erfreut. »Woher hast du ihn?«

»Meine Mutter hat ihn aus dem brennenden Turm geholt. Sachs natürlich auch.« Jörna grinste über das ganze runde Gesicht und ließ Sachs aus dem Ärmel gleiten.

»Schon erstaunlich, wie feuerfest die sind.« Mit diesen Worten stieg sie hinter ihrer Mutter auf den Besen und flog winkend davon.

»Ich melde mich bei dir!«, rief Magnolia ihr nach.

Zu Hause verarztete Linette Magnolias Verletzungen und verfrachtete sie, in dicke Decken gehüllt, auf das Sofa in der Wohnstube. Nach einer Tasse Pustafeuertee mit Kandiszucker kehrten Magnolias Lebensgeister zurück und sie wollte alles, was sich seit ihrer Entführung ereignet hatte, haarklein erzählt bekommen. Vor allem aber wollte sie wissen, was mit Huckebein geschehen war.

Statt einer Antwort klatschte Tante Linette in die Hände und augenblicklich schwebte Huckebein herein. Er war in der Mitte sorgfältig geflickt und seinen struppigen Schweif zierte eine dicke rote Schleife. Glücklich streichelte Magnolia ihren Besen.

»Ohne Huckebein hätte ich geglaubt, du würdest dich bloß verspäten. Ich hätte gewartet und mich viel später erst auf die Suche nach dir gemacht, dabei wäre viel Zeit verloren gegangen«, sagte Linette.

»Zeit, die wir nicht hatten«, bestätigte Magnolia. »Ihr kamt wirklich in der allerletzten Sekunde.«

»Ich weiß, Lämmchen«, Linette bedachte ihre Nichte mit einem liebevollen Blick.

»Erzählst du mir, wie es dir gelungen ist, in so kurzer Zeit so viele Hexen und Zwerge zusammenzutrommeln?«, bat Magnolia.

Tante Linette lachte. »Manchmal ist der Zufall ein guter Verbündeter. Huckebein hatte sich trotz seiner schweren Verletzung bis nach Hause geschleppt. Mit letzter Kraft segelte er in den Garten und blieb vor der Haustür liegen. Es war reiner Zufall und zum ersten Mal ein glücklicher, dass Jeppe just in diesem Moment seine neugierige Nase durch die Brombeerhecke steckte und Huckebein entdeckte, bevor er von den Schneeflocken bedeckt wurde. Dank eines weiteren Zufalls war Jacko an diesem Nachmittag aus dem Dorf ins Regenfass gekommen, um nachzusehen, wie es meinen malträtierten Knochen ginge. Wir saßen also gerade zusammen, als Jeppe anklopfte, um sich zu erkundigen, ob es eine neue Sitte wäre, zerbrochene Besen einfach aus dem Fenster zu werfen, anstatt sie feierlich zu begraben.

Bei mir brannten sofort sämtliche Alarmlampen. Du warst nicht zurückgekommen. Huckebein war schwer verletzt. Und als sich die Kristallkugel zu allem Überfluss mit tief rotem Nebel füllte, anstatt mir deinen Aufenthaltsort zu zeigen, war mir klar, dass du in Lebensgefahr schwebst.« Linette seufzte tief bei dem Gedanken an diesen schrecklichen Augenblick.

»Während Jacko zurück ins Dorf eilte, um sämtliche Zwerge zu mobilisieren, startete ich den großen Hilferuf.«

Magnolia sah ihre Tante fragend an. »Den großen Hilferuf?«

»Jede Hexe hat das Recht zum großen Hilferuf. Allerdings nur, wenn es sich um einen echten Notfall handelt. Und echter Notfall bedeutet bei uns keine in Flammen stehende Hütte und auch keine gebrochenen Arme oder Beine. Der große Hilferuf ist nur dann gestattet, wenn das eigene Leben in Gefahr ist.«

»Und wie startet man den großen Hilferuf?«

»Wir ziehen den Mond herab.«

»Ihr zieht den Mond herab!?«

Linette nickte. »Er wird dann groß und gelb wie ein Käserad und ist selbst am helllichten Tag zu sehen. Der Mond hat großen Einfluss auf uns. Wir spüren seine Veränderung auch dann, wenn wir gerade nicht in den Himmel schauen.

Du hättest das Rauschen ihrer Röcke hören sollen, als sie in dicken Wolken anreisten. Die Ersten landeten schon wenige Minuten später im Garten, andere waren die ganze Nacht unterwegs. Selbst der alte Agrippa von Nettesheim hat es sich nicht nehmen lassen und sich auf seinen morschen Besen geschwungen. Verstohlen wischte Linette sich eine Träne aus dem Augenwinkel. »Ich weiß nicht, ob du ihn überhaupt bemerkt hast.« Magnolia schüttelte den Kopf.

»Im Morgengrauen traf endlich auch Pestilla ein. Sie übernahm sofort das Kommando.

»Er hat es also gewagt, sich an unserer Brut zu vergreifen?«, rief sie. »Dann wird es Zeit ihm auf die Finger zu klopfen.«

Linettes Augen strahlten. »Das waren ihre Worte. Ein tolles Weib, wenn es darauf ankommt, kann man sich hundertprozentig auf sie verlassen. Der Rest ist dir ja bekannt.«

Magnolia nickte, es wurde still in der kleinen Stube. Die Gedanken flogen wie dunkle Schatten vorbei und wenig später war Magnolia eingeschlafen.

»Du wirst auch dieses Abenteuer unbeschadet überstehen«, sagte Linette leise zu ihrer Nichte. »Dein Name ist Programm. Du bist tatsächlich eine Magnolie aus Stahl.«

Zweiunddreißigstes Kapitel

Wirklich Weihnachten

Insgeheim hatte Magnolia gehofft, Schnee und Glatteis würden noch bis zu den Weihnachtsferien andauern. Nun, daraus wurde nichts. Bereits am Nachmittag klingelte Birte an der Haustür.

»Es ist echt nervig, dass euch die Telefonkette nicht erreicht«, stöhnte sie.

»Ich habe dich auch vermisst«, lachte Magnolia und zog Birte ins Haus.

»Du solltest deiner Tante in Sachen Telefon gut zureden«, fuhr die unbeirrt fort. »Es ist schließlich kein neumodischer Kram, sondern eine Erfindung aus dem letzten Jahrtausend. Wünsch dir doch ein Handy zu Weihnachten. Es ist unbegreiflich, wie ihr ohne auskommt, in einer Zeit in der die wichtigsten Nachrichten per SMS ausgetauscht werden.«

»Hallo, Frau Kater«, grüßte Birte, als sie ins Wohnzimmer kamen, und ließ sich ohne Umstände in den Ohrensessel fallen.

»Meinetwegen hättest du dir den Weg sparen können«, grinste Magnolia schief, »denn ich ahne, weshalb du hier bist. Der Unterricht fängt wieder an, oder?«

»Stimmt! Herr Gregorius kann es kaum erwarten. Morgen früh Punkt acht Uhr geht die Schinderei wieder los.«

»Vielen Dank, dass du dich extra auf den Weg gemacht hast, um mir diese frohe Botschaft zu bringen. Bist 'ne echte Freundin.«

Birte grinste. »Frau Mümmel hat mich geschickt. Sie hat bei uns angerufen und gefragt, ob es mir etwas ausmacht, bei dir vorbeizufahren. Konnte ich da nein sagen?« Magnolia verzog das Gesicht. »Na, na, na«, lachte Birte. »Wer wird denn so grimmig gucken? Think positive – wie Frau Mümmel so schön sagt. Schule bedeutet schließlich nicht nur Schinderei, sondern auch Leander!«

Leander ... In den letzten Tagen hatte Magnolia nicht einen einzigen Augenblick an ihn gedacht, aber das ließ sich ja nachholen. Sie hob den Daumen und lachte. »Super!«

»Es gibt übrigens noch eine Neuigkeit, die dich interessieren wird.«

»Und die wäre?«

»Samantha ist wieder da.« Birte machte eine genüssliche Pause, um die Neuigkeit gebührend wirken zu lassen.

Magnolia tat ihr den Gefallen. »Wieder da?«, wiederholte sie daher dümmlich.

»Die Polizei hatte recht. Sie ist einfach von zu Hause abgehauen, um in Paris eine Prêt-à-porter-Modenschau für Karl Lagerfeld zu laufen.«

»Oh, für Karl Lagerfeld.« Magnolia musste sich auf die Zunge beißen, um nicht laut herauszulachen. »Hätte ich ihr gar nicht zugetraut.«

»Sie gibt jetzt noch tausend Mal mehr an als vorher, du wirst es erleben.«

Am nächsten Morgen machte sich Magnolia leise fluchend auf den Weg zur Schule. Tante Linette ließ sie wieder alleine fahren. Leider reichte das nicht aus, um ihre schlechte Laune zu vertreiben. Dr. Gregorius hätte schon ein Einsehen haben können. Was machte es schon aus, wenn seine Schüler ein paar popelige Unterrichtsstunden versäumten? – Davon würde das Abendland sicher nicht untergehen.

Dick eingepackt und noch immer grummelnd radelte Magnolia Rauschwald entgegen. Dann die Überraschung! Was der Gedanke an Schulbesuche ohne Tante Linette nicht geschafft hatte, das gelang Anatol Tott mühelos. Magnolias schlechte Laune war wie weggeblasen, als sie an seinem Laden vorbeifuhr. *Räumungsverkauf* stand in fetten Buchstaben auf einem gelben Schild im Schaufenster des Andenkenladens. Magnolia grinste von einem Ohr bis zum anderen. Sie hatte mitbekommen, wie eindringlich die Zwerge Anatol Tott geraten hatten, seinen Laden aufzugeben und Rauschwald zu verlassen.

Magnolia grinste noch immer, als sie die Schule erreichte. Dann war mit der guten Laune allerdings Schluss, denn Birte hatte recht …

Bereits auf dem Flur war Samanthas glockenhelle Stimme zu hören. »Es war fantastisch! Stellt euch vor, Kate Moss hat mich auf ihre Party eingeladen. Da habe ich natürlich alle Topmodels kennengelernt, die Rang und Namen haben. Karl hat mir persönlich gratuliert und gesagt, dass ich unheimlich viel Talent habe. Der Babyspeck muss natürlich noch weg, das sagt Naomi übrigens auch, aber dafür bin ich noch so beneidenswert jung, sagt sie.«

»Welcher Babyspeck? Du bist doch nur noch Haut und Knochen und siehst irgendwie … lädiert aus.« Magnolia konnte sich diese Spitze nicht verkneifen.

»Natürlich, die Stahlmagnolie räuspert sich auch wieder. Hab ich gesagt: ›Mülleimer, mach den Deckel auf?‹ Also halt gefälligst die Klappe!« Ein paar Mädchen kicherten und Samantha nahm den Faden wieder auf.

»Wir haben natürlich schon die Sommerkollektion vorgeführt. Stellt euch vor, draußen so richtiges ekelhaftes Matschwetter und wir drinnen bei Cocktails und karibischem Flair.«

»Du hättest ruhig noch ein bisschen da bleiben sollen«, bemerkte Magnolia trocken.

»Ich wünschte, ich wäre dabei gewesen«, seufzte Stefanie und himmelte die Freundin durch funkelnde Brillengläser an.

»Wetten nicht?«, sagte Magnolia leise und ließ sich auf ihren Stuhl fallen. Sie hätte ihre Tante für die gute Tat der neuen Erinnerung in den Hintern treten können. Samantha war so überzeugt von ihren Erlebnissen in Paris, dass Magnolia sich plötzlich fragte, wessen Erinnerung wohl verändert wurde. Waren ihre und Jörnas Erinnerungen vielleicht weniger irre, als zu glauben, in Paris eine Kollektion von Karl Lagerfeld vorgeführt zu haben?

Frau Mümmel betrat den Klassenraum. Sie begrüßte Samantha und verbot ihr gleichzeitig, während des Unterrichts etwas über ihre Erlebnisse zu erzählen. Anschließend machte sie sich gnadenlos daran, den ausgefallenen Unterrichtsstoff noch vor den Ferien nachzuholen.

Es wurden zwei harte Wochen. Dann war es endlich so weit.

Am letzten Schultag traf sich die ganze Klasse nach der Schule noch einmal im ›Milky Way‹. Zu einer Art Weihnachtsfeier, wie Merle es nannte. Und obwohl Samantha ebenfalls dabei war, beschloss Magnolia, auch zu kommen. Sie bestellten jeder einen Milchshake, um auf die vor ihnen liegenden Ferien anzustoßen. »Auf die Freiheit!«, rief Daniel. »Und auf Samanthas Rückkehr!«, kreischte Stefanie. Magnolia stoppte in der Bewegung. Im ersten Moment wollte sie ihr Glas zurückziehen, doch dann gab sie sich einen Ruck und stieß klirrend mit ihren Mitschülern an. »Auf die Freiheit und auf Samanthas Rückkehr!«, rief sie mit allen anderen im Chor. Danach saß die 7c noch eine Weile zusammen und tauschte sich über Winterurlaub und Weihnachtswünsche aus, bevor sich alle glücklich und voller Vorfreude auf den Heimweg machten.

»Wir sehen uns im nächsten Jahr!«, winkte Birte lässig, als ihre Wege sich vor der Apotheke trennten. »Bis nächstes Jahr!«, gab Magnolia genauso lässig zurück und schwang sich auf ihr Rad.

Als sie zu Hause ankam, warteten zwei Überraschungen auf sie.

Tante Linette hatte damit begonnen, das ganze Haus mit Tannengirlanden zu schmücken, was bedeutete, dass auch im Regenfass Weihnachten gefeiert wurde. Und ihre Mutter hatte ihr einen Brief aus Amerika geschrieben.

Magnolia war sich nicht sicher, ob sie sich darüber freuen sollte. Mit klammen Fingern riss sie den Umschlag auf.

Liebe Maggie,

ich habe wunderbare Nachrichten. Es hat tatsächlich geklappt, ich kann mich über die Feiertage von meinen vielen Verpflichtungen freimachen und zu meinem kleinen Mädchen fliegen. Jetzt halte dich fest! Die Dinge stehen hier so günstig, dass ich beschlossen habe, für immer in der neuen Welt zu bleiben. (Ich sehe schon den Schrecken in deinem schmalen Gesicht.) Nur keine Angst, ich bleibe natürlich nicht ohne dich in Amerika. Ich werde dich schon an Heiligabend aus dem Hexenhaus befreien (Scherz) und zu mir nach Hause holen. Connecticut wird dir gefallen. Ja, Connecticut, du hast richtig gelesen. Es gibt nämlich einen ganz besonderen Grund, weshalb ich nun dort lebe und nicht mehr in New York. Also richte Tante Linette meine besten Wünsche aus und erwarte mich, auf gepackten Koffern, am Nachmittag des Heiligabend.

Kuss Mama

Magnolia hatte plötzlich ganz weiche Knie.

»Na, was schreibt deine Mutter?«, fragte Tante Linette und drängte sich mit einem Arm voller Tannenzweige an Magnolia vorbei.

»Sie kommt Heiligabend, um mich mit sich nach Amerika zu nehmen«, sagte Magnolia mit belegter Stimme.

Linette legte die Tannenzweige auf den Tisch und drehte sich bestürzt zu ihrer Nichte um.

»Sie will dich schon wieder mitnehmen?«, fragte sie ungläubig.

»Du solltest doch für ein ganzes Jahr bleiben. Mir wäre bis dahin sicher etwas eingefallen. Nein!«, rief sie dann. »So geht es nicht. Vertrag ist Vertrag!«

»Aber du hast mit meiner Mutter doch keinen Vertrag geschlossen«, sagte Magnolia und musste über die ungestüme Art ihrer Tante beinahe lachen.

»Nun, das lässt sich leicht nachholen«, grunzte Linette, schnippte einmal mit den Fingern und zauberte ein vergilbtes Stück Pergamentpapier und einen Federkiel herbei. Magnolia presste sich die Hand auf den Mund.

»Hör auf so albern zu kichern und hilf mir lieber beim Formulieren.«

»Tante Linette, es nützt doch nichts. Ich bin ihr Kind und noch nicht volljährig, was bedeutet, dass meine Mutter nach Lust und Laune über mich bestimmen kann. Mit und ohne Vertrag.«

»Hmm«, brummte Linette und schnippte abermals mit den Fingern. Pergament und Federkiel lösten sich in Luft auf.

»Was schlägst du also vor?« Forschend sah sie ihrer Nichte ins Gesicht. »Du willst doch hierbleiben, oder?«

Magnolia wusste nicht, wie ihr geschah. Es war überhaupt nicht ihre Art, auf so schmalzige Weise Gefühle zu zeigen, doch diesmal hielt sie nichts. Sie flog ihrer Tante um den Hals und drückte sie ganz fest an sich.

»Und wie ich hierbleiben möchte!«, rief sie. »Ich möchte im Regenfass bleiben. Bei dir und Serpentina und wenn es sein muss, nehme ich sogar Jeppe in Kauf!«

»Du Kröte bringst mich noch um.« Gerührt befreite Linette sich aus Magnolias Umarmung. »Wir müssen Mama einfach überreden«, sagte Magnolia. »In Wirklichkeit bin ich ihr doch nur lästig.«

»Wir werden sehen«, sagte Tante Linette. Plötzlich schien die ganze Sache sie nicht mehr zu interessieren. Seelenruhig widmete sie sich wieder ihrer Weihnachtsdekoration. Sie winkte mit dem Zauberstab und beobachtete zufrieden, wie ein Tannenbüschel nach dem nächsten an den gewünschten Platz huschte. Anschließend verteilte sie eigenhändig Strohsterne und kleine saure Weihnachtsäpfel in den Zweigen.

Magnolia war zuversichtlich. Irgendein passender Zauberspruch würde ihrer Tante sicher auch für ihre Mutter einfallen.

Sie genoss die besondere Atmosphäre im Haus. Überall roch es harzig nach frischem Tannengrün und alles strahlte in vornehmen Glanz. Nicht bunt und schrill, sondern besinnlich und leise. Das Kupfer des Kessels glänzte ein wenig mehr als sonst, rot-grüne Flickenteppiche schmückten die dunklen Dielenbretter. Und als es draußen auch noch zu stürmen anfing, während Tante Linette die ersten Plätzchen aus dem Ofen zog, wusste Magnolia, dass es auf der ganzen Welt keinen Ort gab, an dem sie glücklicher wäre.

Am Morgen des Heiligabend verkündete Linette beim Frühstück, sie hätte vor, in den Wald zu gehen, um einen Weihnachtsbaum zu holen. Wenn Magnolia Lust hätte mitzukommen, müsse sie sich warm anziehen und sich vor allem beeilen.

»Ist es dafür nicht schon zu spät?«, fragte Magnolia. Insgeheim hatte sie nicht mehr damit gerechnet, auch noch einen Weihnachtsbaum zu bekommen.

»Durchaus nicht«, erwiderte Tante Linette und stieg in ihre dicken Winterstiefel. »Ich habe schon vor drei Tagen eine junge Fichte ausgeguckt und alles Nötige mit ihr besprochen. Sie ist bereit und fühlt sich geehrt, das Weihnachtsfest mit uns zu verbringen.«

»So, sie fühlt sich geehrt.« Spöttisch sah Magnolia ihre Tante an.

»Genau. Hast du den Spaten?«

»Wozu den Spaten?«

»Wozu den Spaten?! Ja glaubst du, wir wollen die freundliche Fichte ermorden?« Empörung schwang in Tante Linettes Stimme.

»Wir graben sie selbstverständlich aus und sie ist für ein paar Tage in einem Pflanzkübel bei uns zu Gast.«

Sie zogen mit Spaten und Schlitten hinaus in den verschneiten Wald. Die Luft war kalt und roch nach Schnee. Bald standen sie vor einer hübschen, kleinen Fichte. Linette schüttelte behutsam den Schnee aus ihren Zweigen und setzte sich dann auf den Schlitten.

»Fang an«, sagte sie, »aber sei vorsichtig, damit du ihr Wurzelwerk nicht verletzt.«

»Ich soll die Tanne ganz alleine ausgraben?«

»Die Fichte.« Tante Linette nickte.

»Ich wette, der Boden ist steinhart.«

»Es wird schon gehen.«

Sie behielt recht. Im Schweiße ihres Angesichts grub Magnolia den Wurzelballen aus, wickelte ihn in Decken und hievte ihn auf den Schlitten.

»Entschuldige, wenn ich störe«, knurrte sie, »würde es dir etwas ausmachen, deinen Hintern zu erheben? Diese kleine, junge Fichte ist nämlich verdammt schwer.« Bereitwillig machte Tante Linette Platz. Sie nickte dem Schlitten zu und wie von Geisterhand gezogen, glitt er ihnen durch den Wald voran. Eine Stunde später stand Frau Fichte bequem (wie sie versicherte) in einem Pflanzkübel und ließ sich festlich schmücken. Magnolia hängte kleine, aus Holz geschnitzte Weihnachtshexen in ihre Zweige und Tante Linette blies blanke Kugeln wie Seifenblasen in den Baum. Ohne zu zerplatzen ließen sie sich auf den Nadeln nieder. Zu guter Letzt setzten sie duftende Bienenwachskerzen in die dunkelgrünen Zweige und Frau Fichte strahlte in mildem Glanz.

Nach einer Portion Haferflocken zum Mittag legte Linette sich wie gewohnt ein Stündchen aufs Ohr und Magnolia stieg hinauf in ihr Zimmer, um dort das Geschenk für ihre Tante einzupacken. Sie hatte in dem Schreibwarengeschäft in Rauschwald extra hellgrünes Seidenpapier und einen Geschenkanhänger in Form eines Weihnachtsmannes gekauft. Sorgfältig wickelte sie ihren ersten selbstgestrickten Schal ein. Er war quietschbunt und wirklich gut gelungen. »Für die zauberhafteste Tante der Welt«, schrieb sie auf den Anhänger.

Ihre Mutter bekam eine billige Packung Pralinen. Das reichte, fand Magnolia. Mehr hatte sie nicht verdient. Geschenke landeten bei ihr sowieso unausgepackt in der Sofaecke. Um 17.00 Uhr läuteten die Kirchenglocken zum Gottesdienst. Von ihrem Fenster aus beobachtete Magnolia, wie von überall Menschen zusammenströmten und die hell erleuchtete Kirche betraten. Ob Jesus von Nazareth auch Hexen willkommen hieß?

Im Lichtschein des Küchenfensters zog eine Koboldfamilie durch den verschneiten Garten. Sie waren auf Verwandtenbesuch, um in geselliger Runde das Sonnenwendfest zu begehen.

In das Läuten der Kirchenglocken mischte sich Motorengeräusch. Scheinwerfer fraßen sich durch den dunklen Wald und hielten schließlich direkt vor der Gartenpforte. Ihre Mutter war angekommen. Sie stieg in einen dunklen Pelzmantel gehüllt aus dem Wagen und zerrte einen Stoß Pakete von der Rückbank. Entschlossen stapfte sie durch den Schnee zum Haus und läutete.

Magnolia beobachtete ihre Mutter. Der Pelzmantel machte sie wütend. Damals war sie traurig gewesen, als ihre Mutter einfach davonfuhr. Heute wäre sie froh, wenn sie fortgeblieben wäre. Sie gab sich einen Ruck und ging hinunter.

»Magnolia, deine liebe Mutter ist soeben angekommen!«, rief Tante Linette mit schriller Stimme und Magnolia wusste, dass ihre Mutter die Nase rümpfte.

Dann standen sie sich in der Diele gegenüber. Ihre Mutter hüllte sie in eine tiefe Wolke Chanel No.5, während sie rechts und links in die Luft küsste. Das Fell der toten Tiere kitzelte an Magnolias Nase und sie trat schnell einen Schritt zurück.

»Hallo Mama, wie schön dich zu sehen«, log sie.

»Komm in die Wohnstube, Charlotte. Magnolia bietet dir ein Glas Sherry an, während ich nach dem Braten sehe.«

Kaum hatte Tante Linette das Zimmer verlassen, zwinkerte Charlotte Melbach ihrer Tochter verschwörerisch zu.

»Du hast die Verbannung in die Drachenhöhle überstanden«, lachte sie. »Ich stehe vor dir, wie der junge Siegfried, um dich vor dem alten Drachen zu retten.« Sie wurde ernst. »Glaub mir, Darling, es gab keinen Tag, an dem ich kein schlechtes Gewissen gehabt hätte, wenn ich an dich dachte.«

»Das war nicht nötig«, gab Magnolia kühl zurück, »ich fühle mich hier sehr wohl.«

»Wie lieb von dir, Maggie, mir meine Schuldgefühle nehmen zu wollen.« Theatralisch streckte Frau Melbach die Arme nach ihrer Tochter aus. Magnolia entging ihrem mütterlichen Zugriff nur, indem sie die Sherry-Karaffe wie eine Waffe vor sich hinstreckte.

»Ich kann es kaum erwarten dich mitzunehmen, wenn wir der Höflichkeit Genüge getan haben. Ich möchte dir unbedingt Amerika zeigen, das Land der unbegrenzten Möglichkeiten.« Sie lächelte verschmitzt. »Ich habe dort übrigens einen sehr netten Herrn kennengelernt. Er wartet in Frankfurt auf uns. Er wird dir gefallen. Er heißt Guy Hobbs und verfügt über das nötige Kleingeld, um uns den Lebensstil zu bieten, der uns zusteht. Für dich ist das feinste Internat gerade gut genug und ich werde …« In diesem Moment kam Tante Linette zurück. Sie ließ sich nicht anmerken, wie viel sie von der Unterhaltung mitbekommen hatte.

»Was haltet ihr davon, wenn wir zuerst bescheren, bevor wir uns die Bäuche mit dem Braten vollschlagen?«, fragte sie munter.

Erst jetzt bemerkte Magnolia die bunten Geschenke, die zu Füßen von Frau Fichte lagen.

»Warte, ich will erst noch meine Geschenke holen«, rief sie und flitzte hinauf in den Turm. Als sie damit zurück in die Wohnstube kam, streckte ihre Mutter breit lächelnd die Hände aus.

»Oh Darling, wie reizend von dir«, säuselte sie und wurde schlagartig ernst, als Magnolia an ihr vorbeiging und das Geschenk Tante Linette in die Hände legte.

»Für dich«, sagte sie leise, »damit du dich nicht erkältest, wenn wir zusammen ausfliegen, und frohe Weihnachten.«

Linette schossen sofort die Tränen in die Augen. Es war lange her, dass sie ein Weihnachtsgeschenk bekommen hatte. Den Heiligabend verbrachte sie stets mit Serpentina allein. Zwerge, Elben und Kobolde, sie alle feierten gemeinsam mit ihren Familien das Sonnenwendfest, da wollte Linette nicht stören. Selbstverständlich hätte sie sich ein paar Hexen einladen können, doch dann wäre das Fest unweigerlich in Ramba Zamba ausgeartet und an Heiligabend war Linette dazu nicht in der Stimmung. Sie riss das hellgrüne Seidenpapier auf, nahm den flauschigen Schal heraus und schlang ihn sich sofort um den Hals. Dabei strahlte sie mit ihrem breitesten, schönsten Wackelzahnlächeln in die Runde.

Magnolias Mutter verdrehte die Augen.

»Wie hübsch, er passt sicher ausgezeichnet zu deinem Sonntagskleid.« Sie lächelte böse.

»Für dich, Mama.« Froh über die billige Packung Pralinen, drückte Magnolia ihrer Mutter das Päckchen in die Hand. Die schüttelte nur einmal kurz daran und sagte dann: »Pralinen, wie originell, Darling, und so gut für die Figur. Ich habe übrigens auch ein paar Kleinigkeiten für euch.«

Sie reichte Magnolia und Linette die Geschenke, alle in schillernder Folie verpackt.

»Aus L.A.!«

Linettes Päckchen enthielten parfümierte Tagescreme für reife Haut und einen Badeschwamm in Form eines Elefanten.

In Magnolias Paket steckte ein lebensgroßer, blondgelockter Puppenkopf, der mit den Augen klimperte und sie auf makabere Weise an die geköpfte Königin Marie Antoinette erinnerte. Über die hatten sie gerade letztens etwas in der Schule gelernt. Aus dem anderen fiel eine ganze Schminkpalette auf den Fußboden.

Ihre Mutter lächelte. »Gefällt es dir? Du bist schließlich schon dreizehn Jahre alt und solltest einen geschickten Umgang mit dem Schminkpinsel üben. Es geht nichts über ein gepflegtes Äußeres.« Sie warf einen abfälligen Blick in Linettes Richtung.

»Gerade für uns Frauen ist das passende Make-up der Schlüssel zum Erfolg.«

»Danke, aber ich werde bestimmt nicht wegen der Farbe in meinem Gesicht Karriere machen«, antwortete Magnolia trotzig.

»Hört, hört«, säuselte Charlotte Melbach, »da ist das Ei wieder schlauer als die Henne. In zehn Jahren sprechen wir uns wieder.«

Mit gerunzelter Stirn sah Magnolia ihre Mutter an. Wie fremd sie ihr in dieser kurzen Zeit geworden war.

Großen Spaß machte es ihr dagegen, Tante Linettes Geschenke auszupacken. Sie waren allesamt in braunem Packpapier verschnürt und enthielten herrliche, nützliche Dinge, wie zum Beispiel das Lexikon der Elementargeister und einen dicken Norwegerpullover. Außerdem bekam sie ein paar schwarze, spitze Hexenschuhe aus weichem Leder und eine kleine, faustgroße Kristallkugel.

Über ihre eigene Kristallkugel freute sie sich am allermeisten. Gleich heute Abend würde sie Jörna damit anrufen.

»Seltsame Dinge, die du da bekommen hast«, stellte ihre Mutter fest. »Ich persönlich halte nichts von diesem ganzen esoterischen Kram.«

Ihr eigenes Geschenk, das sie von Linette bekommen hatte, lag achtlos in der Sofaecke.

»Willst du dein Geschenk nicht aufmachen?«, fragte Magnolia.

»Natürlich, vielen Dank für den Hinweis.« Mit zusammengepressten Lippen öffnete Frau Melbach ihr Weihnachtspäckchen und heraus fielen ein Paar dicke, rote Socken.

»Ja, ähm ... vielen Dank«, sagte sie mit erzwungenem Lächeln, »so etwas Ähnliches hatte ich erwartet.«

Nachdem alle Geschenke ausgepackt waren, gingen sie hinüber in die Küche, setzten sich an den festlich gedeckten Tisch und genossen Linettes köstlichen Wildschweinbraten mit Maronencremesauce. Zum Nachtisch gab es ein leckeres, eisgekühltes Birnensorbet.

Während des Essens sah Magnolias Mutter immer wieder auf ihre Armbanduhr und kaum hatte Magnolia ihr Besteck zur Seite gelegt, fragte sie so beiläufig wie möglich: »Hast du schon gepackt, Darling?«

Magnolia schüttelte den Kopf. Frau Melbach sah sie ungläubig an.

»Soll diese Geste etwa nein bedeuten?« Ihre Stimme bekam einen drohenden Unterton.

»Äh, ja ähm, ich meine nein«, stotterte Magnolia.

»Also was? Stammle nicht so blöde herum oder hast du in Gesellschaft deiner Tante das Sprechen verlernt?«

Jetzt wurde Magnolia böse. Was fiel ihrer Mutter ein, sich so abfällig über Tante Linette zu äußern.

»Nein«, sagte sie deshalb laut und deutlich, »ich habe meine Sachen noch nicht gepackt, weil ich hierbleiben werde.«

»Tsss, Darling«, ihre Mutter schüttelte den Kopf. »Ich habe mich in meinem Brief doch wohl deutlich genug ausgedrückt, als ich schrieb, ich würde dich mit mir nach Amerika nehmen, oder? Also weshalb hast du nicht gepackt? Wo ist das Problem?«

»Du bist das Problem, Mama, denn du hörst mir nie zu!«, brauste Magnolia auf. »Ich habe eben gesagt, ich werde hierbleiben. Kapiert!? Zum ersten Mal in meinem Leben fühle ich mich erwünscht. Ich fühle mich hier zu Hause. Ich ...«

»Zu Hause, pah!« Charlotte Melbach lachte hell auf. »Ist das dein Einfluss, Tante Linette? Das hast du ja prima hingekriegt, aber ich lasse mir so etwas ganz bestimmt nicht gefallen. Magnolia ist meine Tochter! Magnolia, du gehst jetzt sofort rauf, packst deine verdammten Sachen und bist in fünf Minuten wieder hier, verstanden?! Ich habe den weiten Weg von Amerika doch nicht gemacht, um unverrichteter Dinge wieder abzuziehen, bloß weil Madame beschlossen hat, sich in einer Rumpelkammer zu Hause zu fühlen. Ich biete dir ein Leben, wie es sonst nur Prinzessinnen führen. Guy ist einer der reichsten Männer Amerikas. Du wirst in einem Schloss wohnen, mit Dienstboten und einer eigenen Etage. Du wirst erstklassige Internate besuchen und wenn es eines Tages so weit ist, eine genauso gute Partie machen wie ich.« Sie holte Luft.

»Ich bin übrigens mit einem Privatjet geflogen«, setzte sie schmeichelnd nach.

»Dann sieh zu, dass du den Rückflug nicht verpasst«, zischte Magnolia wütend.

»Hast du gehört, wie das Kind mit mir redet? Sag doch auch mal etwas, Tante Linette!«

»Na, na, na, spricht man so mit seiner Mutter?«, Tante Linette sah Magnolia streng an. »Und du, Charlotte, wolltest doch eigentlich etwas ganz anderes sagen, oder?« Sie deutete mit zwei gespreizten Fingern auf Charlotte Melbachs Augen.

Irritiert sah Magnolias Mutter sie an. »Ich wollte etwas anderes sagen? Nicht dass ich wüsste.«

»Sieh mich an!« Tante Linettes Stimme war leise, aber äußerst zwingend.

»Was sollen diese gespreizten Finger, willst du mir die Augen ausstechen?«

»Sieh mich an!«

Charlotte Melbach seufzte. »Willst du mich hypnotisieren? Mir wird plötzlich so komisch, so schwindelig.« Sie fuhr sich mit der Hand über die Stirn.

»Du wirst ganz leicht, Charlotte, so leicht wie eine Feder«, flüsterte Linette mit eindringlicher Stimme. »Du bist gekommen, um deine Tochter Magnolia zu besuchen und ihr etwas ganz Wichtiges zu sagen.«

»Stimmt, ich erinnere mich«, murmelte Charlotte Melbach.

»Was willst du ihr Wichtiges sagen?« Linette brachte Charlottes Gedanken auf den richtigen Weg.

»Ich will ihr sagen, dass ich in Connecticut in einem riesigen Haus mit zweiundfünfzig Zimmern lebe. Leider sind diese zweiundfünfzig Zimmer angefüllt mit kostbaren Antiquitäten. Guy ist ein weltweit anerkannter Sammler.«

»Du schweifst ab«, unterbrach Linette. »Was ist mit dem Haus in Connecticut?«

»Ach ja, das Haus. Es ist so vollgestopft mit kostbaren Antiquitäten, dass für Magnolia nicht das klitzekleinste Plätzchen zu finden ist. Sie wird deshalb hauptsächlich in Internaten leben. Selbstverständlich in den besten Internaten des Landes. Tut mir leid, Darling, aber es geht nicht anders.« Bedauernd sah sie in Magnolias begeistertes Gesicht.

Charlotte stutzte einen Moment. »Was rede ich denn da …?«, murmelte sie.

»Sprich einfach weiter, meine Liebe«, sagte Tante Linette milde und wackelte mit ihren gespreizten Fingern.

»Guy und ich werden viel auf Reisen sein, da würde ein dreizehnjähriger Backfisch nur stören. Was ich eigentlich sagen will, ist: Ich bin sehr froh, dass ich dich mit gutem Gewissen bei deiner Tante in Rauschwald lassen kann, und kehre mit der nächsten Maschine ohne dich nach Amerika zurück.«

»Und?«, fragte Tante Linette drohend.

»Wir würden uns natürlich freuen, wenn du uns in den Ferien ab und zu besuchen kommst. Es muss ja nicht jedes Mal sein.«

Magnolia grinste breit und Linette schnippte mit den Fingern.

Ihre Mutter schüttelte den Kopf. »Also mir war eben so komisch, so als hätte ich lauter dummes Zeug geredet.«

»Ganz und gar nicht, Charlottchen«, lachte Tante Linette, »es war seit Langem das Vernünftigste, was ich von dir gehört habe.«

»Tatsächlich?«, Magnolias Mutter war erleichtert. »Du bist mir doch nicht böse, weil ich eben so offen gesprochen habe? Du darfst nicht glauben, dass ich dich nicht liebe. Aber stell dir doch bloß einmal vor, ein Leben eingepfercht zwischen Antiquitäten und eine Mutter, die niemals da ist. Das wäre doch kein Leben für dich, oder?«

»Entsetzlich«, Magnolia schüttelte sich. »Du hast vollkommen recht. Das wäre wirklich kein Leben für mich und ich bin dir schrecklich dankbar für dein umsichtiges, selbstloses Handeln, Mama.«

Charlotte Melbach tätschelte ihrer Tochter die Wange. »Dann ist es ja gut. Wie du weißt, bin ich kein Freund langer Abschiedsszenen und deshalb mache ich mich sofort auf den Weg. Guy hat mich am zweiten Weihnachtstag zu einer Balletturaufführung nach Los Angeles eingeladen. Er wird entzückt sein, wenn ich ihm von deiner Entscheidung berichte.« Mit diesen Worten stand sie auf.

»Macht's gut, ihr beiden. Pass auf dich auf, Magnolia, und besuche uns in den Ferien.« Ohne ihre Weihnachtsgeschenke mitzunehmen, trat sie auf ihre Tochter zu und küsste sie auf beide Wangen, dann verließ Charlotte Melbach das Haus.

»Mach's selber gut, Mama«, sagte Magnolia leise und stieg in ihren Turm. Dort setzte sie sich ans Fenster und beobachtete, wie ihre Mutter mit wehendem Pelzmantel zum Wagen schritt. Beim Einsteigen schüttelte sie Tante Linette kurz die Hand und fuhr dann mit quietschenden Reifen, ohne noch einmal zu Magnolia hinaufzusehen, davon.

Magnolia atmete tief durch, dann lächelte sie. Jetzt war sie wirklich zu Hause. Serpentina sprang neben ihr auf die Fensterbank. Still beobachteten beide, wie die dicken weißen Flocken erneut zu tanzen anfingen. Sicher hatten die Wetterhexen dabei ihre Hände im Spiel.

»Wetten? Nächstes Jahr kann ich das auch«, sagte Magnolia.

Sabine Städing, geboren und aufgewachsen im Norden Deutschlands, hat sich schon als Kind gerne Geschichten ausgedacht. Mit ihren Büchern rund um die Hexe Magnolia hat sie endlich angefangen, die Abenteuer aufzuschreiben, die ihr schon so lange im Kopf herumspuken. *Magnolia Steel* ist eine dreibändige Serie, bestehend aus den Einzelbänden *Hexendämmerung*, *Hexenflüstern* und *Hexennebel*.

Ein neues Abenteuer für Hexe Magnolia

MAGNOLIA STEEL
- HEXENFLÜSTERN
304 Seiten
ISBN 978-3-414-82465-3

Band 2 der spannenden Trilogie: Gemeinsam mit ihrer Tante Linette reist Magnolia in die USA. Dort findet der weltgrößte Kongress für Hexen und Zauberwesen aller Art statt. In diesem Jahr dreht sich alles um das Thema Liebe, und da muss Magnolia einfach dabei sein!

Was sie nicht ahnt: Linette ist in höchst geheimer und gefährlicher Mission in Amerika. Im Auftrag der Hexengemeinschaft soll sie eine magische Brille in ihren Besitz bringen, die in den falschen Händen eine Katastrophe bedeutet. Gejagt von einer Gruppe furchterregender Gorgonen beginnt für Magnolia und ihre Freunde schon bald ein Wettlauf mit der Zeit ...

Im Bann des verzauberten Parfums

MAGNOLIA STEEL
- HEXENNEBEL
320 Seiten
ISBN 978-3-414-82466-0

Zurück in Rauschwald vermisst Magnolia ihren Freund Leander und ist froh über jede Ablenkung. Da kommt der neue Laden gerade recht. Ganz Rauschwald reißt sich um die Parfüms, die Meister Schnuck selber mischt und denen eine geradezu zauberhafte Wirkung nachgesagt wird. Auch Magnolia ist hin und weg und so sagt sie freudig zu, als Schnuck ihr einen Job als Aushilfe anbietet. Schon bald bemerkt sie jedoch merkwürdige Veränderungen an sich: Sie ist ständig gereizt, belügt ihre Freunde – und bringt sie sogar in Lebensgefahr! Was ist nur los mit ihr? Als Magnolia erkennt, welch böses Spiel mit ihr getrieben wird, ist es fast schon zu spät. Nur geballte Hexenpower und die Unterstützung von Tante Linette können jetzt noch helfen …

Boje

Auserwählt, um über den Dschungel zu herrschen

Robin Dix
TIGERHERZ
Der Prinz des Dschungels
Band 1
224 Seiten
mit zahlreichen
Abbildungen
ISBN 978-3-8339-0391-5

Tief verborgen im Regenwald wächst der junge Tiger Raja heran. Eines Tages soll er König werden, doch Eisenkralle, der finstere Bruder seines Vaters, will den Thron für sich selbst.
Und so beginnt eine gnadenlose Jagd auf Raja. Einzig der kluge Gecko Biru steht ihm zur Seite. Ihr Ziel ist die Insel der Schatten. Dort soll Raja seine Ausbildung zum Jäger beenden, um Eisenkralle die Stirn zu bieten. Doch der Weg dorthin ist weit und voller Gefahren ...

Der spannende Auftakt der großen Dschungel-Saga